신들의 전쟁

10주년 기념 개정판

신들의 전쟁(상)

American Gods

10주년
전면
개정판

닐 게이먼

장용준 옮김

황금가지

AMERICAN GODS:

THE TENTH ANNIVERSARY EDITION (AUTHOR'S PREFERRED TEXT)

by Neil Gaiman

10주년 개정판 서문

이 책을 읽는 게 어떤 경험이 될지 나는 모른다. 단지 이 책을 쓰는 과정이 어떤 경험이었는지 알고 있을 뿐이다.

나는 1992년 미국으로 이주했다. 머릿속에서 무언가 팍 튀었다. 왠지 중요하다고 생각되는데 서로 연관 없는 아이디어들이었다. 이런 식이었다. 두 남자가 비행기에서 만나다, 얼음 위에 놓인 차, 동전마술의 의미, 그 무엇보다도 아메리카 자체. 어쩌다 보니 내가 살고 있는 곳인데 어쨌든 알 수 없는 이 거대하고 이상한 곳. 나는 알고 싶었다. 아니, 그보다 더 나아가 아메리카를 묘사해보고 싶었다.

그러던 차 아이슬란드에 경유할 기회가 있었는데, 그때 탐험가 리프 에릭슨의 여행경로를 꾸며놓은 디오라마를 보게 되었다. 바로 그때 실마리를 얻었다. 나는 에이전트와 편집자에게 편지를 써서 책에 대해 설명을 했다. 편지 맨 위에 일단 "아메리카의 신들"이라고 써놓고 나중에 더 좋은 제목을 찾을 수 있을 거라고 생각했다.

몇 주 후 편집자가 책 표지 레이아웃을 보냈다. 표지에는 도로와 내리치는 번갯불이 보였고 맨 위 "아메리카의 신들"이라는 제목이 쓰여 있었다. 바로 내가 쓰기로 계획한 책의 표지다웠다.

나는 책을 쓰기 전에 책표지부터 만드는 게 마음 불편하면서도 동시에 아주 흥분되는 일이라고 생각했다. 나는 그 표지를 벽에 붙여놓고 바라보며 겁을 먹었다. 다른 제목을 만들어 낸다는 생각은 싹 사라졌다. 그래, 바로 이게 책표지이고, 이게 내가 쓸 책이다.

이제 그저 쓰기만 하면 되었다.

나는 첫 장을 시카고에서 샌디에이고로 가는 기차 여행길에 썼다. 계속 여행을 했고 계속 글을 썼다. 미니애폴리스에서 플로리다까지 작품 속에서 섀도가 지날 시골길들을 차로 달렸다. 글을 쓰다가 이따금 막힐 때면 또 달렸다. 미시간 북동쪽 북반도에서 패스티를 먹었고 카이로에서는 허시퍼피를 먹었다. 직접 가 보지 못한 장소는 되도록 글에 담지 않으려 노력했다.

여러 곳을 옮겨 다니며 이 작품을 썼다. 플로리다 곳곳에서 그리고 위스콘신 호숫가 오두막집에서, 또 라스베이거스 호텔방에서.

나는 섀도의 여행길을 따라갔고 그에게 어떤 일이 벌어지는지 알지 못할 때는 '아메리카로 오다' 이야기를 썼는데, 그 이야기 끝에 다다를 즈음에는 항상 섀도가 무얼 하고 있는지 알게 되어 다시 섀도에게로 돌아갔다. 하루에 2000단어씩 쓰고 싶었는데, 하루에 1000단어를 쓰면 그런대로 만족했다.

초안을 다 마쳤을 때 내가 알고 있는 작가 중에 가장 현명하고, 내가 만난 그 어떤 작가보다도 더 훌륭한 소설을 쓴 진 울프에게, 이제 소설 쓰는 법을 배운 것 같다고 말한 적이 있다. 그랬더니 진은 나를 바라보더니 자상하게 웃으면서 이렇게 말했다.

"소설 쓰는 법을 배울 수는 없어. 그저 자네가 지금 현재 쓰고 있는 소설을 쓰는 법을 배울 수 있을 뿐이야."

울프의 말이 옳았다. 나는 지금 쓰고 있는 소설을 쓰는 법을 배웠고, 그 이상은 아니었다. 그래도 내가 배운 건 이상하면서도 훌륭한 소설을 쓰는 법이었다. 나는 내 머릿속에서 생각했던 황금처럼 반짝반짝 빛나는 아름답고 완벽한 책하고 실제 이 책이 얼마나 차이가 나는지 알고 있었지만, 그래도 어쨌거나 나는 만족했다.

나는 이 책을 쓰는 동안 수염을 길렀고 머리를 자르지 않았다. 그랬더니 많은 사람들이 내가 조금 이상하다고 생각했다. 허나 스웨덴 사람들은 그러지 않았다. 그들은 자신들의 왕도 비슷한 일을 했다고 하면서 수긍했다. 물론 그게 소설 쓰는 일은 아니었단다. 나는 초안을 마치고 수염을 깎아버렸고 곧 관리하기 힘들게 길어버린 머리도 잘라버렸다.

퇴고는 거의 발굴과 설명의 과정이었다. 늘어나야 할 순간들은 늘어났고 줄어야 할 순간들은 다듬어졌다.

나는 이 소설에 많은 바람이 있었다. 방대하고 이상하고 정처 없이 구불구불 나아가는 책을 쓰고 싶었다. 그래서 그렇게 썼고 책은 그렇게 되었다. 나는 나를 사로잡고 내게 기쁨을 준 미국의 모든 곳들을 다 아우르는 책을 쓰고 싶었다. 영화와 TV에서는 그런 곳들을 담아내지 못했다.

결국 작품을 마치고 넘겼다. 소설이란 것이 무언가 잘못된 게 담긴 긴 산문이라는 옛말에 위안을 삼았다. 내가 쓴 것도 그런 것이라는 생각이 들었다.

편집자는 내가 넘긴 책이 좀 너무 방대하고 정처 없이 나아가는 것 같다고 걱정했다(너무 이상하다는 점은 염려하지 않았다.). 그래서 작품을 좀 더 다듬으라 했고 나는 그 말에 따랐다. 나는 편집자의 감이 맞았다고 생각했다. 왜냐하면 작품이 분명 성공을 거두었기 때문이다. 많이 팔렸고 또 다행히도 많은 상을 수상했다. 그중에는 네뷸러와 휴고 상(SF 작품 분야), 브람 스토커 상(공포), 로커스 상(판타지) 등이 있었는데, 그 다양한 분야의 상들을 보아하니 이 작품이 꽤 이상한 소설임을 증명하는 듯 싶다. 또 대중의 인기를 끌었어도 누구도 이 작품을 어떤 분야에 넣어야 할지 확신할 수 없었다.

그러나 그건 미래의 일이었고 우선 그때는 책을 출판해야만 했다. 출간 과정은 내겐 매우 매력적이어서 그 과정을 블로그에 기록했다. 그렇게 시작한 블로그를 현재까지도 계속하고 있다. 책이 출간되었을 때 나는 저자 사인회 투어를 떠났다. 처음에는 미국 전역에서, 그 다음으로는 영국과 캐나다를 돌았다. 첫 번째 저자 사인회는 2001년 6월 세계무역센터의 '보더스' 서점에서였다. 내가 투어를 마치고 돌아온 후 며칠이 지난 2001년 9월 11일 그 서점도 세계무역센터도 사라졌다.

이 작품이 받은 평에 나는 놀라지 않을 수 없었다.

나는 사람들이 좋아하는 이야기, 혹은 사람들이 읽지 않는 이야기들의 스토리텔링에 익숙하다. 이전에 한 번도 의견이 갈리는 글을 쓴 적이 없었다. 그러나 이 책은 사람들이 좋아하든가 아니면 싫어하든가 극단으로 갈렸다. 이 소설을 싫어하는 사람들은 (심지어 내가 쓴 다른 작품을 좋아했던 사람들 중에도 그런 사람들이 있었다.) 정말로 싫어했다. 어떤 이는 이 책이 전혀 미국스럽지 않다고 말했다. 또 어떤 이들은 너무 미국적이라고 했다. 섀도가 매정하다, 아메리카의 진정한 종교는 스포츠란 사실을 내가 이해하지 못하고 있다는 둥 이유도 다양했다. 그 모두가 의심의 여지 없이 타당한 비평이었다. 그러나 대체로 이 작품은 결국 주인을 찾았다. 싫어하는 사람들보다 더 많은 사람들이 이 책을 좋아했고 계속 좋아하고 있다는 말을 빼놓을 순 없다.

나는 어느 날 이 이야기로 돌아가기를 바란다. 섀도는 이제 기껏 10살 더 나이 먹었을 뿐이다. 아메리카도 마찬가지다. 그리고 신들이 기다리고 있다.

— 닐 게이먼

여행자를 위한 경고

이 글은 소설이지, 여행 안내서가 아니다. 이 이야기에 나온 미국의 지명이 전적으로 상상의 산물은 아니지만(이 책에 나오는 많은 지리적 이정표들은 실제로 가 볼 수 있을 것이며, 그 길들을 지도에서 찾아볼 수도 있다.) 내 마음대로 썼다. 여러분이 생각하는 것보다는 덜 제멋대로이지만, 어쨌든 그렇다.

이 이야기에 나오는 실제 장소를 이용하는 데 허락을 구하지도 않았고 허락받지도 않았다. 록 시티나 하우스 온 더 록의 소유주들이나 미국 중부에 있는 모텔을 소유한 사냥꾼들이라면 누구라도 이 책에 자신의 소유지가 나오는 것을 보고 놀라고 또 황당해 하리라.

몇몇 장소의 위치는 구체적으로 밝히지 않았다. 예를 들어, 블랙스버그에서 남쪽으로 한 시간가량 가야 나오는 물푸레나무가 있는 농장이나 레이크사이드 같은 곳이 그렇다. 원한다면 그런 곳을 찾아보라. 어쩌면 찾을 수 있을지도 모른다. 나아가 이 이야기에 나오는 살아 있는 사람들이나 죽은 사람들, 기타 등등은 모두가 지어냈거나 소설의 문맥에 맞게 이용된 인물이다.

단지 신들만이 진짜이다.

사람들이 고향 땅을 등지고 다른 곳으로 이민 갈 때 악마들에게는 무슨 일이 일어날까 항상 궁금했다. 아일랜드 출신 미국인들은 요정 (fairy)을, 노르웨이 출신 미국인들은 니서(nisser)를, 그리스 출신 미국인들은 브리콜라카스(vrykólakas)를 기억하는데, 단 그들의 고국에서 일어났던 사건들과 연관시켜 생각하는 것이다. 한 번은, 왜 미국에서는 악마들이 보이지 않는지 물어본 적이 있다. 그랬더니 나의 질문을 받은 사람이 당황한 듯 낄낄거리더니 이렇게 말했다. "바다를 건너는 게 두려운 거죠. 너무 멀잖아요." 예수와 그의 사도들도 미국에 결코 안 오지 않았는가.

리차드 도슨, 「아메리카 민속에 대한 이론」, 『아메리카 민속과 역사학자』(시카고 대학 출판부, 1971)

제1부

그림자들

제1장

우리나라의 경계요? 그야 북쪽으로는 북극광,
동쪽으로는 떠오르는 태양, 남쪽으로는 분점(分點),
서쪽으로는 심판의 날이 경계가 되지요.
―『조 밀러의 만담집』*

섀도는 3년간 형무소에서 복역했다. 체격이 좋은 데다 만만한 인상
이 아니었기 때문에, 감옥에서 가장 큰 문제는 어떻게 시간을 죽이느
냐 하는 것이었다. 그래서 그는 몸을 키우고 동전 마술을 익히며 자기
가 아내를 얼마나 사랑하는지 생각하면서 시간을 보냈다.

섀도에게 있어 수감 생활의 가장 좋은 점은, 아니 어쩌면 유일한 장
점은 바로 안도감이었다. 이미 추락할 만큼 추락했다는 것, 바닥을 쳤
다는 것, 그러한 생각 말이다. 사람한테 당할 것이라는 걱정은 하지
않아도 된다. 왜냐하면 이미 당했기 때문이다. 겁에 질려 잠에서 깨어
나는 일도 없었다. 내일 어떠한 일이 벌어질지 더이상 두려워하지도
않는다. 어제 이미 벌어질 만큼 벌어졌기 때문이다.

섀도가 실제로 유죄 판결을 받은 죄목대로 일을 저질렀는지 아닌
지는 더이상 중요한 게 아니었다. 감옥에서 만난 사람들은 너나없이

---

* The American Joe Miller's Jest Book, 영국 배우 조 밀러(1684~1738)의 사후에 그의 친구
호가스가 엮은 농담집인데, 그중 세 편만이 밀러의 창작이다.

억울한 점이 하나씩 있었다. 경찰이 항상 무언가를 잘못 파악해서, 실제로 그들은 하지 않았는데 했다고 말하는 것이 있거나 경찰이 말한 것과는 다른 점이 있게 마련이었다. 중요한 점은 경찰이 그들을 잡았다는 것뿐이었다.

감옥에 들어와 며칠이 지나지 않아 그러한 사실을 깨달았다. 감옥에서 쓰는 은어에서부터 끔찍한 음식에 이르기까지 모든 것이 낯설기만 할 때였다. 유폐된 삶의 비참함과 소름 끼치는 공포에도 불구하고 섀도는 안도의 한숨을 내쉬었다.

섀도는 말을 많이 하지 않으려 했다. 감옥에서 두 해째를 보낼 때 섀도는 자신의 생각을 감방 동료 로 키 라이스미스에게 말했다.

미네소타 출신의 야바위꾼인 로 키는 흉터가 난 얼굴을 일그러뜨리며 웃음을 지었다.

"그래, 맞아. 차라리 사형 선고를 받는 게 낫지. 사형 선고 받은 놈들이 목덜미에 올가미가 감기는 순간 신발을 벗어젖힌다는 말도 이해하게 될 거야. 왜냐하면 그 친구 녀석들은 그놈들이 죽을 때 신발을 신고 죽을 것*이라고 항상 이야기하곤 했으니까."

"그것도 농담인가?"

"염병할, 그래. 교수대 유머라네. 그게 개중 제일 나은 거라고. 빵! 최악의 사태 발생! 운명을 온전히 받아들이려면 며칠 죽을 맛을 본단 말이지. 그런 다음 그날이 오면 카트 타고 가서 허공 중에서 발버둥 춤을 추는 거야."

"이 주에서 마지막으로 교수형을 치른 게 언젠가?"

---

* 객사를 비유한 말.

"제길, 내가 그걸 어떻게 알아?"

오렌지빛 금발을 밀어 버린 로 키의 머리통은 뼈의 윤곽이 드러나 보일 정도였다.

"한 가지 얘기해 주지. 이놈의 나라는 인간들 모가지 베는 걸 멈추고 나서부터 골로 가기 시작했어. 교수대를 안 쓰면 처리 못 할 일이 생기는 법이거든."

섀도는 어깨를 으쓱했다. 그에겐 사형에 대한 향수 같은 건 없었다.

섀도는 사형 선고가 없다면 감방 생활도 기껏해야 삶의 집행유예 같은 것이라고 생각했다. 거기에는 두 가지 이유가 있었다. 우선 감방에도 삶이라는 것이 스며든다. 언제든 더 추락할 곳이 있기 마련이다. 장기판의 말이 되어 상대에게 먹혀도, 현미경 렌즈에 포착된 삶이라도, 우리에 갇힌 삶이라도 삶은 계속된다. 두 번째로, 참고 견디면 언젠가는 풀려나는 법이다.

처음에는 풀려난다는 것이 까마득히 먼 일이라서 마음이 잡히지 않았다. 그러다가 희미하게 한 줄기 희망이 보이기 시작했다. 감방에서 추잡한 일이 일어날 때마다 '이 또한 지나가리라.'라고 스스로에게 되뇔 수 있는 여유가 생겼다. 감방이라는 곳엔 항상 더러운 일이 꼬이기 마련인 것이다. 언젠가는 마법의 문이 열리고 그 문을 통해 나갈 수 있을 것이다. 그래서 섀도는 형무소 매점에서 유일하게 판매하는 달력인 새 그림 달력에서 날짜들을 지우기 시작했다. 해가 져도 보지 않았고 해가 떠도 보지 않았다. 섀도는 별 볼 일 없는 형무소 도서관에서 찾아낸 책을 보고 동전 마술을 연습했다. 그리고 운동을 했다. 또한 감방에서 풀려나면 무엇을 할 것인지 머릿속에서 목록을 만들었다.

목록은 점점 짧아졌다. 2년이 지나자 세 가지로 줄어들었다.

우선 목욕을 할 것이다. 거품이 이는 욕조에 몸을 푹 담그는 진짜 목욕 말이다. 그러면서 신문을 볼 수도 있고, 아닐 수도 있다. 어떤 날은 이런 식으로, 또 어떤 날은 저런 식으로 생각을 했다.

그러고 나서 타월로 몸을 닦고 가운을 입을 것이다. 슬리퍼를 신을 수도 있겠지. 섀도는 슬리퍼를 신는 대목이 마음에 들었다. 담배를 피운다면 아마도 파이프를 피울 것이다. 그러나 그는 담배를 피우지 않는다. 그리고 두 팔로 아내를 안아 올릴 것이다. (그러면 아내는 겁먹은 척 "퍼피!" 하고 소리를 지르면서 "뭐 하는 거야?"라고 물을 것이다.) 그러면 아내를 안아 침실로 데려가 문을 잠글 것이다. 배가 고파지면 피자를 배달시키지.

마지막으로, 이틀 후쯤 로라와 침실에서 나오면 자중하면서 여생 동안 말썽 없이 살아갈 것이다.

"그러면 행복하겠나?"라고 로 키 라이스미스가 물었다.

그날 그들은 형무소 매장에서 일하고 있었다. 새 먹이통을 조립하는 일로, 차 번호판 찍는 것과 별반 다를 바 없이 지루하고 재미없는 일이었다. 섀도가 대답했다.

"죽기 전에는 행복하다고 할 수 있는 사람이 아무도 없다."

"헤로도토스. 야, 자네 뭘 좀 배워 가는구먼."

"씨발, 헤로도토스가 어떤 놈이야?"

새 먹이통의 옆면을 끼워 넣어 섀도에게 건네면서 아이스맨이 물었다. 섀도는 그것을 건네받아 볼트로 꽉 죄었다. 섀도가 대답했다.

"죽은 그리스 사람."

"마지막 여자친구가 그리스 여자였지. 그 집 사람들이 먹는 허섭스 레기 같은 음식이라니. 너희들은 상상도 못할 거다. 나뭇잎에 싼 밥 같은 거였는데, 그것도 음식이라고."

아이스맨은 덩치와 몸매가 콜라 자판기 같았고, 눈이 파랬으며, 머리는 하도 밝은 금발이어서 하얗게 보일 지경이었다. 그는 여자친구가 댄서로 일하고 자신이 기도를 보는 바에서 여자친구에게 치근거리는 어떤 놈을 늘씬하게 두들겨 팼다. 그놈의 친구들이 경찰을 불렀고, 경찰은 아이스맨을 체포해 조사해 보고는 그가 1년 반 전에 노동 석방으로 풀려난 사실을 밝혀 냈다.

"그러면 나더러 어쩌라고?"

아이스맨은 자신의 서글픈 사연을 섀도에게 말하고 나서 열이 올라 물었다.

"그 여자는 내 여자친구라고 그놈한테 말했지. 그런데도 그놈이 그 딴 식으로 날 깔보도록 냅둬야 하겠냐고? 안 그래? 그 새끼가 내 여자친구를 떡 주무르듯 만지작거렸다니까."

"그러면 사실대로 말을 하지."

섀도는 별 감흥 없이 그렇게 대꾸하고는 그쯤에서 입을 다물었다. 감방에서 일찌감치 깨달은 것이 한 가지 있다면 그저 자신의 형기를 살라는 것이다. 누구도 자신의 형기를 대신 살아 줄 수 없다.

고개를 숙이고 자신의 형을 살아라.

로 키는 몇 개월 전 낡아서 너덜해진 헤로도토스의 책 『역사』를 섀도에게 빌려 주었다.

"지루한 거 아냐. 괜찮은 책이야."

섀도가 책 같은 것은 읽지 않는다고 하자, 로 키는 이렇게 말했다.

"우선 읽어 보게. 그러고 나서 괜찮다고 말해도 늦지 않으니."

섀도는 인상을 찌푸리긴 했으나 책을 읽기 시작했다. 그리고 그의 의지와는 달리 책에 빠져들었다.

"그리스 놈들이란."

아이스맨은 메스꺼운 듯 이야기했다.

"사람들이 그리스 놈들이 이러저러하다고 떠드는 거 그거 다 구라야. 한 번은 뒤로 하려고 했더니 여자친구가 내 눈알을 뽑아낼 뻔했다니까."

로 키는 어느 날 아무런 예고도 없이 다른 곳으로 이송되었다. 그는 섀도에게 헤로도토스를 남기고 떠났다. 책갈피엔 진짜 동전이 숨겨져 있었다. 25센트짜리 2개와 1센트짜리 하나, 5센트짜리 하나였다. 형무소에서는 동전을 소지할 수 없다. 동전 끝을 벽에 대고 날카롭게 갈아 뒀다가 다른 놈과 싸울 때 얼굴을 그을 수도 있기 때문이었다. 섀도는 무기를 원하지 않았다. 단지 제 손으로 무언가 하고 싶을 뿐이었다.

섀도는 미신을 믿지 않았다. 눈으로 볼 수 없는 것은 믿지 않는다. 하지만 강도질을 벌이기 전 며칠 동안 느꼈던 것처럼, 감옥에서의 마지막 몇 주 동안 무언가 불길한 것이 다가오고 있다는 사실을 느낄 수 있었다. 배 속이 텅 빈 것 같은 느낌이 들었는데, 바깥세상으로 돌아가는 것에 대한 불안감 때문일 것이라고 자위했다. 그러나 확신은 서지 않았다. 보통 때와는 달리 아무 이유도 없이 두려웠다. 감옥에서

'보통'이라는 것은 생존에 필수적인 기술과 같은 것이다. 섀도는 더욱 말이 없어졌고 음울해졌다. 교도관들과 다른 죄수들의 몸짓을 자신도 모르게 살피면서, 틀림없이 일어날 것 같은 불길한 일에 대한 단서를 찾으려 애썼다.

석방되기 한 달 전 섀도는 썰렁한 사무실에 갔다. 이마에 보랏빛 점이 나 있는 키 작은 남자가 그를 마주했다. 그들은 책상을 사이에 두고 앉았다. 남자는 섀도의 파일을 앞에 펼쳐 놓은 채 볼펜을 쥐고 있었다. 펜 끝은 심하게 씹혀 있었다.

"섀도, 자네 추운가?"

"네, 좀 그렇습니다."

남자는 어깨를 들썩였다.

"난방 시스템이 그렇다네. 12월 1일이 되어야 난방이 돌고 3월 1일에 다시 끄지. 내가 규칙을 정하는 건 아니네."

예의니 격식이니 차릴 만큼 차렸다고 생각했는지, 그는 폴더의 안쪽 왼편에 철심으로 고정된 서류를 집게손가락으로 훑어 내렸다.

"자네 32살이지?"

"예, 그렇습니다."

"젊어 보이는군."

"깨끗하게 살려고 노력합니다."

"다들 자네를 모범수라 하더구먼."

"교훈을 얻었습니다."

"그래? 그렇단 말이지?"

남자는 집중해서 섀도를 쳐다보았다. 이마의 점이 납작해졌다. 섀도는 감옥에 관한 자신의 생각을 말할까 망설이다가 결국 아무 말도 하지 않았다. 대신 고개를 끄덕이고 좀 더 후회하는 듯한 표정을 지으려 애썼다.

"아내가 있지, 섀도?"

"로라라고 합니다."

"잘 지내는가?"

"아주 잘 지냅니다. 제가 체포되었을 당시엔 저한테 화가 좀 났지만, 자주 면회를 왔습니다. 여기까지는 꽤 먼 거리죠. 서로 편지도 하고, 또 가능할 땐 제가 전화도 합니다."

"부인은 뭘 하는가?"

"여행사 직원입니다. 세계 여러 곳에 여행 알선을 합니다."

"어떻게 만났나?"

남자가 왜 이런 질문을 하는지 섀도는 알 수가 없었다. 당신이 알 바 아니라고 말할까 생각하다가 그냥 대답했다.

"가장 친한 친구 아내의 가장 친한 친구였습니다. 그들이 소개시켜주었죠. 우리 둘은 잘 통했고요."

"나가면 일거리라도 있는가?"

"예, 방금 말씀드렸던 친구 로비가 피트니스 센터를 하는데, 여기 오기 전 그곳에서 트레이너로 일했습니다. 그 친구가 나오면 다시 일하라고 했습니다."

남자의 한쪽 눈썹이 치켜져 올라갔다.

"그래?"

"친구는 제가 사람들을 많이 끌어 모을 거라고 했습니다. 예전에 있던 사람들도 다시 오고, 더 터프해지고 싶은 거친 사내들이 몰려올 거라고요."

남자는 만족해 하는 것 같았다. 그는 볼펜 끝을 씹었고 서류를 다음 장으로 넘겼다.

"자네의 범행에 대해서 어떻게 생각하나?"

섀도는 어깨를 들썩였다.

"어리석었죠."

섀도는 진심을 담아 말했다. 남자는 한숨을 쉬었다. 그는 서류에 몇 가지 표시를 했다. 그러고 나서 서류를 다음 장으로 넘겼다.

"여기서 집까지는 어떻게 갈 셈인가? 그레이하운드*를 타겠지?"

"비행기를 탈 겁니다. 집사람이 여행사 직원이니 이럴 때 좋은 거 아니겠습니까."

남자가 인상을 찌푸리자 점에 주름이 졌다.

"부인이 티켓을 보냈나?"

"그럴 필요 없습니다. 그냥 확인 번호만 보냈죠. 전자 티켓이거든요. 저는 한 달 후 공항으로 가서 신분증만 보여 주면 됩니다."

남자는 고개를 끄덕이고 마지막으로 한 번 더 휘갈겨 쓰고 나서 파일을 덮고 펜을 내려놓았다. 창백한 두 손이 회색 책상 위에 분홍빛 동물처럼 놓여 있었다. 남자는 두 손을 모으고 양 집게손가락을 뾰족 탑처럼 세운 다음 축축한 갈색 눈으로 섀도를 응시했다.

"자넨 운이 좋군. 돌아갈 사람도 있고 일자리도 기다리고 있으니. 말하자면 두 번째 기회가 아닌가. 잘해 보게."

---

* Greyhound, 미국의 고속 및 시외버스 회사.

남자는 자리에서 일어섰으나, 섀도에게 악수를 청하지는 않았다. 섀도 또한 기대하지 않았다.

마지막 한 주는 최악이었다. 어떤 의미에서는 그 한 주가 형을 살았던 나머지 3년보다도 더 악몽처럼 느껴졌다. 날씨 때문인 듯 싶었다. 음울하게 가라앉고 차가운 날씨 말이다. 마치 폭풍이 올 것 같았다. 그러나 폭풍은 오지 않았다. 무언가 완전히 잘못되었다는 느낌이 마음속 깊이 자리 잡아서, 섀도는 안절부절못하고 불안에 떨었다. 운동장에는 거친 바람이 몰아쳤다. 공기에서 눈 냄새가 났다.

섀도는 수신자 부담으로 아내에게 전화를 걸었다. 형무소 전화는 통화당 3달러의 추가 요금이 부과된다. 그런 이유로 교환수가 형무소에서 전화를 거는 사람들에게 친절하게 대한다고 섀도는 생각했다. 교환수들은 임금을 주는 사람들이 누구인지 아는 것이다.

"뭔가 좀 께름칙하네."

섀도는 로라에게 말했다. 다짜고짜 그 말부터 한 것은 아니었다. 물론 처음 한 말은 "사랑해."였다. 진심을 담아 말한다면 정말 좋은 말이다. 섀도는 진심을 담아 사랑한다고 말했다.

"안녕, 나도 사랑해. 뭐가 찝찝하다는 거야?"

"모르겠어. 아마 날씨 때문인가 봐. 폭풍이나 왔다 가면 다 좋아지겠지."

"여긴 날씨가 좋아. 나뭇잎들이 다 떨어지진 않았어. 폭풍이 오지 않으면, 집에 돌아와서 볼 수 있을 거야."

"닷새 남았어."

"120시간이야. 그 시간이 지나면 자기는 집에 돌아와."

"거긴 어때? 별일 없지?"

"다 괜찮아. 오늘 밤에 로비 만나기로 했어. 당신이 집에 오는 것을 축하하는 깜짝 파티를 준비하기로 했어."

"깜짝 파티?"

"응. 자기는 아무것도 모를 거야, 그렇지?"

"그럼. 내가 뭘 알겠어."

"그래, 우리 서방님."

섀도는 자신이 미소 짓고 있다는 사실을 깨달았다. 3년 동안 수감 생활을 했으나 로라는 여전히 그를 웃게 만든다.

"사랑해, 자기."

"사랑해, 퍼피."

섀도는 수화기를 내려놓았다.

결혼할 때 로라는 섀도에게 강아지를 한 마리 키우고 싶다고 했으나, 집주인이 임대 약정에 애완동물은 금지되어 있다며 반대했다.

"음, 내가 당신의 강아지가 될게. 내가 어떻게 해 줄까? 슬리퍼를 물어뜯을까? 부엌 바닥에 오줌을 쌀까? 자기 코를 핥을까? 자기 가랑이 사이에서 킁킁 냄새를 맡을까? 강아지가 할 수 있는 것 중에 내가 못 하는 건 하나도 없어!"

섀도는 이렇게 말하고 가볍게 로라를 안아 올린 후 그녀의 코를 핥기 시작했다. 그러자 로라는 킥킥 웃으며 비명을 질렀다. 섀도는 로라를 침대로 데려갔다.

식당에서 샘 페티셔가 섀도를 향해 조용히 다가와 이를 드러내며 웃었다. 그는 섀도의 옆자리에 앉아 마카로니와 치즈를 먹으며 말을 걸었다.

"얘기 좀 해."

샘 페티셔는 섀도가 이제껏 본 중 가장 까만 흑인이었다. 60대 같기도 했고 80대 같기도 했다. 그렇지만 섀도는 샘보다 나이 들어 보이는 서른 먹은 마약 중독자도 본 적이 있었다.

"음?"

"폭풍이 오고 있어."

"그런 것 같네요. 곧 눈이 올지도 모르죠."

"그런 거 말고. 더 큰 폭풍을 이야기하는 거야. 잘 들어. 큰 폭풍이 오면 자네는 밖으로 나가는 것보다 여기 있는 게 더 나을 거야."

"내 형기는 다 끝났어요. 금요일이면 나갑니다."

샘은 섀도를 응시했다.

"자네, 어디 출신이야?"

"인디애나 이글 포인트요."

"에이, 그런 거 말고. 원래 말이야. 자네 가족들 출신이 어디냐고?"

"시카고요."

섀도의 어머니는 어릴 적 시카고에서 살았으며, 오래전 그곳에서 죽었다.

"말했듯이 큰 폭풍이 오고 있어. 머리를 낮추게, 섀도. 마치…… 그 뭐더라, 대륙 밑에 있는 그 움직이는 거?"

"판 구조?"

섀도가 어림짐작으로 대답했다.

"바로 그거, 판 구조. 그 판들이 움직일 때 북아메리카가 남아메리카 밑으로 끼어들어 가는데, 자네가 그 사이에 끼이면 안 될 거 아냐. 알아들었어?"

"무슨 소린지 모르겠습니다."

샘이 갈색 눈으로 살짝 윙크를 했다.

"젠장, 난 경고했다."

샘 페티서는 이렇게 말하고 흔들거리는 오렌지 젤로를 한 스푼 떠서 삼켰다.

"알았어요."

섀도는 그날 밤 새로 온 감방 동료가 아래 침대에서 코를 고는 바람에 반쯤 잠들었다 깼다 하면서 보냈다. 게다가 몇 칸 떨어진 방에선 한 남자가 짐승처럼 낑낑거리다가 울부짖고 흐느꼈으며, 또 다른 남자가 아가리를 닥치라고 고함을 치곤 했다. 섀도는 아무것도 듣지 않으려 애썼다. 텅 빈 시간이 외롭고 쓸쓸히 그를 스쳐 지나가기를 바랐다.

이제 이틀 남았다. 48시간. 오트밀과 커피로 시작된 하루였다. 윌슨이라는 교도관이 섀도의 어깨를 필요 이상으로 세게 치며 말했다.

"섀도? 이쪽이야."

섀도는 자신의 의식을 점검해 보았다. 조용했다. 그가 감옥에서 관찰한 바에 따르면, 조용하다고 해서 엉망진창이 아니라는 뜻은 아니다. 두 남자는 금속과 콘크리트로 된 바닥을 울리면서 나란히 걸어갔다.

섀도는 목구멍 안쪽에서 오래된 커피같이 쓰디쓴 두려움을 느꼈다. 불길한 일이 벌어지고 있었다.

머릿속에서 어떤 목소리가 '그자들이 1년은 더 너를 감방에서 썩게 만들 것이고, 독방에 가두고, 손을 자르고, 모가지를 내려칠 것이다.' 하고 속삭였다. 섀도는 바보같이 굴지 말자며 속으로 되뇌었으나, 심장이 가슴 밖으로 튀어나올 듯이 거세게 뛰었다.

"이해를 못하겠네, 섀도."

윌슨이 걸으면서 말했다.

"뭘 말입니까?"

"너 말이야. 너무 조용하단 말이야. 지나치게 예의 발라. 늙은이들처럼 기다리고 있지 않나. 도대체 나이가 몇이야? 스물다섯? 스물여덟?"

"서른둘입니다."

"그리고 너 뭐야? 스페인계야? 집시야?"

"제가 아는 바로는 아닙니다. 어쩌면 그럴 수도 있고요."

"아마 검둥이 피가 섞였을지도 몰라. 검둥이 피가 섞인 거 아냐?"

"그럴지도 모르죠."

섀도는 꼿꼿이 서서 정면을 응시하면서 이 남자 때문에 화를 내지 않으려고 애썼다.

"그래? 어쨌거나 네놈만 보면 무지 섬뜩해."

윌슨은 엷은 금발에 엷은 노란 얼굴로 엷은 노란 미소를 띠고 있었다.

"너 곧 나가지?"

"그러길 바라고 있습니다."

"넌 다시 돌아올 거야. 네놈 눈을 보면 알 수 있어. 섀도 네놈은 완전 끝인 거지. 내 맘 같아선 네놈들 중 어떤 놈도 내보내지 않을 거다. 그냥 모조리 시궁창에 처넣고 싹 손 터는 건데 말이야."

'지하 감옥이라.' 섀도는 생각했으나 입 밖으로는 아무 소리도 내지 않았다. 생존의 문제다. 그는 말대꾸하지 않았다. 또한 교도관의 고용 보장에 대해 아무 언급을 하지 않았으며, 참회나 재활, 재범률 따위에 대해서도 아무런 의견 개진을 하지 않았다. 재미있는 말이든 재치 있는 말이든 아무런 이야기도 하지 않았다. 특히 교도소 공무원들과 이 야기를 할 때면 혹시 모를 불이익을 염려해 되도록이면 입을 꾹 다물었다. 질문에 대한 답만 하라. 제 형기를 살고 나가라. 집에 가자. 뜨거운 물에 오래도록 목욕을 하자. 로라에게 사랑한다고 말해주자. 새 삶을 사는 거다.

그들은 검문 지점을 두어 군데 통과했다. 윌슨은 매번 자신의 신분 증을 보여 주었다. 계단을 올라 교도소장 사무실 앞에 섰다. 섀도는 이곳에 한 번도 와 본 적이 없었으나 무슨 일 때문에 이곳을 방문하는지 알 것 같았다. 'G. 패터슨'이라는 교도소장의 이름이 문에 까만 글자로 쓰여 있었다. 문 옆에는 미니어처로 만들어진 신호등이 있었다. 맨 위의 불이 붉게 빛났다. 윌슨은 신호등 밑의 버튼을 눌렀다.

그들은 말없이 그곳에 2~3분 정도 서 있었다. 섀도는 모든 게 다 잘 될 거라고, 금요일 아침이면 이글 포인트로 향하는 비행기에 오를 수 있을 거라고 되뇌려 애썼으나 스스로도 믿기지 않았다.

빨간 불이 나가고 녹색 불이 들어오자 윌슨이 문을 열었다. 안으로 들어섰다.

섀도가 지난 3년 동안 교도소장을 본 건 손으로 꼽을 정도였다. 한 번은 정치인에게 교도소를 구경시켜 주고 있을 때였다. 섀도가 알지 못하는 정치인이었다. 또 한 번은 수감 기간 중이었는데, 교도소장은 백 명 정도 모아 놓고 이야기하면서 교도소가 과밀한 상태이며 앞으로도 그럴 것이니 익숙해지는 게 좋을 것이란 말을 했다. 가까이서 보는 건 이번이 처음이었다.

자세히 보니 패터슨의 모습은 더욱 별로였다. 얼굴은 타원형이었으며 회색 머리는 군대식으로 잘려 곤두서 있었다. 몸에서는 올드 스파이스 냄새가 났다. 그의 등 뒤로 책꽂이가 있었는데, 책마다 제목에 '교도소'란 단어가 들어가 있었다. 책상 위는 전화기 한 대와 뜯어낸 파사이드 달력 한 장만 빼곤 완벽하게 깨끗했다. 그는 오른쪽 귀에 보청기를 하고 있었다.

"앉게나."

격식을 차리는 태도가 눈에 띄었다. 섀도가 앉았다. 윌슨은 뒤에 서 있었다.

교도소장은 책상 서랍을 열어 파일을 꺼내 올려놓았다.

"가중 폭행죄로 6년 형을 받았다고 나와 있군. 그리고 3년을 살았고. 금요일에 석방하기로 되어 있었네."

있었네? 섀도는 갑자기 속이 뒤틀리는 것을 느꼈다. 얼마나 더 형을 살아야 되는지 궁금했다. 1년 더? 2년? 다시 3년? 섀도는 "그렇습니다."라고만 대답했다.

교도소장은 입술을 핥았다.

"뭐라고 했나?"

"'그렇습니다.'라고 말했습니다."

"섀도, 우린 자네를 오늘 오후에 석방할 거야. 며칠 더 일찍 나가는 거지."

교도소장의 말은 마치 사형선고라도 되는 듯 심각했다. 섀도는 고개를 끄덕이고는 이어질 말을 기다렸다. 교도소장은 서류를 내려다보았다.

"이글 포인트에 있는 존슨 메모리얼 병원에서 온 것이네……. 자네 부인이 오늘 아침 일찍 사망했네. 교통사고였어. 안됐네."

섀도는 다시 한 번 고개를 끄덕였다.

윌슨은 아무 말도 없이 그를 데리고 감방으로 돌아갔다. 문을 열고 섀도를 들여보내며 말했다.

"이건 마치 좋은 소식 하나, 나쁜 소식 하나가 있다는 농담 같군, 안 그래? 좋은 소식은 네가 일찍 석방되었다는 거고, 나쁜 소식은 네 마누라가 죽었다는 거고."

윌슨은 그것이 우스운 농담이라도 되는 듯 웃음을 흘렸다.

섀도는 아무 말도 하지 않았다.

멍한 상태로 섀도는 짐을 쌌고, 가지고 있는 것 대부분은 줘 버렸다. 로 키의 헤로도토스와 동전 마술 책도 두고 떠났다. 또한 로 키가 책 속에 남기고 간 동전을 찾기 전까지 작업장에서 몰래 빼내 동전 대용으로 쓰던 금속 원반도 한순간 아쉬워했지만 버리고 말았다. 밖에 나가면 진짜 동전이 있을 것이다. 섀도는 면도를 하고 민간인의 옷으로 갈아입었다. 수없이 많은 문들을 통과하며 다시는 이곳으로 되돌아올 일이 없을 것이라 생각하곤 공허감을 느꼈다.

회색 하늘에서 차가운 비가 몰아쳐 내리기 시작했다. 교도소 건물에서 점점 멀어지며 가까운 도시까지 타고 갈, 스쿨버스를 개조한 노란 버스가 있는 곳까지 걸어가는 동안 작은 얼음 알갱이들이 섀도의 얼굴을 때렸고 두꺼운 코트를 적셨다.

버스에 도착할 즈음에 그들은 모두 젖고 말았다. 총 8명이 떠날 거라고 섀도는 생각했다. 1500명이 아직 안에 남아 있다. 섀도는 버스에 자리를 잡고 앉아 히터가 돌아갈 때까지 덜덜 떨면서 이제 무엇을 해야 하는지, 어디로 가야 하는지 고민했다.

뜻하지 않게 섀도의 머릿속에 유령의 모습이 가득 들어찼다. 상상 속에서 그는 오래전에 또 다른 감옥을 떠나고 있었다.

섀도는 너무나 오랫동안 빛 한 줄기 들지 않는 다락방에 투옥되어 있었다. 수염이 거칠게 자라고 머리는 마구 헝클어져 있었다. 교도관들이 섀도를 데리고 회색 돌계단을 올라가 사람들과 형형색색으로 빛나는 물건들이 가득 찬 광장으로 향했다. 장날이었다. 섀도는 소음이며 현란한 색깔에 멍해진 채, 광장을 덮고 있는 햇빛을 실눈을 뜨고 올려다보며 소금기 젖은 공기와 시장의 물건 냄새를 맡았다. 그의 왼편으로는 햇빛을 받아 물이 반짝이고 있었다…….

버스가 덜덜거리면서 붉은 신호에 멈추어 섰다.

바람이 버스 주변에서 윙윙거렸다. 앞 차창의 와이퍼가 무겁게 움직이면서 빨갛고 노랗게 젖은 네온빛으로 도시를 문질러댔다. 이른 오후였지만 창을 통해 보니 밤 같았다.

"빌어먹을."

섀도의 뒷좌석에 앉은 남자가 차창에 낀 성에를 손으로 닦으며 말했다. 그는 서둘러 걸어가고 있는 한 행인을 응시하고 있었다.

"저 계집애 봐라."

섀도는 침을 삼켰다. 아직 울지 않았다는 생각이 불현듯 들었다. 사실 아무것도 느끼지 못했다. 눈물도 흘리지 않았다. 슬픔도 없었다. 아무것도.

처음 감방에 들어갔을 때 한 방을 썼던 조니 라치가 생각났다. 조니는 언젠가 5년 동안 감방에서 썩다가 풀려났을 때 100달러와 비행기표 1장을 들고 누이가 살고 있는 시애틀로 향했던 이야기를 해 준 적이 있었다.

조니는 공항으로 가서 카운터의 여자에게 표를 건넸고 여자는 면허증을 요구했다. 조니는 운전면허증을 그녀에게 건넸다. 벌써 몇 년 전에 만료된 것이었다. 여자는 그것이 신분증으로 유효하지 못하다고 했다. 조니는 그것이 운전면허증으로서 유효하지 않을지언정 틀림없이 신분증이지 않느냐고, 사진도 있고, 신장과 체중도 나와 있지 않느냐, 염병할, 이게 내가 아니면 누구겠냐고 따지고 들었다.

여자는 목소리를 낮춰 주시면 감사하겠노라고 응대했다.

조니는 "염병할 보딩 패스나 줘. 그렇지 않으면 후회할 거야. 이따위로 무시받고 싶은 마음이 없어."라고 말했다. 감방에서는 무시받아선 안 된다.

그러자 여자는 버튼을 눌렀고, 잠시 후 보안 요원이 나타나 조니 라치에게 조용히 공항을 떠나라고 말했다. 그러나 조니는 굴복하지 않았고 소동이 벌어졌다.

결국 조니 라치는 시애틀로 돌아갈 수 없었고, 시내에 있는 구치소에 며칠 동안 구금되었다. 100달러를 다 쓰고 나자 술 마실 돈을 구하려고 장난감 총을 가지고 주유소를 털었고, 노상 방뇨를 하다가 경찰에 잡히고 말았다. 조니는 다시 교도소로 들어와 나머지 형에다 주유소 건까지 얹어서 조금 더 살았다.

조니 라치에 의하면, 이 이야기의 교훈은 공항에서 일하는 인간들에겐 시비를 걸지 말라는 것이다.

"감방 같은 특별한 상황에서 통하는 행동이 바깥세상에서는 아무 소용이 없거나 오히려 해가 된다는 거 아닐까?"

조니 라치가 섀도에게 그 이야기를 해 주었을 때, 섀도는 이렇게 말했다.

"아니지, 잘 들어 봐. 내 말은, 공항에서 일하는 년들에게는 대들지 말란 얘기라니까."

섀도는 그 생각에 웃음이 비어져 나왔다. 그의 운전면허증은 만료되려면 아직 몇 개월 남았다.

"터미널이다! 다 내려!"

터미널 건물은 오줌 지린내와 맛이 간 맥주 냄새가 풍겼다. 섀도는 택시를 잡아 타고 운전사에게 공항으로 가자고 했다. 조용히 간다면 5달러를 더 내겠다고 말했다. 20분 만에 공항에 도착했고, 운전사는 그동안 한마디도 하지 않았다.

섀도는 조명이 밝게 비추는 공항 터미널에 들어가자 비틀거렸다. 전자 티켓 거래가 걱정되었다. 금요일 표를 가지고 있는 것은 알았지만, 그것을 오늘 쓸 수 있는지는 알 수 없는 노릇이었다. 섀도에게 전자로 이루어지는 것은 뭐든 이해할 수 없는 마술과 같았고, 어느 때고 한순간에 사라져 버릴 수 있는 것이었다. 그는 붙잡아 볼 수 있고 만질 수 있는 것들이 좋았다.

그래도 섀도는 3년 만에 처음으로 지갑을 다시 가지고 있었다. 지갑 속에는 만료된 신용 카드 몇 개와 놀랍게도 1월 말까지 유효 기간이 남아 있는 비자카드가 있었다. 예약 번호도 알고 있었다. 섀도는 스스로가 일단 집에만 무사히 도착하면 모든 게 어떻게든 원상태로 돌아가 있을 거라고 확신하고 있다는 것을 깨달았다. 로라도 멀쩡할 것이다. 어쩌면 이 모든 게 며칠 일찍 섀도를 빼내기 위한 일종의 사기일 수도 있다. 아니면 단순한 착오일 수도 있다. 동명이인인 또 다른 로라 문의 시신이 사고 현장에서 발견된 것일 수도 있지 않은가.

유리로 된 벽 너머로 번개가 번쩍이고 있었다. 섀도는 자신이 무언가를 기다리며 숨을 죽이고 있다는 것을 깨달았다. 멀리서 천둥이 치는 소리가 들렸다. 숨을 내쉬었다.

카운터 안쪽에서 피곤한 모습을 한 백인 여자가 섀도를 빤히 쳐다보고 있었다.

"안녕하세요. 전자 티켓 번호가 있거든요. 금요일에 비행기를 탈 예정이었는데 오늘 가야 해요. 집안에 상이 났거든요."

'당신은 내가 3년 만에 처음으로 말을 건 낯선 여자군요.'

"음, 안됐군요."

여자는 키보드를 두드리고 스크린을 보더니 다시 키보드를 쳤다.

"가능합니다. 3시 30분 비행기에 이름을 올렸습니다. 폭풍 때문에 지연될 수도 있으니 계속 전광판을 살펴보세요. 부치실 수화물이 있으십니까?"

섀도는 어깨에 메는 가방을 들어 보였다.

"이건 부칠 필요 없죠?"

"네, 괜찮습니다. 사진이 있는 신분증 있으십니까?"

섀도는 운전면허증을 보여 주었다. 그리고 나서 그는 비행기로 폭탄을 운반해달라는 부탁은 받은 적 없다고 여자에게 말했다. 여자는 출력한 탑승권을 그에게 주었다. 그는 가방을 엑스레이 검사대에 놓은 후 금속 탐지기를 지났다.

공항은 크지 않았으나 섀도는 그곳에 돌아다니는, 그저 어슬렁거리는 많은 사람들을 보고 놀랐다. 섀도는 사람들이 아무런 거리낌 없이 가방을 내려놓고, 뒷주머니에 지갑을 꽂고, 주변을 살피지 않은 채 의자 밑에 핸드백을 내려놓는 모습을 바라보았다. 그러면서 더이상 감옥에 있는 것이 아니라는 사실을 깨달았다.

탑승까지는 30분을 더 기다려야 했다. 섀도는 피자 한 조각을 사먹다가 뜨거운 치즈에 입술을 데었다. 잔돈을 챙기고 전화기로 향했다. 머슬 팜의 로비에게 전화를 걸었으나 자동응답기가 대답했다.

"안녕, 로비. 로라가 죽었다고 하던데. 나 일찍 석방됐어. 지금 집으로 가는 중이야."

사람들은 실수를 저지르기 마련이고 섀도는 그런 실수를 많이 보았다. 그래서 그는 집으로 전화를 걸었고 로라의 목소리를 들었다.

"안녕하세요. 지금은 부재중입니다. 메시지를 남겨 주시면 나중에 연락드리겠습니다. 좋은 하루 되세요."

섀도는 메시지를 남길 수가 없었다. 그리고 게이트 옆에 있는 플라스틱 의자에 앉았는데, 가방을 너무 꼭 잡아서 손이 아팠다.

섀도는 로라를 처음 보았던 때를 생각했다. 그때는 이름조차 알지 못했다. 로라는 오드리 버튼의 친구였다. 섀도가 '치치'의 칸막이 테이블에 로비와 함께 앉아 트레이너 중 한 명이 독립을 해 댄스 학원을 차릴 것이라는 둥의 이야기를 나누고 있었을 때 로라는 오드리보다 한 발짝쯤 뒤에서 걸어오고 있었다. 섀도는 자기도 모르게 그녀를 뚫어지게 쳐다보고 있었다. 로라는 긴 갈색 머리를 하고 있었고 눈은 너무나 파래서 칼라 렌즈를 끼고 있다고 착각할 정도였다. 그녀는 딸기 다이키리*를 주문했고, 섀도더러 맛보라고 졸라댔으며, 섀도가 시키는 대로 하자 밝게 웃었다.

로라는 자신이 먹는 음식을 사람들이 맛보는 것을 좋아했다.

그날 밤 섀도는 로라에게 굿나잇 키스를 했고, 그녀에게서 딸기 다이키리 향기가 났다. 섀도는 다른 사람하고는 다시는 키스하고 싶지 않았다.

섀도가 탈 비행기의 탑승이 시작된다는 안내 방송이 나왔고, 그가 서 있는 줄이 첫 번째 탑승 대상이었다. 섀도는 맨 뒷좌석에 앉았는데, 옆자리는 비어 있었다. 빗방울이 끊임없이 비행기 옆면을 때리고 있었다. 섀도는 하늘에서 어린아이들이 말린 강낭콩 한 움큼씩을 던지고 있다고 상상했다.

비행기가 이륙하자 잠에 빠져들었다.

섀도는 어두운 곳에 있었다. 그를 바라보는 무엇이 있었는데, 그것은 커다랗고 젖은 눈에 냄새 고약하고 털투성이의 버펄로 머리를 쓰고 있었다. 그리고 오일을 바른 매끈한 남자의 몸을 하고 있었다.

"변화가 오고 있다."

---

* 럼주, 라임 주스, 설탕, 얼음을 섞은 칵테일.

버펄로 맨은 입술을 움직이지 않은 채 말을 했다.

"몇 가지 결정을 내려야 한다."

젖은 동굴 벽에서 불빛이 번득였다.

"여기가 어디지?"

"땅속 그리고 땅 밑. 너는 잊힌 자들이 기다리고 있는 곳에 온 것이다."

버펄로 맨의 눈은 액체로 된 검은 구슬이었고, 그의 목소리는 세상 밑에서 울리는 포효였다. 그에게서는 젖은 소의 냄새가 났다.

"믿어라. 살아남으려면 믿어야 한다."

그는 으르렁거렸다.

"뭘 믿으라는 거지? 뭘 믿어야 하지?"

버펄로 맨은 섀도를 응시하며 거대한 몸을 일으켰다. 눈에서 불길이 솟았다. 그는 침으로 얼룩진 입을 열었는데, 땅 밑, 그의 내부에서 타오르고 있는 불꽃으로 인해 붉은색이었다.

"모든 것."

세상이 기울어지면서 빙글빙글 돌자, 섀도는 다시 비행기 안에 있었다. 그러나 세상은 여전히 기울어져 있었다. 비행기 앞쪽에서 한 여자가 어쩌지 못해 소리를 질렀다.

비행기 주변으로 번개가 정신없이 몰아쳤다. 기장은 안내 방송으로 폭풍을 피해 가기 위해 노력하고 있다고 말했다.

비행기가 흔들리고 떨렸다. 섀도는 이제 자신이 죽게 되는 건지 무심히 생각해 보았다. 가능한 일이지만 죽지는 않을 것 같았다. 그는 창밖으로 번개가 지평선을 비추는 것을 보았다.

섀도는 또다시 잠이 들었고 감옥에 있는 꿈을 꾸었다. 로 키가 밥 타는 줄에 서서 누군가 섀도의 목숨에 계약을 걸었다고 속삭였다. 그러나 섀도는 누가 왜 그랬는지 알아낼 수 없었다. 깨어났을 때는 착륙하려 하고 있었다.

섀도는 잠에서 깨기 위해 눈을 깜박이며 비행기에서 비틀비틀 내렸다.

그는 오랫동안 공항은 어디든 다 비슷하다고 생각했다. 어딘지는 중요하지 않다. 타일이 깔렸고 통로가 있고 화장실, 게이트, 가판대와 형광등이 있다. 이 공항도 공항처럼 생겼다. 문제는 이 공항이 그가 오려던 공항이 아니라는 것이었다. 이곳은 아주 큰 공항이다. 많은 사람들이 있었고, 게이트가 아주 많았다.

사람들은 유독 교도소와 공항에서 볼 수 있는, 멍하고 지친 표정을 하고 있었다. 공항은 지옥까지는 아니더라도 분명 연옥쯤은 될 것이라고 섀도는 생각했다.

"실례합니다."

여자는 서류판 너머 섀도를 똑바로 쳐다보았다.

"예?"

"여기가 어디죠?"

그녀는 황당한 표정으로 섀도를 바라보며 지금 농담하는 건지 아닌지 가늠하는 듯 했다.

"세인트루이스입니다."

"이글 포인트로 가는 비행기인 줄 알았는데요."

"맞습니다. 그랬는데 폭풍 때문에 이곳으로 회항했습니다. 안내 방송을 하지 않았나요?"

"글쎄요, 제가 잠이 들어서."

"저쪽에 빨간 코트 입은 사람에게 말씀하세요."

남자는 섀도만큼 키가 컸다. 70년대 시트콤에 나오는 아버지 같은 인상이었다. 그는 컴퓨터 키보드를 치더니 섀도에게 터미널 맨끝 게이트로 뛰라고 말했다.

"뛰세요!"

섀도는 공항을 가로질러 뛰어갔으나 게이트에 도착했을 때 문은 이미 닫혀 있었다. 그는 비행기가 게이트에서 멀어지는 것을 창을 통해 바라보았다. 섀도는 게이트 직원에게 (차분하고 조용하고 정중하게) 문제를 설명했다. 직원은 그를 고객 서비스 데스크로 데려갔다. 그곳에서 섀도는 오래 떠나 있다가 집으로 가는 길인데 아내가 교통사고로 사망했으며 따라서 당장 집에 가야만 한다고 이야기를 했다. 교도소에 대해서는 아무런 말을 하지 않았다.

안내 데스크의 여자는(키가 작고 갈색 피부이며 코 한쪽에 사마귀가 나 있었다.) 다른 여자와 상담을 하더니 전화를 걸었다.("아니요, 그건 떠났습니다. 방금 결항되었습니다.") 그러고 나더니 또 다른 탑승권을 출력했다.

"이것을 가지고 가시면 됩니다. 게이트에 전화해서 가신다고 말씀드리겠습니다."

섀도는 마치 자신이 컵 3개 사이에서 이리저리 튀어 다니는 콩알이나 뒤섞이고 있는 카드 같다고 생각했다. 그는 다시 한번 공항을 가로질러 뛰었고, 원래 내렸던 곳 근처로 돌아왔다.

게이트에서 키 작은 남자가 섀도의 탑승권을 받았다.

"기다리고 있었습니다."

그는 섀도의 좌석번호 17D가 적혀 있는 탑승권의 한쪽 면을 뜯으며 말했다. 섀도가 서둘러 비행기에 올라타자 비행기 문이 닫혔다.

퍼스트클래스 칸으로 걸어갔다. 퍼스트클래스 자리는 4개밖에 되지 않았는데 세 군데에는 이미 사람들이 앉아 있었다. 밝은 색 정장을 입고 있는 수염이 난 남자가 비어 있는 맨 앞자리 옆에 앉아 있었다. 그는 섀도가 비행기 안으로 들어오자 섀도를 보고 웃더니 손목을 들어 손목시계를 톡톡 두들겼다.

'그래, 그래, 나 때문에 늦었어. 댁이 이제 더 걱정하실 게 없으면 좋겠군.'

뒤쪽 자리를 향해 걸어가면서 보니 비행기는 거의 만석이었다. 아니, 한눈에 보기에도 완전히 꽉 차 있었다. 17D 좌석에는 중년의 여자가 앉아 있었다. 섀도가 자신의 탑승권을 꺼내 보였더니 여자도 자신의 것을 보여 주었다. 두 티켓은 똑같았다. 승무원이 물었다.

"이 좌석에 앉으시겠습니까?"

"아뇨, 안 되겠는데요. 여기 이 여성분이 앉아 계신데요."

승무원은 혀를 쯧쯧 차며 탑승권을 살펴보았다. 그러더니 섀도를 앞으로 데리고 가서 퍼스트클래스의 비어 있는 자리로 안내했다.

"손님, 운이 좋으신 것 같군요."

승무원이 섀도에게 말했다.

섀도가 자리에 앉았다.

"마실 것 좀 드릴까요? 이륙하기 전에 시간이 좀 있습니다. 음료가 필요하실 것 같네요."

"맥주 주세요. 아무거나 있는 걸로요."

승무원이 자리를 떴다.

밝은 색 정장을 입은 옆 좌석의 남자가 팔을 뻗어 손끝으로 자신의 손목시계를 두들겼다. 검은색 롤렉스였다.

"늦으셨군요."

남자는 따뜻함이라곤 없는 미소를 크게 지어 보였다.

"네?"

"늦었다고 말했소."

승무원이 섀도에게 맥주 한 잔을 건네주었다. 그는 맥주를 한 모금 마셨다.

한순간 섀도는 이 남자가 미쳤나 싶었다. 그러나 마지막 한 손님을 기다려 준 비행기 이야기를 하는가 보다 하고 생각했다.

"죄송합니다, 저 때문에. 급하신 모양이죠?"

비행기가 게이트에서 멀어졌다. 승무원이 섀도에게 다가와서 반쯤 남은 맥주잔을 치웠다. 밝은 색의 정장 남자는 승무원에게 미소를 띠며 말했다.

"걱정 말아요. 꼭 잡고 있으리다."

승무원은 남자의 잭 대니얼 잔을 그냥 두고는 항공기 규칙에 어긋난다고 살짝 투덜댔다.("아가씨, 그런 건 내가 더 잘 알아.")

"시간이라는 건 아주 중요한 거죠. 하지만 난 급할 거 없소. 난 그저 당신이 비행기를 놓칠까 봐 염려스러웠던 것뿐입니다."

"친절하시군요."

비행기는 엔진을 으르렁거리며 이륙 준비를 했다.

"친절은, 젠장. 섀도, 자네를 위한 일자리를 마련해 놓았네."

엔진 소리가 커졌다. 작은 비행기가 이륙하기 위해 앞으로 나아가면서 섀도의 몸이 좌석 깊숙이 묻혔다. 비행기가 마침내 이륙하자 공항의 불빛들이 뒤로 물러났다. 섀도는 옆에 앉은 남자를 바라보았다.

남자의 머리는 붉은 회색을 띠었고, 짧게 난 수염은 잿빛 붉은색이었다. 그는 섀도보다 덩치가 작았지만 훨씬 더 큰 공간을 차지하는 것처럼 보였다. 각진 얼굴은 우락부락했으며 눈은 회색이었다. 옷은 바닐라 아이스크림 색으로, 비싸 보였다. 넥타이는 어두운 회색 실크였고, 넥타이핀은 줄기와 가지와 깊은 뿌리가 있는, 은으로 만든 나무 모양의 것이었다. 남자는 잭 대니얼 잔을 들고 있었으나 한 방울도 흘리지 않았다.

"무슨 일인지 묻지 않을 텐가?"

"내가 누군지 어떻게 압니까?"

남자가 껄껄거리며 웃었다.

"사람들이 부르는 이름을 알아내는 것은 세상에서 제일 쉬운 일이네. 조금 생각해 보고 운도 따라 주고 기억을 되살리면 되는 걸세. 무슨 일인지 이제 물어보게."

"싫습니다."

승무원이 섀도에게 맥주 한 잔을 더 가져다주었고 섀도는 그것을 홀짝거렸다.

"왜 싫은가?"

"집에 가는 중입니다. 집에 가면 일자리가 있어요. 다른 일은 필요 없습니다."

남자의 우락부락한 미소는 그대로였다. 그러나 이제는 정말 재미가 있다는 듯한 인상이었다.

"집에 돌아가도 기다리고 있는 일자리 같은 것은 없어. 반면에 나는 자네에게 완전히 합법적인 일거리를 제공할 거라네. 보수도 괜찮고 얼마간 신분 보장도 해줄 거고, 여러 가지 혜택도 훌륭하지. 제기랄, 자네가 오래 살면 연금 혜택도 주겠네. 어떤가? 괜찮지 않나?"

"내 탑승권을 보셨나 보군요. 아니면 가방의 이름표를 봤든지요."

남자는 아무 말도 하지 않았다.

"당신이 누구든 내가 이 비행기를 탈 거라고는 생각지 못했을 겁니다. 나도 몰랐으니까요. 내가 탔던 비행기가 세인트루이스로 회항하지 않았더라면 이걸 타지도 않았을 테니까 말이죠. 당신은 장난치고 있는 거겠죠. 뭔가 사기를 치고 싶은 모양인데, 이쯤 해 두는 게 서로에게 좋을 것 같군요."

남자는 어깨를 으쓱해 보일 뿐이었다.

섀도는 좌석에 비치된 잡지를 꺼냈다. 비행기가 기류를 통과하느라 덜컹거리는 바람에 집중을 하기가 어려웠다. 단어들이 비눗방울처럼 머리에 들어오는 즉시 바로 미끄러져 나갔다.

남자는 잭 대니얼을 홀짝거리며 옆자리에 조용히 앉아 있었다. 눈은 감은 채였다.

섀도는 대서양 횡단 비행편에 마련된 음악 채널 리스트를 읽고 난 후 비행기의 항로를 보여 주는 빨간 줄이 처진 세계 지도를 보았다. 그러고 나서 마지못해 책을 덮고 제자리에 놓았다.

남자가 눈을 떴다. 남자의 눈에는 무언가 이상한 점이 있다고 섀도는 생각했다. 한쪽 눈이 다른 쪽보다 더 어두운 회색이었다. 남자가 말했다.

"그나저나 아내 일은 안됐네, 섀도. 가슴 아픈 일이야."

섀도는 남자를 거의 칠 뻔했지만, 대신에 숨을 깊게 들이쉬었다.("내 말은, 공항에서 일하는 년들에게는 대들지 마." 조니 라치가 섀도의 마음속에서 말을 걸었다. "안 그러면 쪽도 못 쓰고 다시 이곳으로 잡혀 올 테니.") 섀도는 다섯을 셌다.

"그래요."

"일이 달리 되었더라면."

남자는 고개를 저으며 한숨을 내쉬었다.

"자동차 사고였어요. 저세상으로 가는 길치곤 아주 빠른 길이죠. 더 끔찍하게 죽을 수도 있는 겁니다."

남자는 천천히 고개를 저었다. 잠깐 동안 남자는 비현실적으로 보였다. 불현듯 비행기가 더욱 현실감 있게 느껴지는 만큼, 남자는 더욱 현실감을 잃어 갔다.

"섀도, 이건 농담이 아니네. 장난도 아니야. 나는 자네에게 어떤 일자리보다 더 많은 월급을 줄 수 있네. 자네는 전과자야. 자네한테 일자리를 주려고 사람들이 줄이라도 서 있을 줄 아나?"

"씨발놈의 누군지 모르는 아저씨."

섀도가 엔진의 소음 너머로 겨우 들릴 만큼 작게 말했다.

"그렇게 돈이 많아?"

남자는 더욱 활짝 웃었다. 섀도는 어릴 때 보았던 PBS의 침팬지에 대한 프로그램이 생각났다. 유인원이나 침팬지들이 웃는 것은 증오나 공격이나 공포의 표시로 이빨을 드러내는 것이라고 했다. 침팬지가 씩 웃을 때는 위협을 뜻한다. 그자가 짓는 미소는 바로 그런 미소였다.

"물론 돈은 충분히 벌 수 있다네. 보너스도 줄 테고. 나와 같이 일하세나. 그럼 이런저런 이야기를 해주겠네. 물론 조금 위험하긴 하겠지만, 자네가 버텨 낸다면 원하는 것은 무엇이든 가질 수 있을 거야. 자네가 아메리카의 다음번 왕이 될 수도 있어. 나 아니면 누가 자네에게 이렇게 해 줄 수 있겠나, 음?"

"당신, 누구요?"

"아, 그래. 정보의 시대에는, 아가씨, 잭 대니얼 한 잔 더 따라 주실 수 있소? 얼음 넣어 약하게. 물론 정보의 시대 말고 다른 종류의 시대가 있었다는 말은 아니지만, 정보와 지식이란 건 어느 때고 써먹을 수 있는 화폐 같은 것이지."

"누구냐고 물었소."

"어디, 음. 오늘은 수요일, 분명 나의 날이니 웬즈데이라고 부르면 되겠네. 미스터 웬즈데이[1]. 창밖을 보니 목요일일지도 모르겠지만."

"진짜 이름이 뭐냐고요?"

"날 위해 오래, 잘 일해 주게. 그냥 일자리 제의라고 생각하게. 생각해 보게. 자네더러 당장 답하라는 건 아니네. 피라니아가 가득한 수조나 곰들이 득실거리는 우리로 들어가는 건지도 모를 테니 말이야. 시간을 갖고 생각해 보게."

남자는 눈을 감고 등받이에 깊숙이 기대앉았다.

"아뇨, 당신이 마음에 들지 않는군요. 당신하고 같이 일하고 싶은 생각은 없습니다."

남자는 눈을 뜨지 않은 채 말했다.

"말했듯이, 서두를 거 없네. 시간을 갖고 생각해 봐."

비행기가 쿵 하면서 착륙했다. 일부 승객들이 비행기에서 내렸다. 섀도는 창밖을 내다보았다. 도무지 어딘지 알 수 없는 조그마한 공항이었다. 이글 포인트까지는 아직 작은 공항 두 군데를 거쳐야 한다. 섀도는 눈길을 돌려 밝은 색 정장의 남자를 바라보았다. 웬즈데이라 했던가? 남자는 자고 있는 듯했다.

섀도는 충동적으로 자리에서 일어나 가방을 챙겨 비행기에서 내렸다. 비에 젖은 계단을 내려와 터미널 불빛을 향해 규칙적으로 발걸음을 옮겼다. 가랑비가 얼굴을 때렸다.

공항 건물로 들어가기 전에 걸음을 멈추고 몸을 돌려 비행기를 바라보았다. 비행기에서는 더이상 아무도 내리지 않았다. 공항 직원들이 계단을 치우자, 비행기는 문을 닫고 다시 활주로를 활주했다. 섀도는 이륙을 할 때까지 비행기를 바라보고 나서 실내로 들어갔다. 그곳에서 아직까지 영업을 하고 있는 '버짓' 렌터카로 가서 자동차를 빌렸다. 주차장으로 가 보니 빨간색 소형 도요타였다.

섀도는 공항에서 받은 지도를 조수석에 펼쳤다. 이글 포인트까지는 400킬로미터 거리에 달하고 대부분 고속도로였다. 그는 운전을 안 한 지 3년이었다.

폭풍은 지나갔다. 이곳까지 왔다면 말이다. 날씨는 춥고 맑았다. 구름이 달을 가리며 빠르게 흘러갔다. 한순간 섀도는 움직인 것이 구름인지 달인지 구분이 가지 않았다.

1시간 30분 동안 북쪽을 향해 달렸다.

날이 어두워지고 있었다. 배가 고팠다. 섀도는 다음 출구에서 빠져 나와 노타먼 읍으로 들어갔다. 아모코 주유소에서 연료 탱크를 채우고 나서 따분해 죽겠다는 표정을 하고 있는 계산대의 여자에게 근처에 식사도 할 수 있는 제일 좋은 술집이 어디 있는지 물었다.

"잭 크로커다일 바. 카운티 로드 N가 서쪽에 있어요."

"크로커다일 바?"

"예, 거기 재미있는 걸 갖다 놨다고 잭이 그러더군요."

여자는 신장 이식이 필요한 여자아이를 위한 기금 마련 훈제치킨 광고가 실린 자줏빛 전단지 뒷면에 지도를 그려 주었다.

"거기에 크로커다일 한 쌍하고 뱀 한 마리를 가져다 놨대요. 그중에 큰 도마뱀 같은 것도 있다던데."

"이구아나 말하는 거요?"

"맞아요."

읍내를 지나 다리를 건너고 3~5킬로미터를 더 달려 문간에 코카콜라 자판기가 있고 팝스트 맥주 간판에 불이 켜져 있는 직사각형의 낮은 건물 앞에 도착했다.

주차장은 반쯤 비어 있었다. 섀도는 붉은색 도요타를 주차하고 안으로 들어갔다.

안은 담배 연기로 공기가 탁했다. 주크박스에서는 「워킹 애프터 미드나잇」이 흘러나오고 있었다. 섀도는 크로커다일을 찾아보았지만 보이지 않았다. 주유소 여자가 장난을 친 게 아닌가 생각했다.

"뭐 드려요?"

바텐더가 물었다.

"당신이 잭인가요?"

"오늘은 잭이 쉬는 날이고, 전 폴입니다."

"안녕하세요, 폴. 하우스 맥주하고 햄버거하고 토핑은 있는 대로 다 주세요. 감자튀김은 빼주세요."

"칠리 한 그릇 먼저 드릴까요? 우리 집 칠리는 우리 주에서 제일 맛 있답니다."

"좋아요. 화장실이 어디죠?"

남자는 바의 한쪽 구석에 있는 문을 가리켰다. 문에는 악어 머리 장식이 달려 있었다. 문을 열고 들어갔다.

깨끗하고 밝은 화장실이었다. 우선 한 바퀴 돌아보았다. 습관의 힘이었다.("섀도, 기억해. 오줌 눌 때는 돌아서 싸울 수가 없어."로 키가 언제나 그렇듯 그의 머릿속에서 낮은 소리로 속삭였다.) 섀도는 왼쪽 소변기에 섰다. 그러고는 지퍼를 내리고 몸이 풀어지는 것을 느끼며 아주 오랫동안 시원하게 소변을 보았다. 눈높이에 붙여져 있는 잭과 2마리의 악어에 대한 신문 기사를 읽었다.

누가 들어오는 것은 듣지 못했지만 섀도의 바로 오른쪽 옆 소변기에서 정중하게 흠 하는 소리가 들렸다.

비행기 안에서 앉아 있던 때보다 훨씬 커 보이는, 밝은 색 정장의 남자가 서 있었다. 그는 섀도만큼 키가 컸는데, 섀도는 매우 장신이었다. 남자는 앞을 응시하고 있었다. 남자는 소변을 다 보고 마지막 몇 방울을 떨어내더니 지퍼를 올렸다.

남자는 철조망 너머를 바라보는 여우처럼 능글맞고 간교한 웃음을 씩 날렸다.

"자, 쟤도. 생각할 시간은 충분했겠지. 내 제의를 받아들이겠나?"

어둡고 붉은 방 안에(벽의 색깔은 생간의 색깔과 비슷했다.) 만화처럼 꽉 끼는 실크 반바지에 가슴을 한껏 위로 올려 앞으로 불룩 튀어나오게 하는 노란 블라우스를 입은 키 큰 여자가 있다. 여자의 검은 머리는 정수리에 틀어 올려져 있다. 여자의 옆에는 올리브색 티셔츠와 비싸 보이는 청바지를 입은 키 작은 남자가 서 있다. 남자는 오른손에 빨간색, 흰색, 파란색으로 장식된 노키아 휴대폰과 지갑을 들고 있다.

붉은 방에는 침대가 하나 있는데, 흰 공단 시트와 거무칙칙한 붉은색의 이불이 펼쳐져 있다. 침대 발치에는 나무로 된 작은 탁자가, 탁자 위에는 촛대를 들고 있는 거대한 엉덩이의 조그마한 여자 석상이 있다.

여자가 남자에게 작고 붉은 초를 건넨다.

"불, 붙여요."

"내가?"

"그래요, 날 갖고 싶으면."

"그냥 차 안에서 빨게 시키는 건데!"

"뭐, 그것도 나쁠 거 없죠. 나랑 하고 싶지 않아요?"

여자의 손은 허벅지에서 가슴까지 더듬어 올라간다. 마치 신제품을 홍보하는 듯한 몸짓이다.

방 한구석에 있는 등불 위에 걸쳐진 붉은 실크 스카프가 방을 붉게 물들였다.

남자는 갈망하는 눈길로 여자를 쳐다보고는 갑자기 여자에게서 초를 빼앗아 촛대에 꽂는다.

"라이터 있나?"

여자는 성냥을 건넨다. 남자가 성냥을 꺼내 심지에 불을 붙인다. 초는 깜박거리다가 제자리를 잡는다. 촛불은 그 옆에 있는 얼굴 없이 엉덩이와 가슴만 있는 석상이 움직이는 것처럼 보이게 한다.

"돈은 석상 밑에 넣어요."

"50달러."

"네."

"아까 해질 때 아가씨 보고는 남잔 줄 알았다니까."

"이게 있잖아요."

여자는 노란 블라우스를 풀고 가슴을 드러냈다.

"요즘엔 사내들도 가슴 있는 사람 많아."

여자는 팔을 뻗으며 미소를 지었다.

"그래요, 이제 이리 와서 나를 사랑해 주세요."

남자는 청바지를 내리고 올리브색 티셔츠를 벗는다. 여자는 남자의 흰 어깨를 갈색 손가락으로 주무른다. 그러고 나서 남자를 돌려세우고 손가락과 혀를 이용해서 남자를 애무한다.

남자에게는 붉은 방의 불빛이 희미해지고 오직 초에서만 빛이 나오는 것처럼 느껴진다. 양초는 밝은 불꽃을 일으키며 타고 있다.

"이름이 뭐야?"

남자가 여자에게 묻는다. 여자는 고개를 들며 답한다.

"빌키스, Q가 들어간."[2]

"뭐라고?"

"신경 꺼요."

남자는 헐떡거리고 있다.

"이제 해도 되지? 너랑 해야겠어."

"좋아, 자기. 해요. 그런데 하면서 날 위해 해 줄 게 있어. 해 줄 테야?"

남자가 짜증을 내며 말한다.

"야, 돈 낸 건 나야, 알아?"

여자가 부드럽게 남자 위에 걸터앉아 속삭인다.

"자기, 알아. 안단 말이에요. 당신이 돈을 냈지. 내 말은, 당신을 봐 봐. 내가 당신에게 돈을 내야 할 것 같아. 난 너무 운이 좋아……."

남자는 여자의 갈보 짓거리가 어림도 없다는, 안 넘어간다는 표정 을 지으며 입술을 다문다. 결국 여자는 길거리 창녀이며, 자신은 사 실상 프로듀서가 아닌가. 그래, 돈 뜯어내는 마지막 수법까지 내가 다 안다. 그러나 여자는 돈을 요구하지 않는다. 대신 이렇게 말한다.

"자기, 당신이 나한테 들어올 때, 당신의 그 크고 딱딱한 물건을 내 안에 집어넣을 때, 날 숭배해 줄래?"

"뭘 하라고?"

여자는 남자의 위에서 몸을 앞뒤로 흔든다. 남자의 충혈된 귀두가 여자의 젖은 음문(陰門)에 닿아 마찰된다.

"날 여신이라고 불러 줄 수 있어? 날 찬미해 줄래? 당신의 몸으로 날 경배해 줄 수 있어?"

남자는 웃는다. 이것이 여자가 원하는 것인가?

"그러지, 뭐."

남자가 답한다. 밤이 되면 온갖 변태가 있기 마련이다.

여자는 자신의 손을 다리 사이로 가지고 가 남자의 물건을 몸 안에 넣는다.

"좋아, 여신님?"

남자가 헐떡거리며 말한다.

"내게 경배해, 자기."

빌키스가 명령한다.

"그래, 난 너의 가슴과 눈과 질에 경배한다. 너의 허벅지와 눈과 체리처럼 빨간 입술에 경배한다……."

"아, 그래……."

여자는 폭풍에 흔들리는 배가 파도를 타듯 남자 위에 올라탄 채 몸을 흔들며 흥얼거린다.

"나는 생명의 젖이 흐르는 너의 젖꼭지를 경배한다. 너의 키스는 꿀같이 달콤하며, 너의 손길은 불길처럼 나를 태우고, 나는 그들을 경배한다."

남자의 말은 더욱 리듬을 타면서 몸의 움직임과 조화를 이룬다.

"아침에 너의 욕망을 내게 가져다주고 저녁에 너의 위안과 축복을 내게 내려 줘. 어두운 곳에서 해를 입지 않고 다니게 해 주고 다시 한 번 너에게 다가가 옆에서 잠자리에 들어 널 다시 사랑하게 해 줘. 내 안에 있는 모든 것을 다 바쳐서 너를 경배해. 내 마음속에 있는 모든 것과 내가 가 본 모든 곳과 나의 꿈과 나의……."

남자는 숨이 차올라 말을 끊었다.

"……뭐 해? 기가 막히게 좋아. 너무나 황홀해……."

남자는 둘이 합쳐진 자신의 엉덩이 쪽을 내려다보았다. 그러나 여자는 집게손가락을 남자의 턱에 갖다 대곤 머리를 뒤로 밀어서 남자가 오직 자신의 얼굴과 천장만을 쳐다보게 했다.

"자기, 계속해. 멈추지 마. 좋지 않았어?"

"이렇게 죽이는 느낌은 처음이야."

남자가 진심을 담아 여자에게 말한다.

"너의 눈은, 제길, 창공에서 활활 타오르는 별이고, 너의 입술은 모래를 핥아대는 부드러운 파도이고, 나는 그것들을 경배해."

이제 남자는 여자의 몸속으로 더욱 깊이 들어간다. 남자는 마치 자신의 아랫도리 전체가 성적으로 충만한 듯한 강렬한 느낌을 받는다. 우뚝 솟은 남근처럼 충혈되고 기쁨에 충만한 느낌.

"너의 선물을 내게 가져다줘."

남자는 더 자신이 무엇을 말하는지 모른 채 중얼거린다.

"너의 유일한 진짜 선물, 그리고 나를 항상 이렇게…… 항상…… 기도해…… 나는……."

이제 쾌락은 오르가슴에 달하고 있다. 남자의 마음은 공허가 되고 남자의 머리와 자아와 전 존재는 여자의 몸으로 더욱 깊이, 더욱 깊이 밀려 들어가면서 완전한 공백 상태가 된다.

눈을 감고 온몸을 떨면서 남자는 순간에 탐닉한다. 그런 후 그는 흔들림을 느끼는데, 마치 머리를 아래로 한 채 매달려 있는 듯한 느낌이다. 그러나 쾌락은 지속된다.

남자가 눈을 뜬다.

남자는 성교 후의 완전한 공허의 순간에 두려움 없이 정신을 차리기 위해 헐떡거리면서 탄생과 기적에 대해 생각했고, 자신이 보고 있는 것이 환영은 아닌지 의아해한다.

그는 가슴팍까지 여자의 몸 안으로 들어가 있다. 불신과 경외의 마음으로 응시하자, 여자는 그의 어깨 위에 두 손을 얹고 몸에 부드럽게 압력을 가한다.

남자는 더욱더 여자의 안으로 빨려 들어간다.

"어떻게 이렇게 할 수 있지?"

남자가 묻는다. 아니, 자신이 묻는다고 생각한다. 그러나 아마도 머릿속으로만 생각한 것일지도 모르는 일이다.

"자기, 당신이 하는 거야."

여자가 속삭인다. 그는 여자의 음문이 자신의 가슴 위쪽과 등을 단단히 조이고 감싸는 것을 느낀다. 누군가 이러한 모습을 본다면 어떻게 보일지 궁금하다. 또한 자신이 왜 두렵지 않은지도 의아해 한다. 그러고 나서 그는 알게 된다.

"나는 나의 몸으로 널 경배해."

여자가 남자를 몸속으로 집어넣을 때 남자가 속삭인다. 여자의 음순(陰脣)이 그의 얼굴을 매끄럽게 지나가고 남자의 눈은 어둠 속에 잠긴다.

여자는 침대 위에서 커다란 고양이처럼 온몸을 뻗고 하품을 한다. 여자가 말한다.

"그래, 네가 한 거야."

노키아 휴대폰이 「오드 투 조이」를 고음의 전자음으로 연주한다. 여자는 전화기를 들어 버튼을 누르고 귀에 가져다 댄다.

여자의 배는 평평하고 음순은 작게 닫혀 있다. 이마와 윗입술에 땀이 빛나고 있다.

"응? 아니, 자기야, 그 사람 여기 없어. 가 버렸어."

여자는 전화기를 끄고, 어둡고 붉은 방의 침대에 털썩 드러누워서 다시 한 번 기지개를 켠다. 그러고는 눈을 감고 잠에 빠져든다.

제2장

그녀를 크고 낡은 캐딜락에 태워
공동묘지로 데리고 갔다네
그녀를 공동묘지로 데리고 갔다네
허나 그들은 다시 데려오지 않았다네.
—— 옛 노래

미스터 웬즈데이는 잭 크로커다일 바의 남자 화장실에서 손을 씻으며 말했다.

"내 음식을 자네 테이블로 가져다 달라고 주문했네. 어쨌거나 우린 상의할 게 많지 않은가."

"난 아닙니다."

섀도는 종이 타월로 손을 닦고 구겨서 쓰레기통에 던졌다.

"자네는 일자리가 필요해. 사람들은 전과범을 써 주지 않지. 전과범은 사람들을 불편하게 만들거든."

"할 일이 있습니다. 좋은 일자리예요."

"머슬 팜의 일자리를 말하는 건가?"

"뭐, 그런 거요."

"아니. 거긴 안 돼. 로비 버튼은 죽었어. 그자가 없으면 머슬 팜도 죽은 것이고."

"거짓말 말아요."

"물론 난 거짓말을 잘하지. 거짓말에 있어선 이 세상 그 어떤 놈들보다도 훌륭하다고. 하지만 말이야, 내가 지금 하는 말은 거짓말이 아니야."

그는 주머니에 손을 넣고 꾸깃꾸깃 접힌 신문을 꺼내어 섀도에게 건넸다.

"7페이지. 안으로 들어와서 테이블에서 보게."

섀도는 문을 열고 바로 들어갔다. 공기는 담배 연기로 푸른빛을 띠었고 주크박스에서는 딕시 컵스가 「이코 이코」를 부르고 있었다. 섀도는 오래된 동요를 알아듣고 가볍게 미소를 지었다.

점원이 구석에 있는 테이블을 손으로 가리켰다. 테이블의 한쪽에는 칠리 그릇과 버거가 있었고, 맞은편에는 설익은 스테이크와 튀김이 놓여 있었다.

빨간 옷을 입은 우리 왕을 보세요.
하루 종일 이코 이코
그가 너를 죽일 거라는 데 5달러를 걸겠어.
자카모 피나 네이

섀도는 자리에 앉고는 신문을 내려놓았다.

"오늘 아침에야 감방에서 나왔소. 자유인으로서 첫 번째 식사란 말입니다. 당신이 말한 7페이지는 우선 먹고 나서 읽어 봐도 상관없죠?"

"물론이지."

섀도는 햄버거를 먹었다. 감방보다 맛있었다. 칠리 맛은 괜찮았으나,

몇 입 먹고 나서 그 주에서 가장 훌륭한 것은 아니라고 결론지었다.

로라는 칠리를 아주 맛있게 만들었다. 그녀는 얇게 썬 살코기와 검은 강낭콩과 잘게 썬 당근과 흑맥주 1병, 송송 썬 매운 고추를 넣었다. 그리고 칠리를 오랫동안 삶은 후 적포도주와 레몬주스와 신선한 딜 1스푼을 넣고, 마지막으로 칠리 파우더를 재어 넣었다. 섀도는 몇 번이나 조리방법을 가르쳐달라고 했다. 섀도는 양파를 자르고 냄비 바닥에 올리브유를 두르고 그 위에 양파를 얹는 것까지 하나도 놓치지 않고 바라보곤 했다. 심지어 조리법을 재료 하나하나 넣는 순서대로 메모하기도 했다. 어느 주말 로라가 없을 때 직접 칠리를 만들어 보기도 했다. 맛은 그런대로 괜찮았다. 분명 먹을 만한 요리였다. 그리고 실제로 먹었다. 허나 로라의 칠리 맛은 아니었다.

7페이지의 뉴스 기사는 섀도가 이미 읽어 알고 있는 아내의 죽음에 관한 기사였다. 기사를 읽자니 마치 어떤 이야기 속 주인공의 사연을 읽는 것처럼 기분이 묘했다. 27살 난 로라 문과 39살인 로비 버튼이 탄 승용차가 고속도로를 달리다가 차선을 변경하며 다가오는 32륜 탱크로리를 피하지 못하고 충돌했다. 탱크로리가 로비의 차를 옆에서 받았고, 로비의 자동차는 빙글빙글 돌며 갓길로 밀리다가 도로 표지판을 들이받고 멈춰 섰다.

구조대가 몇 분 만에 현장에 도착해 로비와 로라를 박살난 차 안에서 끄집어냈다. 둘 다 병원에 도착할 즈음 사망했다.

섀도는 신문을 접어 웬즈데이 쪽으로 밀었다. 웬즈데이는 불 근처에도 가지 않은 듯 피가 뚝뚝 떨어지는 붉고 푸르스름한 스테이크를 게걸스레 먹고 있었다.

"여기 있소. 가져가쇼."

로비가 운전하고 있었다. 신문에서는 음주에 관해서는 한 마디도 언급하지 않았지만, 로비는 틀림없이 음주 운전을 했을 것이다. 섀도는 로비가 운전을 못할 정도로 취했다는 걸 깨달았을 때의 로라의 표정을 머릿속에 그려 보았다. 머릿속에서 시나리오가 펼쳐졌지만, 그렇다고 막을 방법 같은 것은 없었다. 로라가 로비에게 소리 지른다. 길가로 차를 세우라고 고함을 치고 자동차가 트럭에 부딪쳐 쿵! 소리를 내고 운전대가 비틀리고……

길 한편으로 자동차가 서 있다. 깨진 유리 조각이 헤드라이트에 비추어져 얼음이나 다이아몬드처럼 반짝이고, 길바닥에는 피가 흥건하게 고인다. 두 구의 시신, 혹은 곧 사망할 두 사람이 박살난 차에서 끌어내져서 길가에 반듯이 누인다.

"어떤가?"

미스터 웬즈데이가 물었다. 그는 며칠 굶은 사람처럼 게걸스러운 동작으로 고기를 썰며 목구멍으로 집어삼켰다. 그런 후 감자튀김을 포크로 찍어 입에 넣어 씹었다.

"당신 말이 맞아요. 일자리가 없습니다."

섀도는 주머니에서 동전 하나를 꺼냈다. 뒷면이 위로 올라와 있었다. 그는 동전을 손가락으로 튕겨 빙글빙글 돌게 만든 다음 잡아서 손등에 올려놓았다.

"맞혀 봐요."

"왜?"

"나는 나보다 재수가 없는 사람하고는 일하지 않거든. 말해 봐요."

"앞면."

"미안하군요."

섀도는 한 번 흘끗 쳐다보지도 않은 채 동전을 드러내며 말했다.

"뒷면. 나는 조작에 능하죠."

"조작된 게임을 이기는 건 식은 죽 먹기야."

웬즈데이는 섀도를 향해 손가락을 흔들면서 말했다.

"다시 한 번 보게."

섀도는 고개를 숙이고 동전을 들여다보았다. 앞면이 올라와 있었다.

"내가 실수를 한 모양이군요."

섀도는 어리둥절한 표정으로 말했다.

"스스로 손해 볼 짓을 왜 해."

웬즈데이는 씩 미소를 지었다.

"난 아주 운이 좋은 사람이야. 나야 스스로에게 그런 짓은 결코 안 한다네. 매드 스위니[3], 자네도 우리랑 한잔할 텐가?"

"서던 컴포트 앤드 코크, 스트레이트로."

섀도의 등 뒤에서 누군가가 이야기했다.

"내가 가서 바텐더한테 시키겠네."

웬즈데이는 자리에서 일어나 바를 향해 걸어갔다.

"내가 뭘 마실지는 물어보지 않습니까?"

"이미 알고 있네."

웬즈데이는 이렇게 말하면서 바 옆에 섰다. 주크박스에서 패치 클라인이 「워킹 애프터 미드나잇」을 다시 부르고 있었다.

서던 컴포트 앤드 코크를 시킨 남자가 섀도의 옆자리에 앉았다. 그는 짧은 황갈색 턱수염을 길렀고, 밝은 색 수가 놓인 천을 덧댄 데님 재킷과 누렇게 변색된 흰 티셔츠를 입고 있었다. 티셔츠에는 이렇게 씌어 있었다.

먹을 수 없거든, 마셔라, 피워라, 흡입하라…….
꺼져!

그가 쓴 모자에는 이렇게 씌어 있었다.

내가 사랑한 유일한 여자는
다른 남자의 아내…… 내 엄마였다!

남자는 더러운 엄지손톱으로 러키 스트라이크를 뜯어서 한 개비를 꺼내 섀도에게 권했다. 섀도는 무의식적으로 그것을 받으려 했다. 그는 담배를 피우지 않았다. 그러나 담배는 훌륭한 물물교환 품목이다. 그러다가 섀도는 자신이 더이상 죄수가 아니란 생각이 들었다. 감방도 아니고, 담배 따위 언제든 원하면 살 수 있다. 그는 고개를 저었다.
"그럼, 당신은 우리 형님을 위해 일하는 거요?"
턱수염의 남자가 물었다. 남자는 아직 취하지는 않았지만 맨정신도 아니었다.
"그런 것 같소만. 당신은 어떻소?"
턱수염의 남자가 담배에 불을 붙였다.
"나는 레프리콘*이오."

남자가 씩 웃으며 말했다. 섀도는 웃지 않았다.

"정말이오? 그럼 기네스**를 마셔야 되는 거 아닙니까?"

"고정관념이오. 틀을 넘어 생각하는 걸 배우시오. 기네스 말고도 아일랜드에는 많은 것들이 있소."

"아일랜드 억양이 아닌데."

"여기에 우라지게 오래 있다 보니 그렇지 뭐."

"그렇다면 아일랜드 출신이긴 한 거요?"

"말했잖소, 난 레프리콘이라고. 젠장할 모스크바 출신이 아니라고."

"그렇겠죠."

웬즈데이가 짐승의 발 같은 손에 음료 3개를 들고 테이블로 돌아왔다.

"자, 매드 스위니는 서던 컴포트 앤드 코크, 그리고 나는 잭 대니얼. 자, 이건 자네 걸세, 섀도."

"이게 뭡니까?"

"마셔 봐."

음료는 황갈색을 띠었다. 한 모금 마셔 보니 새콤달콤한 이상한 맛이 났다. 술맛이 약간 났고 여러 맛이 섞여 있었다. 썩은 과일과 빵, 설탕, 물을 섞어 쓰레기봉투에 넣어 숙성시켜 만드는 감방의 밀주와 약간 비슷한 것 같았으나, 좀 더 달고 부드럽고 이상하기 짝이 없었다.

"괜찮군요. 이게 뭐죠?"

"미드라네. 꿀로 만든 술이야. 영웅들의 음료지. 신들의 음료고."

---

* 후주의 '매드 스위니' 참조.
** 아일랜드산 흑맥주 상표.

섀도는 한 모금 더 맛보았다. '그래, 꿀맛이 난다.' 그는 결론지었다. 여러 맛 중에 하나가 이것이었다.

"피클 주스 같기도 한데. 달콤한 피클 주스 와인 말입니다."

"술 취한 당뇨병 환자의 오줌 맛이지."

웬즈데이가 맞장구쳤다.

"난 그게 싫어."

"그럼, 왜 내게 이걸 주는 겁니까?"

웬즈데이는 짝눈으로 섀도를 응시했다. 한쪽 눈은 유리로 만든 눈이라고 섀도는 생각했다.[4] 그러나 둘 중 어느 쪽이 그런지는 알 수 없었다.

"자네한테 미드를 준 이유는 전통이기 때문이지. 지금은 할 수 있는 한 모든 전통이 필요해. 계약을 완성시켜 주는 것이지."

"계약을 한 건 아닙니다."

"날 위해 일하게. 자네가 날 보호해야 해. 날 도와주고, 날 여기저기 데리고 다녀야 하지. 이따금 이것저것 조사도 해야 해. 날 위해 여기저기 다니면서 이것저것 물어봐야 한다네. 내 심부름도 하고 말이야. 위급할 때는, 아, 물론 위급할 때에만, 손봐 줄 필요가 있는 사람들을 손봐야 하네. 그럴 리는 없겠지만, 혹시라도 내가 죽으면 자네가 경야를 해야 하네……."

"당신한테 사기 치는 거야."

뻣뻣한 황갈색 턱수염을 문지르며 매드 스위니가 말했다.

"저자는 사기꾼이야."

"제길, 난 사기꾼이지. 그러니 날 위해 일해 줄 사람이 필요한 거야."

주크박스의 음악이 멈추고 대화도 끊어지면서 한동안 바는 침묵에 잠겼다.

"누군가 나한테 해준 얘기가 있는데, 정각이 되기 20분 전이나 20분 후에 모든 사람들이 한꺼번에 입을 닥치는 때가 있다고."

섀도가 말했다. 스위니는 악어 머리의 거대한 아가리 위에 얹어진 시계를 가리켰다. 시간은 11시 20분이었다.

"그렇지. 빌어먹을, 왜 그런지 알 턱이야 없지만."

"난 왜 그런지 알아."

"그럼 좀 알려주시죠?"

"뭐, 때가 되면 알려줄 수 있을 거야. 안 그럴 수도 있고. 미드나 마셔."

웬즈데이가 말했다. 섀도는 나머지 미드를 한입에 털어넣었다.

"얼음을 넣었으면 맛이 좀 나았을 텐데."

"그 반대일 수도 있지. 미드는 꽝이야."

"맞아요."

매드 스위니가 맞장구쳤다.

"신사 양반들, 잠깐 실례합니다. 물이 많이 차서 좀 오래 빼고 와야 될 듯싶소이다."

매드 스위니는 일어나 화장실 쪽으로 걸어갔는데, 엄청나게 큰 키였다. 2미터는 족히 넘을 것 같다고 섀도는 생각했다.

웨이트리스가 빈 접시를 챙기고는 테이블을 치웠다. 그녀는 스위니의 재떨이를 비우고 나서 술을 더 시킬 건지 물었다. 웬즈데이는 같은 걸로 하나씩 가져오되, 섀도의 미드에는 얼음을 채워서 가져오라고 시켰다.

"어쨌거나 내가 자네한테 원하는 게 그거라네. 자네가 날 위해 일한 다면 말이지. 물론 자넨 날 위해 일을 할 거야."

"아, 그런 걸 바라신다? 그럼 내가 원하는 걸 알고 싶으세요?"

"두말할 나위 없이 알고 싶지."

웨이트리스가 음료를 가지고 왔다. 섀도는 얼음을 채운 미드를 홀짝거렸다. 얼음을 넣어도 마찬가지였다. 신맛을 더 세게 하고, 삼키고 난 후 오랫동안 그 맛이 남을 뿐이었다. 허나 섀도는 도수가 세지 않은 것으로 위안을 삼았다. 아직 취할 수는 없는 것이다. 아직은.

섀도는 숨을 깊게 들이쉬었다.

"좋아요. 3년 동안 참 훌륭한 삶과는 거리가 아주 멀었던 내 삶이 갑자기 더 나쁜 길로 와 버렸습니다. 지금 해야 할 일이 몇 가지 있습니다. 일단 로라의 장례식에 가야 합니다. 작별 인사는 해야지요. 그런 후에도 날 쓰고 싶다면 주급 500달러로 시작하고 싶습니다."

액수는 생각 없이 그냥 대충 던진 금액이었다. 웬즈데이의 눈에는 아무 감정도 드러나지 않았다.

"내가 일하는 것에 만족하면 6개월 후에 주당 1000달러로 올려 주세요."

섀도는 말을 멈추었다. 몇 년 동안 한 말 중에 가장 길었다.

"당신은 손봐 줄 사람이 있을지도 모른다고 했습니다. 그런데 난 사람들이 당신을 해치려고 할 경우에만 사람들을 손볼 거요. 재미나 이익 따위를 위해서 사람들을 다치게 하진 않을 겁니다. 감방에 다시 들어갈 생각은 없소. 한 번으로 충분하니까."

"감방에 갈 필요는 없네."

"그럼요. 감방엔 가지 않을 거요."

샤도는 남은 한 방울의 미드까지 다 마셔 버렸다. 갑자기, 이렇게 입이 부드럽게 풀린 것이 미드 때문이 아닌가 하는 생각이 들었다. 여름날 고장난 소화전(消火栓)에서 물이 뿜어져 나오듯 말이 흘러나왔고, 멈추려고 해도 멈추지 못했을 것이다.

"난 당신이 싫습니다, 웬즈데이 씬지 뭔지. 우리는 친구가 아니죠. 나는 보지도 못했는데 어떻게 당신이 그 비행기에서 내렸는지도 모르겠고, 날 어떻게 이곳까지 오게 했는지도 모르겠습니다. 어쨌든 솔직히 대단하긴 하네요. 당신은 뭔가 비범합니다. 게다가 난 지금 오갈데도 없고 할 일도 없는 몸이니까. 어쨌든 우리 계약이 끝나면 난 미련 없이 떠날 겁니다. 그리고 혹시라도 날 열 받게 하는 일이 있어도 바로 끝입니다. 그때까지는 일을 하겠습니다."

웬즈데이는 미소를 지었다. 이자의 미소는 참 묘하다고 샤도는 생각했다. 유머나 기쁨, 즐거움 같은 감정이 조금도 담기지 않았다. 마치 무슨 웃음 매뉴얼에 나와 있는 미소 짓는 법을 보고 배우기라도 한 것 같았다.

"아주 좋아. 그럼 계약을 맺은 걸세. 합의를 한 거라고."

"될 대로 되라지."

샤도가 말했다. 저쪽 편에서 매드 스위니가 주크박스에 동전을 넣고 있었다. 웬즈데이는 손바닥에 침을 뱉었다. 샤도는 어깨를 으쓱했다. 샤도도 손바닥에 침을 뱉었다. 그들은 손을 맞잡았다. 웬즈데이가 손에 힘을 주었다. 샤도도 같이 힘을 주었다. 몇 초가 지나자 손이 아파오기 시작했다. 웬즈데이는 30초 정도 더 붙잡고 있다가 잡은 손을 풀어주었다.

"좋아, 아주 좋아."

웬즈데이가 아주 잠깐 미소 지었다. 섀도는 이번에는 그 웃음에 기쁨이, 진짜 즐거움이 담겼는지 궁금했다.

"자, 마지막 악마의 잔, 거래를 성사시키는 사악한 미드를 마시자고. 그러면 되는 거야."

"나는 서던 컴포트 앤드 코크로 주쇼."

스위니가 주크박스에서 비틀거리며 돌아왔다.

주크박스는 벨벳 언더그라운드의 「후 러브스 더 선」을 연주하고 있었다. 섀도는 주크박스에서 이런 노래도 나오나 하고 생각했다. 정말 이상했다. 그러나 그런 식으로 따지자면 오늘 저녁 자체가 이상한 것 아닌가.

섀도는 동전 던지기에 썼던 동전을 테이블에서 집어들었다. 오른손 집게손가락과 엄지손가락 사이에 닿는 갓 찍어낸 동전의 감촉이 좋았다. 그는 동전을 손가락과 손바닥으로 왔다 갔다 하면서 매끄러운 동작으로 왼손으로 가져가는 것처럼 보이게 했다. 그리고 나서 동전을 움켜쥐듯 왼손을 오므렸다. 섀도는 오른손 검지와 엄지로 또 다른 동전 1개를 쥐고 다시 그 동전을 왼손에 떨어뜨리는 척하면서 오른손으로 던져 이미 오른손에 있던 동전과 부딪히게 했다. 쨍 하는 소리 때문에 2개의 동전이 모두 왼손에 있었다는 착각이 들었다. 2개의 동전 모두 오른손에 있었다.

"동전 트릭이군?"

스위니가 턱을 들며 지저분한 턱수염을 뻣뻣이 세운 채 물었다.

"자네가 한 게 동전 트릭이라면, 이걸 보게."

스위니는 테이블에서 조금 전까지 미드가 담겨있던 잔을 들어올렸다. 그러고 나서 얼음 조각들을 재떨이에 쏟았다. 그런 후 손을 뻗어 황금색으로 반짝이는 동전을 허공에서 꺼내 잔에 떨어뜨렸다. 그는 허공에서 황금색 동전을 또 하나 꺼내서 잔에 넣었다. 동전은 첫 번째 동전에 부딪쳐 쨍그랑 소리를 냈다. 벽에 있는 촛불에서 동전 하나를 다시 꺼냈고, 자신의 수염에서 하나, 섀도의 빈손에서 또 하나를 꺼내 하나하나 잔 속에 떨어뜨렸다. 또 스위니가 손가락들을 잔 속에 집어넣고 세게 불었더니 손가락에서 황금색 동전이 몇 개 더 떨어져 내렸다. 스위니는 잔 속에 든 끈적거리는 동전들을 재킷 주머니에 쏟아 넣고 주머니를 두드려 비어 있는 것을 확인시켜 주었다.

"자, 이게 동전 트릭이야."

즉석에서 펼치는 동전 마술을 유심히 살펴보던 섀도는 한쪽으로 고개를 갸우뚱거렸다.

"이야기 좀 합시다. 어떻게 했는지 알아야겠어요."

스위니는 대단한 비밀이라도 알려 주는 듯 이야기했다.

"위풍당당함과 스타일. 그게 방법이야."

스위니는 벌어진 치아를 드러내면서, 발뒤꿈치를 흔들며 조용히 웃었다.

"그래, 그렇게 했군. 가르쳐 주쇼. 내가 읽은 동전 마술 책에 나오는 모든 방법을 이용한 거 같은데. 잔을 들고 있던 손에 동전을 숨겨 놓았다가 오른손을 이리저리 움직여 눈속임을 하면서 떨어뜨리는 거 아닌가."

"우라지게 엄청난 일로 들리는구먼. 이거야 뭐, 그냥 허공에서 동전을 줍는 게 더 낫지."

매드 스위니는 반쯤 마신 서던 컴포트 앤 코크를 들고 한 번 들여다본 후 테이블에 다시 내려놓았다.

웬즈데이는 마치 한 번도 상상 못한 생명체를 바라보는 듯 그 둘을 유심히 지켜보다가 말을 했다.

"섀도 자네는 미드, 나는 계속 잭 대니얼로 할 것이고, 그리고 빈대 붙는 아일랜드 인은……?"

"병맥주, 되도록 진한 걸로. 빈대라 이거지?"

그는 남은 술을 들고 웬즈데이에게 건배를 권했다.

"무사히, 피해 없이 폭풍이 지나가기를."

"멋진 건배군. 하지만 그렇게 되진 않을 거야."

섀도 앞에 또 한 잔의 미드가 놓였다.

"이거 마셔야 합니까?"

그는 심드렁하게 물었다.

"미안하지만 그래야 되네. 거래를 마무리하기 위해서 말이야. 세 번째 주문이란 말이야, 안 그래?"

"제길."

섀도는 미드를 두 번에 나누어 꿀꺽 삼켰다. 식초에 절인 꿀맛이 입 안을 채웠다.

"옳지, 자넨 이제 내 사람이야."

스위니가 물었다.

"그럼, 어떻게 했는지 트릭을 알고 싶은가?"

"그래, 소매 속에 집어넣은 건가?"

"소매 속에는 절대 아니지."

스위니는 자신의 총명함에 자아도취 한 듯 혼자서 껄껄거렸다. 그러다가 몸을 흔들며 경중경중 뛰었는데 마치 호리호리하고 수염 난 화산이 술에 취해 들썩거리는 것 같았다.

"세상에서 가장 단순한 트릭이라네. 나랑 싸워서 이기면 알려 주겠네."

섀도는 고개를 저었다.

"됐소."

"오호라, 재미있군. 웬즈데이 노친네가 경호원을 채용했는데 경호원 친구는 주먹 쓰기를 겁낸다, 아하."

"당신과 싸우지 않겠소."

스위니는 몸을 흔들며 땀을 흘렸다. 그는 야구 모자를 가지고 손장난을 쳤다. 그런 후 공중에서 동전을 하나 꺼내 테이블 위에 올려놓았다.

"진짜 금이야. 이기든 지든, 자네가 지더라도 싸우기만 하면 이걸 주겠네. 자네같이 큰 사내를 어떤 놈이 겁쟁이라고 생각하겠나?"

"안 싸운다고 말했잖아."

웬즈데이가 말했다.

"매드 스위니, 꺼져. 맥주 가져가고, 우리는 그냥 놔둬."

스위니는 웬즈데이를 향해 다가왔다.

"날 빈대 붙는 놈이라 불러, 이 재수 없는 노인네야? 냉혈한에 무정한, 나무에 매달려 죽을 늙은 영감쟁이가."

그는 화가 나서 얼굴이 일그러지고 새빨개졌다.

웬즈데이는 손바닥을 위로 향한 채 두 손을 펼쳐 싸울 의사가 없음을 나타냈다.

"스위니, 어리석은 짓 그만 하고 입 닥쳐."

스위니가 웬즈데이를 노려보았다. 그러더니 만취한 사람의 진지함을 담아 이렇게 이야기했다.

"당신은 겁쟁이를 채용한 거야. 내가 당신을 해친다고 해도 저자가 뭘 어떻게 하겠어? 엉, 어떻소?"

웬즈데이는 섀도를 돌아보았다.

"참을 만큼 참았네. 해결하게."

섀도는 자리에서 일어나 매드 스위니의 얼굴을 쳐다보았다. '도대체 저자는 키가 얼마나 되는 거야?'

"당신, 우리 귀찮게 하지 말고, 취했으니 이제 좀 꺼져주시지."

스위니의 얼굴에 천천히 미소가 번졌다.

"오호라. 깨깽 깽깽! 똥강아지처럼, 드디어 싸울 준비가 되었구면. 이보쇼들, 잘들 보고 배우쇼. 자, 이거 보라고!"

스위니는 섀도의 얼굴을 향해 거대한 주먹을 휘둘렀다. 섀도는 뒤로 주춤하며 비틀거렸다. 스위니의 손이 섀도의 오른쪽 눈 밑을 쳤다. 섀도는 눈앞이 번쩍했고, 통증을 느꼈다.

그것으로 싸움이 시작되었다.

스위니는 스타일이니 기술이니 하는 것은 아무것도 없이 싸움에 대한 열의만 가지고 싸웠다. 무섭게 날아가는 큰 주먹은 상대에게 닿는 만큼이나 또 많이 빗나가기도 했다.

섀도는 스위니의 타격을 막고 피하면서 신중하게 방어하며 싸웠다. 그는 주변에서 바라보고 있는 사람들을 의식했다. 사람들은 투덜대면서도 두 사람이 싸울 수 있도록 테이블을 치워 주었다. 싸우는 내내 섀도는 자신에게 향하는 웬즈데이의 시선과 유머가 빠진 그의 웃음까지도 의식하고 있었다. 일종의 시험인 것이 명백했다. 하지만 무슨 시험이란 말인가?

형무소에서는 두 가지 싸움이 있다는 것을 배웠다. '젠장할, 날 건드리지 마.' 식의 싸움은 사람들에게 최대한 강한 인상을 심어 주기 위한 것이고, 개인적인 싸움, 즉 진짜 싸움은 빠르고 강하고 험악하며 몇 초 안에 끝나기 마련이다.

"이봐요, 스위니. 왜 싸우는 거지?"

"그야 재미를 위해서지."

스위니는 이제 맨정신으로, 아니 적어도 드러나게 취하지는 않은 채로 대답했다.

"순전히 지독하고 더러운 싸움의 재미를 위하여. 봄에 흐르는 수액처럼 네 핏속에 흐르는 기쁨을 못 느끼겠나?"

스위니의 입술이 터져 피가 흐르고 있었다. 섀도의 손가락 마디에도 피가 났다.

"어떻게 동전 나오게 한 거지?"

섀도가 물었다. 그는 몸이 흔들리며 뒤로 주춤 비틀거렸고, 얼굴을 노린 주먹을 어깨로 받아 냈다.

"솔직히 이야기하자면, 처음에 내가 말하지 않았나."

스위니가 끙끙대며 말했다.

"하지만 들으려 하지 않는 사람만큼 눈먼 자는 없는 법이지!"

섀도는 스위니에게 잽을 먹여 테이블로 밀어붙였고, 빈 유리잔들과 재떨이들이 바닥으로 나가떨어졌다. 그때 싸움을 끝낼 수도 있었다. 스위니는 그 어떤 반격도 할 수 없는 상태로 완전히 널브러졌다.

섀도는 웬즈데이를 흘끗 보았고 웬즈데이는 고개를 끄덕였다. 섀도가 매드 스위니를 내려다보았다.

"끝난 거지?"

매드 스위니는 망설였으나 고개를 끄덕였다. 섀도는 그를 놓아주고 뒤쪽으로 몇 발자국 물러섰다. 스위니는 헐떡거리면서 일어섰다.

"좆까지 마! 내가 끝났다고 할 때까지는 못 끝나!"

스위니는 씩 웃음을 짓고는 섀도를 향해 돌진했다. 그러더니 바닥에 떨어진 얼음 조각을 밟고는 벌러덩 발이 위로 치솟았다. 웃던 입이 더 벌어지며 당황스러운 표정으로 바뀌면서 마침내 뒤로 나자빠졌다. 뒤통수가 바닥에 부딪치면서 '쿵!' 소리가 났다.

섀도는 매드 스위니의 가슴에 무릎을 갖다 댔다.

"두 번째다. 이제 끝난 거지?"

"그래, 알았다."

스위니가 머리를 들어 올리며 말했다.

"뜨거운 여름날 수영장에서 오줌을 갈기는 어린 꼬마 녀석처럼 나도 이제 즐거움이 다 빠져나갔다. 그러니, 좋다."

그런 후 스위니는 입에서 피를 뱉었고, 눈을 감고는 엄청나게 큰 소리를 내며 코를 골기 시작했다.

누군가 섀도의 등을 쳤다. 웬즈데이가 그의 손에 맥주 한 병을 들려 주었다. 미드보다 훨씬 맛있었다.

섀도는 세단의 뒷좌석에 축 늘어져 누워 있는 상태로 잠에서 깨어났다. 아침 해가 눈부셨고 두통이 일었다. 그는 눈을 비비면서 뻣뻣하게 군은 몸을 일으켜 앉았다.

웬즈데이가 운전을 하면서 콧노래를 부르고 있었다. 음이 맞지 않았다. 컵 홀더에 종이컵에 담긴 커피가 있었다. 그들은 크루즈 컨트롤을 105킬로미터로 맞추고 고속도로로 보이는 길을 달리고 있었다. 조수석은 비어 있었다.

"참 좋은 아침이네. 어때, 좀?"

웬즈데이가 돌아보지 않고 물었다.

"내 차는 어떻게 됐습니까? 렌터카였는데."

"매드 스위니가 자네 대신 갖다 줬어. 그것도 자네들 둘이 지난밤 거래했다네."

"거래라고요?"

"결투 후에 말이지."

"결투요?"

섀도는 한쪽 손을 들어 올려 자신의 뺨을 문지르고 나서 움찔한 표정을 지었다. 그래, 맞아. 싸움을 했지. 적갈색 턱수염을 기른 키 큰 남자와 환호성을 지르며 구경하던 사람들이 기억났다.

"누가 이겼습니까?"

"기억이 안 난다 이 말이지?"

웬즈데이가 껄껄 웃었다.

"그닥이요."

어젯밤의 대화들이 머릿속으로 꾸역꾸역 두서없이 밀고 들어오기 시작했다.

"커피 남은 거 있습니까?"

웬즈데이는 조수석 밑으로 손을 넣어 물병을 꺼내 건네주었다.

"여기. 탈수증이 생길 수도 있으니 커피보다는 물이 나을 거야. 다음번 주유소에서 설 테니 거기 가서 아침을 먹자고. 좀 씻기도 해야하고. 자네 염소가 잡아 물고 온 짐승 같은 꼴일세."

"고양이가 물고 온 짐승이겠죠."

"염소야. 이빨이 무지막지 크고 썩은 내가 나는 거대한 염소란 말이네."

섀도는 물병을 따고 물을 마셨다. 재킷 주머니에서 무언가 짤랑거렸다. 주머니에 손을 넣어 50센트짜리만 한 동전을 꺼냈다. 동전은 무거웠고 황금색이었다. 조금 끈적거렸다. 섀도는 고전적인 방식으로 오른손 손바닥에 감추는 기술을 부리고서 중지와 약지 사이에서 빼냈다. 그러곤 동전을 엄지와 새끼손가락을 이용해 잡고서 프론트파밍 기술로 뒤에서 보이지 않게 한 후 가운데 두 손가락을 그 밑으로 끼워 부드럽게 동전을 손등으로 밀어 올렸다. 그 다음 동전을 왼손에 떨어뜨리고 나서 주머니에 넣었다.

"젠장, 어젯밤에 내가 뭘 마신 겁니까?"

지난밤의 일들이 머릿속으로 마구 밀려들고 있었다. 그러나 아무 모양도, 아무 감각도 없이 다가왔다. 어쨌거나 실제 있었던 일들이라는 건 알 수 있었다.

웬즈데이는 주유소를 표시하는 출구 표지판을 보고 쏜살같이 차를 몰았다.

"기억이 안 난다?"

"예."

"미드를 마셨다네."

웬즈데이는 얼굴 근육을 한껏 펼쳐 씩 웃음을 보였다. *미드.*

그렇다.

섀도는 편안히 뒤로 기대앉고서 물을 마셨다. 지난밤이 그에게 쏟아져 내렸다. 대부분 기억이 났고, 일부는 기억나지 않았다.

주유소에서 섀도는 휴대용 세안 세트를 샀다. 면도기, 면도용 크림한 봉지, 빗 그리고 작은 치약과 일회용 칫솔이 들어 있었다. 그런 후 남자 화장실로 들어가서 거울을 들여다보았다.

한쪽 눈 밑에 멍이 들어 있었다. 손가락으로 눌러 보았더니 매우 아팠다. 아랫입술도 부어 있었다. 머리는 봉두난발이었다. 지난밤의 전반부는 싸움으로 보내고 후반부는 입은 옷 그대로 차 뒷자리에 누워 잠을 자는 데 보낸 것 같았다. 깡통 부딪는 소리를 내며 음악이 흘러나왔다. 멍한 상태로 몇 소절 듣고 나서야 노래가 비틀즈의 「폴 온 더 힐」이라는 것을 알 수 있었다.

섀도는 화장실 비누로 얼굴을 씻고 면도를 했다. 양치질도 했다. 머리를 물에 적셔 빗질을 하고 나서 이를 닦았다. 또 미지근한 물로 얼굴에 남아 있던 비누 거품과 치약 흔적을 씻어냈다. 그래도 눈은 여전

히 충혈된 채 눈두덩이가 부어 있었다. 그는 머릿속의 자신의 모습보
다 더 늙어 보였다.

로라가 자신의 모습을 본다면 뭐라고 할까 잠깐 생각했다. 로라가
다시는 아무 말도 하지 못한다는 사실이 떠올랐다. 다시 한 번 거울
속의 자신의 모습을 바라보았다. 거울 속의 남자가 떨고 있었다. 그러
나 아주 잠깐의 순간이었다. 그는 화장실에서 나왔다.

"몰골이 가관이네요."

"두말하면 잔소리지."

웬즈데이가 맞장구쳤다.

웬즈데이는 이것저것 가벼운 식사거리를 골라 계산대로 가지고 가
서 기름 값과 함께 계산을 했다. 그는 현금으로 지불할 것인지 카드
로 할 것인지 2번이나 망설여서, 계산대 안쪽에서 껌을 씹고 있는 젊
은 아가씨를 화나게 만들었다. 섀도는 웬즈데이가 점점 더 어쩔 줄 몰
라 하며 미안해하는 것을 가만히 쳐다보았다. 갑자기 웬즈데이가 무
척 늙어 보였다. 여자는 웬즈데이에게 현금을 돌려주고 카드를 긁고
나서 영수증을 주었다가, 다시 현금을 받았다가 다시 돌려주고 다른
카드를 받았다. 웬즈데이는 거의 울 것 같은 얼굴이었다. 현대의 무자
비한 카드들의 행진에 어찌 할 바를 모르는 노인네.

섀도는 공중전화를 쳐다보았다. '고장'이란 팻말이 걸려있었다.

그들은 따뜻한 주유소 건물에서 걸어 나왔다. 날숨에 김이 서렸다.

"제가 운전할까요?"

"천만의 말씀."

그들 옆으로 고속도로가 지났다. 누렇게 시든 초원이 길 양편으로

펼쳐졌다. 검은 새 2마리가 전선줄에 앉아 그들을 내려다보았다.

"있잖아요, 웬즈데이 씨."

"뭐?"

"가게에서 말이에요, 기름 값 결국 안 내더군요."

"어?"

"안에서 보니, 결국은 아가씨가 주유소에 당신을 모신 값을 지불하는 꼴이더란 말입니다. 아가씨가 알아차렸을까요?"

"천만에, 죽었다 깨어나도 모를 거다."

"당신 뭐요? 싸구려 사기꾼이오?"

웬즈데이는 고개를 끄덕였다.

"응, 그런 것 같네. 그 말이 가장 맞는 것 같아."

웬즈데이는 트럭을 추월하기 위해서 왼쪽으로 차선을 바꿨다. 하늘은 황량한 잿빛을 띠고 있었다.

"눈이 올 것 같군요."

"그렇군."

"스위니가 정말로 나한테 황금 동전 트릭을 가르쳐 주었소?"

"당연히 그랬지."

"기억이 안 나요."

"다시 날 거야. 어젯밤은 참 길었어."

작은 눈송이가 앞창에 부딪혀 금세 녹아 버렸다.

"자네 아내의 시신은 지금 웬델스 장례식장에 안치되어 있네. 점심이 지나면 장지로 떠날 거야."

"어떻게 알죠?"

"자네가 화장실에 있을 때 전화해 봤어. 웬델스 장례식장이 어딘지는 알지?"

섀도는 고개를 끄덕였다. 눈송이들이 춤을 추며 떨어지고 있었다.

"여기서 빠져나가야 해요."

섀도가 말했다. 자동차는 고속도로에서 빠져나와 모텔들이 서 있는 곳을 지나 이글 포인트 북쪽을 지났다.

3년이 지났다. 그렇다. 슈퍼 8 모텔은 어느새 사라지고 없었다. 그 허문 자리에 웬디즈가 들어서 있었다. 거리에는 신호등이 더 많이 생겼고 모르는 상점들도 많아졌다. 그들은 시내를 돌았다. 섀도는 머슬팜 앞을 지나갈 때 웬즈데이에게 천천히 가라고 부탁했다. 문 앞에 '상중. 무기한 영업 중지'라고 손으로 쓴 글씨가 나붙어 있었다.

중심 도로에서 왼편이었다. 새로운 문신 가게와 징병 센터, 버거킹을 지나니 눈에 익은 올센 약국이 보였고, 마침내 노란 벽돌 건물의 웬델스 장례식장이 보였다. 앞 유리에는 네온사인으로 '안식의 집'이라고 씌어 있었고, 그 아래에는 비문을 새기지 않은 비석이 서 있었다.

웬즈데이는 장례식장 주차장에 차를 세웠다.

"나도 같이 갈까?"

"괜찮습니다."

"좋아."

웃음기 없는 미소가 빠르게 지나갔다.

"자네가 작별 인사를 하고 있는 동안 난 나대로 할 일이 있네. 모텔 아메리카에 방을 잡아 놓겠네. 끝나면 그곳으로 와."

섀도는 차에서 내려 웬즈데이가 다시 차를 출발시키는 것을 바라보왔다. 그러고 나서 안으로 걸어갔다. 희미하게 밝혀진 복도에서는 꽃 향기와 가구 광택제 냄새가 풍겼는데, 아주 약하게 포름알데히드와 무언가 썩은 내가 밑에 깔려 있었다.

섀도는 자기도 모르게 황금 동전을 손바닥에 쥐고 신경질적으로 쥐 락펴락하면서 이리저리 놀려 댔다. 동전의 무게감이 위안을 주었다.

복도 한쪽 끝의 문 옆에 아내의 이름이 씌어 있었다. 영안실로 들 어섰다. 영안실 안에 있는 대부분의 사람들은 섀도가 아는 사람들로, 로라의 가족과 여행사 동료 직원들, 친구들 몇 명이었다.

그들은 모두 섀도를 알아보았다. 그들의 얼굴에서 그 사실을 느낄 수 있었다. 그렇지만 미소나 인사는 없었다.

영안실 끝에 조그마한 단이 있었고 그 위에 보라색과 노란색, 흰색, 핏빛 짙은 자주색 꽃들로 장식된 크림빛 관이 놓여 있었다. 섀도는 그쪽으로 다가섰다. 그가 서 있는 곳에서도 로라의 시신을 볼 수 있 었다. 더이상 다가가고 싶지 않았다. 그렇다고 뒤돌아서 나갈 수도 없 었다.

검은 옷을 입고 있는 남자가(섀도는 그자가 장례식장 직원이리라 생각 했다.) 다가와 말했다.

"방명록에 사인을 해 주시겠습니까?"

남자는 조그만 단상 위에 펼쳐져 있는 가죽 정장이 된 방명록을 손 으로 가리켰다.

섀도는 천천히 이름과 날짜를 썼다. 이름 옆에 '퍼피'라고 덧붙여 썼다. 그러고는 사람들과 관과 더이상 로라가 아닌 크림빛 관 속의 시 신이 있는 곳으로 되돌아갔다.

자그마한 여인이 문 안으로 들어오더니 잠시 주춤했다. 여자의 머리는 적갈색이었고, 옷은 비싸 보였으며 매우 어두운 검은색이었다. '미망인의 상복이로군.' 섀도는 생각했다. 섀도는 그녀를 아주 잘 알고 있다. 오드리 버튼, 로비의 아내였다.

오드리는 은박으로 싼 제비꽃 한 다발을 들고 있었다. 6월에 아이들이 만들곤 하는 꽃다발처럼 생겼다. 그러나 지금은 제비꽃 철이 아니다.

오드리는 섀도를 똑바로 쳐다보았다. 그러나 그를 알아보지 못하는 것 같았다. 그녀는 뚜벅뚜벅 로라의 관을 향해 걸어갔고 섀도가 뒤를 따랐다.

로라는 눈을 감고 두 팔을 가슴 위에 얹고 있었다. 그녀는 섀도가 모르는 점잖은 푸른색 정장을 입고 있었다. 긴 갈색머리는 눈 옆으로 가지런히 매만져진 모습이었다. 그의 로라였고, 그의 로라가 아니었다. 로라의 자세는 어딘지 부자연스러워 보였다. 로라는 언제나 몸부림을 치면서 잠을 자곤 했다.

오드리는 제비꽃을 로라의 가슴 위에 올려놓았다. 그런 후 잠시 블랙베리 색깔의 입술을 오므리고서 입을 우물거리더니 죽은 로라의 얼굴에 세게 침을 뱉었다.

오드리의 침은 로라의 뺨에 튀어 귀 쪽으로 흘러내리기 시작했다.

오드리는 벌써 문 쪽으로 걷고 있었다. 섀도는 서둘러 그녀를 따라잡았다.

"오드리?"

그가 말했다. 이번에는 오드리가 그를 알아보았다. 오드리는 안정제를 복용한 것 같았다. 그녀의 목소리는 어딘가 생각이 다른 곳에 가 있는 듯 무심하게 들렸다.

"섀도? 탈옥했어, 아니면 출소한 거야?"

"어제 출소했어. 이제 자유인이야. 도대체 무슨 짓이야?"

오드리는 어두운 복도에 멈추어 섰다.

"제비꽃? 로라가 제일 좋아하던 꽃이었잖아. 우리 어렸을 때 같이 꺾으러 다니곤 했는데."

"제비꽃 말고."

"아, 그거?"

오드리는 입가에 보이지 않는 얼룩을 훔쳤다.

"뭔지 봤으면 알 텐데."

"모르겠어, 오드리."

"사람들이 말 안 해 줬구나?"

오드리의 목소리는 감정이 없이 평온했다.

"네 마누라, 내 남편 물건을 입에 물고 죽었어, 섀도."

오드리는 등을 돌려 주차장으로 향했다. 섀도는 그녀가 차를 몰고 떠나는 것을 지켜보았다.

섀도는 영안실로 되돌아왔다. 누군가 이미 로라의 얼굴에서 침을 닦아 낸 후였다.

고인(故人) 대면 시간에 누구도 섀도와 눈을 마주치지 못했다. 그에게 다가와 말을 건 사람들은 되도록 짧게 말을 마치고 어색한 위로의 말을 웅얼거리고는 도망치듯 사라졌다.

점심 식사 후(섀도는 버커킹에서 점심을 먹었다.) 시신을 매장했다. 로라의 크림빛 관은 도시 외곽에 있는, 교회가 아닌 조그마한 묘지에 매장되었다. 검은 화강암과 흰 대리석으로 만들어진 묘비로 가득 찬, 울타리는 없고 언덕이 있는 삼림지였다.

섀도는 로라의 어머니와 함께 웬델스 장례식장의 영구차를 타고 갔다. 맥카브 부인은 로라의 죽음이 섀도의 탓이라고 생각하는 것 같았다.

"자네가 있었다면 이런 일은 일어나지 않았을 거야. 도대체 그 애가 왜 자네와 결혼했는지 이해가 가지 않네. 내가 말렸지. 수없이 말했어. 하지만 자식들이 어디 어미 말을 듣나?"

맥카브 부인은 말을 멈추고 섀도의 얼굴을 유심히 살펴보았다.

"자네, 싸움질했나?"

"예."

"야만인 같으니라고."

맥카브 부인은 입을 다물어 버리고는 고개를 들고 턱을 떨었다. 그러고는 저 너머 먼 곳을 응시했다.

놀랍게도 오드리 버튼 또한 장지에 왔다. 오드리는 등을 돌리고 서 있었다. 짧은 예배가 끝나자 관이 차가운 땅속으로 내려갔다. 사람들이 돌아갔다.

섀도는 자리를 뜨지 않았다. 그는 주머니에 손을 넣은 채 떨면서 구덩이를 응시했다.

머리 위 하늘은 쇳덩이 같은 잿빛이었고 거울처럼 평평했다. 얄궂게도 눈이 조각조각 유령처럼 내리고 있었다.

섀도는 로라에게 무언가 말하고 싶었다. 그 말을 생각해낼 때까지 기다렸다. 세상은 천천히 빛과 색을 잃어가고 있었다. 발은 점점 무감각해지고 손과 얼굴은 추위로 쓰라려 왔다. 섀도는 손을 녹이기 위해서 주머니 깊숙이 집어넣고 손가락으로 황금 동전을 꼭 그러쥐었다. 그러고 무덤 가까이로 걸어갔다.

"당신을 위한 거야."

흙을 몇 삽 퍼서 관 위로 던졌다. 그러나 무덤은 아직도 휑하게 느껴졌다. 섀도는 황금 동전을 로라의 무덤에 던져 넣고 다시 흙을 덮어서 탐욕스러운 도굴꾼들로부터 동전을 숨겼다. 손에서 흙을 털어 내고 말했다.

"잘 자, 로라…… 미안해."

섀도는 도시의 불빛을 향해 고개를 돌리고 이글 포인트를 향해 걸어가기 시작했다.

모텔까지는 족히 3킬로미터는 되는 거리였다. 그러나 3년을 감방에서 썩은 후 섀도가 깨달은 것은 필요하면 얼마든지 걸을 수 있다는 것이었다. 그는 북쪽을 향해 계속해서 걸을 수 있다. 그러다 알래스카까지도 갈 수 있고, 남쪽을 향해 멕시코나 그 너머까지도 걸어갈 수 있다. 파타고니아나 티에라 델 푸에고까지도 걸을 수 있다. 불의 땅. 그는 그곳이 어떻게 해서 그런 이름을 얻게 되었는지 떠올려보았다. 발가벗은 사람들이 온기를 얻기 위해 불가에 옹송그렸다던, 어렸을 때 읽었던 이야기가 떠올랐다.

자동차 한 대가 섀도의 옆에 다가왔다. 창이 내려졌다.

"태워줄까, 섀도?"

오드리 버튼이 말을 걸었다.

"아니, 네 차에는 안 타."

섀도는 계속해서 걸었다. 오드리는 옆에서 느린 속도로 운전했다. 자동차 헤드라이트 불빛 속에 눈송이들이 춤을 췄다.

"로라가 제일 친한 친구라고 생각했어. 허구한 날 그 애와 어울렸어. 로비와 내가 싸웠을 때면 언제나 로라가 제일 먼저 알았지. 마가리타를 마시려고 '치치'에도 함께 갔고, 남자들이 얼마나 나쁜 놈들인지 함께 욕하기도 했어. 그 모든 시간 동안 로라는 내 등 뒤에서 내 남편하고 그 짓거리를 한 거야."

"제발 가 버려, 오드리."

"내가 그럴 수밖에 없었다는 걸 알아주길 바랄 뿐이야."

섀도는 아무 말도 하지 않았다.

"야! 내 말이 안 들려?"

섀도가 돌아섰다.

"로라의 얼굴에 침을 뱉은 게 잘한 일이라고 말해 주길 원해? 네가 침을 뱉건 말건 난 아무렇지도 않다고 말하길 바라는 거냐고? 아니면 네가 그런 말을 하면 내가 로라를 미워하리라 생각한 거야? 보고 싶어 미칠 것 같은 마음이 사라질 것 같아? 그런 일은 없어, 오드리."

오드리는 섀도 옆에서 잠시간 말없이 따라왔다.

"형무소 생활은 어땠어, 섀도?"

"뭐, 나쁠 것도 없었어. 적응하는 건 금방이야."

오드리는 가속 페달에 힘을 주어 엔진 소리를 내며 떠나가 버렸다.

헤드라이트 불빛이 사라지자 주위가 캄캄해졌다. 어스름한 저녁 빛은 완전히 어둠으로 변했다. 섀도는 얼어붙은 손과 발이 녹고 몸이 데워지길 바라면서 계속해서 걸었다. 그러나 생각대로 되지 않았다.

감방에 있을 때, 로 키 라이스미스가 의무실 뒤편에 있던 형무소의 작은 묘지를 뼈의 과수원이라 부른 적이 있었는데, 그 이미지가 섀도에게 깊게 남아 있었다. 그날 밤 섀도는 달빛 아래 뼈처럼 앙상한 흰 나무 과수원의 꿈을 꾸었다. 가지들은 뼈마디처럼 뾰족하고 뿌리는 무덤 깊숙이 박힌 그런 꿈이었다. 그 나무에 과일들이 매달려 있었는데, 아주 기이하게 생긴 열매였다. 그러나 꿈에서 깨자 어떤 과일이었는지, 왜 그 과일이 그다지도 역겨웠는지는 기억이 나지 않았다.

자동차들이 그를 지나쳐 갔다. 섀도는 보도가 있었으면 좋겠다고 생각했다. 어둠 속에서 뭔지 모를 것에 발이 걸려 넘어져서 길 한쪽에 있는 도랑에 엎어지고 말았다. 오른손이 차가운 진흙 속에 수십 센티미터나 빠졌다. 섀도는 일어서서 바지춤에 손을 닦았다. 그러고는 그곳에 엉거주춤 서 있었다. 언뜻 누군가 섀도의 옆에 서 있는 것을 보았을 때 무언가 축축한 것이 코와 입을 덮쳤다. 독한 화학 약품 냄새가 났다.

그때 도랑은 따뜻하고 안락한 느낌이 들었다.

관자놀이에 못으로 두개골을 고정시켜 놓은 듯 머리가 욱신거렸고 시야가 흐려졌다. 두 손은 등 뒤에서 가죽 끈 같은 것으로 묶여 있었다. 자동차 안 가죽 시트에 앉아 있었다. 한순간 섀도는 공간 감각에 이상이 생긴 것은 아닌가 생각했으나 그것은 아니었다. 맞은편 자리가 정말로 아주 멀리 있었다.

그의 옆에 사람들이 앉아 있었는데, 몸을 돌려 쳐다볼 수가 없었다.

리무진의 맞은편에 앉아 있는 뚱뚱한 젊은 남자가 칵테일 바에서 다이어트 콜라 캔을 들어 뚜껑을 땄다. 남자는 실크로 된 검은색 긴 코트를 입고 있었는데, 10대가 갓 지난 것처럼 보였다. 한쪽 뺨에 여드름이 번들거렸다. 그는 섀도가 깨어난 것을 보고는 미소를 지었다.

"어이, 섀도. 날 엿먹일 생각은 말아."

"알았어. 안 하겠네. 고속도로 옆에 있는 모텔 아메리카에 나 좀 태워다 줄 수 있나?"

"저 자식 손 좀 봐 줘."

섀도의 왼쪽에 있는 남자에게 그 어린 사내가 말했다. 섀도의 명치에 주먹이 날아왔고, 섀도는 숨통이 끊어지는 것 같아 몸을 웅크렸다가 다시 천천히 몸을 일으켰다.

"내가 분명히 엿 먹일 생각은 하지 말라고 했다. 너 지금 날 엿 먹이려 한 거야. 대답은 짧고 요점에 맞게 해라. 안 그러면 멱을 따 버릴 테다. 아니지, 내 손 안 더럽히고 애들을 시켜서 네놈의 뼈다귀 마디마디를 아작 내버리지, 뭐. 여기 애들만 206명이 있다고. 그러니 개수작 부리지 마."

"알았다."

리무진의 천장 불빛이 자주색에서 푸른색으로, 또다시 녹색에서 노란색으로 바뀌었다.

"너, 웬즈데이 밑에서 일하지?"

"그래."

"그 영감쟁이, 도대체 뭐 하자는 거야? 지금 무슨 꿍꿍이냐고? 계획이 있을 텐데, 게임 계획이 뭐야?"

"오늘 아침에서야 웬즈데이 밑에서 일하기 시작했어. 난 그저 심부름이나 하는 놈이야. 운전기사랄 수도 있지, 자기가 직접 할 때도 있지만. 이제 겨우 열 마디 정도나 나눴을 뿐이라고."

"지금 모른다는 얘긴가?"

"그렇지, 모른다는 말이네."

사내가 섀도를 노려보았다. 그는 콜라를 벌컥벌컥 마시고 나서 트림을 하고 조금 더 노려보았다.

"그럼 네놈이 알고 있다 치자, 나한테 말할래?"

"안 했겠지. 네 말대로 나는 웬즈데이 씨를 위해 일을 하고 있거든."

사내는 안주머니에서 은색 담배 케이스를 꺼내어 섀도에게 담배를 한 개비 권했다.

"피우겠나?"

섀도는 손을 좀 풀어 달라고 해 볼까 생각하다가 그만두었다.

"안 피우네. 고맙네."

담배는 손으로 만 것 같았다. 어린 사내가 광택 없는 지포 라이터로 담배에 불을 붙였을 때, 리무진을 채운 냄새는 담배 냄새도 아니고 마리화나도 아닌 것 같았다. 전기 부품을 태우는 것 같은 냄새가 났다.

사내는 깊게 연기를 들이마시고 숨을 참더니, 입에서 연기가 조금씩 나오게 해서 콧구멍으로 다시 들이마셨다. 섀도는 사내가 사람들이 보는 앞에서 저것을 하기 위해 거울 앞에서 연습했을 거라고 생각했다.

사내가 아주 먼 곳에서 말하듯 이야기했다.

"만약에 거짓말한 거면 말야. 내 손에 확 뒈질 줄 알아라!"

"알아들었어."

사내는 다시 한 번 담배를 길게 빨았다. 리무진 실내 불빛이 주황색에서 빨강으로, 다시 보라색으로 바뀌었다.

"모텔 아메리카에 묵는다고 했지?"

사내는 등 뒤의 운전자 창을 톡톡 두들겼다. 유리창이 내려갔다.

"야, 고속도로 옆의 모텔 아메리카. 손님을 내려 줘야겠다."

운전자는 고개를 끄덕였고 유리창은 다시 올라갔다.

리무진 안의 번쩍이는 불빛이 계속해서 바뀌면서 희미하게 여러 가지 색깔을 냈다. 섀도에게는 사내의 눈도 구식 컴퓨터 모니터처럼 녹색으로 번쩍이는 것 같았다.

"웬즈데이한테 가서 전해. 그자는 이미 역사라고. 잊혔다고. 그 인간은 늙었어. 받아들이는 게 좋을 거라고 말해라. 우리가 미래라고, 그 작자나 그 비슷한 인간들한테 좆도 신경 쓰지 않는다고 전해. 그자의 시간은 끝났다고, 알았어? 그 노인네한테, 쌍, 꼭 말해라. 그 작자는 이제 역사의 쓰레기장으로 가야 하고, 나 같은 사람들이 리무진을 타고 내일의 고속도로를 달린다고 말이야."

"전하겠네."

섀도는 머리가 몽롱해지기 시작했다. 토하지 않기를 바랐다.

"또 이 말도 전해. 우리는 엿 같은 현실을 다시 프로그래밍했다고. 언어는 바이러스이고, 종교는 운영 시스템이며, 기도란 것도 우라질 스팸 메일 같은 거라고. 가서 제대로 전해. 안 그러면 뒈질 줄 알아라."

어린 사내는 연기를 뿜으며 부드럽게 말했다.

"알았어. 여기서 내려 주면 돼. 나머지는 걸어갈게."

어린 사내가 고개를 끄덕였다.

"만나서 반가웠다."

담배 덕분에 누그러진 기색이었다.

"네놈 따위 없애자면 그저 삭제만 하면 된다는 걸 알아 둬. 알았어? 한 번만 클릭하면 너는 무작위로 된 0과 1들로 다시 쓰이는 거지. 되살리기는 옵션에 없어."

사내는 유리창을 두들겼다.

"여기서 내려."

그런 후 사내는 섀도에게서 얼굴을 돌리고 자신의 담배를 가리켰다.

"합성 두꺼비 가죽이야. 이제는 부포테닌*도 합성해 낼 수 있다는 걸 아나?"

자동차가 멈췄다. 섀도의 오른쪽에 앉아 있던 사람이 차에서 내려 문을 잡아주었다. 섀도는 기우뚱거리며 차에서 내렸다. 손은 등 뒤에서 결박되어 있었다. 그는 뒷자리에 자신과 함께 타고 있던 2명 모두 제대로 얼굴을 보지 못했다는 사실을 깨달았다. 그들이 남잔지 여잔지, 늙은이인지 젊은이인지도 알지 못했다. 손의 결박이 풀렸다. 나일론 끈이 아스팔트 바닥으로 떨어졌다. 섀도는 뒤로 몸을 돌렸다. 차 안엔 자욱하게 연기구름이 떠 있었는데, 청동색의 두 줄기 빛이 마치 두꺼비의 아름다운 눈처럼 그 구름을 비추었다.

"모든 게 지배 패러다임에 관한 거야, 섀도. 나머지는 아무것도 중요하지 않아. 그리고 네 마누라 일은 안됐어."

---

* bufotenin, 유독성 환각제.

문이 닫히고 리무진은 조용히 떠났다. 모텔까지는 200미터 정도 떨어져 있었다. 차가운 공기를 마시면서 빨갛고 노랗고 파란빛으로 온갖 종류의 패스트푸드 햄버거를 선전하고 있는 거리를 지났다. 섀도는 무사히 모텔 아메리카에 도착했다.

제3장

모든 시간은 상처이다. 마지막 시간은 죽음이다.
― 속담

모텔 아메리카 카운터에는 젊고 마른 여자가 있었다. 그녀는 섀도
에게 일행께서 이미 방을 체크인했다고 말하고 사각형의 플라스틱 열
쇠를 주었다. 옅은 금발에, 의심스러운 표정을 지으면 얼굴이 쥐 같아
보였고, 미소 지을 때는 그 표정이 사라졌다. 여자는 섀도를 미심쩍어
하는 것 같았다. 웬즈데이의 방 번호를 알려 주려 하지 않았다. 대신
내선 전화로 웬즈데이에게 전화를 해서 섀도가 도착했다고 알렸다.
웬즈데이는 홀 저쪽 편에서 나와 섀도를 향해 손짓을 했다.

"장례식은 어땠나?"

"끝났습니다."

"참 지랄 같았지? 얘기 좀 해 보겠나?"

"아뇨."

웬즈데이는 미소를 지었다.

"좋아. 요즘은 말들을 너무 많이 한단 말이지. 말, 말, 말. 인간들이
침묵 속에서 견뎌 내는 법을 배운다면 이놈의 땅덩이가 좀 더 좋아질

텐데 말씀이야. 자네 배고픈가?"

"조금요."

"여긴 먹을 데가 없어. 피자 배달시키면 결제는 방에다 올리고."

웬즈데이는 다시 자신의 방으로 돌아갔다. 섀도의 방 맞은편이었다. 방 안에는 사방에 지도가 펼쳐져 있었다. 침대 위에도 널려 있었고 벽에도 붙어 있었다. 웬즈데이는 밝은 색 형광펜을 가지고 녹색, 분홍색, 노란색으로 지도 위에 온통 표시를 해 놓았다.

"리무진 타고 있는 어떤 뚱뚱한 녀석한테 납치당했어요. 당신은 역사의 쓰레기장에 떨어졌고 자기 같은 사람들은 리무진을 타고 인생의 고속도로를 달려야 한다고 하더군요. 뭐, 대충 그런 식으로 말하더라고요."

"망나니 같은 놈."

"그놈을 알아요?"

웬즈데이는 어깨를 으쓱했다.

"누군지는 알지."

웬즈데이는 방 안에 있는 유일한 의자에 푹 꺼지듯 앉았다.

"그놈들은 아무것도 몰라. 좆도 모른다고. 자네, 이곳에 얼마나 더 있어야 하나?"

"모르겠어요. 아마 일주일쯤. 로라 일을 마무리해야 하니까요. 아파트도 처리하고, 옷가지도 치우고, 그런 것들이죠. 장모는 날 보면 돌겠나 봐요. 하지만 그래도 싸죠."

웬즈데이는 커다란 머리를 끄덕였다.

"자네가 빨리 끝낼수록 이글 포인트를 빨리 뜰 수 있다네. 잘 자게."

섀도는 홀을 가로질렀다. 그의 방은 침대 위 벽의 핏빛 일몰 그림까지 웬즈데이의 방과 똑같았다. 치즈와 미트볼 피자를 주문하고, 작은 플라스틱 병에 담긴 샴푸를 물에 풀어 거품을 만들어서 목욕을 했다.

섀도는 덩치가 너무 커서 욕조에 누울 수가 없었다. 그래서 그냥 아쉬운 대로 앉아서 목욕을 즐겼다. 섀도는 감방에서 나오면 목욕을 하리라 스스로 약속했고, 그래서 약속을 지켰다.

피자는 섀도가 욕실에서 나오자마자 도착했다. 섀도는 피자를 먹고 루트비어 한 캔으로 입 안을 가셨다.

그는 텔레비전을 켜고 교도소에 가기 전에 본 제리 스프링거 쇼 한 편을 보았다. 쇼의 주제는 "난 매춘부가 되고 싶어."였다. 몇 명의 매춘부 지망자들이 출연했고 방청객들은 그들을 향해 고함을 지르고 위협의 말을 쏟아냈다. 황금색으로 옷을 걸친 포주가 나오더니 그들에게 자기 업장에서 고용을 해주겠다고 했고, 전직 매춘부 한 명이 또 나와 그러지 말고 진짜 일자리를 잡으라고 그들에게 호소했다. 섀도는 사회자 제리가 총평을 내는 것을 보지 않고 텔레비전을 껐다.

섀도는 침대에 누워 생각했다. '자유인으로서 첫 번째 잠자리구나.' 감옥에서 상상했던 만큼은 기분 좋지는 않았다. 그는 커튼을 젖히고 창문을 통해 지나가는 차들의 불빛과 패스트푸드점들을 보았다. 저기 밖에 또 다른 세상이 있고 언제라도 원한다면 걸어 나갈 수 있다고 생각하니 위안이 되었다.

'우리 집 침대에 누워야지, 이게 무슨.' 로라와 함께했던 아파트의 침실, 로라와 함께했던 침대에 말이다. 그러나 그녀의 물건과 향기, 삶으로 둘러싸인 곳에서 로라 없이 혼자 있어야 한다는 생각은 너무나도 고통스러웠다…….

'가지 말자.' 다른 것을 생각하기로 했다. 동전 트릭에 대해서 생각했다. 섀도는 자신에게 마술사의 자질이 없다는 것을 안다. 사람들을 믿게 하기 위해서 필요한 이야기를 만들어 내는 능력이 없을 뿐더러 카드 트릭을 하고 싶은 생각도 없었고, 종이꽃을 만들어 낼 생각도 없었다. 그러나 동전 마술은 좋았다. 섀도는 동전 트릭을 좋아했다. 그는 그동안 익혔던 동전을 사라지게 하는 기술들을 하나하나 떠올리기 시작했다. 그러다 보니 로라의 무덤에 던져 넣었던 동전이 생각났다. 로라가 로비의 물건을 입에 물고 죽었다는 오드리의 말도 생각났다. 다시 한번 가슴이 아파 왔다.

'모든 시간은 상처이다. 마지막 시간은 죽음이다.' 이 말을 어디에서 들었더라? 더이상 기억이 나지 않았다. 마음 깊은 곳에서 분노와 고통이 쌓이는 것을 느낄 수 있었다. 두개골 기저에 긴장의 끈이 꼬이고 관자놀이가 당기는 것이 느껴졌다. 섀도는 숨을 코로 들이마시고 입으로 뱉어내며 긴장을 풀려고 애를 썼다.

섀도는 웬즈데이의 말을 떠올리고 쓴웃음을 지었다. 사람들은 흔히 서로에게 감정을 억누르지 말라고, 감정을 표출하라고, 고통이 지나가게 하라고 말한다. 그러나 섀도는 할 말이 너무나도 많아 감정을 억누르게 된다고 생각했다. 아주 오랫동안 깊이깊이 억누르면 조만간 아무것도 느끼지 못하게 되리라.

자신도 모르게 잠이 찾아왔다.

섀도는 걷고 있었다…….

도시보다도 더 큰 방 안이었다. 사방에 조각과 조상과 거칠게 깎은 형상들이 있었다. 섀도는 여자의 모습을 한 조각 옆에 서 있었다. 벗은 젖가슴이 밋밋하게 축 처졌고 허리 둘레에는 잘린 손들이 연결되어 있었다. 두 손은 날카로운 칼을 들었고 머리 대신에 쌍둥이 뱀 2마리가 목 위로 뻗어 나와 있었다. 두 뱀은 구불구불하게 몸을 접고 서로를 바라보면서 언제라도 공격할 듯한 자세를 취하고 있었다.* 이 조각은 몹시 불길한 느낌을 자아냈고, 사악한 기운이 뻗치고 있었다. 섀도는 조각에서 물러났다.

홀을 가로질러 걷기 시작했다. 눈 달린 조각들이 그의 발걸음을 눈으로 쫓고 있는 듯했다.

각 조각상의 바로 앞 바닥에는 조각상의 이름이 타오르고 있었다. 흰 머리칼에 이(齒)로 만들어진 목걸이를 두르고 북을 들고 있는 남자는 루코티오스**였다. 다리 사이의 거대한 틈에서 괴물들이 나오고 있는 큰 엉덩이를 가진 여자는 후부르[5]였고, 황금 공을 들고 숫양의 머리를 하고 있는 남자는 헤르셰프[6]였다.

신경질적이고 빈틈이 느껴지지 않는 목소리가 섀도에게 말을 걸고 있었으나 아무도 보이지 않았다.

"이들은 잊힌 신들이며 지금은 차라리 죽는 게 나은 신들이다. 말라 버린 역사 속에서나 찾아볼 수 있는 신들이다. 이들은 모두 사라졌다. 허나 그들의 이름과 모습은 우리와 함께 남아 있다."

섀도는 모퉁이를 돌아 또 다른 방으로 들어갔다. 이번 방은 첫 번째 방보다 훨씬 컸다. 다 볼 수도 없을 정도였다. 그의 가까이에 잘 닦

---

* 아즈텍의 지모신(地母神)인 '코아틀리쿠에'를 묘사하고 있다.
** Leucotios, 켈트 족의 번개의 신.

인 갈색의 매머드 두개골과, 왼손이 뒤틀리고 털이 복슬복슬한 황토색 망토를 입은 작은 여자가 있었다. 그 옆으로 여인상 셋이 있었는데, 똑같이 화강암 옥석을 깎은 것으로 셋이 허리에서 붙어 있었다. 얼굴은 아직 다 조각하지 못했고 서둘러 만든 모습이었다. 그렇지만 젖가슴과 성기는 세심하게 공들여 깎여 있었다. 정체 모를 날개 없는 새도 있었다. 그 새는 새도보다 2배나 컸고 독수리처럼 먹잇감을 찢어발길 수 있는 부리와 사람의 팔을 하고 있었다. 그 외에도 수많은 조각들이 있었다.

교실에서 학생들에게 이야기하는 듯한 목소리가 다시 한 번 들렸다.

"이들은 기억 속에서 사라진 신들이다. 심지어 이름조차도 사라졌다. 이들을 숭배하는 사람들 또한 그들의 신처럼 잊히고 말았다. 그들의 토템은 오래전에 부서지고 버려졌다. 그들의 마지막 사제들은 비밀을 전수하지 못한 채 죽고 말았다.

신들도 죽는다. 그들은 죽을 때 애도받지도, 기억되지도 못한다. 사람보다 관념을 죽이는 것이 더욱 어렵다. 그러나 결국엔 살해당할 수 있다."

어디선가 속삭이는 소리가 들려왔는데, 그 속삭임이 홀을 지나 낮게 퍼지면서 새도는 오싹하고도 설명할 수 없는 공포를 느꼈다. 삼켜버릴 듯한 공포가 그를 사로잡았다. 존재 자체가 잊힌 신들의 홀에서, 문어의 얼굴을 한 신들의 홀에서, 미라로 된 손, 무너져 내리는 바위, 산불의 신들의 홀에서…….

새도는 가슴을 바위로 찍어 누르는 것 같은 통증과 함께 이마가 땀으로 끈끈한 채로 잠에서 완전히 깼다. 침대 옆에 있는 시계의 빨간 숫자들이 오전 1시 3분을 가리켰다. 모텔 아메리카의 간판 불빛이 침실 창을 넘어 빛나고 있었다. 방향 감각을 잃은 채 섀도는 침대에서 일어나 화장실로 걸어갔다. 꿈은 아직도 생생했으나 왜 그토록 두려운지 알 수가 없었다.

밖에서 들어오는 불빛은 밝지 않았으나 섀도의 눈은 점차 어둠에 익숙해졌다. 침대 옆에 여자가 앉아 있었다.

섀도가 알고 있는 여자였다. 수천 명, 아니 수십만 명 속에 있더라도 알아보았을 얼굴. 그녀는 침대 한쪽에 등을 곧추세우고 앉아 있었다. 매장될 때 입고 있었던 푸른색 정장 차림이었다.

그녀는 작은 목소리로 속삭였으나, 분명 익숙한 목소리였다.

"여기서 뭘 하는 거냐고 당신이 물어볼 줄 알았는데."

섀도는 아무 말도 하지 않았다. 그는 방에 있는 유일한 의자에 앉아 마침내 말을 꺼냈다.

"당신이야?"

"응. 추워, 퍼피."

"자긴 죽었어."

"그래, 맞아. 난 죽었어."

그녀는 자신의 옆자리를 톡톡 쳤다.

"이리 와서 내 옆에 앉아."

"아니, 지금은 그냥 여기 있을래. 우린 아직 해결해야 할 일들이 남아 있잖아."

"난 죽은 사람이라는 거?"

"뭐, 그런 것도 되겠지. 하지만 난 당신이 어떻게 죽었는지 생각하고 있었어. 당신과 로비가 함께 말야."

"어, 그거."

섀도는 냄새를 맡을 수 있었다. 아니, 냄새가 난다고 생각할 뿐인지도 모르겠다고 생각했다. 썩은 꽃과 방부제 냄새. 그의 아내, 전처…… 아니, 그는 생각을 고쳤다. '고인이 된' 아내가 침대에 앉아 눈을 똑바로 뜨고 섀도를 바라보고 있었다.

"퍼피, 담배 한 대 줄 수 있어?"

"끊은 줄 알았는데."

"그랬지. 그렇지만 더는 건강 따위는 걱정하지 않아. 게다가 좀 진정해야겠어. 로비에 가면 자판기가 있어."

섀도는 청바지와 티셔츠를 입고 맨발로 로비로 나갔다. 야간 근무 직원은 중년의 남자로, 존 그리샴의 책을 읽고 있었다. 섀도는 자판기에서 버지니아 슬림 한 갑을 샀다. 그는 직원에게 성냥을 달라고 부탁했다.

남자는 그를 뚫어져라 바라보더니 방 번호를 물었다. 섀도가 답했다. 남자가 고개를 끄덕였다.

"손님 방은 금연실입니다. 꼭 창을 열어 놓으세요."

직원은 섀도에게 성냥 한 갑과 모텔 아메리카 로고가 새겨진 플라스틱 재떨이를 건네주었다.

"알겠습니다."

섀도는 방으로 돌아왔다. 그는 전등을 켜지 않았다. 로라는 아직 침대에 앉아 구겨진 침대 커버 위에 쭉 몸을 뻗고 있었다. 섀도는 창을 열고 로라에게 담배와 성냥을 건넸다. 그녀의 손가락은 차가웠다.

로라는 성냥으로 불을 붙였다. 맑고 깨끗했던 그녀의 손톱은 부러지고 씹혀 있었다. 또한 손톱 밑에는 흙이 끼어 있었다.

로라는 담배에 불을 붙이고는 성냥을 불어 껐다. 그녀는 담배를 한 모금 빨았다.

"맛을 느낄 수 없어. 아무런 효과가 없는 것 같아."

"유감이네."

"나도 유감이야."

로라가 담배를 빨자 담배 끝이 빨갛게 빛났고, 섀도는 로라의 얼굴을 볼 수 있었다.

"그래서, 당신 석방되었구나."

"응."

"교도소 생활은 어땠어?"

"그럭저럭 지낼 만했어."

"그래."

담배 끝이 붉게 타고 있었다.

"당신에겐 감사하고 있어. 당신을 끌어들이지 말았어야 했는데."

"뭐, 내가 하기로 한 거야. 안 하겠다고 할 수도 있었어."

섀도는 왜 그녀가 두렵지 않을까 생각했다. 박물관 꿈을 꾸고는 그렇게 두려워했으면서도, 살아서 걸어 다니는 시체와는 두려움 없이 이야기를 하다니.

"그래, 그랬어야 했어. 이 덩치 큰 숙맥."

연기가 로라의 얼굴을 감쌌다. 희미한 빛 속에서 그녀는 아름다웠다.

"나와 로비 사이에 있었던 일을 알고 싶어?"

"그래."

로라가 맞다. 살아있건 죽었건 로라를 두려워할 수는 없다.

로라는 재떨이에 담배를 눌러 껐다.

"당신은 감옥에 있었잖아. 같이 이야기할 사람이 필요했어. 기대서 울 어깨가 필요했거든. 당신은 없었고. 난 어찌 할 바를 몰랐어."

"미안해."

섀도는 로라의 목소리가 어딘지 다르다는 것을 깨닫고 그게 무엇인지 찾아내려 했다.

"알아. 우린 같이 만나 커피를 마시곤 했어. 자기가 석방되면 무엇을 할까, 자기를 다시 만나면 얼마나 좋을까 이야기했어. 당신도 알겠지만, 로비는 당신을 정말로 좋아했어. 로비는 예전처럼 당신하고 같이 일할 날을 손꼽아 기다렸어."

"그랬군."

"그러다가 오드리가 언니를 만나러 일주일 동안 떠나고 없었어. 그때가 당신 가고 나서 한 1년쯤, 13달째 되는 때였지."

로라의 목소리에는 감정이 없었다. 단어 하나하나가 밋밋하고 둔감했으며, 마치 깊은 우물 속으로 하나씩 떨어지는 자갈 같았다.

"로비가 왔어. 우린 같이 취하도록 마셨지. 침실 바닥에서 했어. 좋았어. 정말 좋았어."

"그런 말까지 할 필요 없잖아."

"그래? 미안해. 죽으면 말을 고르는 게 어려워. 마치 사진 같아. 취사선택이 그렇게 중요하지 않아."

"나한텐 중요해."

로라는 또 한 개비의 담배에 불을 붙였다. 그녀의 동작은 뻣뻣하지 않았고, 유연하고 당당했다. 한순간 섀도는 로라가 진짜 죽은 것인지 의심스러워졌다. 정교한 사기일지도 모르는 것이다.

"그래, 알아. 어쨌든 우린 관계를 지속했어. 뭐, 그렇게 부르진 않았지만. 우리 사이에 그 어떤 의미도 부여하지 않았어, 지난 2년 내내."

"로비 때문에 날 떠나려 했어?"

"내가 왜 그러겠어? 당신은 나의 큰곰인데. 당신은 나의 퍼피인데. 당신은 날 위해 감옥에 갔잖아. 난 당신이 돌아오길 3년 동안 기다렸어. 난 당신을 사랑해."

섀도는 "나도 사랑해." 하고 말하려다 말았다. 그 말은 하지 않을 것이다. 더 하지 않을 것이다.

"그럼, 그날 밤은 어떻게 된 거야?"

"내가 죽던 날?"

"그래."

"어, 로비와 난 당신을 위한 깜짝 파티에 대해서 상의하려고 만났어. 진짜 근사했을 거야. 그리고 난 로비에게 우리 관계가 끝났다고 이야기했어. 당신이 돌아오니까 그렇게 해야 한다고."

"음, 고마워."

"무슨 소리야, 자기."

보일락 말락 한 미소가 로라의 얼굴을 스쳐 갔다.

"그러고 나서 우린 감상적이 되었어. 달콤했지. 어리석기도 했고. 난 많이 취했어. 로비는 안 취했고. 운전을 해야 했거든. 집으로 오는 길에 내가 마지막 작별 인사로 빨아 준다고 이야기했어, 감정을 가지고 마지막으로. 그래서 바지 지퍼를 내리고 했어."

"큰 실수였군."

"물론이야. 내가 어깨로 기어를 쳤고, 로비가 기어를 되돌려 놓으려고 날 밀쳤지. 차가 길에서 미끄러졌고 우당탕 난리가 났어. 세상이 돌고 비틀리기 시작했고 '난 이제 죽는구나.'라고 생각했어. 아주 냉정해지더군. 그랬던 기억이 나. 무섭진 않았어. 그러곤 아무것도 생각나지 않아."

플라스틱을 태우는 것 같은 냄새가 났다. 담배가 필터까지 타들어 갔다. 로라는 알아차리지 못한 듯했다.

"로라, 여긴 무슨 일로 온 거야?"

"아내가 남편 보러 오면 안 되나?"

"당신은 죽었어. 오늘 오후에 당신의 장례식장에 다녀왔단 말야."

"그래."

로라는 입을 다물고 초점 없는 눈길로 먼 곳을 바라보았다. 섀도가 자리에서 일어나서 로라에게 다가갔다. 그는 타들어 가는 담배 꽁초를 로라의 손가락에서 빼내 창문 밖으로 던져 버렸다.

"어?"

로라의 눈이 섀도의 눈과 마주쳤다.

"죽는다고 살아 있을 때보다 더 많이 알게 되는 건 아니야. 살아 있을 땐 몰랐지만 지금 알게 된 것들은 대개가 말로 표현할 수가 없고."

"사람이 죽으면 무덤 속에 있어야 하는 거 아닌가."

"그런가? 진짜 그럴까, 퍼피? 나도 그런다고 생각했지. 지금은 잘 모르겠어. 아마 그럴지도 모르지."

로라는 침대에서 일어나 창문 쪽으로 걸어갔다. 모텔 간판의 불빛을 받은 로라의 얼굴은 어느 때보다도 아름다웠다. 감방 가는 것도 불사하게 만든 여자. 바로 그 여자의 얼굴.

심장을 누군가 주먹으로 짓누르는 것처럼 아팠다.

"로라……?"

로라는 섀도를 돌아보지 않았다.

"섀도, 자기는 나쁜 일에 휘말렸어. 누군가 당신을 지켜 줄 사람이 없으면 망가지고 말 거야. 내가 당신을 지켜 줄게. 그리고 선물 고마워."

"무슨 선물?"

로라는 블라우스 주머니로 손을 가져가 섀도가 무덤에 던져 넣었던 황금 동전을 꺼냈다. 동전에는 아직도 흙이 묻어 있었다.

"체인에 달아도 되겠어. 정말 고마워."

"천만에."

로라는 돌아서서, 바라보는 듯 바라보지 않는 것 같기도 한 눈길로 섀도를 보았다.

"내 생각엔 우리 결혼 생활에 해결해야 할 게 몇 가지 있는 것 같아."

"여보, 당신은 죽었어."

"분명 그것도 그중 하나야."

로라는 말을 멈추었다.

"좋아, 이제 그만 갈게. 가는 게 낫겠어."

그러고는 자연스럽고 편안하게 몸을 돌려 섀도의 어깨에 손을 얹고, 언제나 그랬듯 까치발을 하고서 작별의 키스를 했다.

섀도는 엉거주춤 몸을 굽혀 로라의 볼에 입을 맞추려고 했으나 그러는 사이 로라는 자신의 입술을 그의 입술 위에 포갰다. 희미하게 좀 약 냄새가 났다.

로라의 혀가 섀도의 입 안에서 움직였다. 그녀의 혀는 차갑고 건조 했으며 담배와 담즙 냄새가 났다. 섀도는 아내가 죽었는지 살았는지 의심스러워했지만 의심은 거기에서 끝났다.

섀도는 뒤로 물러섰다.

"사랑해."

로라가 담담하게 이야기했다.

"내가 자길 돌봐 줄게."

로라는 방문 쪽으로 걸어갔다. 섀도의 입 안에 이상한 맛이 남아 있었다.

"잠을 좀 자, 퍼피. 그리고 말썽에 휘말리지 마."

로라는 문을 열었다. 복도의 형광등 불빛은 친절하지 않았다. 그 불 빛 아래 로라는 죽은 사람으로 보였다. 그러나 거기선 로라가 아니라 누구라도 그렇게 보였다.

"날 붙잡으려고 하지도 않네."

로라는 차가운 목소리로 말했다.

"그렇게 못 할 거 같아."

"그렇게 할 수 있어, 자기. 이 모든 것들이 끝나기 전에 말야. 당신은 할 수 있을 거야."

로라는 몸을 돌려 복도를 지나 걸어갔다.

섀도는 문간에서 바라보았다. 야간 직원은 계속해서 존 그리샴의 소설을 읽고 있었고, 로라가 자신을 지나 걸어 나가는 순간에도 올려다보지 않았다. 로라의 신발에는 묘지의 진흙이 두껍게 붙어 있었다. 그녀는 사라졌다.

섀도는 천천히 한숨을 내쉬었다. 심장이 불규칙적으로 뛰고 있었다. 그는 홀을 가로질러 걸어가서 웬즈데이의 방문을 두드렸다. 문을 두드릴 때 이상한 생각이 들었다. 검은 날개가 그를 때리고 있다는 그런 느낌, 마치 거대한 까마귀가 그를 관통해 복도를 지나 세상 밖으로 나가 버리는 느낌이었다.

웬즈데이가 문을 열었다. 허리 둘레에 흰 수건을 두르고 있었고 나머진 벗은 채였다.

"뭐야?"

"당신은 분명 알고 있을 거요. 아마 꿈이었을지도 모르겠어요. 하지만 꿈은 아니었어요. 아니면 그 뚱보 녀석의 부포테닌 연기를 흡입했을 수도 있고. 아니면 내가 미쳐 가고 있는지도 모르겠……."

"그래, 그래, 빨리 말해 봐. 나 지금 뭐 하고 있는 중이야."

섀도는 방 안을 둘러보았다. 침대 위 누군가가 그를 바라보고 있었다. 시트가 작은 젖가슴을 덮고 있었다. 옅은 금발에 어쩐지 쥐 같은 얼굴이었다. 모텔 프런트에 있던 여자. 섀도는 목소리를 낮췄다.

"방금 아내를 봤소. 내 방에 왔어요."

"귀신 말이야? 귀신을 봤어?"

"아뇨, 귀신이 아니었어요. 생생했다고요. 로라였어요. 그녀는 죽었는데 절대 귀신은 아니었어요. 내가 직접 만지기까지 했으니까. 나한테 키스도 했단 말이오."

"알았어."

웬즈데이는 침대 위의 여자에게 눈길을 보냈다.

"금방 올게, 이쁜이."

그들은 섀도의 방으로 갔다. 웬즈데이가 램프를 켰다. 그리고 재떨이에 있던 담배꽁초를 보았다. 웬즈데이는 가슴을 긁적였다. 젖꼭지가 검었다. 늙은 남자의 젖꼭지. 가슴털은 잿빛이었다. 가슴 한쪽에 흉터가 있었다. 웬즈데이는 공기를 들이마시고 어깨를 으쓱했다.

"좋아, 자네의 죽은 마누라가 나타났어. 무서운가?"

"조금요."

"아주 현명해. 죽은 자들은 항상 소름 끼치지. 또 다른 건?"

"이글 포인트를 떠날 준비가 되었습니다. 로라의 어머니가 아파트 문제는 해결할 거요. 어쨌거나 날 미워하니까. 나는 준비됐으니 언제든 말씀하시오."

웬즈데이가 미소를 지었다.

"좋은 소식이구먼, 친구. 아침에 떠날 걸세. 자, 이제 좀 자 둬. 잠이 안 오면 내 방에 스카치가 좀 있는데, 도움이 될 거야. 마실 텐가?"

"아뇨, 괜찮아요."

"그럼 더 방해하지 말게. 나한테는 긴 밤이 기다리고 있다네."

"안 주무세요?"

섀도가 웃으며 물었다.

"난 잠 안 자. 잠은 과대평가된 거지. 내가 최선을 다해서 피하는 나쁜 습관이야. 가능하면 누군가와 함께 하면 더 좋고. 그런데 말이야, 빨리 돌아가지 않으면 달아오른 우리 젊은 아가씨가 식어버릴 거 같은데."

110

"좋은 밤 되세요."

"그래."

웬즈데이가 대답하고 나가면서 문을 닫았다. 섀도는 침대 위에 걸터앉았다. 담배와 방부제 냄새가 공기 중에 떠돌았다. 섀도는 로라를 애도할 수 있으면 좋겠다고 생각했다. 그게 로라 때문에 골치 아픈 것보다는 나을 것 같았다. 아니, 로라는 죽은 사람인데 그녀의 모습을 보고 겁이 난 것이라고 스스로 인정했다. 이제 애도할 시간이다. 섀도는 불을 끄고 침대에 누워 감방에 가기 전의 로라를 생각했다. 젊고 행복하고 어리석었으며, 서로에게서 떨어질 수 없었던 신혼 시절을 생각했다.

섀도는 운 지 아주 오래되었다. 너무나 오래되어 우는 방법마저 잊어버렸다. 어머니가 죽었을 때마저 그는 울지 않았다.

그러나 섀도는 지금 흐느끼기 시작했다. 몸을 마구 들썩이게 할 만큼 고통스러운 흐느낌이었다. 로라가, 영원히 지나가 버린 그 시절이 그리웠다.

어렸을 때 이후로 울다가 잠이 든 건 처음이었다.

아메리카로 오다
기원후 813년

그들은 별과 해안선을 보면서 푸른 바다를 항해했고, 해안선이 기억 속에 묻히거나 밤하늘이 구름으로 뒤덮여 깜깜해질 때면 믿음으로 항해하면서 무사히 뭍에 도착할 수 있기를 기도했다.

참으로 힘든 여행을 했다. 손가락은 마비되었고, 뼈마디까지 시린 떨림은 술로도 달랠 수가 없었다. 아침에 일어나면 수염에는 흰 서리가 앉아 있었고, 햇볕이 몸을 녹여 줄 때까지 그들은 수염이 세어 버린 노인네들같이 보였다.

이가 헐거워지고 눈이 움푹 꺼질 즈음에 서쪽의 푸른 땅에 상륙할 수 있었다. 사람들이 말했다.

"우린 집과 가족들에게서, 우리가 잘 아는 바다와 우리가 사랑하는 땅에서 아주 멀리 떠나왔다. 이곳 세상의 변두리에서 우리는 우리의 신에게서 잊힐 것이다."

그들의 지도자가 바위산 꼭대기에 올라가 믿음이 부족함을 꾸짖었다.

"신께서 세상을 만드셨다. 신은 당신의 할아버지인 이미르[7]의 산산이 부서진 뼈와 살로 직접 세상을 만드셨다. 신은 이미르의 뇌를 구름처럼 하늘에 띄웠고 그의 피는 우리가 건넌 바다가 되었다. 신께서 세상을 만드셨다면, 마찬가지로 이 땅도 만드셨다는 것을 너희들은 모르느냐? 이곳에서 사람으로서 죽는다면 그의 전당에 받아들여질 것이란 사실을 깨닫지 못하겠느냐?"

사람들이 소리를 지르고 웃음을 터뜨렸다. 그들은 굳은 의지로, 끝을 날카롭게 만든 통나무 울타리 안에 나무와 진흙으로 회당을 짓기 시작했다. 그들은 그들이 아는 한 신세계에 존재하는 유일한 사람들임에도.

회당이 다 지어졌을 때 폭풍이 몰려왔다. 한낮의 하늘이 밤처럼 어두워졌고 흰 불꽃으로 갈래갈래 찢기었다. 천둥소리는 어마어마해서

귀가 먹먹해질 정도였고, 복을 부르기 위해 데려온 배의 고양이마저 해변에 댄 보트 밑으로 숨어 버리고 말았다. 폭풍이 어찌나 기가 세고 고약하던지 사람들은 웃음을 터뜨리고 서로 등을 툭툭 치면서 이렇게 말했다.

"뇌신(雷神)께서 이곳에, 이 먼 땅에 우리와 함께하신다."

사람들은 감사를 올렸고 기뻐하며 휘청거릴 때까지 술을 마셨다.

그날 밤 연기가 가득한 어두운 회당에서 음유시인이 옛날 노래를 들려주었다. 아버지 신 오딘[8]에 대한 노래였다. 오딘은 사람들이 자신을 위해 희생했듯, 용감하고 고귀하게 스스로를 희생한 신이었다. 음유시인은 아버지 신이 세계수에 매달려 옆구리가 뚫리고 그 상처에서 피가 뚝뚝 떨어져 내리던(이 지점에서 노래는 순간 비명이 되었다.) 아흐레 동안을 노래로 불렀다. 또한 아버지 신이 고통 속에서 배운 것을 노래했다. 아홉 이름과 아홉 룬 문자와 열여덟 주문(呪文)이었다. 음유시인은 창이 오딘의 옆구리를 뚫는 장면을 노래할 때 마치 아버지 신 오딘 본인이 강령한 듯 고통에 몸부림치며 비명을 질렀다. 또한 다른 사람들도 그의 고통을 상상하며 전율했다.

아버지 신의 날인 그 다음 날 그들은 스크랠링*을 발견했다. 그는 키가 작았는데, 길고 검은 머리는 까마귀의 날개와 같았고 피부는 기름지고 붉은 찰흙 색깔이었다. 그가 하는 말은 아무도 알아들을 수가 없었다. 심지어 헤라클레스의 기둥**을 지나 항해한 배에 함께 탔던, 지중해 전역의 장사치들의 말을 알아들을 수 있는 음유시인마저

---

* 옛 북유럽인들이 북아메리카에 처음 도착했을 때 그곳에 있던 인디언을 부르던 말이다.
** 지브롤터 해협 동쪽 끝에 솟아 있는 한 쌍의 바위.

도 이해할 수가 없었다. 그 스크랠링은 깃털과 가죽옷을 입었고 긴 머리에는 작은 뼈들이 땋아져 있었다.

그들은 그를 야영지로 데리고 가서 구운 고기를 주고 갈증을 가라앉힐 미드를 주었다. 남자가 비틀거리며 노래 부르고 머리를 꾸벅거리며 졸자 사람들은 배꼽이 빠져라 웃어 댔다. 뿔잔으로 겨우 한 잔도 마시지 않았던 것이다. 그들은 남자에게 더 많은 술을 주었고, 곧 그는 팔베개를 하고 탁자 밑에 드러눕고 말았다.

그러자 사람들이 그를 들어 올렸다. 네 사람이 각각 어깨와 다리를 들어 어깨 높이로 올린 다음, 다리가 여덟인 말처럼 만(灣)을 굽어보고 있는 언덕 위의 물푸레나무를 향해 행진하기 시작했다.* 그곳에서 그들은 남자의 목에 밧줄을 매고 공중에 높이 매달았다. 남자는 교수대 신인 아버지 신께 바치는 제물이었다. 스크랠링의 몸이 바람에 흔들리면서 얼굴은 검어졌고, 혀는 길게 늘어졌고 눈은 튀어나왔으며, 성기는 가죽 투구를 매달아 놓아도 될 정도로 딱딱하게 굳었다. 사람들은 하늘을 향해 희생물을 바친다는 사실에 자랑스러워하며 환호하고 소리를 지르고 웃음을 터뜨렸다.

다음 날 커다란 까마귀 2마리가 스크랠링의 시체에 내려앉아 양어깨 위에서 뺨과 눈을 쪼아먹기 시작했다. 사람들은 제물이 받아들여졌음을 알 수 있었다.

긴 겨울이었다. 그들은 굶주렸다. 그러나 봄이 오면 배를 고향으로 보내어 정착할 사람들과 여자를 데리고 올 수 있으리라는 생각에 즐거워했다. 날씨가 더욱 추워지고 낮이 짧아지자, 일부 남자들이 스크

---

* 오딘에게는 여덟 개의 다리를 가진 슬레이프니르(Sleipnir)라는 이름의 마법의 말이 있다.

114

랠링 마을로 식량과 여자를 찾으러 나서기도 했다. 그러나 그들은 불을 지폈던 흔적이 있는, 버려진 야영지만을 보았을 뿐이었다.

어느 겨울날 태양이 색 바랜 은전처럼 차갑게 멀리 떠 있던 날에, 그들은 스크랠링의 시체가 물푸레나무에서 사라진 것을 보았다. 그날 오후 눈이 오기 시작했는데, 아주 큰 눈송이들이 천천히 내리고 있었다.

북해의 반도에서 온 남자들은 야영지의 문을 닫고 나무 울타리 뒤로 몸을 숨겼다.

스크랠링 전사들이 그날 밤 공격을 해 왔다. 500 대 30이었다. 그들은 벽을 타고 넘어가 이레 동안 30명을 30가지 방식으로 죽였다. 그리하여 선원들은 역사와 동포들에게서 잊혀지고 말았다.

인디언들은 벽을 허물고 마을을 불태웠다. 대형 보트도 뒤집어 놓았다. 하얀 이방인들이 배가 한 척뿐이길, 더이상 북서쪽 바다에서 온 자들이 자신들의 해안으로 오지 않길 바라는 심정으로 배도 역시 불태웠다.

그때는 에릭 더 레드*의 아들인 행운아 리프가 이 땅을 재발견하고 바인랜드라 명명하기 100여 년 전이었다. 리프가 도착했을 때 신들이 이미 그를 기다리고 있었다. 외팔이 티르[9]와 교수대의 신 회색의 오딘과 천둥의 신 토르.

그들이 거기 있었다.

그들이 기다리고 있었다.

---

* Erik the Red, 노르웨이어로 Eirik Raude 혹은 Eirik Torvaldsson이다. 그린란드에 정착한 유럽 정착민의 시초이며, 북아메리카에 도착했던 최초의 유럽인들 중 하나인 리프 에릭손의 아버지이다.

제4장

특별한 한밤의 빛이
내게 비추게 해 다오
특별한 한밤의 빛이
내게 그 영원한 사랑의 빛을 비추게 해 다오
— 전통가요, 「특별한 한밤」

섀도와 웬즈데이는 모텔 맞은편 식당에서 아침 식사를 했다. 아침 8시였고, 세상은 안개와 차가운 공기에 휩싸여 있었다.

"정말 이글 포인트를 떠날 준비가 된 건가? 전화를 몇 통 해야 한다네. 오늘은 금요일이지. 금요일은 휴일이야. 여자의 날이지. 내일은 토요일. 토요일엔 할 일이 많다네."

"준비됐습니다. 여기선 더 할 일이 없습니다."

웬즈데이는 몇 가지 고기로 쟁반을 가득 채웠다. 섀도는 멜론 조각과 베이글, 크림치즈를 골랐다. 그들은 칸막이 좌석에 앉았다.

"어젯밤에 자넨 꿈을 꾼 거야."

"네, 그래요."

그날 아침 일어났을 때 모텔의 양탄자에는 로라의 흙 발자국이 남아 있었다. 발자국은 섀도의 방에서 로비를 거쳐 문밖으로 이어졌다.

"그래, 자네를 왜 섀도라고 부르지?"

섀도는 어깨를 으쓱했다.

"그냥 이름이죠."

유리창 밖의 안개에 싸인 세상은 연필로 그린 잿빛 그림 같았는데, 군데군데 빨간 전깃불이나 순백의 색이 얼룩처럼 묻어 있었다.

"한쪽 눈은 어쩌다 잃으셨습니까?"

웬즈데이는 베이컨 대여섯 조각을 입에 넣어 씹고는 손등으로 입술을 훔쳤다.

"잃은 게 아냐. 어디 있는지 정확히 알고 있어."

"계획이 뭡니까?"

웬즈데이는 심각해 보였다. 그는 선홍색 햄을 몇 조각 먹었고 턱수염에 붙은 고기 조각을 집어내 접시에 떨어뜨렸다.

"계획은 이렇다네. 토요일 저녁, 즉 내가 이미 말한 대로 내일이지, 내일 밤 우리는 각각의 분야에서 아주 뛰어난 몇 사람을 만날 걸세. 그렇다고 기죽을 건 없어. 이 나라에서 가장 중요한 장소 중 한 곳에서 만날 거야. 우린 그들과 와인을 마시면서 식사를 하는 거지. 어림잡아 30~40명쯤 될 거야. 더 될 수도 있고. 난 그 사람들을 사업에 끌어들여야 하거든."

"그럼, 그 가장 중요하다는 곳이 어딘데요?"

"그중의 한 곳에서 본단 말이야. 말했잖아. 의견이란 건 당연히 나뉘게 마련이야. 내 동료들에게 연락을 해 뒀네. 가다가 시카고에 들러서 돈을 좀 챙겨야 해. 여흥이라는 것은 말이야, 우리 방식대로 즐기려면 내가 마침 가지고 있는 돈보다 더 많은 현금을 필요로 하거든. 그런 다음 매디슨에 갈 거야."

"알겠어요."

"아니, 자네는 몰라. 하지만 시간이 되면 다 알게 될 거야."

웬즈데이가 계산을 했다. 그들은 식당에서 나와 모텔 주차장으로 갔다. 웬즈데이가 섀도에게 차 열쇠를 주었다. 섀도는 간선도로를 달려 도시를 빠져나왔다.

"그리워하겠구먼?"

웬즈데이가 물었다. 그는 지도가 가득한 폴더를 훑어보고 있었다.

"이글 포인트요? 아뇨. 로라에 대한 기억이 너무 많아요. 이곳에서는 진짜 삶을 살았다고 할 수가 없어요. 어렸을 때는 한곳에 오래 있어 본 적이 없었고, 이곳에는 20살이 넘어서야 왔습니다. 그러니 이곳은 로라의 도시죠."

"로라가 여기에 머물길 바라세."

"꿈이었어요. 꿈이었다고요."

"좋아, 바람직한 태도야. 지난밤에 로라하고 했나?"

섀도는 한숨을 쉰 다음 대답했다.

"당신이 상관할 일이 아닙니다. 그리고 안 했고요."

"하고 싶었나?"

섀도는 아무 말도 하지 않았다. 그는 시카고를 향해 북쪽으로 차를 몰았다. 웬즈데이가 껄껄 웃었다. 그러고 나서 그는 지도를 폈다 접었다 하면서 자세히 들여다보기 시작했다. 이따금 커다란 은색 볼펜으로 황색 규격 노트에 메모를 했다.

마침내 웬즈데이는 일을 끝냈다. 펜을 놓고 폴더를 뒷좌석에 놓았다.

"우리가 가고 있는 미네소타와 위스콘신 주의 가장 좋은 점은 말이지, 내가 어렸을 때 좋아하던 스타일의 여자들이 많다는 거야. 피부가 희고 눈은 파랗고 머리색은 밝아 거의 흰색에 가깝고, 입술은 와인 색이고, 좋은 치즈 같고 푸르스름한 정맥이 비치는 둥글고 풍만한 가슴이 있는 여자들 말이야."

"어렸을 때만? 어젯밤에도 꽤 실력이 좋은 것 같던데요."

웬즈데이가 미소를 지었다.

"그렇지. 성공의 비밀을 알고 싶은가?"

"돈을 줬나요?"

"그렇게 지저분한 건 절대 아니야. 비밀은 매력이야. 순수하고 단순하지."

"매력이라고요? 흠, 그게 있다거나 없다거나 할 때 말하는 그런 거 말이죠?"

"매력은 배울 수 있는 거야."

"그래서 우리 지금 어디로 가는 겁니까?"

"옛 친구 한 명을 만나러 갈 거야. 우리 회합에 올 사람이야. 지금은 노인이 됐지. 우리와 저녁 식사를 하기 위해 기다리고 있다네."

그들은 시카고를 향해 북서쪽으로 달렸다.

"로라한테 무슨 일이 일어나는지 모르겠지만, 당신 때문인가요? 당신이 그런 일을 벌인 건가요?"

"아니야."

"리무진에 탄 녀석 말투로 해 볼게요. 만약에 제 말이 사실이라면 저한테 사실대로 말해 줄 건가요?"

"자네만큼이나 나도 뭔 일인지 알 수가 없다네."

섀도는 흘러간 음악이 나오는 주파수에 라디오를 맞추고 자신이 태어나기도 전에 유행했던 노래를 들었다. 밥 딜런은 쏟아지는 거센 비에 대해 노래를 불렀고, 섀도는 그 비가 이미 온 것인지 아니면 내릴 것인지 궁금해 했다. 그들 앞의 도로는 텅 비어 있었고 아스팔트 위의 얼음 결정체들이 아침 햇빛에 다이아몬드처럼 반짝였다.

시카고는 편두통처럼 천천히 나타났다. 먼저 시골길을 달렸고, 그러다가 듬성듬성 펼쳐진 마을이 낮게 퍼진 교외 지역이 나타났다가, 다시 도시로 접어들었다.

그들은 낮게 지은 검은 석조 건물 앞에 주차했다. 보도에는 눈이 치워져 있었다. 로비로 걸어갔다. 웬즈데이는 금속으로 된 인터콤의 맨 위 버튼을 눌렀다. 아무런 기척도 없었다. 다시 한 번 눌렀다. 시험 삼아 다른 세입자들이 사는 곳의 버튼도 눌러 보았으나, 응답이 없었다.

"먹통이야."

말라빠진 노파가 계단을 내려오며 말했다.

"고장이라고. 관리인한테 언제 고칠 거냐, 난방은 언제 수리할 거냐 물어봐도 신경도 안 써. 심장을 보호한다고 애리조나에 가서 겨울을 난대."

억양이 강했다. 동유럽 출신인 모양이라고 섀도는 생각했다.

웬즈데이는 고개를 살짝 숙이며 인사를 했다.

"조르야[10], 내 사랑, 형언할 수 없을 만큼 아름다워 보이는군! 빛나는 피조물이여, 당신은 조금도 나이가 들지 않았군."

노파가 웬즈데이를 쏘아보았다.

"그는 자넬 보고 싶어 하지 않아. 나 또한 자네를 보고 싶지 않아.

자네는 나쁜 소식이야."

"중요하지 않으면 오지 않기 때문이지."

노파가 콧방귀를 뀌었다. 그녀는 낡고 붉은 코트의 단추를 턱까지 채워 입고 빈 쇼핑백을 들고 있었다. 희끗한 머리에는 녹색 벨벳 모자를 쓰고 있었는데 모습이 어찌 보면 화분을 머리에 얹어놓은 것 같기도 했고 또 어찌 보면 식빵덩어리 같기도 했다. 노파가 의심스러운 눈으로 섀도를 쳐다보았다.

"이 커다란 남자는 누구야? 킬러를 또 들인 거야?"

"이런, 또 구박하는 건가? 이 사람은 섀도라고 하네. 물론 날 위해 일하고 있지만, 당신을 위해서 일하는 셈이기도 해. 섀도, 사랑스러운 미스 조르야 베체르냐야를 소개하지."

"처음 뵙겠습니다."

새를 닮은 나이 든 여인이 섀도를 곁눈질했다.

"섀도라, 좋은 이름이야. 그림자(shadow)가 길어지면, 그게 나의 때야. 그리고 자넨 긴 섀도군."

노파는 섀도를 위아래로 살펴본 후 미소를 지었다.

"내 손에 키스해도 좋아."

노파는 섀도에게 차가운 손을 내밀었다.

섀도가 몸을 굽혀 그녀의 야윈 손에 키스했다. 노파는 가운뎃손가락에 호박(琥珀) 반지를 끼고 있었다.

"착하기도 하지. 난 식료품을 사러 가는 길이야. 알다시피 내가 돈을 벌어 오는 유일한 사람이잖아. 나머지 둘은 점치는 걸로 돈을 벌 수가 없어. 걔들은 진실만을 말하기 때문이야. 사람들이 듣고 싶어 하는 것은 진실이 아니지. 진실이라는 것은 나쁜 것이고 사람들을 괴롭히니, 사람들이 다시는 오지 않는 거야. 하지만 난 거짓말을 잘 꾸며내고 사람들이 듣고 싶어 하는 것을 얘기해 주거든. 말하자면 기분좋은 점을 쳐준단 말이지. 그러니 집에 빵을 댈 수 있는 거야. 오늘 여기서 저녁을 먹을 셈인가?"

"그러면 좋죠."

"그럼 음식을 더 사게 돈 좀 주어야겠네. 난 자존심이 있지만 어리석진 않아. 나머지는 나보다 더 자존심이 세지만, 그중 '그'가 가장 강해. 그러니 걔네들한텐 돈 줬다고 말하지 마."

웬즈데이는 지갑을 열고 손을 넣었다. 20달러짜리를 꺼냈다. 조르야베체르냐야는 그의 손가락 사이에서 지폐를 채 가더니 가만히 기다렸다. 그는 또 한 장을 꺼내어 노파에게 주었다.

"좋아. 내가 자네들을 왕자들처럼 대접하겠네. 우리 아버지를 모시듯 진수성찬을 대접하겠어. 자, 계단 꼭대기까지 올라가. 조르야 우트레냐야가 깨어 있을 거야. 하지만 다른 여동생은 아직 자고 있어. 올라가서 조용히 해야 해."

섀도와 웬즈데이는 어두운 계단을 올랐다. 계단 구석에 반쯤 찬 쓰레기봉투가 있었는데, 야채 썩는 냄새가 났다.

"집시예요?"

섀도가 물었다.

"조르야하고 그녀의 가족? 절대 아니라네. 러시아 사람들이야. 슬라브 인들일 거야."

"하지만 점을 친다고 했잖아요."

"점치는 거야 많은 사람들이 하지. 나도 취미 삼아 해 보곤 하는데, 뭘."

웬즈데이는 마지막 계단을 오르면서 헐떡거렸다.

"컨디션이 영 안 좋네."

계단 마지막엔 빨간색으로 칠해진 문 하나만 있었고, 문에는 들여다보는 구멍이 있었다.

웬즈데이가 문을 두드렸다. 아무런 응답이 없었다. 다시 한번 크게 노크했다.

"알았어! 알았어! 들었어! 들었다니까!"

자물쇠 푸는 소리, 볼트 당기는 소리, 체인 덜그럭거리는 소리. 빨간 문이 빠끔 열렸다.

"누구슈?"

담배에 찌든 늙은 남자의 목소리였다.

"옛 친굴세, 체르노보그.[11] 동행이 있네."

문은 체인이 허락하는 만큼만 열렸다. 섀도는 그림자 속에서 그들을 내다보는 잿빛 얼굴을 볼 수 있었다.

"뭘 원해, 그림니르?"

"원래는 자네와 그냥 같이 있고 싶어서였어. 게다가 공유할 정보도 있고. 그러니까…… 응, 그래. 자넨 자네한테 도움이 될 만한 일을 알 수 있을 걸세."

문이 활짝 열렸다. 낡은 목욕 가운을 입은 남자는 키가 작았고 잿빛 머리에 우락부락한 모습이었다. 오래되어 반들반들한 핀 스트라이프 바지를 입고 슬리퍼를 신고 있었다. 끝이 각진 손가락을 둥글게 말아 필터가 없는 담배를 들고 빨고 있었다. 그 모습이 범죄자 같다고 섀도는 생각했다. 어쩌면 군인 같기도 했다. 체르노보그는 왼손을 웬즈데이에게 뻗었다.

"그렇다면 환영하네, 그림니르."

"요즘은 웬즈데이라고 불린다네."

체르노보그가 살짝 미소 짓자, 누런 이가 드러나 보였다.

"그래, 아주 재미있구먼. 그리고 이쪽은?"

"내 동료일세. 섀도, 체르노보그 씨야."

"잘 왔어."

체르노보그가 말했다. 그는 섀도의 왼손을 잡았다. 그의 손은 거칠고 굳은살이 박혀 있었으며, 손가락은 요오드에 담근 것처럼 누렇게 변색되어 있었다.

"안녕하십니까, 체르노보그 씨."

"난 늙어 가고 있다네. 배도 아프고, 허리도 쑤시고, 매일 아침 가슴이 찢어질 만큼 기침을 하지."

"왜 문 앞에 서 있어?"

여자의 목소리가 들렸다. 섀도는 체르노보그의 어깨 너머로 그의 뒤에 서 있는 나이 든 여자를 보았다. 그녀는 베체르냐야보다 더 작고 약해 보였으나, 머리는 길고 금발이었다.

"난 조르야 우트레냐야야. 거기 서 있으면 안 돼. 안으로 들어와서 응접실로 들어가. 커피 가져다줄 테니 어서 가."

아파트 안쪽에서 너무 삶은 양배추와 고양이 바구니와 필터 없는 외국산 담배 냄새가 풍겨 왔다. 그들은 조그마한 복도를 지나 닫힌

문 몇 개를 지나쳐 통로 맨 끝에 있는 응접실에 다다랐다. 그들은 커다랗고 낡은 말털 소파에 앉았다. 먼저 앉아 있던 늙은 고양이 한 마리는 기지개를 켜고 자리에서 일어나 뻣뻣한 동작으로 소파의 다른 쪽 끝으로 걸어갔다. 고양이는 자리를 잡고 누워 그들을 조심스럽게 바라본 후 한쪽 눈을 감고 다시 잠이 들었다. 체르노보그는 맞은편 안락의자에 앉았다.

조르야 우트레냐야는 빈 재떨이를 찾아 체르노보그 옆에 놓았다.

"커피는 어떻게 해 줄까? 여기서 우리는 밤처럼 검고 죄악처럼 달콤하게 마신다네."

"그거 좋군요, 부인."

섀도가 말했다. 그는 창밖으로 거리 저편의 건물들을 바라보았다.

조르야 우트레냐야는 밖으로 나갔다. 체르노보그는 그녀의 모습을 응시했다.

"우트레냐야는 착한 여자야. 다른 자매들 같지 않아. 하나는 욕심이 많고, 또 다른 하나는 온종일 하는 일이 잠자는 것뿐이야."

체르노보그는 슬리퍼를 신은 발을 길고 낮은 커피 테이블 위에 올렸다. 커피 테이블 중앙에는 체스판이 새겨져 있었고, 담뱃불 그을린 자국과 머그잔 자국이 있었다.

"부인입니까?"

섀도가 물었다.

"그녀는 누구의 아내도 아냐."

노인은 잠시 침묵을 지키며 자신의 거친 손을 내려다보았다.

"우린 모두 친척들이지. 오래전에 이곳에 함께 왔네."

체르노보그는 목욕 가운 주머니에서 필터 없는 담배를 꺼냈다. 섀도가 알지 못하는 담배였다. 웬즈데이는 밝은 색 정장 주머니에서 황금색 라이터를 꺼내 담뱃불을 붙여 주었다. 체르노보그가 말을 꺼냈다.

"처음에 우린 뉴욕으로 왔었지. 우리 동포들은 모두 뉴욕으로 왔다네. 그런 다음 이곳 시카고로 왔어. 모든 게 너무 나빠졌어. 심지어 고국에서도 사람들이 날 거의 잊어버렸어. 여기서 나는 아무도 기억하고 싶어 하지 않는 나쁜 기억일 뿐이야. 내가 시카고로 왔을 때 뭘 했는지 아나?"

"아뇨."

섀도가 대답했다.

"축산업계에 일자리를 잡았지. 도살장 말이야. 송아지가 트랩으로 들어오면 내가 내리쳤다네. 우리 같은 사람을 왜 노커라고 부르는지 아나? 쇠망치를 들고 소를 내리치기 때문이지. 꽝! 그러려면 팔에 힘이 있어야 해. 그렇지? 족쇄로 묶는 사람이 쇠고기를 체인으로 엮어 운반하지. 그 다음 목을 도려내는 거야. 물론 먼저 피를 뽑고 나서 머리를 도려내야 해. 어쨌든 노커들이 가장 힘이 세다네."

체르노보그는 목욕 가운의 소매를 걷어붙이고는 팔을 굽혀 늙은 피부 아래 아직 남아 있는 근육을 드러냈다.

"그냥 센 게 아냐. 기술이 있는 거야. 내리치는 데 말이지. 그렇지 않으면 소가 그냥 놀라기만 하거나, 열 받아서 날뛰거나 하거든. 50년대에는 총을 썼어. 이마에 대고 그냥 쏘는 거지. 빵! 빵! 그럼 아무나 죽일 수 있다고 생각하겠지. 그런데 천만의 말씀이야."

체르노보그는 소의 머리에 금속 볼트를 박아 넣는 시늉을 했다.

"그래도 기술이 필요해."

그는 기억을 더듬으며 미소를 띠었다. 금속 색깔의 이가 드러났다.

"소 죽이는 얘기는 하지 마세요."

조르야 우트레냐야가 빨간 나무 쟁반에 커피를 들고 왔다. 밝은색으로 에나멜 칠이 된 조그만 컵에 거의 검정색으로 보이는 짙은 갈색의 음료가 들어있었다. 조르야 우트레냐야는 각자에게 한 컵씩 주고 체르노보그 옆에 앉아 말을 꺼냈다.

"조르야 베체르냐야는 쇼핑 갔어. 곧 돌아올 거야."

"밑에서 만났어요. 점을 친다고 하던데요?"

섀도가 말했다.

"맞아. 땅거미가 질 때는 거짓말을 할 때야. 난 거짓말을 하지 않아요. 그래서 나는 가난한 점쟁이지. 우리 여동생 조르야 폴루노치나야도 거짓말을 전혀 못해."

커피는 섀도가 예상했던 것보다 더 달고 진했다.

섀도는 실례를 구하고 화장실에 갔다. 화장실은 비좁은 옷장 같은 느낌을 주는 공간으로 현관문 옆에 있었는데, 갈반이 내려앉은 사진 액자들이 벽에 걸려 있었다. 이른 오후였으나 날은 이미 저물고 있었다. 홀에서 목소리가 크게 들려왔다. 고약한 냄새가 나는 분홍색 비누로 얼음처럼 차가운 물에 손을 씻었다.

섀도가 나오자 체르노보그는 홀에 서 있었다.

"넌 말썽만 일으켜! 오로지 말썽만! 네 말 듣지 않을 거야! 내 집에서 당장 나가!"

웬즈데이는 커피를 마시고 회색 고양이를 쓰다듬으며 여전히 소파에 앉아 있었다. 조르야 우트레냐야는 양탄자 위에 서서 길고 노란 머리를 한 손으로 불안하게 배배 꼬고 있었다.

"무슨 문제라도 있어요?"

섀도가 물었다.

"저자가 문제야! 저자가! 난 절대로 돕지 않을 거라고 자네가 얘기 좀 해! 여기서 꺼지라고! 당장 꺼지라고! 너희들 둘 다 나가!"

체르노보그가 소리쳤다.

"제발, 제발 조용히 해. 그러다 조르야 폴루노치나야가 깨겠어."

조르야 우트레냐야가 말했다

"너도 저놈 같은 거야! 너도 내가 저놈의 광기에 합류하길 바라는 거지!"

체르노보그가 소리쳤다. 그는 금방이라도 눈물을 흘릴 것 같았다. 입에 문 담배에서 너덜너덜해진 양탄자로 담뱃재가 뚝 떨어졌다.

웬즈데이가 일어나 체르노보그에게 다가갔다. 그리고 체르노보그의 어깨에 손을 얹고 나직이 말했다.

"들어 봐. 우선, 이건 광기가 아니라네. 이게 유일한 길이야. 둘째, 모든 이들이 올 걸세. 자네 혼자 남고 싶은 건 아니겠지, 안 그래?"

"자넨 날 알잖아. 이 손이 한 일을 알고 있잖아. 자네가 필요한 건 내 형이지, 내가 아냐. 내 형은 가고 없는 거 알잖아."

복도에 있는 문이 열렸다. 잠에 취한 여자의 목소리가 들렸다.

"무슨 일이야?"

"아무것도 아냐, 동생. 다시 들어가서 자."

조르야 우트레냐야는 대답하고 돌아서서 체르노보그에게 말했다.

"봤지? 그렇게 소리 질러서 어떻게 됐는지 봤지? 저기 가서 다시 앉아. 앉으라구!"

체르노보그는 대들 것처럼 보였으나, 그때는 이미 싸우려는 의지가 다 사라지고 난 후였다. 그는 갑자기 힘없어 보였다. 약하고 외로운 모습이었다.

세 남자는 초라한 응접실로 다시 돌아갔다. 갈색의 니코틴 고리가 천장에서 30센티미터 정도 사이를 두고 떠 있었다. 구식 욕조에 있는 범람 표시선 같았다.

"자네만 좋자고 이러는 건 아니지 않나."

웬즈데이는 동요하지 않은 채 체르노보그에게 말했다.

"자네 형을 위한 것이면, 자네를 위한 것이기도 해. 그게 바로 이원적인 자네들이 다른 사람들하고 차이가 나는 점이잖아, 안 그런가?"

체르노보그는 아무 말도 하지 않았다.

"빌레보그 이야기가 나왔으니 말인데, 뭐 소식 들은 거 없어?"

체르노보그는 고개를 저었다. 그러더니 그는 낡은 카펫을 내려다보며 입을 열었다.

"빌레보그 소식 들은 자는 아무도 없어. 나도 거의 잊힌 존재이긴 하지만 그래도 여기서든 고국에서든 날 기억하는 사람들이 조금은 있거든." 그는 섀도를 올려다보았다. "형제가 있나?"

"아뇨, 제가 아는 한에선 없어요."

"난 형이 하나 있지. 사람들은 같이 뭉쳐 놓으면 우리가 마치 한 명 같다고 말했지. 그거 알아? 어렸을 때 형은 머리가 매우 옅은 금발이었고 눈은 파랬지. 아주 괜찮은 애라고 사람들이 말했어. 내 머리는 까맸는데, 자네 머리보다 까맸지. 사람들이 나는 건달이라고 했어, 알아? 난 나쁜 놈이었지. 이제 세월도 흘렀고, 내 머리는 세었네. 내 형의 머리도 내 생각엔 하얘졌을 거야. 자네가 우릴 보면, 누가 금발이었는지, 누가 까만 머리였는지 모를걸."

"두 분이 가까우셨나 보죠?"

"친했냐고? 아니. 친하지 않았어. 어떻게 그랬겠어? 우린 아주 달랐는걸."

복도 끝에서 달가닥거리는 소리가 났고 조르야 베체르냐야가 들어왔다.

"1시간이면 저녁이 돼."

그러곤 다시 나갔다. 체르노보그는 한숨을 쉬었다.

"쟤는 자기가 요리를 잘한다고 생각해. 쟤는 요리사가 있는 집안에서 자랐어. 지금이야 집안에 요리사 따위는 없지만. 요리사뿐만 아니라 아무것도 없어."

"아무것도 없는 건 아니지. 그건 절대 아냐."

웬즈데이가 말했다.

"자네 말은 안 듣겠어."

체르노보그는 섀도에게 몸을 돌렸다.

"체커스* 할 줄 아나?"

"예."

---

* 체커판을 가지고 하는 놀이로, 두 명이 각각 12개의 알을 가지고 한다. 대각선 방향으로만 움직이면서 상대방의 알을 먹는 게임이다. 알은 상대방 진영의 맨끝줄에 닿아야만 왕이 되고, 왕이 되어야만 뒤로 움직일 수 있다.

"좋아. 나랑 체커스 한 판 두자."

체르노보그는 벽난로 선반에서 나무 상자를 꺼내 체커스 알들을 꺼냈다.

"내가 검은 알 하지."

웬즈데이가 섀도의 팔을 툭 건드렸다.

"이거 안 해도 돼."

"괜찮아요. 하고 싶은데요."

웬즈데이는 어깨를 으쓱하고 창턱에 놓인 누렇게 변색한 책 더미에서 오래된 《리더스 다이제스트》한 권을 꺼냈다.

체르노보그의 갈색 손가락이 체커스 판에 알을 늘어놓자 게임이 시작되었다.

섀도는 그날의 체커스 게임을 떠올리곤 했다. 어떤 때는 꿈까지 꾸기도 했다. 둥글넓적한 알들은 이름만 흰색일 뿐 낡고 더러운 나무 색깔이었다. 체르노보그의 알은 무디고 닳아빠진 검은색이었다. 섀도가 먼저 시작했다. 꿈속에서는 게임을 하면서 대화는 없었다. 그저 알이 판에 닿는 소리, 다른 자리로 옮길 때 나무에 긁히는 소리만 났을 뿐이었다.

처음 열댓 번까지는 둘 다 알들을 중앙으로 밀면서, 뒷줄은 건드리지 않았다. 한 번 움직일 때마다 체스 게임처럼 시간이 오래 걸렸다. 서로 쳐다보면서 생각을 했다.

섀도는 감방에서 체커스 게임을 했다. 시간을 죽이는 데는 아주 좋았다. 체스도 했지만, 그는 기질적으로 체스와 맞지 않았다. 미리 계획하는 게 마음에 들지 않았다. 섀도는 순간순간 완벽한 움직임을 고르는 것을 선호했다. 체커스에서는 그렇게 해서 이길 수가 있다.

체르노보그가 검은 알을 하나 들어 섀도의 흰 알 위로 건너뛰면서 섀도 쪽 말판에 딸깍 소리를 내며 알을 내려놓았다. 노인네가 섀도의 흰 알을 들어 탁자 위에 놓았다.

"첫 번째 희생. 자네가 졌어. 게임 끝났네."

"아니죠. 게임은 아직도 많이 남았습니다."

"그럼 내기할래? 더 재미있게 조금만 거는 게 어때?"

"아니."

웬즈데이가 '유머 인 유니폼'* 칼럼을 보면서 고개도 들지 않고 말했다.

"섀도는 안 할 거야."

"이 노인네야, 자네하고 게임하는 거 아냐. 자, 내기 할 거야, 미스터 섀도?"

"아까 두 분이 무엇 때문에 말다툼하셨습니까?"

체르노보그가 우락부락한 인상을 풍기는 눈썹을 들어올렸다.

"자네 두목께서 날더러 자기하고 같이 가자 하네. 얼토당토않은 일을 도와 달라고. 차라리 죽고 말지."

"내기하고 싶다고요? 좋아요. 내가 이기면 우리랑 같이 가는 거예요."

노인네가 입을 다물었다.

"생각해 보지. 자네가 지면 자네를 내 마음대로 하는 것에 동의한다면 말이지."

---

* Humor In Uniform, 잡지 《리더스 다이제스트》에 나오는 군대를 소재로 한 농담.

"그게 어떤 건데요?"

체르노보그의 표정에는 변화가 없었다.

"내가 이기면, 자네 골을 빠개 놓겠네. 망치로 말이지. 자네가 무릎을 꿇고 내가 망치로 일격을 가하면, 자넨 다시는 일어나지 못할 거야."

섀도는 진의를 파악하기 위해 노인의 늙은 얼굴을 쳐다보았다. 농담이 아니었다. 확신할 수 있었다. 체르노보그의 눈에는 무언가 주린 듯한 표정이 있었다. 고통이나 죽음이나 복수 같은 것에 대한 주림.

웬즈데이는 《리더스 다이제스트》를 덮었다.

"참 웃기게 돌아가네. 여기 온 게 잘못이지. 섀도, 가자."

방해받은 회색 고양이가 일어서더니 체커스 게임판 옆 탁자 위에 올라섰다. 고양이는 체커스 판을 응시한 후 바닥으로 뛰어내려 꼬리를 높이 치켜들고 슬금슬금 걸어갔다.

"아뇨."

섀도가 말했다. 죽는 게 두렵진 않았다. 따지고 보면 그에게는 절실하게 살 만한 이유가 남아 있지 않았다.

"좋아요. 받아들이죠. 당신이 게임에서 이기면, 망치로 내 머리를 빠개 놓을 기회를 잡는 겁니다."

섀도는 자신의 다음번 흰 알을 게임판 끝자락 칸으로 옮겨 놓았다.

아무 말도 없었다. 그러나 웬즈데이는 《리더스 다이제스트》를 다시 들지 않았다. 그는 유리 눈과 진짜 눈으로 게임을 바라보았고, 그 눈빛은 아무것도 내비치지 않았다.

체르노보그가 섀도의 알을 또 하나 먹었다. 섀도는 체르노보그 것을 2개 먹었다. 복도에서 낯선 음식 냄새가 실려 왔다. 모든 냄새가 입맛을 당기는 것은 아니었지만, 섀도는 갑자기 허기가 밀려왔다.

두 사내는 희고 검은 체커스 알을 이리저리 움직였다. 우수수 알들이 먹혔고, 여기저기 왕이 생겼다. 왕들은 더 앞으로만 나가지 않아도 되기 때문에 1번씩 옆으로 빠졌다가 앞뒤로 오갈 수 있었는데, 그것이 오히려 2배로 위험했다. 왕들은 이제 갈 수 있는 끝 선까지 도달했고, 원하는 곳으로 움직일 수 있었다. 체르노보그는 왕을 셋 가지고 있었고 섀도는 둘을 가지고 있었다.

체르노보그는 왕 하나를 움직여서 섀도의 남은 알들을 제거했고, 나머지 두 왕들을 이용해 섀도의 알들을 꼼짝 못하게 만들었다.

그러고 나서 체르노보그는 네 번째 왕을 만들었고, 보드 아래쪽 섀도의 두 왕들 쪽으로 내려와서 웃지도 않고 다 먹어 버렸다. 그게 끝이었다.

"자, 자네 머리를 빠개게 되었군. 알아서 무릎을 꿇어야겠어. 좋아."

체르노보그는 늙은 손을 내밀어 섀도의 팔을 두드렸다.

"저녁 준비 다 될 때까지는 시간이 남았어요. 한 판 더 하실래요? 똑같은 조건으로?"

체르노보그는 다시 성냥으로 담배에 불을 붙였다.

"어떻게 똑같은 조건이 될 수 있어? 자넬 2번 죽일 수 있는 것도 아닌데 말이야?"

"지금 아저씬 1번 칠 수 있는 기회를 얻으신 겁니다. 그게 다예요. 게다가 단순히 힘의 문제가 아니라 기술도 필요하다고 말하셨지요. 그러니 다시 한 번 게임해서 아저씨가 또 이기면 내 머리를 2번 칠 수 있는 겁니다."

체르노보그가 얼굴을 찡그렸다.

"한 방이면 돼. 그거면 된다고. 그게 기술이야."

체르노보그는 담뱃재가 흩어져 있는 왼손으로 근육이 불거진 자신의 오른쪽 상박부를 두드렸다.

"오래됐잖아요. 기술이 무디어졌으면 타박상만 입힐 수도 있어요. 도살장에서 망치 휘두른 지 얼마나 됐어요? 30년? 40년?"

체르노보그는 아무 말도 하지 않았다. 닫힌 입은 얼굴을 가로질러 죽 그어 놓은 회색의 가로줄 같았다. 그는 나무 테이블을 손가락으로 두들겨 리듬을 맞추었다. 그런 다음 24개의 체커스 알들을 게임판에 도로 올려놓았다.

"하자고. 다시, 자넨 흰색. 난 검정."

섀도는 첫 번째 알을 움직였다 체르노보그도 알 하나를 앞으로 움직였다. 섀도는 '체르노보그가 다시 한 번 똑같은 게임을 하려 하는구나. 이것이 이 자의 한계로군.' 하고 생각했다.

이번엔 섀도는 거침없이 게임을 이끌어 갔다. 아주 사소한 기회들도 포착했고, 생각하지 않고 움직였으며, 전략을 짜기 위해 시간을 끌지도 않았다. 섀도는 이번에는 웃으며 게임을 했다. 체르노보그가 알을 움직일 때마다 더 크게 미소를 지었다.

체르노보그는 알을 움직일 때마다 판에다 알을 내리치기 시작했고, 어찌나 세게 내리쳤는지 남아 있는 알들이 그 자리에서 덜덜 떨리곤 했다.

"그렇지."

체르노보그는 탕 소리를 내면서 검은 알을 내려놓으며 섀도의 알 하나를 먹었다.

"어떤가?"

섀도는 아무 말도 하지 않았다. 그는 미소를 지으며 체르노보그가 내려놓은 알을 건너뛰었고, 또 하나, 또 하나, 그리고 네 번째를 건너 뛰면서 판 중앙의 검은 알들을 치워 버렸다. 섀도는 판 옆의 알 더미 에서 흰 알을 하나 집어 왕으로 만들었다.

그런 후 그저 쓸어 내는 것뿐이었다. 몇 번 움직이자 게임은 끝났 다. 섀도가 말했다.

"삼세판이요?"

체르노보그는 섀도를 응시했다. 회색 눈은 마치 강철로 만든 점 같 았다. 그는 섀도의 어깨를 두드리며 웃음을 터뜨렸다.

"자네 맘에 들어! 배짱이 있군."

그때 조르야 우트레냐야가 문간에 머리를 내밀고 저녁이 다 되었다 고 이야기했다. 그들은 게임을 정리하고 테이블 위에 테이블 보를 덮 었다.

"우린 식당이 없다우. 미안해. 우린 여기서 밥을 먹어."

테이블 위에 접시가 놓였다. 각자 앞에는 무늬가 있는 작은 쟁반이 놓였는데, 그 위에는 색 바랜 숟가락, 나이프, 포크가 있었다.

조르야 베체르냐야는 나무 그릇 위에 껍질을 벗기지 않은 삶은 감 자를 하나씩 올렸고, 시뻘건 러시아식 보르시*를 국자로 퍼 담았다. 그리고 하얀 사워 크림을 한 스푼씩 수프에 풍덩풍덩 넣어서 건네주

---

* borsch, 동유럽 등지에서 먹는 붉은 수프로 비트나 당근으로 만든다.

136

었다.

"6명인 줄 알았는데요."

섀도가 말했다.

"조르야 폴루노치나야는 아직 자고 있어. 그 애 것은 냉장고에 넣어 두었어. 일어나면 먹을 거야."

조르야 베체르나야가 대답했다.

보르시는 시큼했고 사탕무 피클 맛이 났다. 삶은 감자는 푸슬푸슬 했다. 다음 요리는 야채를 곁들인 질기디질긴 쇠고기 찜이었다. 그러나 야채를 오랜 시간 푹 삶아서 아무리 봐도 녹색 야채라 할 수 없었고 거의 갈색을 띠고 있었다.

그런 후에 갈아 만든 고기를 채운 양배추 잎이 나왔는데, 어찌나 질긴지 나이프로 자를 때마다 간 고기와 쌀이 사방으로 튀었다. 섀도는 자기 것을 쟁반 한구석으로 밀어 버렸다.

"체커스 게임을 했어."

쇠고기 찜을 한 조각 자르면서 체르노보그가 말했다.

"이 젊은이와 내가. 이 친구가 한 게임 이기고 내가 한 게임 이겼어. 이 친구가 한 게임 이겼기 때문에, 이 친구와 웬즈데이랑 같이 이들의 미친 짓거리에 동참하기로 했어. 그리고 내가 한 게임 이겼기 때문에, 모든 일이 끝나면 내가 이 젊은 친구를 망치로 죽여 버리기로 했네."

두 여자는 진지하게 고개를 끄덕였다.

"안됐군."

조르야 베체르냐야가 섀도에게 말했다.

"내 점괘로는, 이 젊은 친구는 장수할 거야. 애들도 많이 낳고 행복하게 살겠는데."

"그러니 넌 훌륭한 점쟁이야."

조르야 우트레냐야가 말했다. 그녀는 늦게까지 자지 않고 깨어 있으려고 대단히 애쓰고 있는 사람처럼 졸려 보였다.

"거짓말에 아주 능하잖아."

밥을 다 먹고 나서도 섀도는 여전히 배가 고팠다. 감옥 식사는 아주 형편없었다. 그래도 이것보다는 나았다.

"맛있군."

그 말을 증명이라도 하듯 웬즈데이는 접시를 싹싹 비웠다.

"숙녀분들께 감사드립니다. 자, 이제 여러분에게 이 동네에 있는 좋은 호텔을 추천해 달라고 부탁을 드려야겠군요."

조르야 베체르냐야가 그 말에 기분이 상한 것 같았다.

"호텔은 왜? 우린 친구가 아니던가?"

"더 이상 폐를 끼칠 수 없……"

"폐는 무슨."

조르야 우트레냐야가 어울리지 않는 금발을 한 손으로 쓸어넘기며 말했다. 그러곤 하품을 했다.

"빌레보그 방에서 자면 돼."

웬즈데이를 가리키며 조르야 베체르냐야가 말했다.

"그 방 비어 있어. 젊은이는 내가 소파에 잠자리를 봐 줄게. 깃털 침대보다도 더 편할 거야. 내 말 믿어."

"정말 친절하시군요. 그럽시다."

웬즈데이가 말했다.

"그럼, 호텔 숙박비 정도만 나한테 내면 돼."

조르야 베체르냐야가 승리한 듯 머리를 뒤로 젖히며 말했다.

"100달러."

"30."

웬즈데이가 응수했다.

"50."

"35."

"45."

"40."

"좋아, 45달러."

조르야 베체르냐야가 테이블을 가로질러 웬즈데이의 손을 잡았다. 그러고 나서 그녀는 테이블 위의 그릇들을 치우기 시작했다. 조르야 우트레냐야는 하품을 하도 해서 턱이 빠지지 않을까 걱정이 되었다. 그녀는 파이 속에 머리를 빠뜨리고 잠이 들기 전에 자러 가야겠다고 말하고는 모두에게 잘 자란 인사를 했다.

섀도는 조르야 베체르냐야를 도와 쟁반과 그릇들을 작은 부엌으로 날랐다. 놀랍게도 싱크대 밑에 낡은 식기세척기가 있었다. 그곳에 식기를 넣었다. 조르야 베체르냐야는 섀도를 어깨 너머로 보더니 쯧쯧 혀를 차고는 나무로 된 보르시 그릇을 빼냈다.

"이것들은 싱크대에 넣어."

"죄송합니다."

"죄송할 것까지야. 자, 돌아가 앉아 있어. 파이가 있으니."

그녀는 그렇게 말하고 오븐에서 파이를 꺼냈다.

가게에서 사 온 애플파이는 맛이 아주 좋았다. 넷이서 파이와 함께 아이스크림을 먹었다. 그런 다음 조르야 베체르냐는 모두를 응접실에서 나가게 했고, 섀도를 위해 소파에 멋진 잠자리를 마련해 주었다.

복도에서 웬즈데이가 섀도에게 말했다.

"체커스 게임 할 때 자네가 한 것 말야."

"예?"

"아주 잘했어. 아주 아주 멍청했고. 하지만 잘했어. 잘 자게."

섀도는 작은 욕실에서 이를 닦고 차가운 물에 세수했다. 응접실로 돌아와 불을 끄고 베개에 머리가 닿기도 전에 잠이 들었다.

꿈속에서 폭발이 일어났다. 섀도는 광산을 가로질러 트럭을 몰고 있었다. 트럭의 양편에서 폭탄이 터졌다. 앞 유리창이 산산조각 났다. 섀도는 따뜻한 피가 얼굴에 흘러내리는 것을 느꼈다.

누군가 섀도에게 총을 쏘았다.

총알 하나가 섀도의 폐를 뚫었고, 또 한 발은 척추를, 또 한 발은 어깨를 부서뜨렸다. 총알 하나하나가 와 닿는 것을 느꼈다. 운전대에 고꾸라졌다.

어둠 속에서 마지막 폭발이 일었다.

'난 꿈을 꾸고 있는 거야.' 어둠 속에서 섀도는 생각했다. '난 방금 죽은 것 같아.' 꿈을 꾸다 죽으면 실제로도 죽는다고 어렸을 때 들었던 말이 떠올랐다. 그러나 죽은 것 같은 느낌이 들지 않았다. 혹시나 하는 마음에 눈을 떴다.

작은 응접실에서 한 여자가 그를 등지고 창가에 서 있었다. 심장이 잠깐 멈추었다. 섀도가 말했다.

"로라?"

달빛에 그림자를 드리운 여자가 돌아섰다.

"미안해. 깨우려고 한 게 아닌데."

여자는 부드러운 동유럽 억양으로 말했다.

"갈게."

"아뇨, 괜찮아요. 당신 때문에 깬 것이 아닙니다. 꿈을 꾸는 바람에."

"그래. 넌 소리 내어 울었어. 신음 소리도 냈고. 깨우고 싶었는데, 그러면 안 될 것 같았어."

여자의 머리카락은 옅은 달빛을 받아 희미하게 보이다 못해 거의 색깔이 없는 듯했다. 여자는 흰 면으로 된 나이트가운을 입고 있었는데, 높게 올라온 목에는 레이스가 달려 있었고 옷자락이 바닥에 끌렸다. 섀도는 완전히 잠에서 깨어 일어나 앉았다.

"당신은 조르야 폴루……."

섀도가 머뭇거렸다.

"자고 있던 동생 분이시죠?"

"조르야 폴루노치나야, 맞아. 너는 섀도, 맞지? 잠에서 깼더니 조르야 베체르냐야가 말해 주었어."

"예, 무얼 보고 있었죠?"

조르야 폴루노치나야는 섀도를 바라보더니 그에게 창가로 와서 같이 보자고 손짓을 했다. 섀도가 청바지를 입으려 하자 그녀가 등을 돌렸다. 여자에게 다가갔다. 아주 작은 방이었는데, 오래 걷는 것처럼 느껴졌다.

새도는 도무지 조르야 폴루노치나야의 나이를 가늠할 수 없었다. 피부에는 주름이 없었고, 눈은 검었으며, 눈썹이 길었고, 머리는 허리까지 길고 흰색이었다. 달빛이 비추어 유령처럼 보였다. 그녀는 다른 두 자매보다 키가 컸다.

"저걸 보고 있었단다."

조르야 폴루노치나야가 북두칠성을 가리키며 말했다.

"보이지?"

"얼사 메이저. 큰곰자리."

"그렇게 볼 수도 있지. 하지만 내가 온 곳에서는 그렇게 안 불러. 난 지붕에 올라가 앉을 건데 같이 가겠니?"

"그러죠."

"좋아."

조르야 폴루노치나야는 창문을 열고 맨발로 비상 사다리를 오르기 시작했다. 차가운 바람이 창을 넘어 불어왔다. 새도는 뭔가 이상하다는 생각이 들었는데, 그게 무엇인지 알 수 없었다. 새도는 잠시 망설이다가 스웨터와 양말과 신발을 신고서 그녀를 따라 녹슨 비상 사다리를 탔다. 그녀는 새도를 기다리고 있었다. 차가운 공기 속에서 숨을 쉬니 입김이 나왔다. 그녀가 맨발로 얼음 같은 철제 계단을 밟고 오르는 것을 보면서 지붕까지 따라갔다.

바람이 차갑게 몰아쳤고 그녀의 나이트가운이 펄럭였다. 새도는 조르야 폴루노치나야가 가운 안에 아무것도 입지 않고 있다는 것을 알아차리고는 마음이 불편해졌다.

"추운데 괜찮아요?"

비상 사다리 끝에 다다르자 섀도가 물었다. 바람이 그의 말소리를 채어갔다.

"뭐라고요?"

조르야 폴루노치나야가 얼굴을 가까이 댔다. 그녀의 숨결은 달콤했다.

"추운데 괜찮으냐고요!"

대답으로 그녀는 손가락 하나를 들었다. '기다려.' 그녀는 건물 옆쪽을 통해 평평한 지붕 위로 가볍게 발을 디뎠다. 섀도는 조금 더 서툴게 올라서서 그녀를 따라 지붕을 가로질러 물탱크 뒤쪽까지 갔다. 그곳에 나무 벤치가 있었다. 둘은 그곳에 나란히 앉았다. 물탱크가 바람막이 역할을 하고 있어서 다행이었다. 도시의 불빛이 하늘을 노랗게 물들였고 탁 트인 대지에서는 볼 수 있는 별빛들을 거의 삼켜 버렸다. 그래도 북두칠성과 북극성이 보였다. 섀도는 또한 오리온자리의 세 별들을 찾을 수 있었다. 그는 항상 그 별자리가 축구공을 차는 남자로 보였다.

"추운 건 상관없단다. 이때가 내 시간이니까. 물고기가 깊은 바다를 편안하게 여기듯 난 한밤중이 편안해."

"밤을 무척 좋아하는가 보군요."

섀도는 그보단 더 현명하고 심오한 말을 할걸 하고 생각했다.

"우리 자매들은 각자의 때가 있어. 조르야 우트레냐야는 새벽이야. 고국에서 그녀는 새벽에 일어나 문을 열었고, 우리 아버지가, 음, 그 뭐더라? 잊었네. 말이 끄는 거 있잖아, 그것을 몰고 나갈 수 있게 했어."

"전차?"

"응. 전차. 우리 아버지는 그걸 타고 다니셨지. 조르야 베체르냐야는 저녁에 아버지가 들어오실 수 있도록 문을 열었고."

"그럼 당신은?"

조르야 폴루노치나야는 가만히 있었다. 그녀의 입술은 도톰했으나 매우 창백했다.

"난 한 번도 아버지를 본 적이 없어. 잠들어 있었거든."

"무슨 병 같은 건가요?"

조르야 폴루노치나야는 대답하지 않았다. 어깨를 으쓱했는데, 거의 감지하기 어려웠다.

"내가 뭘 보고 있었는지 알고 싶다 하지 않았니?"

"북극성."

그녀는 손을 들어 그것을 가리켰다. 나이트가운이 바람에 펄럭이며 몸에 찰싹 달라붙었다. 순간, 그녀의 젖꼭지와 그 위의 소름까지 다 드러나 보였다. 섀도는 몸을 떨었다.

"오딘의 웨인*이라고 불러. 큰곰이라고도 해. 우리는 저기에서 왔단다. 우리가 온 곳에선 신은 아닌데 신과 비슷한 어떤 나쁜 것이 저 별들에 묶여 있다고 믿어. 그것이 빠져나오면 모든 걸 다 잡아먹고. 그래서 낮 내내, 밤 내내 하늘을 지켜봐야 하는 세 자매가 있어. 별에 있는 그것이 도망치면, 세상은 끝장이 나. 완전하게!"

"사람들이 그걸 믿나요?"

"믿었지. 오래전에는."

"그럼 당신은 별에 있는 괴물을 보기 위해 하늘을 쳐다보는 거로군

---

* Odin's Wain, 오딘의 수레, 북두칠성을 가리킴.

요?"

"비슷해."

섀도가 미소를 지었다. 추위만 아니었다면, 꿈을 꾸고 있는 것이라고 생각했을 것이다. 모든 것이 너무나 꿈같았다.

"몇 살인지 물어도 돼요? 당신 언니들은 훨씬 나이 들어 보이던데."

조르야 폴루노치나야가 고개를 끄덕였다.

"내가 막내란다. 조르야 우트레냐야는 아침에 태어났고 조르야 베체르냐야는 저녁에, 그리고 난 자정에 태어났어. 난 한밤의 자매, 조르야 폴루노치나야. 결혼했니?"

"아내는 죽었어요. 자동차 사고로 지난주에 죽었죠. 어제 장례식을 치렀고요."

"안됐구나."

"지난밤에 날 보러 왔어요."

어둠 속에서, 그리고 달빛 속에서 그런 말을 하는 것은 어렵지 않았다. 낮에 말할 때처럼 터무니없이 들리지는 않았다.

"뭘 원하는지 물어보았어?"

"아뇨, 안 물어봤어요."

"아마 물어봐야 했을지도 모르겠네. 죽은 사람한테는 묻는 게 현명한 거야. 가끔 대답해 주기도 하거든. 조르야 베체르냐야가 네가 체르노보그하고 체커스 게임을 했다고 하던데."

"네, 그가 이겨서 내 머리를 망치로 내리칠 수 있게 됐죠."

"옛날에는 사람들을 데리고 산꼭대기로 올라갔어. 높은 곳으로. 그러곤 뒤통수를 바위로 찍어 버렸어. 체르노보그를 위해서."

섀도는 주위를 흘끔 쳐다보았다. 지붕 위엔 그들뿐이었다.

조르야 폴루노치나야가 웃었다.

"바보 같긴. 그는 여기 없어. 그리고 너도 한 게임 이겼잖아. 일이 끝나기 전에는 너를 망치로 치지 않을 거야. 그러겠다고 했어. 너도 알게될 거야. 그가 때려잡았던 소처럼. 무엇보다도 소들이 먼저 알아. 안그러면 말이 되겠어?"

"내 생각엔 내가 마치 자신만의 논리를 지닌 세상에 있는 것 같아요. 스스로의 규칙 말이에요. 꿈속에서도 어기지 말아야 할 규칙 같은 게 있잖아요. 그게 뭔지, 어떤 의미가 있는 건지 모르지만요. 내가도대체 뭔 얘기를 하는지도 모르겠고 오늘 무슨 일이 일어났는지도 모르겠어요. 교도소를 나온 뒤로 일어난 일들이 뭐가 뭔지 하나도 모르겠어요. 난 그저 흘러가는 대로 따를 뿐입니다, 이해돼요?"

"알아."

그녀는 얼음처럼 차가운 손으로 섀도의 손을 잡았다.

"넌 한때 보호를 받았어. 하지만 이미 다 잃고 말았지. 네가 버린 거야. 넌 손에 태양을 가지고 있었어. 그건 생명 그 자체야. 내가 줄 수있는 건 훨씬 약한 보호뿐이란다. 아버지가 아니라 딸이니까. 하지만뭐든 도움이 될 거야. 알았지?"

조르야 폴루노치나야의 흰 머리칼이 차가운 바람에 날려 얼굴을감쌌다. 섀도는 이제 안으로 들어갈 시간이라는 것을 깨달았다.

"그럼 당신하고 내가 싸워야 하나요? 아니면 체커스 게임을 해야 하나요?"

"키스조차 하지 않아도 돼. 그냥 달을 받아가."

"어떻게요?"

"달을 받아."

"이해가 안 돼요."

"봐."

조르야 폴루노치나야는 왼손을 올려 달 앞에 갖다 대고, 집게손가락과 엄지손가락으로 달을 쥐는 듯한 모양을 했다. 그런 후, 그녀는 유연한 동작으로 그것을 땄다. 한순간 마치 하늘에서 달을 딴 것처럼 보였으나, 밤하늘에는 여전히 달이 빛나고 있었다. 조르야 폴루노치나야가 손을 펼쳐 보이니 엄지와 집게손가락 사이에 자유의 여신상이 새겨진 은색의 1달러 동전이 드러났다.

"멋지군요. 손 안에 감추는 건 보지 못했어요. 도대체 어떻게 했는지 짐작조차 안 가네요."

"손 안에 감춘 게 아니라 하늘에서 땄어. 줄 테니 안전하게 보관해. 여기. 이건 잃어버리면 안 돼."

조르야 폴루노치야는 섀도의 오른손에 동전을 놓고 손가락을 오므려 주었다. 동전은 차가웠다. 조르야 폴루노치나야가 몸을 앞으로 숙이고 손가락으로 섀도의 눈을 감기고는 눈꺼풀에 가볍게 입을 맞추었다.

섀도는 옷을 다 입은 채로 소파에서 잠이 깼다. 한 줄기 가는 햇빛이 창을 통해 들어오고 있었고, 먼지 입자들이 춤을 추었다.

섀도는 잠자리에서 나와 창으로 다가갔다. 낮에 보니 방은 훨씬 작아 보였다.

지난밤부터 이상하다고 생각했던 것이 무엇인지 실마리가 잡히기 시작했다. 창밖으로 길의 위, 아래, 건너편까지 바라보았다. 창밖에는 비상 사다리가 없었다. 발코니도 없었고 녹슨 철제 계단도 없었다.

그러나 여전히 섀도의 손바닥에는 처음 주조되었을 때처럼 밝게 빛나는 1922년도 자유의 여신상 은화가 있었다.

"어, 일어났구나."

문으로 고개를 디밀면서 웬즈데이가 말했다.

"좋아. 커피 줄까? 은행을 털 거야."

아메리카로 오다
1721년

아메리카의 역사를 이해하는 데 가장 중요한 점은 그것이 허구이며, 아이들이나 쉽게 싫증을 내는 사람들을 위해 만들어진 간단한 목탄 스케치와 같다는 것이다. *미스터 아이비스*는 그의 가죽 장정 일기책에 썼다.* 대부분 검증을 받지도 않았고, 상상력과 사고가 결여되었으며, 사물의 재현이지 사물 자체가 아니다. *그는 잉크병에 펜을 담그기 위해 잠깐 멈추었다가 다시 생각을 추스르곤 계속 써 내려갔다.* 아메리카는 순례자들이 믿음의 자유를 찾아서 세운 나라이며, 그들이 아메리카로 와서 텅 빈 땅에 흩어져 이 땅을 가꾸고 살았다는 이야기는 한 편의 잘 꾸며진 허구이다.

실상 아메리카 식민지는 쓰레기장일 뿐만 아니라 도피처이자 망각

---

* Ibis, 따오기. 따오기는 이집트 신화에서 토트를 상징한다. 토트는 지혜와 정의의 신으로 신들의 서기이기도 하다. 저승의 법정에서 결과를 기록하는 일도 담당한다.

의 땅이었다. 12페니를 도둑질했다고 런던 타이번*의 나무에 매달려 교수형을 당하던 시절에 아메리카는 관용과 두 번째 기회의 상징이었다. 그러나 당시에는 교통이 하도 열악하여 일부 사람들에겐 차라리 나무에 목매달려 춤이 끝날 때까지 대롱대롱거리는 것이 더 쉬웠을 정도였다. 유배라는 것이 그랬다. 5년이 될 수도, 10년이 될 수도, 혹은 평생이 될 수도 있었다. 그것이 당시의 형벌이었다.

선장에게 팔려 노예선처럼 사람들이 빼곡이 들어찬 배를 타고 식민지나 서인도 제도로 갈 수도 있었다. 배에서 내리면 선장은 사람들을 계약 노동자로 팔아 버리곤 했다. 노예를 산 사람들은 계약 기간이 끝날 때까지 짐승처럼 일을 시켜 본전을 뽑아내곤 했다. 하지만 노예로 팔려 가면 적어도 영국의 감방에서 교수형을 기다릴 필요는 없었다. (왜냐하면 당시의 감옥은 석방되거나 이송되거나 교수형에 처해질 때까지 머무는 장소였지, 일정 기간 형기를 사는 곳이 아니었기 때문이다.) 신세계에서 가능성을 엿볼 수도 있었다. 또한 선장을 매수하여 형기가 끝나기 전에 영국으로 되돌아갈 수도 있었다. 사람들은 그렇게 했다. 하지만 만약 유형지에서 돌아오는 사람들을 당국에서 잡으면(옛 원수나 앙갚음할 것이 남아 있는 옛 친구가 그 사람을 밀고하면) 꼼짝없이 교수형에 처해지고 만다.

그는 서랍장에 있는 적갈색 잉크로 책상 위에 있는 잉크병을 채우기 위해 잠시 글을 멈추었다가, 펜을 병에 한 번 담근 후 계속 써 내려갔다. 나는 에시 트레고완의 삶을 기억한다. 에시는 영국 본토 남서부 콘월의 절벽 꼭대기에 있는 작고 추운 마을 출신으로, 그녀의 가

---

* Tyburn, 런던의 사형 집행장.

족은 옛적부터 그곳에서 살아왔다. 에시의 아버지는 어부였다. 그가 '침몰자'라는 소문도 있었다. 폭풍이 몰아치는 날 위험한 해안에 등을 높이 매달아 암초로 배를 유인한 뒤, 난파선에 실린 물건들을 훔치는 사람들 말이다. 에시의 어머니는 지주 집안의 요리사로 일을 했는데, 에시도 12살 때부터 그 집 식기실에서 일하기 시작했다. 에시는 마르고 작았으며 갈색 눈은 크고 머리는 흑갈색이었다. 열심히 일하지 않고 언제나 농땡이를 치고 빠져나와, 누구에게서든 옛날 이야기나 신기한 이야기를 듣는 것을 좋아했다. 피스키* 이야기, 스프리건스** 이야기, 무어 인들의 검은 개 이야기, 그리고 영국 해협의 물개 여자 이야기 같은 것이었다. 지주는 비웃었지만, 부엌에서 일하는 사람들은 한밤에 피스키를 위해 도자기 접시에 가장 진한 우유를 담아 부엌 문밖에 내어 놓곤 했다.

수년이 지났다. 에시는 이제 마르고 작은 아이가 아니었다. 이제 그녀의 몸은 부풀어 오른 푸른 바다같이 굽이치며 곡선을 이루었으며, 갈색 눈은 웃음을 머금고 있었고, 머리칼은 풍성하게 곱슬거렸다. 에시의 눈은 러그비에서 돌아온 지주의 열여덟 먹은 아들 바솔로뮤를 향해 빛났다. 에시는 밤이면 그녀의 머리칼을 잘라 바솔로뮤가 먹다 남긴 빵을 감싸서 숲 끝 바위 위에 올려놓았다. 그러면 그 다음 날 에시가 바솔로뮤의 침실 벽난로를 청소하고 있을 때 바솔로뮤가 그녀에게 다가와 말을 걸었고, 폭풍이 다가오는 하늘처럼 위험한 푸른 눈으로 만족스러운 듯 에시를 바라보았다.

---

* 콘월과 데번에서 요정을 일컫는 말. '픽시'라고도 한다.
** 난쟁이 요정.

바솔로뮤는 그렇게 위험한 눈을 가지고 있었다고 에시 트레고완은 말했다.

곧 바솔로뮤는 옥스퍼드로 갔다. 에시의 몸이 뚜렷이 달라지자 그녀는 해고당하고 말았다. 그러나 아기는 유산되었고, 뛰어난 요리사인 에시 어머니의 부탁으로 에시가 다시 식기실에서 일할 수 있도록 해달라고 지주의 부인이 남편을 설득했다.

하지만 그럼에도 바솔로뮤에 대한 에시의 사랑은 그의 가족에 대한 증오로 돌변했다. 그해에 에시는 근처 마을의 한 청년을 사귀었다. 조시아 호너라는 평판이 좋지 않은 사람이었다. 어느 날 밤, 지주 가족들이 잠들었을 때 에시는 일어나 쪽문을 열고 애인을 안으로 들였다. 조시아 호너는 가족들이 잠들어 있는 집을 샅샅이 털었다.

집 안에 있던 사람들에게로 즉시 혐의가 돌아갔다. 누군가 문을 열어 주었다는 것은 명백한 사실이었다.(지주의 아내가 자신이 직접 문을 잠근 것을 기억했기 때문이다.) 더욱이 지주가 은 식기를 두거나 주화와 약속 어음을 보관하는 서랍을 누군가 알고 있었음에 틀림없기 때문이었다. 에시는 모든 것을 단호히 부인했다. 하지만 조시아 호너가 엑서터의 잡화점에서 지주의 약속 어음을 사용하다가 붙잡혔다. 지주는 어음을 알아보았고, 호너와 에시는 재판을 받게 되었다.

호너는 지역 순회 재판에서 유죄를 선고받았고, 아주 잔인하고 흔한 당시의 속어처럼 모가지가 매달렸다. 그러나 판사는 에시의 나이와 갈색 머리칼 때문에 그녀를 불쌍히 여겨 7년형에 처했다. 에시는 넵튠이라는 이름의 배를 타고 클락이라는 선장의 통솔 아래 형지로 떠났다. 그리하여 에시는 캐롤라이나로 갔다. 그곳으로 가는 길에 에시는 선장을 유혹해 관계를 맺고, 자신을 아내로 삼아 런던에 있는 선장 어머니의 집으로 데려다 달라고 간청했다. 런던에서는 아무도 그녀를 몰랐다. 노예를 면화와 담배로 맞바꾸고 돌아가는 여행길은 평화롭고 행복한 것이었다. 선장과 그의 신부는 마치 한 쌍의 잉꼬처럼, 구애하는 나비들처럼 서로에게서 떨어질 수가 없었고, 서로 작은 선물과 애무를 주고받기에 바빴다.

런던에 도착한 뒤 클락 선장은 에시를 자신의 어머니와 함께 지내게 했고, 그의 어머니는 에시를 아들의 신부로 극진히 대우했다. 8주 후 넵튠호는 다시 항해에 나섰고, 갈색 머리의 어리고 예쁜 신부는 선창에서 남편에게 손을 흔들었다. 에시는 시댁으로 돌아와 시어머니가 집을 비운 사이, 비단과 금화와 단추와 은 단지를 챙겨 런던의 뒷골목으로 사라졌다.

그 후 2년 사이 에시는 노련한 소매치기가 되었다. 그녀의 널따란 치마는 수많은 죄악을 감추기에 안성맞춤이었는데, 그 속엔 주로 훔친 비단과 레이스 묶음이 들어 있었다. 에시는 마음껏 인생을 즐겼다. 에시는 인생의 풍파로부터 자신을 보호해 준 것에 대해, 어렸을 때 들은 이야기 속의 그 모든 괴물들과 피스키들(피스키의 영향력은 런던에까지 미치고 있다고 그녀는 확신했다.)에게 감사했다. 에시는 매일 밤 창문 선반에 나무로 된 우유 그릇을 놓았는데, 친구들은 그녀를 비웃었지만 마지막에 웃는 것은 그녀였다. 친구들은 매독에 걸리거나 임질에 걸렸지만, 에시는 여전히 건강했기 때문이었다.

스무 번째 생일날, 운명은 에시에게 된서리를 내렸다. 그녀는 벨 야드 플리트 거리에 있는 크로스드 포크에 앉아 있었는데, 그때 갓 대학을 졸업한 듯한 젊은 남자가 들어오더니 벽난로 가까이에 자리를 잡고 앉았다. '오호! 먹이를 낚아챌 만큼 다 자란 비둘기군.' 에시는 속으로 생각했고 그의 옆에 가서 앉았다. 그러곤 잘생긴 젊은이라며 말을 건넸고, 한 손으로 그의 무릎을 쓰다듬으며 다른 손으로 주의 깊게 그의 주머니에서 시계를 찾아 더듬기 시작했다. 그때 남자가 그녀를 정면으로 쳐다보았다. 심장이 뛰었고 가슴이 철렁 내려앉았다. 폭풍 전 여름 하늘처럼 위험한 푸른색 눈이 에시의 눈을 정면으로 응시하고 있었다. 바솔로뮤 주인님이 그녀의 이름을 불렀다.

에시는 뉴게이트*로 잡혀가 유배지에서 도망쳐 나온 죄를 받았다. 유죄 판결이 내려지자, 에시는 영악하게도 자신의 배를 들이밀며 탄원했다. 그 주장(그러한 주장은 보통 가짜였다.)의 진위를 조사하게 된 시의 여간수들은 에시가 실제로 임신했다는 사실에 놀라 어쩔 수 없이 동의할 수밖에 없었다. 에시는 아기의 아버지가 누구인지 밝히기를 거부했다.

사형 선고는 다시 한번 유배 선고로 바뀌었다. 이번에는 평생이었다.

에시는 이번에는 시메이든호에 탔다. 그 배에는 200명의 유형수들이 시장에 내다 팔릴 살찐 돼지처럼 짐칸에 빼곡이 실려 있었다. 체액이 흐르고 열병이 창궐했다. 누울 자리는 고사하고 앉아 있을 만큼의 여유도 없었다. 한 여자는 짐칸 뒤에서 아기를 낳다가 죽었다. 빽빽이 들어찬 사람들이 밀치는 바람에 에시는 조그만 현창(舷窓) 밖으로 밀려나 곧바로 물살 거친 잿빛 바다에 빠지고 말았다. 에시는 그때 임신 8개월째였는데, 놀랍게도 아기는 죽지 않았다.

---

* Newgate, 1902년까지 런던의 서문(西門)에 있었던 유명한 교도소.

그 후 이따금 에시는 그 짐칸에 있을 때의 악몽을 꾸곤 했는데, 그 때마다 목구멍에 그곳의 악취와 맛을 느끼고 비명을 지르며 깨어나곤 했다.

시메이든호는 버지니아 노포크에 도착했고, 에시는 존 리처드슨이라는 담배 농사를 짓는 소(小) 농장주에게 팔렸다. 아내가 딸을 낳고 일주일 후 출산열로 죽었기 때문에, 유모 겸 작은 농지의 일을 도맡아 할 여자 하인이 필요했던 것이다.

그리하여 에시의 아들은 필리다 리처드슨과 함께 에시의 젖을 먹게 되었다. 에시는 아들을 자신의 마지막 남편, 즉 아기의 아버지를 따라 앤터니라 불렀다.(이를 반박할 사람이 없다는 사실을 알고 있는 데다, 어쩌면 에시가 한때 앤터니라는 남자를 알고 있었을 수도 있지 않은가.) 고용주의 아이가 항상 앤터니보다 먼저 젖을 먹었다. 탓에 필리다는 키도 크고 건강한 아이로 자랐고, 에시의 아들은 남은 젖을 먹어서 허약하고 부실한 아이로 자랐다.

모유를 먹으면서 아이들은 에시의 이야기도 들으며 자랐다. 머리를 내리치는 노커들과 광산 아래에 사는 푸른 모자를 쓴 괴물들, 땅에 사는 가장 교활한 귀신인 부카, 빨간 머리에 들창코인 피스키보다 더 위험한 괴물에 대한 이야기였다. 피스키를 위해서 잡은 물고기 중 첫 번째 것은 항상 지붕 위에 올려놓아야 하고, 풍년을 기원하기 위해 수확기에는 들판에 갓 구운 빵을 갖다 놓아야 한다는 이야기들이었다. 아이들에게 에시는 마음을 가지고 있었을 때는 말을 할 수 있었던, 첫 열매로 사과술을 담가 해가 바뀔 때 그 뿌리에 부어 위로를 해야만 했던 늙은 사과나무 사나이의 이야기를 해 주었다. 그래야만 다음 해에 좋은 열매를 맺게 해 준다는 것이다. 에시는 매끄러운 콘월 지방 사투리로, 아이들에게 조심해야 할 나무들을 오래된 가락에 맞추어 들려주었다.

느릅나무, 그는 수심에 잠기네.
그리고 참나무, 그는 미워하네.
하지만 버드나무 사나이는 걸어 다니네,
너희들이 늦게까지 잠을 안 자면.

에시는 아이들에게 이 모든 이야기를 해 주었고, 아이들은 그녀가 믿고 있었기 때문에 그 이야기를 믿었다.

농장은 번창했고, 에시 트레고완은 매일 밤 피스키를 위해 도자기 접시에 우유를 담아 뒷문 밖에 놓았다. 8개월 후, 존 리처드슨은 에시의 침실 방문에 다가와 조용히 문을 두드렸고, 여자가 남자에게 줄 수 있는 은혜를 베풀 것을 부탁했다. 에시는 불쌍한 미망인이자 노예보다 나을 것도 없는 계약 하인인 여자가 존경하는 남자에게 매춘을 해 달라는 요청을 받아 얼마나 충격을 받고 상처를 입었는지 이야기했다. 그리고 계약 하인은 결혼할 수 없는데 어떻게 노예로 계약된 여자를 그렇게 괴롭힐 생각을 할 수 있는지, 자신은 생각조차 할 수 없다고 말했다. 에시의 갈색 눈은 눈물로 가득 찼다. 리처드슨은 그녀에게 사과하고 말았다. 결국 존 리처드슨은 더운 여름날 밤에 한쪽 무릎을 꿇고 에시 트레고완에게 노비 문서를 파기할 것을 약속하고 자신과 결혼해 달라고 말했다. 그제야 에시는 그 제안을 받아들였지만,

모든 것이 법적으로 정리가 될 때까지 리처드슨과 잠자리를 하지 않았다. 법적 절차가 마무리되자 에시는 다락의 작은 방에서 집 앞에 있는 주인 침실로 옮겨 왔다. 리처드슨의 친구들과 그들의 아내들은 시내에서 어쩌다 그와 마주치면, 새로운 리처드슨 부인이 기막히게 예쁜 여자이며 조니 리처드슨이 땡잡았다고 이야기하곤 했다.

1년이 지나기 전에 에시는 아들 하나를 더 낳았다. 이 아이는 아버지와 이복누이처럼 금발이었고, 아이는 아버지의 이름을 따서 존이라고 불렀다.

세 아이들은 일요일이면 순회 목사의 설교를 듣기 위해 교회에 갔고, 다른 소작농들의 아이들과 함께 글과 숫자를 배우기 위해 소학교에 다녔다. 에시는 아이들이 가장 중요한 미스터리인 피스키를 기억하도록 단단히 일렀다. 눈과 옷이 강처럼 푸르고 빨간 머리이며 들창코에 웃기게 생긴 사팔뜨기 남자로, 마음만 먹으면 주머니에 소금이나 빵을 지니고 다니지 않는 사람들을 들어 올려 비틀어 버릴 수도 있었다. 아이들이 학교에 갈 때면, 에시는 옛부터 생명과 땅의 상징이었던 소금과 빵을 양쪽 주머니에 넣어 안전하게 집에 돌아올 수 있도록 했고, 아이들은 늘 그 말에 따랐다.

아이들은 숲이 무성한 버지니아 언덕에서, 크고 강인하게 자랐다.(맏아들 앤터니가 항상 제일 허약하고 창백하고 질병과 좋지 않은 공기에 영향을 더 많이 받긴 했지만.) 리처드슨 가족은 행복했다. 에시는 정말 남편을 사랑했다. 결혼한 지 10년쯤 되었을 때 존 리처드슨은 아주 심한 치통에 시달리기 시작했는데, 그것 때문에 어느 날 말을 타다가 떨어지고 말았다. 에시는 남편을 근처 마을로 데려가 이를 뽑게 했다. 그러나 때는 이미 늦었고, 존 리처드슨은 패혈증에 걸려 얼굴이 까매지고 신음하다가 결국 죽고 말았다. 그는 좋아하던 버드나무 아래 묻혔다.

리처드슨의 미망인은 리처드슨의 두 아이들이 성인이 될 때까지 농장을 관리해야만 했다. 에시는 해마다 계약 하인들과 노예들을 관리하고 담배를 수확했다. 그녀는 신년 전날에 사과나무 뿌리에 사과술을 뿌리고, 수확기엔 들판에 갓 구운 빵을 놓았으며, 언제나 문밖에 우유 잔을 남겨 놓았다. 농장은 번창했고, 리처드슨의 미망인은 깐깐한 흥정가이지만 수확물은 항상 훌륭하며, 돈을 좀 더 받기 위해서 싸구려 물건을 파는 사람은 아니라고 평판이 났다.

그리하여 10년 동안 모든 것이 잘 풀렸다. 그러나 그 후 액운이 따랐는데, 아들 앤터니가 농장의 장래와 필리다의 결혼 문제로 동생 조니와 말다툼을 하다가 조니를 살해하고 말았다. 일부 사람들은 앤터니가 애초부터 동생을 죽이려 했던 건 아니고 어리석게도 너무 심하게 때려서 그렇게 되었다고 했고, 또 다른 사람들은 아니라고 말했다. 앤터니는 도망쳤다. 에시는 막내를 제 아버지 옆에 묻어야만 했다. 어떤 사람들은 앤터니가 보스턴으로 도망쳤다고 말하고, 또 다른 사람들은 남쪽의 플로리다로 갔다고 했다. 에시는 앤터니가 배를 타고 영국으로 가서 조지 왕의 군대에 들어가 스코틀랜드인 반역자들과 싸우고 있다고 생각했다. 두 아들이 다 떠나고 나자 농장은 텅 비어 버렸고 슬픔으로 가득했다. 필리다는 마치 심장이 찢긴 듯 비탄에 빠져 시들어 갔으며, 새어머니가 어떤 말이나 행동을 해도 다시는 웃지 않았다.

그러나 상심에 빠졌건 어쨌건 간에 농장을 돌볼 남자가 필요했으므로, 필리다는 선박 목수로 일하다 바다가 지겨워져 어릴 때 자란 링컨셔의 농장에서와 같은 삶을 꿈꾸던 해리 솜스와 결혼했다. 리처드슨의 농장이 그가 꿈꾸던 농장과는 거리가 멀었다 하더라도, 해리 솜스는 필리다와 주고받는 편지에 행복해 했다. 필리다와 해리 사이에는 다섯 아이들이 태어났고 그중 셋이 살아남았다.

리처드슨의 미망인은 아들들이 보고 싶었고, 남편을 그리워했다. 이제 에시에게 있어 남편은 자신을 애지중지 대해 주었던 점잖은 남자였다는 기억에 불과하지만 말이다. 필리다의 아이들은 에시에게 이야기를 들으러 오곤 했고, 에시는 아이들에게 무어인들의 검은 개 이야기와 로헤드와 블러디 본스* 이야기, 또는 사과나무 사나이 이야기를 해 주었다. 그러나 아이들은 관심을 갖지 않았다. 아이들은 오직 잭 이야기만 좋아했다. 콩나무에 올라갔던 잭, 거인 킬러 잭, 잭과 고양이와 왕 이야기를 좋아했다. 에시는 때때로 오래전 죽은 사람들과 아이들을 혼동하기는 했으나 자신의 피와 살처럼 아이들을 사랑했다.

5월이었다. 에시는 부엌 정원으로 의자를 가지고 나와 콩깍지를 벗겨 햇볕에 콩을 말리고 있었다. 머리에 서리가 앉을 나이가 되자 버지니아의 포근한 날씨에도 불구하고 추위에 뼈가 으슬으슬 시렸다. 약간의 온기라도 좋았다.

리처드슨의 미망인은 늙은 손으로 콩깍지를 벗기면서, 자신의 고향 콘월의 황야와 바닷가 절벽을 다시 한 번 걸으면 얼마나 좋을까 생각

---

* 아일랜드 민담. 착한 어린이는 선물을 주지만, 나쁜 어린이는 액체가 되는 벌을 내린다. 부모는 그 액체가 자식인지 모르고 닦아버린다.

했다. 또한 어렸을 때 지붕에 앉아 아버지의 배가 잿빛 바다에서 돌아오기를 기다리던 때를 생각했다. 마디가 퍼런 손으로 서툴게 콩깍지를 벗겨 콩알을 떼어 질그릇에 넣었고 까투리는 앞치마 안쪽에 집어넣었다. 불현듯 오랫동안 잊고 지냈던 옛 삶이 기억났다. 약삭빠른 손으로 지갑을 낚아채고 비단을 훔치던 삶이었다. 뉴게이트의 간수가 형이 확정되려면 족히 12주는 기다려야 할 것이며, 아기를 가졌다고 하면 교수형을 면할 수 있을 것이라면서 에시에게 참 예쁘다고 말해주었던 것을 떠올렸다. 에시는 벽 쪽으로 돌아서며 자신을, 또 그 남자를 증오하면서, 하지만 결국 남자의 말이 옳다고 생각하며 용감하게 치마를 들추었던 것이다. 그리고 에시의 안에서 재빨리 자라나는 생명의 느낌은 죽음을 약간 늦출 수 있을 것임을 의미했다…….

"에시 트레고완?"

낯선 사람이 말을 걸었다.

리처드슨의 미망인은 5월의 햇빛을 손으로 막으며 고개를 들었다.

"절 아세요?"

에시가 물었다. 그녀는 남자가 다가오는 소리를 듣지 못했다.

남자는 위아래로 녹색 옷을 입고 있었다. 그는 먼지 묻은 녹색 트루스*와 녹색 재킷과 진녹색 코트를 입고 있었다. 머리는 당근처럼 빨갰는데, 그는 에시를 향해 남다르게 미소를 띠었다. 남자는 바라보는 이를 행복하게 만드는 동시에 위험을 속삭이는 듯한 무엇을 지녔다.

"절 아실 거예요."

그가 대답했다.

---

* trews, 스코틀랜드 바지로 꼭 끼는 창살 무늬의 나사제 바지.

그는 곁눈질로 에시를 내려다보았고 에시는 곁눈질로 그를 올려다보았다. 그러곤 달 같은 그의 얼굴에서 정체를 식별할 단서를 찾았다. 그는 에시의 손주들만큼 젊어 보였지만 그녀를 옛 이름으로 불렀으며, 목소리에는 그녀가 어릴 때부터 고향의 바위와 황야에서부터 익히 들은, 목젖을 진동시켜 내는 사투리가 묻어났다.

"콘월 사람인가요?"

"그래요. '사촌 잭'이에요. 아니, 콘월 사람이었죠. 허나 지금은 정직한 사람에게 아무도 술이나 우유를 권하지 않고 추수가 와도 빵 한 덩이 권하지 않는 이 신세계에 산다오."

늙은 에시는 무릎 위에 콩 그릇을 흔들리지 않게 고정시켰다.

"당신이 내가 생각하는 사람이 맞다면 난 당신과 다툴 일이 없어요."

필리다가 가정부에게 투덜거리는 소리가 집 안에서 새어 나왔다.

"나도 마찬가지예요."

빨간 머리 사내가 조금 슬프게 말했다.

"날 이곳으로 부른 건 당신과 몇몇 사람들이지만요. 마법이 통하지 않고, 피스키와 괴물들의 영역이 아닌 이 땅으로 불렀죠."

"당신은 내게 좋은 일을 많이 베풀었어요."

"좋고 나쁜 일 모두죠."

곁눈질하며 이방인이 말했다.

"우린 바람과 같아요. 양쪽으로 모두 불죠."

에시가 고개를 끄덕였다.

"내 손을 잡겠어요, 에시 트레고완?"

그가 에시에게 손을 뻗쳤다. 그 손엔 주근깨가 나 있었다. 에시의 시력이 나빠지긴 했지만, 그의 손등에 난 주황빛 털이 오후의 햇살에 금빛으로 빛나는 것을 볼 수 있었다. 에시는 입술을 깨물었다. 그리고 약간 망설이면서, 퍼런 마디가 진 자신의 손을 그의 손에 올려놓았다.

사람들이 에시를 발견했을 때, 생명이 떠나고 콩 껍질은 반밖에 벗겨지지 않았지만, 그녀의 몸은 여전히 따뜻했다.

제5장

마담 라이프는 활짝 피어난 여인.
죽음은 어디든 달라붙는다.
그녀는 그 방의 세입자요,
그는 계단 위의 악당이다.
— W. E. 헨리, 「마담 라이프는 활짝 피어난 여인」

토요일 아침, 조르야 우트레냐야만 깨어나서 작별 인사를 했다. 그녀는 웬즈데이에게서 45달러를 받고는 영수증을 써 주겠다고 고집을 부렸다. 만기가 지난 음료 쿠폰 뒷면에 크고 둥근 글씨로 영수증을 써 주었는데, 늙은 얼굴에 세심하게 화장하고 금발의 머리는 틀어 올린 조르야 우트레냐야는 아침 햇살을 받아 인형 같아 보였다.

웬즈데이는 그녀의 손에 입을 맞추었다.

"아름다운 여인이여, 환대에 감사드리는구려. 당신과 당신의 사랑스러운 자매들은 하늘처럼 빛이 난다네."

"나쁜 늙은이 같으니라고."

조르야 우트레냐야는 그를 향해 손가락질을 했다. 그런 후 그를 포옹했다.

"부디 조심하라고. 당신이 영원히 가 버렸다는 소식은 듣고 싶지 않아."

"나 또한 그러고 싶지 않네."

조르야 우트레냐야는 섀도와 악수를 나누었다.

"조르야 폴루노치나야가 당신을 아주 좋게 보더군. 나도 그렇고."

"감사합니다. 저녁 잘 먹었습니다."

그녀가 섀도를 향해 눈썹을 추켜올렸다.

"그랬어? 또 와야 해."

웬즈데이와 섀도가 계단을 내려갔다. 섀도는 재킷 주머니에 손을 넣었다. 손 안의 은 동전이 차가웠다. 동전은 그가 이제껏 사용했던 그 어떤 동전보다도 더 크고 무거웠다. 섀도는 동전을 전형적인 방식으로 손바닥에 감추고서, 손을 자연스레 내린 다음 쭉 뻗어 동전이 손바닥 앞쪽에 떨어지게 했다. 동전은 가볍게 힘을 준 집게손가락과 새끼손가락 사이에 들어가 자연스럽게 느껴졌다.

"멋지군."

웬즈데이가 말했다.

"그냥 아직 배우는 중이에요. 여러 가지 기술을 할 수 있긴 한데, 사람들이 다른 쪽 손을 보게 만드는 게 제일 어렵더라고요."

"그래?"

"예, '미스디렉션'이라는 거예요."

섀도는 손가락을 동전 밑에 미끄러뜨리며 동전을 손등으로 밀어 올린 후, 아주 살살 더듬어 동전을 쥐었다. 동전은 쨍그랑 소리를 내며 계단으로 떨어져 튀어 갔다. 웬즈데이가 손을 뻗어 동전을 집었다.

"선물을 함부로 다루면 안 되지. 이런 것은 꼭 지니고 있어야 해. 함부로 내돌리지 마."

웬즈데이가 말했다. 그는 먼저 동전의 독수리 면을 보고, 그런 다음 반대편 자유의 여신상 얼굴을 유심히 관찰했다.

"아, 자유의 여신. 멋지지, 그렇지 않나?"

웬즈데이는 동전을 섀도에게 던졌고 섀도는 공중에서 그것을 낚아채 미끄러지듯 사라지게 했다. 왼손에 떨어뜨리는 척하면서 사실상 오른손에 쥔 것이다. 그러고는 왼손으로 주머니에 넣는 시늉을 했다. 동전은 오른손 손바닥에 있었다. 동전은 그곳에서 편안한 느낌을 주었다.

"자유의 여신. 미국인들이 귀하게 여기는 그 많은 신들처럼 외국인이지. 이건 프랑스 여성인데,* 미국인들의 정서에 경의를 표한다면서도 프랑스인들은 여자의 웅장한 가슴을 다 가리고 옷을 껴입혀서 뉴욕에 바쳤어. 자유라."

웬즈데이는 말을 하다가, 계단 바닥에 떨어져 있는 쓰고 버린 콘돔을 보고 콧등을 찌푸리더니 역겨운 듯 발로 밀어 한쪽 구석으로 치웠다.

"저거 밟고 누군가 자빠져서 목이 부러질 수도 있겠구먼. 바나나 껍질처럼 말이야. 단지 고약한 취향과 아이러니만 더해진 거지."

웬즈데이는 문을 밀어 열었다. 그들을 향해 햇빛이 밀려왔다. 바깥 세상은 안에서 보던 것보다 더 추웠다. 섀도는 눈이 더 올 건지 궁금

---

* 정식 명칭이 '세계를 밝히는 자유(Liberty Enlightening the World)'인 자유의 여신상은 프랑스의 역사학자 에두아르 드 라블레가 남북전쟁 후에 건립을 제의했다. 프랑스 국민들이 기금을 모았으며, 1875년 조각가 프레데리크 오귀스트 바르톨디의 지휘 아래 프랑스에서 작업이 시작되었다. 본체는 동판을 두들겨서 모양을 잡았고 외젠 에마뉘엘 비올레 르 뒤크와 알렉상드르 귀스타브 에펠이 고안한 네 개의 대형 철제 구조 위에 조립하여 만들어졌다. 높이가 46.1미터, 무게가 225톤이나 되는 완성작을 1885년 분해해서 배에 실어 뉴욕으로 가져왔다. 출처: 한국 브리태니커 온라인, '자유의 여신상'

했다.

"자유."

웬즈데이가 자동차로 다가가면서 큰 소리로 말했다.

"시체 자리에나 누워야 할 개년이야."

"예?"

"아, 내가 한 말이 아니고 다른 사람이 한 말이야. 어떤 프랑스 사람이 한 말이지. 뉴욕 항구에 여신상을 세운 사람 말이야. 사형수 호송차의 쓰레기들 속에서 씹질하는 걸 좋아하는 개년. 횃불을 한껏 높이 들어라. 너의 드레스엔 아직도 쥐새끼들이 붙어 있고 너의 다리로는 차가운 정액이 흐르고 있다."

웬즈데이는 차 문을 열고 섀도에게 조수석에 앉으라고 손짓했다.

"난 아름답다고 생각하는데요."

섀도가 동전을 얼굴 가까이 들어올리며 말했다. 자유의 여신의 은색 얼굴이 조금은 조르야 폴루노치나야를 닮았다.

웬즈데이가 차를 출발시키며 말했다.

"인간의 영원한 어리석음이지. 단지 뼈다귀를 가린 예쁘장한 껍데기에 불과하다는 것을 깨닫지 못하고 달콤한 육체를 좇는 거야. 벌레 먹이일 뿐인데. 너희들은 밤에 벌레 먹이에다 몸뚱이를 비비적거리는 거야. 기분 상하라고 한 말은 아니네."

섀도는 웬즈데이가 이렇게 활달하게 말하고 행동하는 것을 처음 보았다. 섀도는 자신의 보스가 외향성 단계를 지나고 있는 것이라고 생각했다. 그러고 나면 아주 강렬한 침잠의 시기가 온다.

"그럼, 당신은 미국인이 아닙니까?"

"미국인은 아무도 없어. 원래는 말야. 그게 내 생각이야."

웬즈데이는 시계를 보았다.

"은행 닫기 전까지 몇 시간 죽여야겠군. 그나저나, 지난밤에 체르노보그와는 정말 잘했네. 어찌 됐든 난 그가 동참하게 만들 수 있었겠지만, 자네는 내 방식보다 훨씬 더 성의 있게 그를 끌어들였어."

"나중에 저를 죽일 수 있게 돼서 그렇죠, 뭐."

"꼭 그런 건 아냐. 자네가 현명하게 지적한 대로 그자는 이제 늙었잖아. 어쩌면 자넬 죽이지 못할 수도 있다고. 평생 마비만 시킬 수도 있다는 거지. 가망 없는 병자 말일세. 그러니 체르노보그가 다가올 어려움을 견디고 살아난대도 자넨 기대할 게 무척 많은 거지."

"게다가 살지 죽을지도 모를 일이죠?"

섀도는 웬즈데이의 말투를 흉내 내곤 스스로 혐오스러워졌다.

"씨발, 맞아."

웬즈데이가 말했다. 그는 은행 주차장에 차를 주차시켰다.

"여기가 내가 털 은행이야. 몇 시간 지나야 문을 닫을 거야. 들어가서 인사나 하자고."

웬즈데이는 섀도에게 손짓을 했다. 섀도는 마지못해 차에서 내려 웬즈데이를 따라 안으로 들어갔다. 이 노인네가 바보 같은 짓을 하려 할지라도, 섀도의 얼굴이 카메라에 찍히지 않으면 그만이었다. 하지만 호기심이 동해서 섀도는 은행으로 걸어 들어갔다. 그는 바닥을 향해 아래로 고개를 숙이고 손으로 코를 비비며 최대한 얼굴을 가리기 위해 애썼다.

"예금 전표 좀 주세요."

웬즈데이는 혼자 있는 창구 직원에게 말했다.

"저쪽에 있습니다."

"좋아요. 야간 예치를 하고 싶으면 어떻게 해야……?"

"똑같은 전표에 쓰시면 돼요."

그녀가 웬즈데이에게 미소를 지었다.

"야간 예치 기계가 어디 있는지 아시죠, 손님? 중앙문 바깥의 왼쪽에 있습니다. 벽에 붙어 있어요."

"고마워요."

웬즈데이는 예금 전표를 몇 장 집어들었다. 그는 직원에게 미소를 짓고 섀도와 함께 걸어 나왔다.

웬즈데이는 잠깐 보도에 서서 생각에 잠긴 표정으로 턱수염을 쓸어내렸다. 그러고 나서 벽 측면에 붙어 있는 현금 인출기와 야간 금고 쪽으로 가서 살펴보았다. 그는 섀도를 데리고 길을 건너 슈퍼마켓으로 가서 초콜릿 퍼지 아이스케이크를 샀고 섀도에겐 핫 초콜릿을 사주었다. 입구 쪽에 공중전화가 있었는데, 그 위에 자리한 게시판엔 애완견과 고양이들을 입양해줄 좋은 주인을 찾는 광고와 셋방 광고가 나붙어 있었다. 웬즈데이는 공중전화의 전화번호를 적었다. 그들은 다시 길을 건너 돌아왔다. 불현듯 웬즈데이가 말했다.

"우리한테는 눈이 필요해. 펑펑 내려 운전하기 짜증 나게 만드는 눈. 날 위해 '눈' 생각을 해 주겠나?"

"예?"

"구름을 만드는 데 집중해 봐. 저쪽 위 서쪽 구름 말야. 저 구름을 크고 어둡게 만들어. 회색 하늘과 북극에서 구름을 몰고 올 바람을 생각해 봐. 눈을 생각해."

"그게 무슨 소용이에요?"

"얼토당토않지. 그래도 딴생각을 못하게는 해 주지 않나."

웬즈데이가 차 문을 열면서 말했다.

"다음은 사무용품점이야. 서둘러."

조수석에서 핫 초콜릿을 마시면서 섀도는 생각했다. '눈. 시야를 뿌옇게 만드는 커다란 눈송이가 하늘에서 떨어져 내리고, 금속성 잿빛 하늘에 흰 무늬가 만들어지고, 겨울의 차가움으로 너의 혀를 만지는 눈, 널 얼어 죽게 만들기 전에 망설이는 손길로 너의 얼굴에 키스하는 눈, 솜사탕 12개는 만들 만큼의 눈, 동화의 나라를 만들고, 만물을 알아볼 수 없을 만큼 아름답게 만드는 눈······.'

웬즈데이가 그에게 말을 걸었다.

"뭐라고요?"

"다 왔다고. 어디 딴 데 갔다 왔나?"

"눈을 생각하고 있었어요."

웬즈데이는 사무용품점에서 은행에서 가져온 전표 양식을 복사했다. 그는 직원에게 명함 10장씩 2세트를 인쇄해 달라고 했다. 섀도는 머리가 아파 오기 시작했고, 어깨뼈에 이상한 느낌을 받았다. 잠을 잘 못 잤는지, 지난밤 소파에서 구부리고 자서 두통이 오나 하는 생각이 들었다.

웬즈데이는 컴퓨터 단말기에 앉아 편지를 쓰고 또 직원의 도움을 받아 큼지막한 안내문 몇 개를 만들었다.

섀도는 생각했다. '눈. 하늘 높은 곳에 작고 완전한 결정체가 작은 먼지 조각을 만들고, 각각은 레이스같이 모두 다른 독특한 육면체로 이루어진 프랙털 작품이 된다. 그리고 눈 결정체는 서로 모여 떨어져 내리며 눈송이가 되고, 그 하얗고 풍성한 송이들은 조금씩, 조금씩 시카고 하늘을 뒤덮는다……'

"여기."

웬즈데이가 섀도에게 커피 1잔을 건넸는데, 유제품이 아닌 크림 분말 덩어리가 반쯤 녹다 말아 표면에 둥둥 떠 있었다.

"충분해, 그렇지?"

"뭐가요?"

"눈. 도시를 마비시키고 싶지는 않겠지?

하늘은 전함 같은 잿빛을 띠고 있었다. 눈이 오고 있었다. 그렇다.

"설마 제가 한 건 아니겠죠? 제 말은, 제가 한 거 아니죠. 그런가요?"

"커피 마시게. 별로 좋은 건 아냐. 하지만 그래도 두통은 멈추게 할 걸세. 잘했어."

웬즈데이는 직원에게 계산하고 안내문들과 서신들과 명함을 가지고 나와 차가 있는 곳으로 갔다. 그는 자동차 트렁크를 열고, 현금 운송 경비원들이 가지고 다니는 종류의 크고 검은 금속 케이스에 서류를 넣고 트렁크를 닫았다. 웬즈데이는 섀도에게 명함을 건넸다.

"누구입니까? A. 해독. 보안과장, A1 보안 서비스?'

"자네야."

"A. 해독?"

"그래."

"에이는 무엇의 약자죠?"

"알프레도? 알퐁소? 오거스틴? 앰브로즈? 자네 맘이야."

"아, 알겠어요."

"난 제임스 오고먼이네. 친구들한테는 지미로 불리고. 알겠나? 나도 명함이 있어."

그들은 차에 올라탔다. 웬즈데이가 말했다.

"자네가 눈을 생각했듯 A. 해독을 생각한다면, 우린 돈을 꽤 벌게 될 거고 오늘 밤 친구들하고 흥청망청 즐길 수 있을 걸세."

"그러다 잡혀서 흥청망청은 고사하고 감방에 처넣어지면요?"

"그럼 뭐, 우리 친구들이 우리 없이 알아서들 해나가야지."

"감옥엔 다시 가진 않을 겁니다."

"감옥 갈 일 없어."

"불법적인 것은 안 하기로 합의했잖아요."

"자네는 안 할 거야. 어쩌면 도움을 주고 교사하고 범죄에 공모하는 정도는 할지도 몰라. 물론 그 다음엔 훔친 돈을 받게 될 거야. 하지만 날 믿게. 자넨 이 일을 무사히, 깨끗하게 넘기게 될 거야."

"그게 그 늙으신 슬라브인 찰스 아틀라스가 내 해골을 빠개고 난 다음입니까, 아니면 그 전입니까?"

"그 노인네는 시력이 맛 가고 있어." 웬즈데이가 다독이듯 말했다. "아마도 엉뚱한 데에다 도끼를 휘두를 거야. 자, 이제 시간을 조금만 죽이면 되겠군. 은행은 토요일엔 한낮에 문을 닫으니까. 점심 먹을까?"

"그래요. 배고파 죽겠어요."

"내가 좋은 곳을 알지."

170

웬즈데이는 운전을 하면서 콧노래를 불렀다. 섀도가 알지 못하는 흥겨운 노래였다. 눈송이들은 섀도가 상상한 대로 내리기 시작했다. 섀도는 뿌듯한 느낌이 들었다. 주머니 속에 넣어 둔 은화가 달이 아니고 결코 달이었던 적이 없다는 것을 알듯이, 이성적으로는 자신이 눈과는 아무런 관계도 없다는 것을 알고 있었다. 하지만 그래도 여전히……

그들은 큰 창고 같은 건물 밖에 주차를 했다. 간판에는 '모든 것을 먹을 수 있는 점심 뷔페, 4.99달러'라고 씌어 있었다.

"난 이곳이 정말 좋아."

"맛있어요?"

"특별히 그런 건 아냐. 하지만 분위기가 죽이지."

웬즈데이가 좋아한다던 장소는 점심(섀도는 닭튀김을 맛있게 먹었다.)을 다 먹고 난 후 알 수 있었다. 창고의 뒤쪽 공간을 차지하고 있는 가게였다. 중앙을 가로질러 내걸린 깃발에 파산 창고 정리 품목 유통점이라고 씌어 있었다.

웬즈데이는 자동차로 가서 조그만 가방을 들고 다시 남자 화장실로 들어갔다. 섀도는 자신이 원하든, 원하지 않든 웬즈데이가 뭘 하려는지 곧 알게 될 것이라고 생각했다. 섀도는 창고 세일 통로를 어슬렁거리며 세일 물건들을 살폈다. '항공기 필터만 사용'이라는 커피 상자, 틴에이지 뮤턴트 닌자 거북 장난감과 하렘의 전사 제나 공주 인형들, 플러그를 꽂으면 실로폰으로 애국적인 노래를 연주하는 테디 베어, 마찬가지로 플러그를 꽂으면 성탄 노래를 부르는 테디베어, 가공 육류 캔, 덧신과 잡다한 방한화, 마시멜로, 빌 클린턴 대통령 손목시계,

미니어처 크리스마스트리, 소금과 동물/신체부위/과일/수녀 등의 모형으로 만든 후추 셰이커, 그리고 섀도가 좋아하는 플라스틱 검은 눈알 한 쌍과 옥수수 파이프와 플라스틱 모자가 들어 있는 '진짜 당근만 꽂으세요'라고 씌어진 스노맨 키트.

섀도는 어떻게 달이 하늘에서 떨어져 나와 은화가 되는지, 어떻게 여자가 무덤에서 걸어 나와서 말을 거는지에 대해 생각했다.

"여기 멋지지 않나?"

웬즈데이가 남자 화장실에서 나오더니 물었다. 아직 젖어 있는 손을 손수건으로 닦고 있었다.

"종이 타월이 떨어졌더군."

웬즈데이는 옷을 갈아입었다. 짙푸른 재킷과 그에 어울리는 바지, 푸른색 니트 타이, 두꺼운 푸른색 스웨터와 흰 셔츠를 입고 검은 신발을 신고 있었다. 그는 보안 요원처럼 보였고, 섀도는 그렇다고 말해주었다.

"젊은 친구, 참, 대단해!"

웬즈데이가 물에 뜨는 인조 물고기 세트("이것은 죽지도 않으며 먹이를 줄 필요도 없습니다!") 하나를 들어 올리며 말했다.

"자네의 안목은 참 칭찬할 만해. 아서 해독은 어떤가? 아서는 좋은 이름이야."

"너무 평범한데요."

"그럼, 자네가 생각해 보게. 자, 시내로 돌아가세. 강도짓을 위해 완벽한 타이밍을 맞추어야 해. 그러면 난 주머니를 좀 채우게 되는 거야."

"사람들은 대개 그냥 현금 인출기에서 뽑아 쓰는데요."

"바로 그거야. 좀 웃기지만 그게 바로 내가 계획하고 있는 거야."

웬즈데이는 은행 맞은편 슈퍼마켓 주차장에 차를 주차시켰다. 그는 트렁크에서 금속 케이스와 클립보드와 수갑 한 벌을 가지고 나왔다. 그는 자신의 왼쪽 손목에 수갑을 채우고 다른 쪽 자물쇠를 금속 케이스의 손잡이에 채웠다. 눈이 계속 내리고 있었다. 웬즈데이는 챙이 있는 모자를 쓰고 재킷 가슴 주머니에 천 조각을 붙였다. 모자와 천 조각에는 'A1 보안 서비스'라고 씌어 있었다. 클립보드에는 예치 전표를 두었다. 그러고는 몸을 구부리고 걸었다. 마치 퇴직한 지친 경찰 같아 보였고, 똥배가 나온 것 같았다.

"자, 자넨 식료품점에서 물건을 좀 사고, 전화기 근처에 있어. 누가 물어보면 여자 친구한테서 올 전화를 기다린다고 해. 여자 친구 차가 고장 났다고 말야."

"그럼 여자 친구가 왜 거기로 전화하는 건데요?"

"젠장, 내가 그런 거까지 일일이 말해줘야 돼?"

웬즈데이는 색 바랜 분홍빛 귀마개를 썼다. 그리고 트렁크를 닫았다. 눈송이가 짙은 푸른색 모자와 귀마개에 내려앉았다.

"어때 보이나?"

"웃겨요."

"웃겨?"

"바보 같기도 하고요."

"음, 바보 같고 웃기다. 좋아."

웬즈데이가 웃었다. 귀마개는 그를 푸근하고 재미있으며 사랑스럽게

까지 보이게 했다. 웬즈데이는 길을 건너 은행 건물까지 걸어갔고, 섀도는 그동안 슈퍼마켓 안으로 들어가 바라보았다.

웬즈데이는 현금 인출기에 빨간 글씨로 커다랗게 '고장'이라고 써 붙였다. 그는 야간 예치 기계에 빨간 리본을 두르고 복사한 종이를 테이프로 붙였다. 섀도는 재미있다는 듯 그것을 읽었다.

거기엔 이렇게 씌어 있었다. "고객의 편의를 위해 저희는 계속해서 최선을 다해 서비스를 개선하고 있습니다. 일시적으로 불편을 끼쳐 드려 죄송합니다."

웬즈데이는 돌아서서 거리를 향했다. 추위에 혹사당하는 직원 같았다.

젊은 여자 하나가 인출기를 이용하려 했다. 웬즈데이는 고개를 저으며 고장이 났다고 설명했다. 그녀는 욕지거리를 내뱉곤, 그에 대해 사과하고 자리를 떴다.

차 한 대가 다가와서는 한 남자가 조그마한 회색 자루와 열쇠를 들고 내렸다. 섀도는 웬즈데이가 남자에게 사과하고 나서 클립보드에 서명하게 하고, 예금 전표를 점검하고 공들여 영수증을 써 주고는 어떤 것을 보관해야 할지 잠시 어리둥절하다가 마침내 크고 검은 금속 상자를 열고 남자의 자루를 집어넣는 모습을 보았다.

남자는 눈 속에 떨면서 발을 동동 구르고 있었다. 그는 늙은 보안 요원이 이 행정적 머저리 짓을 어서 빨리 끝내서 받을 것을 받고 추위에서 빨리 벗어나고 싶어 하는 것 같았다. 남자는 영수증을 받고는 따뜻한 차에 올라탄 후 사라졌다.

웬즈데이는 금속 상자를 가지고 길을 건너 걸어가 슈퍼마켓에서 커피를 샀다.

"안녕하쇼, 젊은이."

웬즈데이가 섀도 옆을 지나면서 삼촌 같은 웃음을 흘리면서 말했다.

"춥지요?"

웬즈데이는 다시 길을 건너갔다. 그러곤 우스꽝스러운 분홍색 귀마개를 하고 사람 좋아 보이는 인상을 풍기는 늙은 보안 요원 행세를 하며 토요일 오후 은행에 예치할 현금다발을 들고 오는 사람들에게서 회색 자루와 봉투들을 받아 챙겼다.

섀도는 몇 가지 읽을거리를 샀다. 《칠면조 사냥》, 《피플》, 그리고 표지 사진으로 나와 있는 새스콰치*가 너무나 맘에 드는 《위클리 월드 뉴스》. 그러곤 창문 밖을 바라보았다.

"뭘 도와 드릴까요?"

흰 수염이 난 중년의 흑인 남자가 물었다. 매니저 같아 보였다.

"괜찮습니다. 전화를 기다리고 있어요. 여자 친구 차가 고장나서요."

"배터리 문제일 수도 있겠네요. 사람들은 3, 4년씩 그런 것들을 잊어버리고 살죠. 큰돈이 드는 것도 아닌데."

"맞아요."

"수고하쇼, 덩치 씨."

매니저는 슈퍼마켓 안으로 다시 들어갔다.

눈은 길거리를 세세한 것까지 완벽히 갖춘 스노볼의 내부처럼 바꾸어 놓았다.

섀도는 길거리를 바라보고 깊은 인상을 받았다. 길 건너편 대화는

---

* 원인(猿人). 미국 북서부 산속에 있다고 전해지는 짐승 같은 사람.

들리지 않아서, 팬터마임과 표정 연기로 이루어진 한 편의 무성영화 같이 느껴졌다. 나이 든 보안요원은 서투르면서도 성실해 보였고, 허둥지둥 실수를 했으나 호의가 우러나오는 듯했다. 그에게 돈을 주고 가는 사람들은 모두 만족한 얼굴로 떠났다.

그때 경찰이 은행 밖에 차를 세웠다. 섀도는 가슴이 철렁 내려앉았다. 웬즈데이는 모자에 가볍게 손을 대고, 경찰차를 향해 느릿느릿 걸어갔다. 그는 인사를 건네고 열린 차창을 통해 악수를 나누었다. 그런 다음 고개를 끄덕이고 주머니를 뒤지더니 명함과 서신을 꺼내 경찰에게 건네주었다. 그러고는 커피를 마셨다.

전화가 울렸다. 섀도는 수화기를 들고 최대한 지겨운 목소리를 냈다.

"A1 보안 서비스입니다."

"A. 해독 씨 좀 바꿔 주시겠습니까?"

길 건너의 경찰이 말했다.

"제가 앤디 해독입니다."

"예, 해독 씨, 여긴 경찰입니다. 마켓 가와 2번가 코너에 있는 퍼스트 일리노이 은행에 직원을 보냈군요."

"예, 맞습니다. 지미 오고먼이죠. 무슨 문제라도 있습니까? 짐이 잘하고 있나요? 술 마신 건 아니겠죠?"

"아닙니다. 문제없습니다. 귀사의 직원은 잘하고 있습니다. 이상이 없는지 점검하는 차원에서 전화했습니다."

"경관님, 다시 술 마시다 걸리면 해고될 거라고 지미한테 말 좀 해주십시오. 아시겠죠? 해고요. 잘린다고요. 저희 A1은 엄격한 규칙을 적용합니다."

"제가 직원 분께 그런 말을 할 입장은 아닌 것 같은데요. 일을 아주 잘하고 있어요. 이런 일은 2명이 같이 해야 하는 일이라서 걱정이 될 뿐입니다. 비무장 경비요원이 그렇게 큰돈을 혼자서 다루는 것은 위험하거든요."

"맞는 말씀입니다. 솔직히 말씀드리자면, 퍼스트 일리노이 은행의 짠돌이들에게 그 이야기 좀 해 주시죠. 저희 직원들은 제 자랑입니다. 뛰어난 사람들이죠. 경관님 같은 사람들 말이에요."

섀도는 이 역할에 점점 빠져드는 것을 느꼈다. 자신이 앤디 해독이 되어 가고 있는 것 같았다. 재떨이에는 씹다 만 싸구려 시가가 놓여 있고 테이블 위엔 이 토요일 오후까지 마쳐야 할 서류들이 쌓여 있으며, 숌버그에는 집이, 쇼어 드라이브 호숫가의 작은 아파트에는 정부 1명을 두고 있는 앤디 해독.

"음, 경관님은 전도유망한 젊은이 같은데요, 경관님. 그러니까……."

"마이어슨입니다."

"네, 마이어슨 경관님. 주말에 아르바이트가 필요하시거나 어떤 이유로든 경찰을 그만두게 되면 저희에게 전화 주세요. 제 명함은 가지고 계시죠?"

"예, 그렇습니다."

"수고하세요. 전화 주시고요."

앤디 해독이 말했다.

경찰차가 떠나자 웬즈데이는 자신에게 돈을 주기 위해 줄을 서서 기다리고 있는 사람들을 향해 터덜터덜 눈길을 밟으며 돌아갔다.

"괜찮대요?"

매니저가 문에서 머리를 내밀며 말했다.

"여자친구 말이에요?"

"배터리 때문이래요. 이제 기다리기만 하면 돼요."

"원, 여자들이란! 댁의 여자친구가 기다릴 만한 분이면 좋겠군요."

겨울밤은 일찍 찾아온다. 오후는 서서히 잿빛으로 물들면서 밤으로 향하고 있었다. 불이 켜지기 시작했다. 많은 사람이 웬즈데이에게 돈을 건넸다. 갑자기 섀도가 볼 수 없는 신호라도 있는듯이, 웬즈데이는 벽으로 다가가 고장 표시를 치우고, 눈 녹은 길을 터벅터벅 걸어 주차장으로 향했다. 섀도는 잠깐 기다리다 그를 따라갔다.

웬즈데이는 차 뒷자리에 앉아 있었다. 그는 금속 상자를 열고 받아 온 것을 뒷좌석에 질서 있게 펼쳐 놓기 시작했다.

"운전하게. 스테이트 가에 있는 퍼스트 일리노이 은행으로 갈 거야."

"똑같은 걸 또 하게요? 무리하는 거 아닐까요?"

"아냐, 은행 업무 좀 보려고."

섀도가 운전하는 동안 웬즈데이는 뒷좌석에 앉아 자루에서 한 움큼씩 지폐를 꺼내어 수표와 카드 전표는 놔두고, 봉투에서 현금을 꺼냈다.

웬즈데이는 현금을 다시 금속 상자에 넣었다. 섀도는 은행 밖 길가 쪽으로 50미터쯤 떨어져 카메라의 시야에서 벗어난 곳에 주차했다. 웬즈데이는 차에서 내려 봉투를 야간 예치 기계에 밀어 넣고는 야간 금고를 열고 회색 자루들을 집어넣었다. 그런 다음 다시 닫았다.

웬즈데이는 조수석에 올라탔다.

"I-90 쪽으로 향하게. 매디슨을 향해 서쪽 표지판을 따라가."

섀도는 차를 몰았다. 웬즈데이는 은행을 돌아보았다.

"그렇지."

웬즈데이는 기뻐하며 말했다.

"그것 때문에 다 헷갈릴걸. 자, 진짜 큰돈을 벌려면 일요일 새벽 4시 30분쯤에 해야만 해. 클럽과 술집들이 토요일 밤 수입을 예치시키는 시간이거든. 딱 맞는 은행을 고르고 딱 맞는 고객을 찾는 거지. 걔네들은 보통 덩치 크고 순진한 놈들을 보내. 보안을 위해 힘쓰는 놈들을 1~2명 대동하는 경우가 있는데, 그놈들이 다 영리한 건 아니야. 재수 좋으면 하룻밤에 25만 달러도 건질 수 있다고."

"그렇게 쉽다면 누구나 하지 않겠어요?"

"위험 부담이 아예 없는 건 아냐. 특히 새벽 4시 30분에는 더욱 그렇고."

"경찰들이 특히 4시 30분에 의심을 많이 한다는 뜻인가요?"

"그건 아냐. 덩치들이 그래. 그러면 상황이 꼬일 수가 있어."

웬즈데이는 50달러짜리 한 다발을 손가락으로 튕기고는 조금 더 작은 20달러짜리 다발을 더해서 손으로 무게를 재 보고 섀도에게 건넸다.

"여기, 자네 첫 주 임금이야."

섀도는 세어 보지도 않고 주머니에 돈을 넣었다.

"그럼, 이게 당신이 하는 일이에요? 돈벌이가 이거예요?"

"아주 가끔. 현금이 급하게 많이 필요할 때만 한다네. 대개 난 자기들이 당한다는 걸 전혀 모르고 불평하지도 않고, 다시 줄 서서 당할 준비를 하는 사람들에게서 돈을 벌지."

"스위니가 당신을 사기꾼이라고 말했죠?"

"그 말이 맞아. 하지만 그건 나의 일부분에 불과해. 내가 자네를 필요로 하는 일의 아주 작은 부분일 뿐이야."

차는 어둠 속을 달리고 있었다. 헤드라이트 불빛 속에 갇힌 눈송이들이 빙글빙글 돌다가 차창에 부딪혔다. 그 모습이 마치 최면을 거는 것 같았다.

웬즈데이가 적막을 깨며 말했다.

"이 나라는 스스로가 무엇인지 걱정하는 유일한 나라야."

"뭐라고요?"

"다른 나라들은 자신을 알아. 아무도 노르웨이의 심장을 찾아 헤맬 필요가 없어. 모잠비크의 혼을 찾아 떠날 필요도 없고. 그들은 스스로 누군지 아니까."

"그래서요?"

"그냥 생각한 걸 말한 거야."

"그럼, 당신은 여러 나라를 돌아다녔나 봐요?"

웬즈데이는 아무 말도 하지 않았다. 새도는 그를 흘끗 쳐다보았다.

"아니."

웬즈데이가 한숨을 쉬며 말했다.

"아니, 한 번도 그런 적 없어."

그들은 기름을 넣기 위해 차를 멈추었다. 웬즈데이는 보안요원 재킷을 입은 채로 가방을 들고 화장실로 들어갔다가, 옅은 색의 정장과 이탈리아제 같아 보이는 무릎 길이의 갈색 코트를 입고 갈색 신발을 신고 다시 나왔다.

"매디슨에 가서 뭘 할 거예요?"

"14번 고속도로를 타고 스프링 그린을 향해 서쪽으로 가게. 하우스 온 더 록이라는 곳에서 만날 거야. 거기 가 봤나?"

"아뇨. 하지만 표지판은 봤어요."

하우스 온 더 록 표지판은 어디서든 볼 수 있었다. 일리노이, 미네소타, 위스콘신 그리고 아이오와에도 마름모꼴로 세워진 애매모호한 표지판이 있는 것 같았다. 표지판은 사람들에게 하우스 온 더 록의 존재에 대해 일깨우는 듯했다. 섀도는 예전에도 그 표지판들을 보고 궁금해 했다. 집이 바위 위에 아슬아슬하게 균형을 이루고 있는 걸까? 바위가 뭐 그리 좋단 말인가? 집은 또 어떻고? 섀도는 지나가듯 생각해 보았지만, 이내 잊어버렸다. 그에겐 도로변 명소를 찾아다니는 버릇은 없었던 것이다.

그들은 돔 모양의 의회 건물을 지났다. 눈이 내리는 그곳의 풍경은 또 하나의 스노볼 같았다. 그러곤 고속도로를 빠져나와 시골길을 달렸다. '블랙 어스' 같은 이름을 가진 마을들을 지나 거의 한 시간가량 달린 후, 좁은 길로 접어들었다. 길가에 눈 쌓인 거대한 화분 몇 개가 보였는데, 도마뱀처럼 생긴 용이 휘감은 모양이었다. 나무들이 줄지어 서 있는 주차장은 텅 비어 있었다.

"곧 문을 닫을 거야."

웬즈데이가 말했다.

"여기가 뭐 하는 곳이에요?"

주차장을 벗어나 낮고 평범한 목재 건물 쪽을 향해 걸으면서 섀도가 물었다.

"도로변 명소지. 최고야. 즉, '힘의 장소'라는 거지."

"뭐라고요?"

"아주 간단해. 다른 나라에서는 옛날부터 사람들이 힘의 장소들을 알았지. 그중에는 자연적으로 형성된 것도 있고, 어떤 의미로든 특별한 장소일 수도 있어. 사람들은 무언가 중요한 일이 그곳에서 일어난다는 것과 신을 향한 초점, 채널, 창이 있다는 것을 알았어. 그래서 신전이나 대성당을 짓고, 혹은 돌탑을 쌓고……. 왜, 그런 것 있잖나."

"교회는 미국 전역에 깔려 있잖아요."

"모든 마을에 있지. 가끔은 거리마다 있을 때도 있고. 그런 식으로 말하자면 중요도에 있어서 치과 정도라 할 수 있지. 아니, 미국에서는 아직도 부름을 받거나 초월적 무(無)로부터 부름을 받고 있다고 느끼는 사람들이 있다네. 그럼 그 사람들은 한 번도 가보지 못한 곳을 맥주병을 이용해 모형으로 만들거나, 박쥐가 원래도 가기 꺼려했던 곳에 거대한 박쥐 집을 만들어서 그 부름에 응한다네. 도로변 명소라는 게 그런 데야. 사람들은 다른 나라였다면 진정으로 초월적인 부분을 느꼈을지도 모르는 장소에 저도 모르게 이끌리지. 그러면 핫도그를 하나 사들고 어슬렁거리면서 왜 그런지 말로 표현할 수는 없지만 만족을 느끼는 거야. 물론 그보다 더 깊은 내면에서는 만족을 느낄 수가 없지."

"정신 나간 이론이군요."

"이봐, 젊은 친구. 이건 이론하곤 상관없어. 이만하면 자네도 알 때도 됐잖아."

열려 있는 매표소는 한 군데뿐이었다.

"30분 후면 표를 판매하지 않습니다. 돌아보려면 적어도 2시간은 걸려요."

여자가 말했다. 웬즈데이는 현금으로 표 값을 치렀다.

"바위는 어디 있죠?"

섀도가 물었다.

"집 밑에."

"집은 어디 있어요?"

웬즈데이는 손가락을 입술에 갖다 댔고, 그들은 앞으로 걸어갔다. 안쪽에서는 라벨의 「볼레로」인 듯한 피아노 음악이 연주되고 있었다. 그곳은 기하학적으로 재현된 1960년대식 독신자 건물 같아 보였는데, 석조물과 모피 양탄자, 웅장하고 못생긴 버섯 모양의 스테인드글라스 전등갓이 갖추어져 있었다. 위로 올라가는 나선식 계단 위에 자질구레한 장신구들이 놓여 있는 방이 있었다.

"이 건물은 프랭크 로이드 라이트(Wright)의 사악한 쌍둥이가 지었다고 하더군. 프랭크 로이드 롱(Wrong)."

웬즈데이는 농담을 하곤 껄껄거렸다.

"티셔츠에 그려진 걸 본 적이 있어요."

계단을 오르내리다가 긴 바늘처럼 쭉 뻗어 나온 유리로 된 방으로 들어갔다. 수십 미터 아래 나뭇잎이 다 져 버린 시골 풍경이 흑백으로 펼쳐져 있었다. 섀도는 창가에 서서 빙글빙글 돌면서 떨어져 내리는 눈을 바라보았다.

"이게 하우스 온 더 록인가요?"

섀도는 어리둥절하여 물었다.

"그렇다고 할 수 있지. 나중에 지어지긴 했지만, 이 방은 진짜 집의 일부분인 무한(無限)의 방이야. 하지만 집의 아주 작은 부분만을 보았을 뿐이네, 젊은 친구."

"그럼 당신 이론대로라면, 디즈니랜드가 미국에서 제일 성스러운 곳이겠네요."

웬즈데이는 얼굴을 찌푸리고 수염을 만졌다.

"월트 디즈니는 플로리다 한가운데에다 오렌지 밭을 사서 관광 타운을 만들었지. 마법 같은 건 전혀 없어. 물론 원래의 디즈니랜드에는 무언가 진짜가 있었을지도 몰라. 무언가 힘이 서렸을지도 모른단 말이지, 물론 그 힘이란 게 좀 뒤틀린 형태라서 접근하긴 어렵겠지만 말이야. 디즈니월드엔 평범하지 않은 것은 아무것도 없어. 하지만 플로리다 어딘가엔 진짜 마법이 있다네. 자넨 그저 눈을 크게 뜨고 있게. 아, 위키 와치*의 인어들을 위해……. 이쪽으로 따라오게."

사방에 음악 소리가 울렸다. 쨍그랑거리는 어설픈 음악, 계속해서 박자와 빠르기가 살짝 어긋났다. 웬즈데이는 5달러짜리 지폐를 꺼내 잔돈 교환기에 넣고는 청동색 금속 주화를 한 움큼 받아 하나를 섀도에게 던졌다. 섀도는 그것을 받았는데, 조그마한 소년 하나가 자신을 보고 있다는 것을 깨닫고는, 집게손가락과 엄지손가락에서 사라지게 만들었다. 꼬마는 여기저기 널려 있는 산타클로스를 살펴보고 있던 엄마에게 달려갔다. 표지에는 "6000개 이상 진열!"이라고 쓰여 있었다. 꼬마는 엄마의 코트 자락을 허겁지겁 끌어당겼다.

---

* Weeki Wachee, '인어의 도시'라는 별명을 가진, 플로리다의 해변 도시.

새도는 웬즈데이를 따라 잠깐 밖으로 나와 '어제의 거리' 표지판을 따라 걸어갔다.

"40년 전 알렉스 조던이, 자네 오른손에 감추고 있는 동전에 있는 인물 말이야, 그 사람이 자신의 소유도 아닌 땅에 있는 튀어나온 바위 위에 집을 한 채 짓기 시작했어. 왜 그랬는지는 스스로도 몰랐을 걸. 그리고 사람들이 그가 집을 짓는 걸 보러 왔어. 호기심 많은 사람들, 어리둥절한 사람들, 이도 저도 아닌 사람들, 솔직히 자신들이 왜 왔는지도 몰랐을 사람들이 왔지. 알렉스는 당시 감각 있는 미국 사람이라면 누구라도 했을 일을 시작했어. 사람들에게 적은 돈을 받기 시작했네. 한 사람에 5센트나 25센트 정도. 그는 계속 집을 지었고, 사람들은 계속 왔어.

알렉스는 25센트짜리 동전과 5센트짜리 동전들을 모아서 더 크고 이상한 것을 만들었어. 이 집 지하에 창고들을 만들어 사람들이 볼 만한 것들을 채워 넣었고, 사람들은 그걸 보러 와. 수백만 명의 사람들이 매년 이곳으로 온다네."

"왜요?"

그러나 웬즈데이는 그저 미소만 띠었다. 그들은 나무들이 줄지어 서 있는 희미한 '어제의 거리'로 걸어 들어갔다. 입술 화장을 한 빅토리아식 중국 인형들이 공포 영화의 소도구들처럼 먼지 긴 가게 창문에 죽 늘어서서 허공을 노려보고 있었다. 인형의 발밑에는 자갈들이, 머리 위에는 어두운 지붕이 있었으며 쨍그랑거리는 기계 음악이 깔렸다. 부서진 인형이 담긴 유리 상자와 유리 케이스에 들어 있는 엄청나게 큰 금빛 오르골을 지나쳤다. 치과와 약국도 지났다.('힘을 되찾으세

요! 오리어리 자석 벨트를 이용하세요!')

거리 끝에는 집시 점쟁이 옷을 입은 여자 마네킹이 들어 있는 커다란 유리 상자가 있었다.

기계 음악 소리 속에서 웬즈데이가 소리를 질렀다.

"자, 원정이나 사업의 시작은 마땅히 노른하고 상의해야 돼. 자, 이 시빌*을 우리의 우르드12)로 삼자고, 어때?"

웬즈데이는 청동색의 하우스 온 더 록 주화를 슬롯에 집어넣었다. 집시는 들쭉날쭉하게 기계적으로 팔을 올렸다 내렸다 했다. 슬롯에서 종이 한 장이 나왔다.

웬즈데이는 내용을 읽고 나서 툴툴거리며 접어서 주머니에 넣었다.

"전 안 보여 주십니까? 제 거 보여 드리죠."

"사람의 운은 자신만의 일이야. 자네 건 보자고 안 할게."

웬즈데이가 경직된 목소리로 말했다.

섀도는 슬롯에 동전을 넣었다. 그러곤 종이를 꺼내 읽었다.

모든 끝은 새로운 시작이다.
당신에게는 아무런 행운의 숫자가 없다.
당신의 행운의 색깔은 죽었다.
모토:
그 아버지에 그 아들.

섀도는 인상을 찌푸렸다. 운세를 접어 안주머니에 집어넣었다.

---

* 그리스에서 아폴론 신을 모신 무녀.

186

그들은 붉은 복도를 따라 더 안으로 들어가서 의자들로 꽉 찬 방들로 갔다. 의자 위에는 바이올린과 비올라와 첼로들이 놓여 있었는데, 악기들은 동전을 넣으면 저절로 연주를 했다. 아니, 저절로 연주하는 것처럼 보였다. 키가 눌려지고 심벌즈가 부딪혔으며 파이프는 클라리넷과 오보에에 압축 공기를 불어넣었다. 섀도는 기계 팔이 연주하는 현악기의 활들이 실제로 현에 닿지 않고, 너무 느슨하게 연주하거나 현을 놓치는 것을 비아냥거리는 표정으로 쳐다보며 재미있어 했다. 그 모든 소리들이 바람과 타악기에 의해서 나는지, 아니면 테이프에서 나오는 건지 알 수 없었다.

몇 킬로미터를 걸어온 것 같았다. 그들은 미카도*라 부르는 방에 도달했다. 그 방 한쪽 벽에는 19세기 동양풍으로 공포스러운 배경을 꾸며 놓았는데 검고 짙은 눈썹을 추켜세우며 인상을 찌푸린 기계 고수(鼓手)들이 용이 새겨진 소굴에서 밖을 노려보면서 심벌즈와 북을 두들기고 있었다. 기계 고수들은 생상스의 「죽음의 무도」를 웅장하게 연주하고 있었다.

체르노보그는 미카도 기계 맞은편 벽에 붙은 벤치에 앉아서 손가락을 튕기며 박자를 맞추고 있었다. 피리 소리가 났고 쨍그랑 종이 울렸다.

웬즈데이가 그의 옆에 앉았다. 섀도는 서 있기로 했다. 체르노보그가 왼손을 뻗어 악수를 했다.

"반갑군."

체르노보그가 말했다. 느긋하게 앉아 음악을 즐기는 듯했다.

---

* みかど, 황실을 가리키는 일어.

「죽음의 무도」의 마지막 부분이 귀에 거슬리는 소리로 광포하게 연주되고 있었다. 모든 인공 악기들이 음이 조금씩 어긋난 소리를 내며 이승이 아닌 것 같은 그곳의 분위기를 한껏 배가시켰다. 새로운 곡이 시작되었다.

"은행털이는 어떻게 됐나? 잘 풀렸어?"

체르노보그는 미카도와 벼락치는 듯 쩡쩡거리는 음악이 마음에 드는 듯 자리를 뜨고 싶지 않아 했다.

"버터통에 빠진 뱀처럼 매끄럽게 넘어갔지."

웬즈데이가 말했다.

"도살장에서 연금을 받았다네. 더 달라고 하지 않을 걸세."

"그건 영원히 계속되지 않아. 그런 건 없어."

통로가 계속 이어졌고 음악 기계도 계속되었다. 섀도는 그들이 관광객을 위한 길을 따라가고 있는 것이 아니라는 걸 깨달았다. 웬즈데이가 찾아낸 다른 길을 따라가고 있는 것 같았다. 그들은 경사로를 따라 내려갔는데, 섀도는 이미 지나친 길이 아닌가 하는 생각에 혼란스러웠다.

체르노보그가 섀도의 팔을 움켜잡았다.

"이리 와, 빨리."

체르노보그가 섀도를 벽 옆에 놓인 커다란 유리 상자로 잡아끌었다. 그곳에는 교회 마당에 잠들어 있는 떠돌이를 보여주는 디오라마 관이 들어 있었다. 꼬리표에는 '주정뱅이의 꿈'이라고 씌어 있었다. 원래 영국의 한 기차역에 있었던 것으로, 19세기에 1페니 슬롯머신이었다는 설명이 붙어 있었다. 동전 구멍은 하우스 온 더 록의 청동 주화를 넣을 수 있도록 개조되어 있었다.

"돈을 넣어 봐."

체르노보그가 말했다.

"왜요?"

"자네가 봐야 해. 보여 줄게."

섀도가 동전을 넣었다. 묘지에서 술꾼이 병을 들어 입술에 갖다 댔다. 묘비 하나가 풀썩 일어서더니 시체가 드러났고, 묘석이 돌아갔으며, 꽃들이 씩 웃음을 짓는 해골로 변했다. 교회 오른쪽에 유령이 나타났고, 왼쪽으로는 히에로니무스 보스의 그림에나 나올 법한 괴기스러운 생김새의 불안하고 뾰족한 새 모양의 얼굴이 가물거리다가 창백한 묘석으로부터 미끄러지듯 날아와 어둠 속으로 사라졌다. 그러다 교회 문이 열리고 사제가 나오자 귀신과 망령들, 시체들이 사라졌다. 묘지에는 술꾼과 사제만이 남게 되었다. 사제는 경멸하듯 술꾼을 내려다본 후 열린 문으로 다시 들어갔고, 문이 닫히면서 술꾼은 혼자 남게 되었다.

태엽으로 만들어진 디오라마는 정말 불길했다. 저래도 되나 싶을 정도였다.

"내가 왜 자네한테 이걸 보여 준 줄 아나?"

체르노보그가 물었다.

"아뇨."

"저게 바로 세상이야. 저건 진짜 세상이야. 세상은 저 상자 안에 있는 거야."

그들은 핏빛 방으로 들어갔다. 그곳엔 극장용 낡은 오르간과 커다란 파이프 오르간과 양조장에서 가져온 청동으로 된 거대한 양조통이 있었다.

"어디로 가죠?"

"회전목마."

체르노보그가 대답했다.

"하지만 우린 회전목마 표지판을 이미 12번도 더 지나쳤어요."

"웬즈데이는 그의 길을 가는 거야. 우리는 나선형으로 돌고 있어. 가장 빠른 길이 때로는 가장 멀기도 해."

섀도는 발이 아파왔고, 그 느낌은 굉장히 낯설었다.

몇 층을 더 올라갔더니, 기계가 「옥토퍼스 가든」을 연주하는 방이 있었다. 방의 중앙은 거대한 유리 섬유로 된 입에 실물 크기의 배 표본을 물고 있는 거대한 검정고래 비슷한 짐승 표본으로 꽉 차 있었다. 그들은 다시 트래블 홀로 갔는데, 타일로 뒤덮인 자동차와 루브 골드버그*의 치킨 기계가 있었고, 벽에는 낡은 버마 셰이브** 광고들이 붙어 있었다.

삶은 힘들다
삶은 고통이며 수고이다
당신의 턱선에서
잔털을 밀어라

---

* Rube Goldberg, 1883~1970. 만화가, 조각가이자 작가이며 퓰리처 상을 받기도 했다. 엉뚱하고 기발한 발명으로 유명하다.
** 셰이빙 크림의 일종.

버마 셰이브

또 다른 것도 있었다.

그는 따라잡기로 했다
도로는 굽어 있었고
이제부터는 장의사가
그의 유일한 친구다
버마 셰이브

그들은 경사로 아래로 내려왔다. 아이스크림 가게가 나타났다. 가게는 열려 있었으나, 바닥을 닦고 있던 소녀가 굳은 얼굴로 가게는 이미 닫혔다는 듯한 표정을 짓고 있었기 때문에, 그들은 아이스크림 가게를 지나 피자 가게로 들어갔다. 피자 가게엔 흑인 노인이 혼자 있었는데, 밝은 체크무늬 정장을 입고 선명한 노란색 장갑을 끼고 있었다. 덩치가 자그마했고 세월의 풍파에 찌든 듯한 인상을 풍겼다. 노인은 거대한 아이스크림 선데를 숟가락으로 퍼먹으며 슈퍼 사이즈 커피를 마시고 있었다. 재떨이에서 검은 담배가 타고 있었다.

"커피 셋."

웬즈데이는 섀도에게 주문을 시키고 화장실로 갔다.

섀도는 커피를 사서 체르노보그에게 가지고 갔다. 체르노보그는 늙은 흑인 남자와 함께 앉아 있었는데, 무엇에 쫓기는 사람처럼 두리번거리며 담배를 뻐끔거리고 있었다. 선데를 맛있게 먹던 흑인 노인은 담배가 타게 내버려 두고 있었다. 그는 섀도가 다가가자 담배를 집어 들고 깊이 빨아들인 후 동그란 연기구름 2개를 만들었다. 하나는 컸고 또 하나는 그보다 작아 작은 구름이 큰 것 안으로 멋지게 관통했다. 노인은 만족스러운 미소를 지었다.

"섀도, 이 사람은 미스터 낸시라네."

체르노보그가 말했다.

노인은 자리에서 일어나 노란 장갑을 낀 오른손을 내밀었다.

"만나서 반갑네."

노인이 환하게 웃으면서 말했다.

"자네가 누군지 잘 알겠네. 애꾸눈 영감쟁이 밑에서 일하고 있지, 안 그런가?"

그의 목소리에는 서인도제도 사투리가 섞인 코맹맹이 소리가 희미하게 묻어났다.

"네, 웬즈데이 씨 밑에서 일하고 있습니다. 앉으시죠."

체르노보그가 담배를 빨아들였다. 그는 어두운 표정을 지으며 말했다.

"우리 같은 이들은 담배를 너무 좋아하는데, 그건 담배가 한때 우리를 위해 타오르던 제물을 떠오르게 하기 때문일 거야. 우리의 승인, 아니 우리의 호의를 바라고 피워 올린 연기 말이야."

"나한테는 그런 거 준 적 없어. 나는 기껏해야 과일 한 무더기와 염소 고기, 거기에 천천히 오래 마실 수 있는 차가운 음료 따위나 받곤 했지. 덩치 크고 젖통도 큰 나이 든 여자가 와서 주는 거야."

낸시는 씩 웃으면서 섀도에게 윙크했다. 흰 치아가 도드라졌다.

"요즘은 아무것도 안 바친다니까."

체르노보그가 표정을 바꾸지 않고 말했다.

"음, 나도 예전에 그렇게 받던 과일은 지금은 꿈도 못 꾸네."

미스터 낸시가 초롱초롱한 눈빛을 보이며 말했다.

"하지만 어디 덩치 크고 젖통 큰 나이 든 여자만 한 게 있나. 사람들은 먼저 엉덩이를 확인해 보아야 한다고 하는데, 추운 날 아침에 내 엔진을 작동시킬 수 있는 건 젖통뿐이라 이거야."

낸시가 웃기 시작했다. 사람 좋은 웃음엔 숨넘어갈 것 같은 할딱거리는 소리가 났다. 섀도는 이 노인이 좋아지기 시작했다.

웬즈데이가 화장실에서 돌아와 낸시와 악수를 나누었다.

"섀도, 뭐 먹을래? 피자? 샌드위치?"

"배 안 고파요."

"내 말 들어."

미스터 낸시가 말했다.

"식사 간격이 아주 길어질 수도 있어. 누가 식사 대접한다고 하면 무조건 '예'라고 해. 난 예전처럼 젊지 않지만 자넨 내 말을 들어야 돼. 오줌 쌀 기회, 먹을 기회, 거기다가 30분쯤 눈 붙일 기회가 오면 결코 '아니요'라고 하지 말란 말이야. 알아들었어?"

"예, 하지만 정말 배가 안 고파요."

"자넨 덩치도 크구먼."

낸시가 적갈색 눈으로 섀도의 옅은 회색 눈을 바라보았다.

"물도 많이 마실 거야. 하지만 내 말하는데, 자넨 똑똑해 뵈지가 않아. 나도 아들놈이 하나 있는데, 덤을 준다는 말에 당치도 않은 물건을 사는 얼간이야. 자네를 보니 그놈이 생각나네."

"괜찮으시다면 그 말씀을 칭찬으로 듣겠습니다."

"게을러 빠져서, 머리를 나누어 주는 날 늦잠 자는 멍청한 놈*이라고 한 게 칭찬으로 들리나?"

"가족이랑 비교한 거 말입니다."

낸시는 담배를 눌러 끄고 노란 장갑에 묻지도 않은 재를 떨어냈다.

"보아하니, 애꾸눈 노인네가 최악의 선택을 한 것 같진 않군."

낸시는 웬즈데이를 올려다보았다.

"오늘 밤에 몇 명이나 올지 아는가?"

"내 선에서 할 수 있는 한 모두에게 메시지를 보냈네. 분명 전부 다 오지는 않을 거야. 일부는…… 오고 싶어 하지 않을지도 몰라." 웬즈데이는 체르노보그에게 날카로운 눈빛을 쏘며 말을 했다. "아무튼 난 수십 명은 될 거라고 확신해. 말이 돌 거 아닌가."

그들은 갑옷 진열실을 지났다.("빅토리아식 모조품이야." 웬즈데이가 진열장을 지나가며 말했다. "현대식 모조란 게 17세기식 복제품에 12세기식 투구, 15세기식 왼손 장갑, 뭐 이런 식…….") 그런 후 웬즈데이는 출구 문을 열고 그들을 몰고 밖으로 나왔다.("이렇게 들락날락하는 짓 못하겠어." 낸시가 말했다. "난 예전처럼 젊지 않아. 게다가 따뜻한 지역 출신이라구.") 그들은 포장된 길을 따라 걷다가 또 다른 출입구 안으로 들어갔다. 그곳은 회전목마 방이었다.

칼리오페 음악이 흘렀다. 때때로 화음이 맞지 않는 슈트라우스의 왈츠도 나왔다. 벽에는 오래된 회전목마들이 수백 개나 매달려 있었

---

* 멍청하고 굼뜬 사람을 '모자람'을 강조하여 비유한 말.

다. 그중 일부는 페인트칠을 다시 해야 할 것들이었고, 나머지는 먼지가 소복이 쌓여 있었다. 그 위에는 여자 마네킹으로 만든 것 같은 날개 달린 천사들이 수십 개 매달려 있었다. 일부는 여자인지 남자인지 알 수 없는 가슴을 그대로 드러냈고, 일부는 가발이 벗겨져 대머리인 채 어둠 속을 멍하게 내려다보고 있었다.

그리고 회전목마가 있었다.

표지판엔 그것이 세계에서 제일 큰 것이며, 무게가 얼마인지, 고딕식의 샹들리에에 달린 전구는 몇 천 개인지 씌어 있었다. 또한 올라가거나 동물들에 올라타는 것을 금한다고 씌어 있었다.

굉장한 동물들! 섀도는 회전목마의 단상 위에서 돌고 있는 실물 크기의 동물 수백 마리를 바라보며 자기도 모르게 감탄했다. 진짜 동물, 상상의 동물, 두 가지의 조합으로 이루어진 동물들. 동물들이 제각기 달랐다. 인어와 남자 인어, 켄타우루스와 유니콘, 코끼리(하나는 거대하고 하나는 아주 작았다.), 불도그, 개구리, 불사조, 기린, 호랑이, 만티코어, 바실리스크, 마차를 끄는 백조, 흰 황소, 여우 한 마리, 쌍둥이 바다코끼리, 심지어 바다뱀 한 마리, 이 모든 동물들이 화사한 색을 하고 있었고 진짜보다 더 진짜 같았다. 왈츠가 한 곡 끝나면 각각의 동물이 단상에 올랐고 새로운 왈츠가 시작되었다. 회전목마는 속도가 늦추어지지도 않았다.

"이건 뭡니까? 세계에서 제일 크고, 동물이 수백 마리나 되고, 수천 개의 전구로 빛나고, 언제나 돌아가는데, 아무도 못 탄다니요."

섀도가 말했다.

"사람들이 타라고 있는 게 아니야. 숭배받기 위해 있는 거야. 있어야만 할 것들이라고."

웬즈데이가 말했다.

"돌고 도는 마니차*처럼 힘이 쌓이는 거야."

낸시가 덧붙였다.

"그럼 우리는 어디서 만납니까? 여기서 우리가 사람들을 만날 것이라고 이야기하지 않았던가요? 하지만 아무도 없잖아요."

웬즈데이가 그 익숙한 싸늘한 미소를 지었다.

"섀도, 자넨 질문을 너무 많이 하는군. 그러라고 돈 주는 거 아니야."

"죄송합니다."

"자, 여기 서서 우리를 좀 도와줘."

웬즈데이는 회전목마에 대한 설명과 타서는 안 된다는 경고문이 붙어 있는 한쪽 단상으로 올라갔다. 섀도는 무언가 말하려다 말고 그들을 도와 한 명씩 단상에 올라가도록 했다. 웬즈데이는 아주 무거웠고, 체르노보그는 섀도의 어깨를 붙잡고 스스로 올라갔다. 낸시는 허깨비처럼 가벼웠다. 노인들은 경중 뛰어서 돌아가는 회전목마 단상에 올라갔다.

"자넨 안 올 텐가?"

웬즈데이가 소리 질렀다.

망설이던 섀도는 하우스 온 더 록 직원이 보고 있을지도 모른다는 생각으로 사방을 휘 둘러보고는 몸을 날려 세계에서 가장 큰 회전목마가 있는 단상 위로 올라갔다. 오늘 오후에 은행털이에 일조한 것보

---

* Prayer Wheel, 티베트의 라마 교도들이 사용하는 것으로 기도문이 들어 있거나 새겨져 있는 원통.

다 회전목마에 올라가지 말라는 규칙을 위반하는 것에 훨씬 더 신경이 쓰인다는 사실을 깨닫자 당황스러웠다.

각자 올라탈 동물을 선택했다. 웬즈데이는 황금 늑대에 올라탔다. 체르노보그는 금속 헬멧을 써서 얼굴이 보이지 않는, 갑옷을 입은 켄타우루스에 올라탔다. 낸시는 껄껄거리면서 포효하는 모습으로 도약하는 거대한 사자의 등에 올라탔다. 그는 사자의 옆구리를 두드렸다. 슈트라우스의 왈츠가 그들의 움직임을 웅장하게 만들었다.

웬즈데이는 미소 짓고 있었고, 낸시는 즐거워하며 노인네의 너털웃음을 지었다. 뚱한 체르노보그조차 재미있어 하는 것 같았다. 섀도는 등 뒤에서 무언가 무거운 것이 빠져나가는 듯한 느낌을 받았다. 세 노인이 세계에서 가장 큰 회전목마를 신나게 타고 있다. 이러다 모두 이곳에서 쫓겨나면 어쩌지? 그렇다 하더라도 세계에서 가장 큰 회전목마를 타 보았다고 말할 만한 가치가 있는 게 아닌가? 영광스러운 괴물들을 타고 여행을 해 보았다는 게 가치 있지 않은가?

섀도는 불도그와 바다 생물과 황금 가마가 얹힌 코끼리를 살펴보고서, 독수리의 머리에 호랑이의 몸을 가진 동물의 등에 올라탔다.

「푸른 다뉴브 강」의 리듬이 머릿속에서 물결처럼 울려퍼졌다. 1000개의 샹들리에 불빛들이 반짝반짝 빛났다. 섀도는 유년 시절로 돌아갔다. 그저 회전목마를 타는 것이 행복할 뿐이었다. 섀도는 모든 것의 중심에서 독수리 호랑이를 타면서 완벽하게 고요히 정지해 있었고, 세상이 그를 중심으로 돌고 있었다.

음악 소리 너머로 섀도도 커다랗게 웃고 있었다. 행복했다. 마치 지난 36시간 동안의 일이 결코 일어나지 않은 일 같았다. 지난 사흘도 존재하지 않았고, 자신의 인생이 조그만 소년의 백일몽 속으로 증발해 버린 것 같았다. 배와 차를 타고 엄청난 거리를 여행해서 미국에 처음 왔을 때 샌프란시스코 골든게이트 파크에서 회전목마를 타는 소년과 같았다. 어머니가 자랑스러운 눈빛으로 그를 바라보며 옆에 서 있고, 소년은 녹아 내리는 아이스크림을 빨면서 목마를 꽉 붙들고 음악이 결코 멈추지 않기를 바라며, 회전목마가 속도를 늦추지 않기를 바라며, 회전목마를 타는 것이 끝나질 않기를 바랐다. 그는 돌고 돌고 또 돌고…….

그때 불빛이 꺼졌고, 섀도는 신들을 보았다.

제6장

섀도는 독수리 머리를 한 호랑이를 부여잡고 세계에서 가장 큰 회전목마를 타고 있었다. 순간 회전목마의 붉고 흰 불빛들이 뻗어 나가더니 깜빡깜빡 떨리면서 꺼졌다. 그는 별들의 바다에서 떨어져 내리고 있었다. 왈츠는 심벌즈나 바다 연안의 파도 소리처럼 리드미컬하게 구르고 부딪히는 소리로 바뀌었다.

유일한 빛이라곤 별빛이었는데, 차가운 명료함을 빛내며 모든 것을 비추고 있었다. 섀도가 탄 동물이 몸을 뻗쳐 터벅터벅 걷고 있었다. 왼손 밑으로 따뜻한 털이 잡혔고 오른손에는 깃털이 있었다.

"멋지지 않나, 안 그런가?"

소리는 섀도의 뒤쪽에서 났는데, 그 소리는 귀와 머릿속에 동시에 울렸다.

섀도는 천천히 몸을 돌렸다. 흘러가는 이미지가 움직임에 따라 초 단위의 단편으로 포착되었고, 각각의 짧은 순간이 무한히 이어지는 것 같았다. 마음에 와닿는 이미지는 논리적으로 아무런 의미가 없었다. 마치 잠자리의 겹눈을 통해 세상을 보는 것과 같았는데 각각의 면은 완전히 다른 것을 보고 있었고, 섀도는 자신이 보는 것 혹은 본다고 생각하는 것을 말이 되게 결합해 낼 수가 없었다.

섀도는 콧수염을 뾰족하게 기르고 체크무늬 스포츠 재킷을 입었으며 레몬 빛깔 장갑을 낀 미스터 낸시가 회전목마 사자를 타고 공중으로 올라갔다 내려갔다 하는 것을 바라보면서, 동시에 똑같은 곳에서 큰 보석이 박힌 말만 한 거미를 보았다. 거미는 에메랄드 성운 같은 눈을 가지고 있었는데, 거들먹거리며 섀도를 내려다보았다. 또 엄청나게 키 큰 남자가 보였다. 남자는 티크나무 색 피부에 팔은 세 쌍이었고 타조 깃털 머리 장식을 하고 있었다. 얼굴엔 빨간 줄무늬가 그어져 있고 화가 난 황금 사자를 타고 있었는데, 6개의 팔 중에서 두 팔로 사자의 갈기를 꽉 부여잡고 있었다. 섀도는 또한 누더기를 걸친 흑인 소년을 보았다. 온통 부풀어 오른 소년의 왼발에는 검은 파리가 기어가고 있었다. 마지막으로 그 모든 것들 뒤로 시든 황토색 나뭇잎 아래 숨어 있는 작은 갈색 거미를 보았다.

섀도는 이 모든 것을 보았고 그것들이 모두 동일한 존재임을 알았다.

"입을 다물지 않으면, 안으로 뭔가 날아 들어갈 거야."

그 많은 모습을 동시에 지닌 낸시가 말했다.

섀도는 입을 다물고 침을 꿀꺽 삼켰다.

1.5킬로미터 정도 떨어진 언덕 위에 나무로 된 홀이 있었다. 바닷가 마른 모래 위로 그들이 탄 동물들이 소리를 내지 않고 느릿느릿 내딛고 있었다.

체르노보그는 켄타우루스를 타고 있었다. 그는 켄타우루스의 인간 팔을 두드렸다.

"실제로 일어나는 일은 아니네."

체르노보그가 섀도에게 말했다. 그의 목소리는 비참했다.

"다 머릿속에서 일어나는 거야. 생각하지 않는 게 낫지."

섀도는 남루한 비옷을 입고 철니를 하나 박은 회색 머리의 늙은 동유럽 이민자를 보았다. 또한 웅크리고 있는 검은 것을 보았는데, 그 것은 그들을 둘러싼 어둠보다도 더 검었고, 그 눈은 타고 있는 2개의 숯이었다. 섀도는 출렁이는 길고 검은 머리칼과 콧수염을 가진 왕자를 보았다. 손과 얼굴에는 피가 묻고, 어깨 위에 두른 곰 가죽 이외에는 아무것도 입지 않은 채 반인반수를 타고 있었으며, 얼굴과 몸통에는 나선형 소용돌이 모양으로 파랗게 문신이 새겨져 있었다.

"누구요? 아니지, 무엇이오?"

섀도가 물었다.

그들이 탄 짐승들은 해안을 걷고 있었다. 파도는 밤 해변에 부딪혀 부서지고 있었다.

웬즈데이는 이제는 녹색 눈을 가진 숯 검정 같은 잿빛의 거대한 짐 승이 된 그의 늑대를 섀도에게 몰았다. 섀도가 탄 짐승은 늑대를 피해 몸을 틀었다. 섀도는 짐승의 목을 쓰다듬으며 겁내지 말라고 말했 다. 짐승의 호랑이 꼬리가 공격적으로 움직였다. 갑자기 또 다른 늑대 가 있을 것이라는 생각이 들었다. 웬즈데이가 타고 있는 늑대와 쌍둥 이인 늑대로, 모래 언덕에서 그들과 보조를 맞추고 있으며 지금 잠깐 눈에 보이지 않는 것이라 생각했다.

"나를 아는가, 섀도?"

웬즈데이가 물었다. 그는 고개를 높이 들고 늑대를 타고 있었다. 오른쪽 눈은 번쩍번쩍 빛났고 왼쪽 눈은 흐릿했으며, 수도승처럼 고깔이 달린 망토를 입고 어둠 속에서 그들을 응시하고 있었다.

"내 이름을 말해 주겠다고 내가 하지 않았더냐. 이것이 사람들이 나를 부르는 이름이다. 나는 글래드 오브 위(전쟁의 신), 그림(가면), 레이더(침략자), 서드(세 가지로 변장하는 자)라 불린다. 나는 애꾸눈이다. 나는 하이스트(최고신)라고 불리며 트루 게서(현자)라 불린다. 나는 그림니르(가면을 쓴 자)이며 후디드 원(투구를 쓴 자)이다. 나는 아버지 신이며 곤들리어 원드 베어러(지팡이를 가진 자)이다. 나는 바람만큼이나 많은 이름을 가지고 있으며, 죽는 방식만큼 많은 직위를 가지고 있다. 생각과 기억인 나의 까마귀는 후긴과 무닌이다. 나의 늑대들은 프레키와 게리이다. 나는 세계수에 목을 매단 적이 있다."

유령 같은 회색 까마귀 2마리가 투명한 것처럼 웬즈데이의 어깨 위로 내려앉아, 웬즈데이의 머릿속으로 부리를 집어넣었다. 그의 생각을 맛보려는 듯했다. 그런 후 새들은 세상 밖으로 다시 날아갔다.

'무얼 믿어야 하나?' 섀도는 생각했다. 세상 저 깊은 곳에서 저음의 목소리가 그를 향해 울렸다. '모두 믿어라.'

"오딘?"

섀도가 말하자 바람이 입술에서 그 말을 낚아챘다.

"오딘."

웬즈데이가 속삭였다. 두개골의 해변에 파도 부딪히는 소리는 그 속삭임을 삼킬 정도로 크진 않았다.

202

"오딘."

웬즈데이가 그 말소리를 음미하면서 말했다.

"오딘."

웬즈데이가 승리에 취한 듯 고함쳤다. 그 소리는 수평선에서 수평선으로 울려 퍼졌다. 이름이 부풀어 올라 커지면서 피가 맥박치는 소리처럼 세상을 채웠다.

그러고 나서 꿈꾸는 것처럼 그들은 더이상 먼 홀을 향해 짐승을 타고 가지 않았다. 그들은 이미 그곳에 있었고 그들이 탔던 짐승들은 건물 옆 보호소에 매여 있었다.

홀은 넓었으나 원시적이었다. 지붕은 이엉으로 엮은 것이었고, 벽은 나무로 되어 있었다. 홀 중앙에는 불이 타고 있었다. 연기 때문에 눈이 따가웠다.

"이건 내 머릿속에서 했어야 했어. 저자의 머릿속이 아니라. 훨씬 따뜻했을 텐데."

낸시가 섀도를 향해 중얼거렸다.

"우리가 그의 머릿속에 있다고?"

"그런 셈이지. 여긴 발라스칼프*야. 그의 옛 전당이지."

섀도는 낸시가 다시 노란 장갑을 낀 노인의 모습으로 돌아온 것을 보고 안도했다. 비록 그의 그림자가 불빛에 반사되어 흔들리고 떨리면서 시시각각 변하고 있었고, 그 모습이 인간의 모습이 아닐 때가 있긴 했지만 말이다.

벽에는 나무 벤치가 있었다. 10명쯤 되는 사람들이 벤치에 앉아 있

---

* 오딘과 토르의 부자(父子) 신이 머무른 궁전으로, 북극 하늘 '아스가르드'에 있었다.

거나 서 있었다. 그들은 서로 거리를 유지하고 있었다. 남녀가 섞여 있었다. 개중에는 붉은 사리를 입은 검은 피부의 귀부인 같은 여자와 남루한 모습의 직장인도 있었다. 나머지 사람들은 불가에 너무 가까이 있어 알아볼 수가 없었다.

"다들 어디 있어?"

웬즈데이가 낸시를 향해 난폭하게 소리쳤다.

"엉? 어디 있어? 스물댓 명은 있어야 할 거 아냐. 수십 명은 있어야 할 거 아니냐고!"

"초대를 담당한 자는 자네야. 내 생각엔 자네가 이만큼이라도 불러온 건 대단한 일이야. 내가 먼저 이야기를 꺼낼까?"

웬즈데이는 고개를 저었다.

"안 돼."

"사람들이 친절해 뵈지가 않는군. 사람들을 자기 편으로 만들려면 이야기를 해 주는 것이 좋은 방법이지. 자네는 사람들한테 말하는 재주도 없잖아."

"이야기는 무슨. 지금은 안 돼. 나중에 시간이 있을 거야. 지금은 아냐."

"이야기는 안 된다. 좋아, 내가 워밍업을 담당해야겠군."

낸시가 사람 좋은 미소를 띠고 불가로 걸어갔다.

"나는 여러분들이 모두 무슨 생각들을 할지 아오. 여러분은 생각하겠지. 아버지 신이 나를 이리로 불러왔듯 여러분 모두를 이곳으로 부른 때, 콩페 아낭시[13]가 저기서 뭔 말을 하려고 저러고 있나? 여러분 모두에게 무엇을 말하려나? 이따금 사람들은 기억을 환기시킬 필요가 있소. 나는 이곳을 둘러봤소. 그러곤 생각했소. 도대체 나머지 다른 자들은 어디 있지? 하지만 알 거요. 단지 우리의 수가 적고 저들이 많다고 해서, 우리가 약하고 저들이 강하다고 해서, 우리가 지는 것은 아니란 말이오.

여러분은 알 거요. 한때 나는 샘에서 호랑이를 보았소. 그것은 어떤 동물들보다도 더 큰 고환을 지녔고, 제일 날카로운 발톱이 있으며, 2개의 앞니는 칼처럼 길고 칼날처럼 날카로웠다오. 난 그에게 말했소. '호랑이 형제여, 헤엄치러 가시오. 내가 당신의 고환을 지켜 드리리다.' 그는 자신의 고환에 자긍심이 대단했지. 그는 샘으로 가서 헤엄을 쳤소. 나는 그의 고환을 두르고 그에게는 나의 작은 거미 고환을 남겨 놓았소. 그리고 어쨌는지 아시오? 꽁지가 빠져라 줄행랑을 놓았소.

나는 다음 마을이 나타날 때까지 멈추지 않고 도망쳤소. 거기서 늙은 원숭이를 보았소. '진짜 끝내주는데, 아낭시.' 늙은 원숭이가 그렇게 말하더군. 나는 그에게 이렇게 말했지. '저기 마을에서 사람들이 무슨 노래를 하는지 아나?' '무슨 노래를 하는데?' 하고 그가 나에게 물었소. 그래서 내가 이야기해 주었지. 그들은 제일 재미있는 노래를 부른다고. 내가 춤을 추었소. 노래도 부르고.

호랑이 불알, 그래,
난 호랑이 불알을 먹었다
이제 어느 누구도 날 막지 못해
누구도 날 커다란 검은 벽에 세워 놓지 못해
왜냐하면 난 호랑이 불알을 먹었기 때문이야

난 호랑이 불알을 먹었어

늙은 원숭이는 배꼽이 빠져라 웃어 대기 시작했소. 옆구리를 잡고 발을 구르며 몸을 흔들더군. 그러고 나서 그는 노래를 부르기 시작했소. '호랑이 불알, 난 호랑이 불알을 먹었어.' 손가락을 튕기며 두 발로 서서 돌면서 노래를 불렀지. 멋진 노래라고 그가 말하더라고. '친구들 모두에게 불러 줘야겠구먼.' 그래서 내가 말했지. '그래, 나는 샘으로 돌아갈 거야.'

샘터에 호랑이가 꼬리를 획획 채찍처럼 휘두르며 이리저리 어슬렁 거리고 있더군. 목덜미 털과 귀를 한껏 곤추세우고 말이야. 날벌레들 이 대들 때마다 그 커다랗고 날카로운 이빨로 낚아채면서 눈에선 주홍빛 불똥을 튀기며 있더라고. 호랑이는 그 압도적인 덩치하며 비정 하고 무서운 표정까지 여전했지만, 그의 다리 사이에 달린 것은 쪼그 맣고 쪼글쪼글한 이 세상에서 제일 볼품없는 불알이었다니까.

'이봐, 아낭시.' 그가 날 보더니 말했소. '내가 수영하는 동안 내 불 알을 지키기로 했지 않나? 하지만 내가 샘에서 나와 봤더니 둑에는 지금 두르고 있는 이 쬐그마하고 검게 쪼그라든 아무짝에도 쓸모없 는 거미 불알밖에 없더군.'

그래서 이렇게 말했지. '난 최선을 다했어. 하지만 원숭이들이 와서 네 불알을 다 먹어 버렸어. 내가 그것들에게 꺼지라고 하니까 그것들 이 나의 작은 불알을 잡아 뽑더라고. 그래서 난 너무 쪽팔려서 도망 갔단 말이야.'

'이 거짓말쟁이 아낭시. 네놈의 간을 빼먹겠다.' 호랑이가 말했지. 그런데 그때 원숭이들이 마을에서 샘터로 오는 소리가 들렸어. 열두어 마리의 원숭이들이 아주 신이 나서 손가락을 튕기고 소리 높여 노래 부르고 춤을 추며 오고 있었지.

호랑이 불알, 그래,
난 호랑이 불알을 먹었다
이제 어느 누구도 날 막지 못해
누구도 날 커다란 검은 벽에 세워 놓지 못해
왜냐하면 난 호랑이 불알을 먹었기 때문이야
난 호랑이 불알을 먹었어

그러자 호랑이는 원숭이들을 쫓아 으르렁거리다가 또 포효하면서 결국 숲으로 가 버렸소.

원숭이들은 끽끽 비명을 지르며 높은 나무 위로 도망쳤고 나는 나의 멋진 새 불알을 쓰다듬었지. 젠장, 나의 깡마른 두 다리 사이에 달린 그것의 느낌이 아주 죽이더라고. 나는 집으로 향했지. 오늘날까지도 호랑이는 원숭이들을 쫓고 있소. 그러니 여러분 모두 기억하시오. 여러분이 작다고 해서 힘이 없는 게 아니라는 것을."

낸시는 미소를 짓고 고개를 숙인 다음, 프로처럼 손을 뻗어 사람들의 갈채와 웃음을 받은 후, 몸을 돌려 섀도와 체르노보그가 서 있는 곳으로 돌아갔다.

"내가 이야기는 안 된다고 말한 것 같은데."

웬즈데이가 말했다.

"이거 가지고 이야기라고? 난 겨우 헛기침 정도 했을 뿐이네. 자넬 위해서 워밍업을 해 준 거라고. 가서 사람들을 잘 꾀어 봐."

갈색 정장과 낡은 아르마니 코트를 입은 유리 눈의 커다란 웬즈데이는 불가로 걸어갔다. 그는 그곳에 서서 나무 벤치에 앉아 있는 사람들을 바라보며 사람들이 불편해할 만큼 오랫동안 침묵을 지켰다. 마침내 웬즈데이가 말문을 열었다.

"여러분은 나를 아오. 여러분 모두 날 알 거요. 일부는 날 사랑할 이유가 없겠지만, 또 그걸 가지고 여러분들을 비난할 순 없는 것 같지만, 좋아하거나 말거나 어쨌든 날 알 거요."

벤치에 앉아 있는 사람들이 동요하면서 웅성거리기 시작했다.

"난 여러분들보다 이곳에 오래 살았소. 그나마 우리가 가진 것으로 그럭저럭 살아갈 수 있다는 걸 알고 있소. 행복한 건 아니지만 어쨌든 살아갈 정도는 된단 말이오. 허나 앞으로는 그렇지 않을 것이오. 폭풍이 오고 있소. 게다가 그것은 우리가 만든 폭풍이 아니오."

웬즈데이는 말을 멈추었다. 이제 앞으로 나아가 가슴 위로 두 팔을 포갰다.

"인간들이 아메리카로 왔을 때 그들은 우리를 함께 데리고 왔소. 인간들은 나를 불렀고, 로키[14], 토르[15], 아낭시, 사자(Lion) 신, 레프리콘, 코볼트[16], 반시[17], 쿠베라*, 프라우 홀레[18], 아슈타로트[19]를 불렀소. 그들이 여러분을 부른 것이오. 우리는 사람들의 마음속에서 이곳으로 와 뿌리를 내렸소. 우리는 사람들과 함께 바다를 건너 신세계로 와서 정착했소.

---

* Kubera, 다나파티(Dhanapati)라고도 불리는 힌두의 부의 신이다.

이 땅은 넓소. 얼마 지나지 않아 인간들은 우리를 버렸고, 우리는 구세계의 피조물로만 기억되었소. 함께 신세계로 넘어오지 않은 것으로 기억되었단 말이오.

진정으로 우리를 믿는 자들은 사라졌거나 믿음을 포기했고, 우리는 설 땅을 잃고 공포에 사로잡힌 채 권리를 박탈당했으며, 우리를 위한 경배나 믿음 따위는 찾기가 힘들어졌소. 그리고 어렵사리 지내 오고 있소.

우리는 우리를 가까이에서 바라보고 있는 자는 아무도 없는 변두리에서 지내고 있소.

진실을 있는 그대로 받아들입시다. 영향력이라고는 다 잃어버리고 아무것도 없소. 우리는 인간들을 괴롭히고 그들에게 빌붙어서 살고 있소. 우리는 착취하고 매춘하고 엄청나게 마셔 대지요. 주유소에서 기름 넣는 일이나 하고 도둑질을 하고 사기를 치고 사회의 변두리 틈바구니에서 기생하고 있소. 신이 존재하지 않는 이 신세계에서 우린 케케묵어 한물간 신들이란 말이오."

웬즈데이는 말을 멈추었다. 그는 자신의 말을 경청하고 있는 자들을 정치가처럼 근엄한 표정으로 하나씩 바라보았다. 그들은 무표정한 얼굴로 웬즈데이를 마주 보았다. 그들의 얼굴은 가면을 쓴 것 같았고 속을 알 수 없었다. 웬즈데이는 목청을 가다듬고 불을 향해 세게 침을 뱉었다. 불은 불꽃을 튀기며 활활 타오르면서 홀의 내부를 비추고 있었다.

"이제 여러분 모두는, 믿음의 매듭에 달라붙어 자라나고 있는 새로운 신들이 있다는 걸 스스로 알게 될 것이오. 신용 카드의 신, 고속도로의 신, 인터넷, 전화, 라디오, 병원, 텔레비전, 플라스틱, 호출기, 네온의 신들 말이오. 자신들의 새로움과 중요성을 내세우며 우쭐대는 살찐 바보 같은 존재들, 자만심에 사로잡힌 신들 말이오.

그들은 우리의 존재를 알고 우리를 꺼리며 증오하고 있소. 여러분이 믿지 않는다면 참으로 어리석은 일이오. 그들은 할 수만 있다면 우리를 파괴할 것이오. 우리가 함께 뭉쳐야 할 때요. 우리가 행동해야 할 때란 말이오."

붉은 사리를 입은 늙은 여인이 불가로 다가섰다. 그녀의 이마에는 검푸른 색의 작은 보석이 박혀 있었다.

"엉터리 같은 말을 하려고 우리를 이곳으로 불렀소?"

여인은 비웃음과 짜증을 섞어 콧방귀를 꼈다. 웬즈데이가 이맛살을 찌푸렸다.

"그래요, 내가 여러분을 불렀소. 허나 이건 터무니없는 생각이 아니라 분별 있는 생각이오, 마마 지. 어린애라도 알 수 있소."

"내가 어린애란 말이지, 그럼?"

마마 지는 웬즈데이를 향해 삿대질을 했다.

"이 어리석은 자야, 난 당신이란 작자가 생겨나기 훨씬 전부터 칼리가트에서 이미 늙은이였어. 나더러 어린애라고? 좋다 이거야. 내가 어린애인가 보네. 당신의 그 엉터리 같은 말 중에는 말같이 들리는 게 하나도 없으니까."

또다시 겹쳐서 보이는 순간이 찾아왔다. 섀도는 세월과 불신으로 쪼그라든 어두운 얼굴의 늙은 여인을 보았다. 그러나 뒤에 발가벗은 거대한 여자도 보였는데, 피부는 새 가죽 재킷처럼 검었고 입술과 혀

210

는 동맥혈처럼 선홍색을 띠었다. 목에는 해골들이 매달려 있고, 많은 손에는 칼과 검과 잘려진 머리들이 들려 있었다.*

"난 당신을 어린애라고 하지 않았소, 마마 지."

웬즈데이가 부드럽게 말했다.

"허나 그건 너무나 명백한……."

"명백한 것은 하나뿐이야."

늙은 여인이 삿대질을 하며 말했다.(그녀의 뒤에서 그녀를 관통해, 날 카로운 갈고리가 달린 검은 손가락이 쌍을 이루어 손가락질을 하고 있었다.)

"명예를 향한 당신의 욕망이지. 우리는 이 나라에서 오랫동안 평화 롭게 살아왔어. 물론 몇몇은 다른 자들보다 형편이 훨씬 나은 경우도 있어. 그건 인정해. 나는 뭐 그럭저럭 살고 있다고. 인도에 있는 나의 화신이 나보다는 훨씬 잘살아. 허나 그러면 어때? 난 질투 같은 건 안 해. 나는 새로운 신들이 생기는 것을 보았고, 그들이 다시 스러지는 것도 보았어."

마마 지의 손이 옆으로 떨어졌다. 섀도는 다른 자들이 그녀를 바라 보고 있다는 것을 알았다. 그들의 눈엔 존경, 재미, 당황스러움이 혼합 된 표정이 어려 있었다.

"사람들은 바로 얼마 전에도 이곳에서 철도를 숭배했지. 그리고 이 젠 철의 신들은 에메랄드 사냥꾼처럼 잊혀져 버리고 말았지……."

---

* 칼리(Kali), 마마 지의 이름이다. 칼리는 힌두교의 여신으로 파괴적이고 창조적인 모신(母神)으 로, 모든 힌두 신들의 근간이 되는 최고 여신 데비(Devi)의 사나운 면을 상징하며, 악령들을 파괴하고 신봉자들을 지켜 준다. 그녀는 검고, 남편인 시바(Shiva)는 희다. 인간의 해골로 만든 긴 목걸이를 하고 잘린 팔들로 띠를 만들어 허리에 두르고 있다. 여덟 개에 달하는 그녀의 팔에 는 악마의 머리와 무기가 들려 있다.

"요점을 말하시오, 마마 지."

"요점?"

마마 지의 콧구멍에 화염이 일면서 입꼬리가 처졌다.

"난 어린애라서 우리가 기다려야 한다고 믿어. 우린 아무것도 하지 못해. 저들이 우리를 해칠 것인지 어떤지 모르잖아."

"그렇다면 저들이 밤에 쳐들어와 당신을 죽이거나 납치해 버리면, 그때도 기다리라고 말하겠소?"

마마 지의 표정은 경멸과 조롱을 담고 있었다. 입술과 눈썹, 코 모두에서 그러한 표정이 묻어 나오고 있었다.

"해 볼 테면 해보라지. 날 잡기가 어디 쉬운 줄 알아. 죽이기는 더더욱 어려운 일이란 걸 알게 될 거야."

마마 지의 뒤쪽 벤치에 앉아 있던 젊은 남자가 헛기침을 해서 이목을 끌더니, 울리는 목소리로 말했다.

"아버지 신이여, 우리들은 편안합니다. 우리는 이 상황에서 그럭저럭 잘살고 있습니다. 당신이 말하는 전쟁이 뜻대로 풀리지 않는다면 모든 것을 잃고 말 것입니다."

웬즈데이가 말했다.

"여러분은 이미 모든 것을 잃었소. 나는 여러분에게 되돌려 받을 기회를 주고 있는 것이오."

불길이 높이 치솟으면서 청중의 얼굴을 비추었다.

섀도는 생각했다. '나는 믿지 않아. 아무것도 믿지 않아. 아직도 열다섯인가 봐. 엄마도 아직 살아 있고 로라도 만나지 않은 걸 거야. 이제까지 일어난 모든 일은 단지 아주 생생한 꿈일 뿐이야.' 그렇지만 섀도는 그 생각마저도 믿을 수가 없었다. 믿을 수 있는 것은 감각뿐이다. 즉, 우리가 세계를 인지하는 도구, 눈으로 보는 것, 촉감, 기억뿐이다. 사람들이 거짓을 말한다면 아무것도 믿을 것은 없다. 그리고 우리가 믿지 않는다 하더라도 우리의 감각이 이끄는 방식이 아니고서는 아무것도 경험할 수가 없다. 우리는 감각이 이끄는 길을 끝까지 가야만 한다.

그때 불이 꺼졌고 오딘의 홀인 발라스칼프에는 어둠이 내려앉았다.

"이건 또 뭐죠?"

섀도가 속삭였다.

"이제 우리는 회전목마 방으로 돌아갈 거야."

낸시가 중얼거렸다.

"늙은 애꾸눈이 우리 모두에게 저녁을 대접할 거고 몇몇에게는 뇌물을 쥐여 줄 거야. 아기들에게 입을 맞출 것이고, 아무도 더는 'ㅅ'자 이야기는 꺼내지 않을 거야."

"'ㅅ' 자?"

"신들. 머리를 나누어 줄 때 뭘 하고 있었나, 자네?"

"누군가 호랑이의 불알을 훔치던 이야기를 하고 있었고, 그 이야기가 어떻게 끝이 나는지 집중해서 들어야만 했거든요."

낸시가 껄껄거렸다.

"하지만 아무것도 해결되지 않았어요. 아무도, 무엇에도 동의하지 않았다고요."

"그는 서서히 해결을 볼 거야. 어쨌든 끝을 볼 거야. 두고 보면 알아. 결국 받아들이게 되어 있어."

섀도는 어딘가에서 바람 한 점이 불어와 머리가 날리고 얼굴을 간지럽히면서 몸을 끌어당기는 것이 느껴졌다.

그들은 「황제 왈츠」를 들으면서 세상에서 가장 큰 회전목마 앞에 서 있었다.

한쪽 구석에 나무로 만든 회전목마로 가득한 벽 옆에서 관광객 차림의 사람들 한 무리가 웬즈데이와 이야기를 나누고 있었다. 그들은 웬즈데이의 홀에 있었던 그림자 같던 사람들과 같은 수였다.

"이쪽으로."

웬즈데이가 큰 소리로 말하고서 하나밖에 없는 출구를 통해 그들을 이끌고 갔다. 입구의 모습은 거대한 괴물이 입을 벌린 형상이었으며, 날카로운 이빨이 모두를 발기발기 찢어 놓을 것 같았다. 웬즈데이는 감언이설로 꾀고 부추기고 미소 지으며, 다른 의견을 지녔으나 화해를 도모하는 정치인처럼 움직였다.

"아까 일들이 진짜로 일어난 겁니까?"

섀도가 물었다.

"뭐가, 이 얼간이야?"

낸시가 물었다.

"홀에서 있었던 일이요. 불도 있었고. 호랑이 불알이며. 회전목마를 타고 가서."

"제길, 회전목마는 아무도 못 타. 표지판 못 봤어? 서둘러."

괴물의 입은 오르간 방으로 이어졌다. 그것이 섀도를 헛갈리게 했다. 이미 그들이 이쪽을 지나지 않았던가? 두 번째도 확실히 이상했다. 웬즈데이는 그들을 모두 이끌고 몇 층 위로 올라가 천장에 매달린 실제 크기의 요한계시록 속 네 마부들을 지나 표지판을 따라 출구로 향했다.

섀도와 낸시는 뒤쪽에서 따라갔다. 이제 그들은 하우스 온 더 록 밖으로 나와서 선물 가게를 지나 다시 주차장으로 갔다.

"끝이 나기도 전에 떠나야 한다니, 서운한걸. 이 세상에서 가장 큰 인공 오케스트라를 보고 싶었는데."

미스터 낸시가 말했다.

"내가 봤어, 별거 아냐."

체르노보그가 말했다.

길을 따라 10분을 가니 식당이 나왔다. 창고같이 생긴 커다란 레스토랑이었다. 웬즈데이는 손님들에게 오늘 저녁은 자신이 대접하는 것이며, 차량을 마련하지 못한 이들에게는 교통편을 제공하겠다고 말했다.

섀도는 그들이 애초에 어떻게 차 없이 하우스 온 더 록까지 왔는지, 또 어떻게 돌아갈 것인지 궁금했다. 그러나 아무 말도 하지 않았다. 침묵을 지키고 있는 게 나을 것 같았다.

섀도는 웬즈데이의 손님들을 한 차 가득 태워 식당으로 갔다. 붉은 사리를 입은 여자가 앞좌석에 앉았다. 뒷좌석에는 남자 둘이 앉았다. 한 사람은 이름은 제대로 알아듣지 못했으나 앨비스 비슷한 이름을 가진 특이한 생김새의 구부정한 젊은 남자였고, 다른 남자는 검은 정장을 입었는데 그가 누군지 기억나지 않았다.

섀도는 차를 탈 때 검은 정장의 남자 옆에 서서 그를 위해 문을 여

닫았는데도 남자에 관해서 아무것도 기억하지 못했다. 섀도는 운전석에서 몸을 돌려 남자를 보고 그의 얼굴, 머리, 옷을 유심히 살펴서 다시 보게 되면 기억할 수 있도록 했는데, 몸을 돌려 차에 시동을 걸고나자 기억이 사라져 버리고 말았다. 그저 부유한 인상만이 남았고 그 외엔 아무 생각도 나지 않았다.

'지친 거야.' 섀도는 생각했다. 그는 오른쪽으로 살짝 눈을 돌려 인도 여인을 몰래 보았다. 그녀는 목에 조그마한 해골 모양의 목걸이를 하고 있었다. 머리와 손 모양으로 장식된 주문(呪文) 팔찌가 여인이 움직일 때마다 작은 종처럼 딸랑거렸다. 이마에는 검푸른 보석이 박혀 있었다. 그녀에게서 향신료 냄새가 났다. 생강과 육두구, 각종 꽃향이었다. 머리는 희끗희끗했다. 섀도와 눈길이 마주치자, 그녀는 미소를 지었다.

"난 마마 지라고 하네."

"전 섀도입니다, 마마 지."

"자네 고용인의 계획에 대해 어떻게 생각하는가, 섀도 군?"

커다란 검은 트럭 한 대가 흙탕물을 튀기면서 그들을 추월하는 바람에 섀도는 속도를 늦추었다.

"전 질문은 안 하고요, 그는 말해 주지 않죠."

"내가 말해 줄까. 그자는 최후의 저항을 하고 싶은 거야. 우리가 불같은 영광을 위해 나서길 바라지. 그게 바로 그가 원하는 거라고. 그런데 우린 너무 늙었거나 아니면 너무 멍청해. 그러니 일부는 결국 그러자고 할 거야."

"전 질문을 할 입장이 아닙니다, 마마 지."

섀도가 말했다. 마마 지의 웃음 소리가 차 안을 가득 채웠다.

뒷자리에 앉은 특이하게 생긴 젊은 남자 말고 다른 남자가 무언가를 말했고, 섀도는 그에게 대답을 해 주었다. 그러나 그 순간이 지나자 섀도는 무슨 말이 오갔는지 조금도 생각나지 않았다.

특이하게 생긴 남자는 보통 키에 이상한 체형이었다. 섀도는 술통 가슴을 가진 남자들에 대해 들어 보긴 했는데, 그게 어떤 건지 이전에는 상상이 되지 않았었다. 이 남자가 바로 술통 가슴이었고, 다리는 나무 줄기 같았으며, 팔은 꼭 돼지 뒷다리처럼 생겼다. 모자가 달린 검은 파카와 스웨터, 두꺼운 작업복을 입고, 겨울 복장과는 어울리지 않게 크기와 모양이 신발 상자와 똑같은 흰 테니스 신발을 신고 있었다. 손가락은 소시지를 닮았고 손가락 끝은 뭉툭했다.

"휘파람 잘 부시네요."

섀도가 말했다.

"미안해요."

특이하게 생긴 젊은 남자가 당황한 듯 낮고 깊은 목소리로 대답했다. 그는 휘파람을 멈추었다.

"아니요, 좋았는데. 계속하세요."

특이하게 생긴 젊은 남자는 잠시 망설이다가 다시 휘파람을 불기 시작했다. 남자의 목소리는 여전히 공명이 깊었다. 이번에는 콧노래에 간간이 노랫말이 붙어 있었다.

"다운 다운 다운."

남자의 목소리는 낮아서 차창이 흔들릴 정도였다.

"다운 다운 다운, 다운 다운, 다운 다운."

지나치는 모든 집과 건물 처마에 크리스마스 장식이 드리워져 있었다. 크리스마스 장식은 반짝반짝 매달린 불연속적인 황금 불빛부터 거대한 눈사람 장식, 테디 베어, 별들까지 다양했다.

섀도는 식당 앞에 차를 세우고 손님들을 내려 주었다. 그러고 나서 다시 차에 올랐다. 주차장 후미에 차를 대고 싶었다.

주차한 곳은 검은 트럭 옆이었다. 섀도는 그 트럭이 좀 전에 그들을 추월했던 그 차인가 하는 생각이 들었다. 그는 차 문을 닫고 그곳에 서서 차가운 공기 속에 입김을 내뿜었다.

웬즈데이가 식당 안에서 이미 모든 손님들을 커다란 식탁에 앉히고 있을 거라고 섀도는 생각했다. 차 앞자리에 마마 지를 태웠는지, 뒷좌석엔 누굴 태웠는지 기억이 나지 않았다…….

"여보시오, 성냥 있소?"

낯익은 목소리가 들리자, 섀도는 돌아서서 미안하지만 없다는 말을 하려 했다. 그러나 하지 못했다. 총신이 섀도의 왼쪽 눈 위를 내리치면서 그는 쓰러지고 말았다. 중심을 잡기 위해 한쪽 팔을 뻗었다. 누군가 그가 소리치지 못하도록 입속에 부드러운 것을 밀어 넣어 테이프를 붙였다. 푸줏간 주인이 닭의 내장을 빼내듯 수월하고 익숙한 움직임이었다.

섀도는 고함을 쳐 웬즈데이와 모두에게 알리려 했으나, 입에서는 그저 숨죽인 소리만이 묻어 나올 뿐이었다.

"사냥감이 모두 안에 있어."

낯익은 그 목소리가 다시 들렸다.

"모두 자리를 잡았겠다?"

라디오에서 나오는 반쯤 못 알아들을 딱딱거리는 목소리.

"들어가서 다 잡아들이자."

"이 큰 놈은 어떻게 하지?"

또 다른 목소리였다.

"싸서 데리고 나가."

첫 번째 목소리였다.

그들은 섀도의 머리에 봉지 같은 것을 씌우고 손목과 발목을 테이프로 묶어 트럭 뒤에 싣고 가 버렸다.

섀도를 감금한 조그만 방에는 창이 없었다. 플라스틱 의자가 보였고 가벼운 접이식 탁자와 임시 화장실로 쓰이는 양동이가 뚜껑에 덮여 있었다. 바닥에는 노란 거품이 2미터 정도 흘러 있었고, 중앙에 피인지 똥인지 음식인지 알 수도 없고 알고 싶지도 않은, 케케묵고 누렇게 찌든 얇은 담요가 있었다. 방 안 높이 쇠창살 안에 전등갓이 없는 알 전구가 있었지만 스위치는 보이지 않았다. 불은 항상 켜져 있었다. 문에도 역시 문고리가 없었다.

배가 고팠다.

그 스파이 같은 놈들이 그를 방 안으로 밀어 넣고 발목과 팔목과 입에서 테이프를 벗겨 내고 나간 후, 섀도는 우선 방 안을 왔다 갔다 하면서 자세히 살펴보았다. 벽을 두드려 보니 둔중한 금속 소리가 났다. 천장 가까이에 쇠창살이 달린 조그마한 통풍구가 있었다. 방은 완벽하게 밀폐되어 있었다.

왼쪽 눈썹 위에서 천천히 피가 흘러나왔다. 머리가 아팠다.

바닥에는 카펫이 깔려 있지 않았다. 바닥을 두드려 보았다. 벽과 똑같이 금속으로 만들어진 것이었다.

섀도는 양동이의 뚜껑을 열고 안에다 소변을 보고는 다시 덮어 놓았다. 그의 시계로는 식당에서의 습격 이래 4시간이 지났을 뿐이었다.

지갑은 없어졌으나 가지고 있던 동전만은 그대로 있었다.

섀도는 테이블 의자에 앉았다. 테이블은 담뱃재에 그을린 녹색 천으로 덮여 있었다. 섀도는 테이블을 관통해 동전을 밀어 나타나게 하는 마술을 연습했다. 그런 후 25센트 동전 두 닢을 꺼내어 방향 전환 동전 마술을 하나 고안해 냈다.

오른손바닥에 동전을 감추고 왼쪽 검지와 엄지 사이에 또 다른 동전을 드러내 보였다. 그런 후 왼손에서 동전을 꺼내는 척 동작을 하며 사실상 그것을 왼손 안으로 떨어지게 했다. 그리고 오른손을 펼쳐 내내 그곳에 있었던 동전을 드러내 보였다.

동전 조작의 묘미는 모든 신경을 동전에만 쏠리게 한다는 점이다. 달리 말하면 화가 났거나 평정을 잃은 상태에서는 할 수 없다. 착시 현상을 연습하는 행위는 그 자체로는 쓸데없는 일이었지만(그는 한쪽 손에서 다른 쪽 손으로 동전을 옮긴 것처럼 보이려고 굉장한 노력과 기술을 쏟았다. 실제로 그 일을 하는 데는 아무런 기술도 필요치 않다.) 그의 마음을 진정시켰고 마음속에서 혼돈과 공포를 없애 주었다.

섀도는 더욱 무의미한 마술을 시작했다. 원래 50센트 동전을 1센트 동전으로 둔갑시키는 기술이다. 그런데 지금은 25센트짜리 동전 2개를 가지고 했다. 두 동전이 번갈아 숨었다가 나타나는 조작이다. 우선 동전 하나는 검지와 중지 끝으로 잡아 관객에게 보이게 하고 다른 하나는 엄지 갈래 사이에 수평으로 감추고서 손바닥을 아래로 내리는 '다운 팜'을 선보였다. 그런 다음 손을 입가로 가져가 동전에 후 바람을 불면서 손가락 끝에 있던 동전을 중지 끝으로 미끄러뜨린 다음 '클래식 팜' 기술을 이용해 손바닥에 감췄다. 그러면서 다시 검지와 중지를 이용해 손바닥에 다운 팜으로 감추어두었던 두 번째 동전을 꺼내 짜잔 보여주었다. 그렇게 하면 관객의 입장에서 보면 손에 들고 있던 동전이 입김을 부니 사라졌다가 다시 쑥 나타나는 효과를 내는 것이었다.

섀도는 그 기술을 연습하고 또 했다.

놈들이 자신을 죽일 것인지 생각해 보았다. 손이 조금 떨리면서 손가락 끝에서 동전 하나가 녹색의 테이블보로 떨어졌다.

더 이상 연습할 수가 없어 동전을 집어넣고 조르야 폴루노치나야가 준 자유의 여신 은화를 꺼내 꽉 움켜쥐고 기다렸다.

시계가 새벽 3시를 가리켰을 때 놈들이 심문을 하기 위해 돌아왔다. 검은 정장, 검은 머리, 검게 빛나는 구두 차림의 두 남자였다. 하나는 각진 턱과 넓은 어깨에 긴 머리였다. 고교 시절 미식축구 선수였을 것 같은 모습이었는데, 손톱 끝이 심하게 씹혀 있었다. 다른 한 놈은 머리가 벗겨지는 중이었고 둥근 은테 안경을 썼으며 손톱은 가지런히 손질되어 있었다. 두 남자는 조금도 닮질 않았으나, 섀도는 그들이 어떤 면에서는 똑같은 사람이 아닌가 하는 생각이 들었다. 그들은 테이블의 양쪽에 서서 섀도를 내려다보았다.

"카고 밑에서 일한 지는 얼마나 되었습니까?"

한 남자가 물었다.

"그게 무슨 소린지 모르겠군요."

섀도가 대답했다.

"그는 자신을 웬즈데이라고 하지요. 그림(Grimm). 아버지 신. 늙은 영감. 당신이 그자와 함께 있는 것이 확인되었습니다."

"사흘밖에 안 되었소."

"우리에게 거짓말을 하면 안 됩니다."

안경을 쓴 놈이 말했다.

"알았어요. 거짓말 안 해요. 진짜 사흘이란 말입니다."

턱이 각진 놈이 손을 뻗어 섀도의 귀를 엄지와 검지로 비틀면서 쥐어짰다. 고통이 아주 심했다.

"거짓말하지 말라고 했습니다."

그가 부드럽게 말하고 나서 놓아주었다.

두 놈 모두 권총을 넣은 듯 재킷이 불룩하게 튀어나와 있었다. 섀도는 맞서 싸우지 않았다. 다시 감옥에 있는 것이라 생각했다. '네 자신의 형기를 살아. 그들이 아직 모르는 것은 아무것도 말하지 마. 묻지도 마.'

"당신이 어울리고 있는 자들은 위험합니다."

안경을 쓴 놈이 말했다.

"공범 증언을 하면 당신은 나라에 충성하는 것입니다."

그는 동정적인 표정으로 미소 지었다. '난 좋은 경찰이야.' 하고 말하는 듯한 미소였다.

"예."

"당신이 우리를 돕지 않겠다면 어떻게 될지 똑똑히 알게 될 겁니다."

턱이 각진 자가 말했다. 그는 다시 섀도의 배를 주먹으로 쳤다. 이건 고문이 아니라 단지 구두점 같은 것이라고 섀도는 생각했다. '난 나쁜 경찰이야.' 섀도는 고통으로 구역질이 났다.

"전 당신을 만족시켜 드리고 싶습니다."

섀도는 말할 기회를 잡자마자 그렇게 말했다.

"우리는 단지 당신의 협조를 구할 뿐입니다."

"뭣 좀 여쭤어 봐도……." 섀도가 헐떡거리며 말했다.('질문하지 마라.' 그는 생각했다. 그러나 이미 내뱉은 말이니 소용없었다.)

"내가 누구에게 협조해야 하는 건지 알 수 있을까요?"

"우리의 이름을 알고 싶은 거요?"

턱이 각진 사내가 물었다.

"제정신이 아니군."

"아냐, 이 사람의 말이 맞아."

안경을 쓴 놈이 말했다.

"저자가 우리와 관계를 맺는 데 도움이 될 수도 있어."

그는 섀도를 바라보고 치약 광고하는 남자처럼 웃음을 지었다.

"안녕하세요. 전 스톤입니다. 이 사람은 우드예요."

"그게 아니고. 전 그저 댁들이 어디 소속인지? CIA인가요? FBI인가요?"

스톤은 고개를 저었다.

"에이, 그렇게 쉬운 게 아니죠. 일이 그렇게 단순한 게 아니에요."

"민간 분야와 공공 분야, 요즘은 뒤섞이는 게 많이 있답니다."

우드가 말했다.

"하지만 이건 확실히 말해 줄 수 있습니다."

스톤이 또다시 미소를 지으며 말했다.

"우린 좋은 사람들이라는 거죠. 배고프십니까?"

스톤은 재킷 주머니에서 스니커즈를 꺼냈다.

"여기요, 선물입니다."

"고맙습니다."

섀도는 포장을 벗기고 스니커즈를 먹었다.

"음료가 있어야겠죠. 커피? 맥주?"

"물 좀 주십시오."

스톤은 문으로 다가가 노크를 했다. 그는 문밖에 있는 경비에게 무언가를 말했고, 경비는 고개를 끄덕이고 나서 잠시 후 차가운 물이 담긴 플라스틱 컵을 가지고 왔다.

"CIA라."

우드가 말했다. 그는 애처로운 표정으로 고개를 저었다.

"그 멍청이들. 이봐, 스톤. 내가 새로운 CIA 농담을 들었거든. 자, 케네디 암살 사건에 CIA가 관련되지 않았다는 걸 어떻게 확신할 수 있겠나?"

"몰라. 어떻게 아는데?"

"케네디는 이미 죽었지 않은가, 안 그런가?"

그들은 웃었다.

"이제 좀 괜찮습니까?"

스톤이 물었다.

"뭐, 그런 것 같습니다."

"그럼 오늘 저녁 무슨 일이 벌어졌는지 말해 주겠소?"

"관광 같은 것을 했어요. 하우스 온 더 록에 갔고, 그 다음엔 식사를 하러 갔죠. 나머지야, 뭐, 다 아시겠죠."

스톤이 무겁게 한숨을 쉬었다. 우드는 실망한 듯 고개를 젓더니 새도의 무릎 뼈를 찼다. 고통은 참을 수 없을 정도였다. 그러더니 우드는 천천히 주먹을 내밀어 신장 바로 위쪽 등을 세게 내리치고는 주먹을 비틀었다. 무릎보다 훨씬 아팠다.

'나는 이 두 놈보다 더 크다.' 새도는 생각했다. '이놈들을 때려눕힐 수 있다.' 그러나 그들은 무장한 상태였다. 그리고 어떻게든 놈들을 죽이거나 제압한다 하더라도 여전히 이 감방에 갇힌 꼴이 될 것이다(하지만 권총을 손에 넣을 수 있다. 권총 두 자루를 가질 수 있다. '아냐').

우드의 손이 새도의 얼굴에서 멀어지고 있었다. 흔적은 남지 않았다. 영원한 것은 없다. 몸통과 무릎에 주먹과 발이 오갔다. 아팠지만, 새도는 손바닥 안에 은화를 움켜쥔 채 끝이 나길 기다렸다.

아주 오랜 시간이 흐른 후, 구타가 멈추었다.

"몇 시간 뒤에 다시 봅시다."

스톤이 말했다.

"있죠, 우디는 이런 거 하는 거 진짜 싫어하거든요. 우린 이성적인 사람들이에요. 아까 말한 것처럼 좋은 사람들이랍니다. 당신이 나쁜 놈들 편에 선 거죠. 잠깐 눈이나 붙이시죠."

"우리 얘기를 진지하게 생각하는 게 나을 겁니다."

우드가 말했다.

"우디 말이 맞아요. 생각해 보세요."

그들이 나가고 문이 닫혔다. 섀도는 혹시 그들이 불을 끄지 않을까 했는데, 그러지 않았다. 불빛은 차가운 눈처럼 방 안을 강렬하게 비추었다. 섀도는 노란 스펀지 고무 패드로 기어 올라가 얇은 담요를 덮었다. 눈을 감고 아무 생각도 하지 않고 꿈에 빠졌다.

시간이 흘렀다.

섀도는 다시 15살이었다. 어머니가 죽어 가고 있었다. 어머니는 매우 중요한 무언가를 말하려 하고 있었는데, 섀도는 이해할 수가 없었다. 꿈을 꾸면서 몸을 움직이는 바람에 한 줄기 통증이 비몽사몽에서 그를 반쯤 깨어나게 했다. 섀도는 몸서리를 쳤다.

섀도는 얇은 담요 아래서 몸을 떨었다. 오른팔로 전등 빛을 막았다. 웬즈데이와 다른 이들이 아직 붙잡히지 않았는지 살아 있기나 한 건지 궁금했다. 그러기를 바랐다.

은화가 왼손에서 차갑게 느껴졌다. 구타당할 때도, 지금도 동전은 손 안에 있었다. 그는 하릴없이 자신의 체온에도 불구하고 동전이 왜 따뜻하게 데워지지 않는지 궁금해 했다. 반쯤은 잠에 취했고 반쯤은 통증으로 혼미해진 섀도의 마음속에서 동전, 자유에 대한 생각, 달과 조르야 폴루노치나야, 그 모든 것들이 심연으로부터 천상을 향해 비추는 한 줄기 은빛 불빛 속에 뒤엉켜버렸다. 그 빛을 타고 올라 고통과 상심과 두려움으로부터 멀어지며 축복받듯 다시 꿈속으로 빠져들어가고…….

먼 곳에서 무슨 소리가 들려오고 있었으나 생각하기에는 이미 너무 늦었다. 섀도는 깊은 잠에 빠져버리고 말았다.

그저 잠에 빠지기 전 비몽사몽의 생각으로 그것이 그를 때리러, 혹은 고함을 치며 그를 깨우려고 사람들이 오는 것이 아니기만을 바랐다. 그때 잠이 들었고, 더 춥지 않다는 것을 느끼고 기뻐했다.

누군가 어딘가에서, 섀도의 꿈에서인지 꿈 밖에서인지 소리 높여 도움을 청하고 있었다.

잠을 자면서 스펀지 고무 패드 위에서 이리저리 몸을 움직일 때마다 새롭게 아픈 곳이 느껴졌다. 그러면서 그는 잠에서 완전히 깨지 않기를 바랐는데, 다시 잠이 그를 감싸는 느낌을 받으며 안도했다.

누군가 어깨를 흔들고 있었다.

섀도는 자신을 깨우지 말고 그냥 자게 놔두라고, 제발 혼자 놔두라고 말하고 싶었으나, 그저 앓는 소리만이 흘러나왔다.

"퍼피?"

로라가 말했다.

"일어나야 해. 자기, 제발 일어나."

순간 부드러운 안도감이 찾아왔다. 섀도는 감옥과 사기꾼들과 초라한 신들에 대한 이상한 꿈을 꾸었다. 이제 로라가 일을 할 시간이라고 말하며 섀도를 깨우고 있었다. 일하러 나가기 전, 커피 한잔 하거나 키스 한번 하거나 아니면 키스 이외의 것을 할 수 있는 시간이 날지도 모른다. 로라를 만지려 손을 뻗었다.

그녀의 살은 얼음처럼 차갑고 끈적거렸다. 섀도는 눈을 떴다.

"이 피가 다 어디서 나온 거야?"

"다른 사람들. 내 피가 아냐. 난 포름알데히드와 글리세린, 라놀린으로 꽉 차 있어."

"다른 사람들, 누구?"

"간수들. 괜찮아. 내가 죽였어. 당신은 빨리 움직여야 해. 난 놈들이 경보를 울릴 틈조차 주지 않았어. 코트를 입고 나가. 안 그러면 얼어 죽을 거야."

"당신이 놈들을 죽였어?"

로라가 어깨를 으쓱했고 어색하게 희미한 미소를 지었다. 로라의 손은 선홍색으로만 칠한 그림을 손가락으로만 그리고 있던 꼴이었다. 얼굴과 옷(매장할 때 입고 있었던 푸른 정장)에는 온통 피가 튀어 있었다. 섀도는 잭슨 폴록을 떠올렸는데, 진실을 받아들이는 것보다 잭슨 폴록을 생각하는 편이 덜 괴로웠기 때문이었다.

"죽으면 다른 사람을 죽이는 게 쉬워. 그렇게 대단한 일이 아니라는 말이야. 더 이상 편견을 가지지 않게 돼."

"그래도 내겐 엄청난 일이야."

"아침 교대 조 사람들이 여기로 올 때까지 기다릴 거야? 그럼 그렇게 해. 난 당신이 여기서 빠져나가길 바랄 거라고 생각했는데."

"내가 죽였다고 생각할 거야."

섀도가 멍청하게 말했다.

"그럴지도 모르지. 코트 입어. 얼어 죽는다니까."

섀도는 통로를 통해 밖으로 나왔다. 통로 끝에는 경비실이 있었다. 경비실에 네 명이 뻗어 있었다. 경비 셋과 자신을 스톤이라 부르던 남자. 그자의 친구는 보이지 않았다. 그들 중 2명은 핏빛 얼룩진 바닥에서부터 경비실로 끌려와 버려진 것이었다.

새도의 코트가 옷걸이에 걸려 있었다. 지갑은 여전히 안주머니에 있었다. 로라는 사탕으로 가득 찬 박스 2개를 뜯었다.

이제 새도는 경비들을 제대로 볼 수 있었다. 검은 위장복을 입고 있었으나, 제복에는 그들이 일하는 기관이 어디인지 알려 주는 꼬리표가 아무것도 없었다. 어쩌면 사냥 옷을 차려입은 주말 오리 사냥꾼일지도 모르는 일이다.

로라는 차가운 손을 뻗어 새도의 손을 꽉 잡았다. 로라의 목에는 새도가 준 황금 동전이 금줄에 걸려 있었다.

"보기 좋은걸."

"고마워."

로라는 예쁘게 미소 지었다.

"다른 이들은? 웬즈데이와 다른 이들은? 어디 있어?"

로라는 사탕을 한 주먹 건네주었고, 새도는 그것을 받아 주머니에 넣었다.

"여기에 다른 사람은 아무도 없었어. 당신이 있던 방 빼고는 모두 비어 있었어. 오, 한 놈이 빈 방에서 잡지 책을 보며 자위를 하고 있었어. 어찌나 놀라던지."

"그자가 자위를 하고 있을 때 죽였다고?"

로라는 어깨를 으쓱했다.

"그런 것 같아."

로라는 머쓱한 표정으로 말했다.

"그놈들이 당신을 해칠까 봐 걱정했어. 누군가는 당신을 지켜 주어야 하고. 내가 그 일을 하겠다고 말했잖아, 그렇지? 자, 이거 받아."

손난로였다. 얇은 패드로 만들어졌고 겉봉을 뜯으면 가열되어 몇 시간 동안 체온보다 약간 높은 온도로 열이 유지되는 제품이었다. 섀도는 그것도 주머니에 넣었다.

"나를 지켜 준다고. 그래, 당신이 그랬어."

로라는 손가락을 뻗어 섀도의 왼쪽 눈썹 위를 쓰다듬었다.

"당신, 다쳤어."

"괜찮아."

섀도는 벽에 있는 금속 문을 열었다. 문은 천천히 활짝 열렸다. 바닥까지 1미터가 넘었다. 섀도는 펄쩍 뛰어 자갈밭을 디디고 섰다. 섀도는 예전에 그랬듯, 더 생각할 것도 없이 로라의 허리를 안아 번쩍 들어서 내리며…….

두꺼운 구름 뒤에서 달빛이 고개를 내밀고 있었다. 달은 지평선 바로 위에 깔려 있었는데 곧 질 것 같았다. 그러나 눈 위를 비추는 달빛은 사위를 분간할 수 있을 만큼 충분히 밝았다.

빠져나와 보니 지금까지 있었던 곳은 숲 가장자리 철로 대피선에 주차된, 혹은 버려진, 검은색으로 칠이 된 긴 화물 열차 칸이었다. 쭉 나열된 화차(貨車)들은 계속 연결되어 숲과 그 너머까지 이어졌다. 그렇다. 섀도는 기차 안에 있었던 것이다. 이런, 그것도 눈치 못 채다니!

"도대체 내가 여기 있는 줄 어떻게 알았어?"

섀도는 로라에게 물었다.

로라는 재미있다는 듯 천천히 고개를 저었다.

"당신은 어두운 세계에서 등대처럼 빛나. 찾는 일이 그렇게 어렵지 않았어. 자기, 이제 가야 해. 자, 이제 가. 최대한 빨리, 최대한 멀리 가.

신용 카드만 사용하지 않으면 괜찮을 거야."

"어디로 가야 하지?"

로라는 헝클어진 머리에 손을 밀어 넣고는 눈 밖으로 그 손을 빼
냈다.

"길은 저쪽이야. 뭐든 할 수 있으면 해. 필요하면 차를 훔쳐. 남쪽으
로 가."

"로라."

섀도는 잠시 망설였다.

"무슨 일이 벌어지고 있는지 당신은 알아? 이 사람들이 누군지 알
아? 당신이 죽인 사람들이 누군지?"

"그래, 난 알 것 같아."

"고마워. 당신이 아니었으면 아직도 난 저 안에 있었을 거야. 저들이
내게 무슨 좋은 일을 하려 했겠어."

"맞아, 분명 나쁜 짓이었을 거야."

그들은 텅 빈 기차 차량에서 멀어졌다. 섀도는 한밤에 외로운 길을
한없이 뻗어나가고 있던, 창문도 없는 금속으로 된 기차 차량들에 대
해 생각해 보았다. 주머니 속에서 손가락으로 자유의 여신 은화를 꽉
움켜잡았다. 조르야 폴루노치나야가 떠올랐다. 달빛 아래 서 있던 그
녀의 모습이 생각났다. '아내에게 뭘 원하는지 물어보았어? 죽은 사람
들한테는 물어보는 게 현명한 거야. 가끔 대답해 주기도 하거든.'

"로라……. 당신이 원하는 게 뭐야?"

"정말 알고 싶어?"

"그래."

로라는 푸른빛의 죽은 눈으로 섀도를 올려다보았다.

"다시 살고 싶어. 이 반쪽짜리 삶 말고, 진짜 삶을 살고 싶어. 가슴 속에서 심장이 뛰는 걸 느끼고 싶어. 몸에 피가 도는 것을 느끼고 싶어. 뜨겁고 짭짜름한 진짜 피. 이상하지? 자긴 그것을, 피를 느낄 수 있을 거라고 믿지 못할 거야. 하지만 진짜야. 피가 멈추면 그 느낌을 알게 될 거야."

로라는 눈을 비벼 손에 묻은 얼룩으로 자신의 얼굴을 빨갛게 문질러 놓았다.

"나한테 왜 이런 일이 벌어졌는지 모르겠어. 하지만 정말 힘들어. 죽은 사람들이 왜 밤에만 돌아다니는지 알겠지, 퍼피? 어둠 속에서는 진짜처럼 보이는 게 수월하기 때문이야. 그리고 나는 그렇게 해야만 하는 게 싫어. 난 살고 싶어."

"나더러 어떻게 하라는 건지 모르겠어."

"자기, 당신이 그걸 이루어 줘. 당신은 알게 될 거야. 그럴 거라는 걸 난 알아."

"알았어. 노력할게. 내가 알아내면, 당신을 어떻게 찾지?"

그러나 로라는 사라졌다. 숲에는 하늘 위 부드러운 잿빛만이 남아 있었다. 그 빛은 동쪽이 어느 쪽인지 알려 주었다. 차가운 12월 바람에 외로운 울음소리가 들렸는데, 아마 밤새의 마지막 울음일 수도, 혹은 새벽 첫 새의 부름일 수도 있을 것이다.

섀도는 고개를 남쪽으로 돌리고 걷기 시작했다.

제7장

힌두 신들은 매우 특별한 의미에서 '불멸'한다.
왜냐하면 그들은 탄생하고 죽기 때문이다.
그래서 그들은 대부분의 인간적 딜레마를 겪고 몇 가지 사소한 점에 있어서만
인간과 달라 보인다. 악마들과는 차이가 더 좁혀진다.
그러나 힌두인들의 정의에 따르면, 그들은 어느 누구와도 완전히 다른 존재라 여겨진다.
어떤 면에서 그들은, 아무리 '원형적'인 인간의 이야기도 흉내 낼 수 없는 상징이다.
그들은 오직 우리에게 실재하는 역할을 수행하는 배우들이다.
그들은 가면으로서, 그 가면을 벗겨 내고 나면 우리 자신의 모습이 드러난다.
— 웬디 도니거 오플래허티, 『힌두 신화 개관』(펭귄 출판사, 1975)

　섀도는 몇 시간 동안 남쪽을 향해, 아니 어쨌든 남쪽이기를 바라면서 표지판이 없는 좁은 길을 걸어 숲을 지났다. 위스콘신 남부 어딘가로 향하고 있는 듯싶었다. 지프차 몇 대가 헤드라이트를 번쩍이며 다가왔다. 섀도는 그 차들이 지날 때까지 나무 밑에 몸을 숨겼다. 이른 아침 안개가 허리춤에 내려앉아 있었다. 차들은 검은색이었다.

　30분 후 서쪽 멀리에서 헬리콥터가 다가오는 소리가 들리자 섀도는 오솔길에서 빠져 숲으로 들어갔다. 헬리콥터는 2대였다. 그는 쓰러진 나무 밑의 빈 공간으로 웅크리고 들어가 헬리콥터가 지나가는 소리에 귀 기울였다. 헬리콥터가 지나가자 섀도는 고개를 쳐들고 잿빛 겨울 하늘을 서둘러 한 바퀴 둘러보았다. 헬리콥터가 광택 없는 검은색이라는 것을 알고는 안심이 되었다. 나무 아래서 헬리콥터 소리가 완전히 사라질 때까지 기다렸다.

　나무 밑에 눈은 조금 깔린 정도였고 발밑에서 사각사각 밟혔다. 손난로가 있어서 정말 다행이었다. 덕분에 사지가 얼지 않았다. 나머지

는 마비되었다. 심장도 마비되고 마음도 마비되고 영혼도 마비되었다. 그 마비는 아주 멀리, 아주 옛날까지 쭈욱 이어지고 있었다.

'내가 원하는 건 뭐지?' 섀도는 자문했다. 그렇지만 답할 수가 없어서 터벅터벅 천천히 계속 걷기만 했다. 숲길을 멈추지 않고 계속 걸었다. 나무들이 낯익었다. 완전한 데자뷰의 순간이었다. 원을 돌며 걷고 있는 걸까? 어쩌면 걷고 걷고 또 걸어, 손난로와 사탕이 다 떨어지면 앉은자리에서 다시는 일어서지 못할 수도 있을 것이다.

섀도는 지방 사람들이 시내라 칭하면서 '내'라 발음하는 꽤 큰 물줄기를 만났다. 그것을 따라가기로 결정했다. 시내는 강에 닿고 강은 미시시피에 이를 것이며, 계속해서 걷다 보면 배를 한 척 훔칠 수도 있고, 혹은 뗏목을 하나 만들 수도 있을 것이며, 결국 뉴올리언즈에 닿을 수 있을 것이다. 그곳은 따뜻할 것이다. 그러한 생각이 위안을 주었지만, 불가능해 보였다.

더이상 헬리콥터는 나타나지 않았다. 섀도는 좀 전에 지나간 헬리콥터들은 화물 열차의 난장판을 치우기 위한 것이지, 그를 추적하는 것이 아니었을 것이라는 생각이 들었다. 그렇지 않다면 헬리콥터들이 다시 돌아왔을 것이 아닌가. 게다가 수색견과 사이렌과 온갖 추적 장치들이 동원되었을 것이 아닌가. 그런데 아무것도 없었다.

섀도가 원했던 건 무엇이었나? 붙잡히지 않는 것. 기차의 사내들의 죽음에 대한 책임을 면하는 것.

"내가 아니었어."

섀도는 중얼거리고 있었다.

"죽은 마누라 짓이라고."

섀도는 경찰들의 표정을 떠올려 보았다. 사람들은 아마도 섀도가 전기의자로 향할 동안 그가 미쳤다 아니다 이러쿵저러쿵 논쟁을 벌일 것이다. 위스콘신 주에 사형 제도가 있는지 알고 싶었다. 그게 문제가 되는 건지도 궁금했다. 무슨 일이 벌어지고 있는지 이해하고 싶었고, 모든 것이 어떻게 끝날지 알고 싶었다. 결국 섀도는 애처로운 웃음을 지으면서, 모든 것이 정상으로 돌아갔으면 좋겠다는 생각을 했다. 감옥으로 다시 가고 싶지 않았으며, 로라가 아직 살아 있기를 바랐고, 이 모든 것이 아예 일어나지 말았기를 바랐다.

"녀석아, 그건 옵션에 없어."

섀도는 웬즈데이의 쉰 목소리를 떠올렸고, 그 말에 동의하듯 고개를 끄덕였다. '옵션이 아냐. 넌 너의 다리[橋梁]를 불태웠어. 그러니 계속 걸어가. 네 자신의 형기를 살아⋯⋯.'

먼 곳에서 딱따구리가 썩은 통나무를 쪼고 있었다.

섀도는 자신을 굽어보는 눈을 의식했다. 한 무리의 붉은 홍관조들이 가지만 남은 앙상한 늙은 관목 위에서 그를 쳐다보고는, 검은 말 오줌 열매를 다시 쪼아 먹기 시작했다. 그 새들은 감옥에서 사용하던 새 그림 달력에 나온 삽화처럼 보였다. 시냇가를 따라 오락실 기계 소리처럼 떨리는 새들의 소리, 쉭 하는 소리, 부엉부엉 하는 소리가 섀도를 따라왔다. 그러다가 마침내 소리들이 사라졌다.

죽은 새끼사슴이 언덕의 음지에 누워 있었고, 조그만 개 크기의 검은 새가 커다랗고 사악한 부리로 사체를 쪼아 붉은 살덩어리들을 찢어발기고 있었다. 눈은 빠져 버렸으나 머리는 건드리지 않은 상태였다. 둔부에 흰 점들이 보였다. 섀도는 사슴이 어떻게 죽었는지 궁금했다.

검은 새가 머리를 한쪽으로 돌리더니 돌들이 부딪히는 듯한 소리로 말했다.

"너, 그림자여."

"난 새도다."

섀도가 말했다. 새는 사슴의 엉덩이로 펄쩍 뛰어올라 머리를 들고 정수리와 목의 깃털을 곤두세웠다. 새는 거대했고, 눈은 검은 구슬이었다. 그 정도로 큰 새가 가까이 있어서인지 위협적인 느낌이 들었다.

"케이로에서 당신과 만나겠다고 그가 말하더군."

까마귀가 깍깍거리며 말했다. 섀도는 이 새가 오딘의 까마귀들 중 어떤 것인지 궁금했다. 후긴 아니면 무닌, 기억 아니면 생각.

"케이로?"

"이집트."

"이집트까지 어떻게 가지?"

"미시시피를 따라가. 남쪽으로 가라. 자칼을 찾아."

"이봐, 내가 무슨 예수인 줄 알아. 이보라고……."

섀도는 말을 멈추었다. 상황을 다시 한번 되짚었다. 그는 추위에 떨며 숲에 서서, 늦은 아침식사로 밤비를 쪼고 있는 커다란 검은 새에게 이야기를 건네고 있었다.

"좋아. 내 말인즉슨, 난 미스터리 따윈 원하지 않는단 말이야."

"미스터리라."

"설명 좀 해봐. 케이로의 자칼. 도무지 도움이 안 돼. 무슨 삼류 스파이 스릴러물의 대사도 아니고 말이야."

"자칼. 친구. 까악. 케이로."

"좋아. 조금 더 설명해 줘 봐."

새는 몸을 반쯤 돌려 사슴의 옆구리에서 피가 뚝뚝 듣는 살을 한 점 더 뜯어냈다. 그러더니 나무 위로 날아올랐다. 부리에 문 붉은 살코기가 핏빛 벌레처럼 보였다.

"이봐! 날 길까지만이라도 데려다 줄 수 없어?"

까마귀는 날개를 펼쳐 날아가 버렸다. 섀도는 새끼 사슴의 사체를 쳐다보았다. 섀도는 자신이 진짜 산사람이라면 살을 뜯어내서 나무로 불을 피워 구워 먹었을 것이라 생각했다. 대신 쓰러진 나무에 걸터앉아 스니커즈를 먹고는, 자신은 진정한 산사람이 아니라고 생각했다.

까마귀는 개활지의 가장자리에서 까악까악 울어 댔다.

"널 따라오란 얘기야? 아니면 티미가 또 우물에 빠졌어?"*

새가 다시 조급하게 까악거렸다. 섀도는 까마귀를 향해 걷기 시작했다. 새는 그가 가까이 다가올 때까지 기다리다가 또 다른 나무로 튀어올랐다. 섀도가 원래 가고 있던 방향에서 왼쪽이었다.

"이봐. 후긴 아니면 무닌, 아무튼 누구든지 간에."

새가 몸을 돌려 의심스럽게 한쪽으로 머리를 기울이더니 밝은 눈으로 섀도를 응시했다.

"'네버모어'라고 말해 봐."**

"엿먹어."

까마귀가 말했다. 새는 함께 숲을 지나는 동안 아무 말도 하지 않

---

* 「래시」 시리즈에 나온 래시라는 콜리종 개가 우물에 빠진 소년 티미를 도와주는 것에 비유.
** 에드거 앨런 포의 시 「갈가마귀」에서 주인공이 자신의 방에 날아든 갈가마귀에게 이름이 뭐냐고 묻자 갈가마귀가 대답으로 한 말인 "이젠 끝이야(Nevermore)."를 인용한 말인 듯하다.

왔다. 까마귀는 이 나무에서 저 나무로 이동하면서 길을 이끌었고 새도는 까마귀를 놓치지 않기 위해 관목을 헤치며 힘차게 쿵쿵 발길을 내딛었다.

하늘은 내내 잿빛을 띠었다. 정오가 가까웠다.

30분 후에 그들은 마을 변두리 아스팔트 도로에 도착했다. 까마귀는 다시 숲으로 날아가 버렸다. 새도는 컬버즈 냉동 커스터드 버터버거 간판과 그 옆에 있는 주유소를 보았다. 컬버즈에 들어갔다. 손님은 아무도 없었다. 계산대 안에는 머리를 민 날카로운 인상의 젊은 남자가 있었다. 새도는 버터버거 둘과 프렌치프라이를 시켰다. 그러곤 씻기 위해 화장실로 들어갔다. 몰골은 가관이었다. 주머니에 들어 있는 것들을 살펴보았다. 자유의 여신 주화를 포함해 동전 몇 닢과 일회용 치약과 칫솔, 스니커즈 3개, 손난로 5개와 지갑(지갑 안에는 운전면허증과 신용 카드 이외에 아무것도 없었다. 새도는 신용 카드의 만기가 얼마나 남았는지 궁금했다.)이 있었고 코트의 안주머니에는 어제의 은행털이에서 그의 몫으로 받은 50달러짜리와 20달러짜리 묶음 1000달러가 들어 있었다. 뜨거운 물로 얼굴과 손을 씻고 검은 머리를 다듬고는, 식당으로 다시 돌아와 버거와 프라이를 먹고 커피를 마셨다.

새도는 카운터로 다시 갔다.

"냉동 커스터드 드릴까요?"

날카로워 보이는 젊은 남자가 물었다.

"아뇨, 괜찮습니다. 이 근처에 자동차를 빌릴 수 있는 데가 있습니까? 차가 고장이 나서요."

젊은 남자는 짧은 머리를 긁적였다.

"이 근처에는 없고요. 자동차가 고장났다면 트리플에이에 전화하시면 될 텐데요. 아니면 옆에 있는 주유소에 견인을 문의하시던가요."

"그렇군요. 고맙습니다."

새도는 컬버즈 주차장에서 주유소까지 녹고 있는 눈을 밟으며 걸어갔다. 사탕과 육포와 손난로를 더 샀다.

"이 근방에 차 빌릴 곳 있습니까?"

계산대의 여자에게 물었다. 그녀는 엄청나게 뚱뚱했고 안경을 쓰고 있었는데, 말 상대가 생긴 것이 반가운 눈치였다.

"음, 잠깐만요. 여긴 좀 외져서요. 매디슨에 가시면 그런 데가 있는데. 어디 가세요?"

"케이로, 그게 어딘지는 몰라도요."

"전 알아요. 저쪽 선반에 있는 지도 좀 건네주시겠어요?"

새도는 비닐로 싸여 있는 일리노이 지도를 건네주었다. 그녀는 지도를 펼쳐 의기양양한 태도로 주의 가장 아래쪽 구석에 있는 곳을 가리켰다.

"여기 있네요."

"카이로?"

"그건 이집트의 도시를 발음하는 방식이고요. 하지만 리틀 이집트에서는 케이로라고 불러요. 테베 시도 있어요. 우리 새언니는 테베 시 출신인데요. 내가 새언니한테 이집트 테베 시 이야기를 했더니, 날 무슨 나사 풀린 사람인 것처럼 쳐다보더라고요."

여자는 배수구에서 물 빠지는 소리를 내며 낄낄거렸다.

"피라미드라도 있나요?"

그 도시는 정확히 남쪽으로 800킬로미터 떨어진 곳에 있었다.

"내가 아는 바로는 없어요. 리틀 이집트라고 부르는 이유가 100년인가, 150년인가 전에 기근이 있었어요. 흉년이 들었던 거죠. 하지만 그 곳만은 풍년이 들었어요. 그래서 모든 사람들이 거기로 식량을 사러 갔죠. 마치 성경에 나온 것처럼요. 요셉과 천연색 영화 드림코트. 이집트로 향해 출발, 어찌어찌 하다 보니 이러쿵저러쿵 된 거죠."

"아가씨가 나라면 거기까지 어떻게 가겠소?"

"운전해서 가죠."

"자동차는 몇 킬로미터 떨어진 곳에서 고장이 났어요. 표현이 좀 그렇지만, 그 차는 똥차라고요."

"피오에스.* 예, 우리 형부는 그렇게 불러요. 형부는 자동차 소매업을 하고 있어요. 형부는 이렇게 얘기하죠. 어이, 매티, 나 방금 피오에스 또 하나 팔았다. 있잖아요, 아마 형부가 아저씨의 낡은 차에 관심을 가질지도 몰라요. 몇 푼 안 된다고 해도."

"우리 사장 거라서요."

새도는 자신이 거짓말을 식은 죽 먹기처럼 잘하는 데 놀랐다.

"사장님한테 전화하면 와서 가져갈 거예요."

한 가지 아이디어가 떠올랐다.

"아가씨 형부, 근방에 있어요?"

"머스코다에 있어요. 여기서 남쪽으로 10분 거리예요. 강만 건너면 돼요. 왜요?"

"음, 댁의 형부가 500이나 600달러 정도에 나한테 팔 만한 피오에

---

* Pee-Oh-Esses, POS, 즉 'piece of shit'를 줄인 표현. 속된 우리말 표현으로 '똥차'에 해당됨.

스가 있나 해서요."

그녀는 기분 좋게 웃었다.

"아저씨, 형부한테 500달러에 연료까지 가득 채워 살 수 없는 차는 하나도 없어요. 하지만 내가 이렇게 이야기했다고 형부한테 말하면 안 돼요."

"전화 좀 해 주시겠어요?"

"알아 모시죠."

그녀는 전화기를 들었다.

"여보세요? 매티예요. 당장 이리 와요. 차 살 사람이 있어요."

섀도가 고른 똥차는 1983년형 세비 노바였다. 연료 탱크를 가득 채운 차를 450달러에 샀다. 계기반에는 거의 40만 킬로미터를 뛴 것으로 되어 있었고, 버번 위스키 냄새, 담배 냄새, 그리고 그보다 더 강한 냄새가 났는데 바나나 냄새 같았다. 먼지와 눈을 뒤집어쓰고 있어 색깔을 분간할 수가 없었다. 그래도 매티 형부의 뒷마당에 있는 차량 중에 유일하게 800킬로미터를 뛸 것 같은 차였다.

거래는 현금으로 했고, 매티의 형부는 섀도의 이름이나 사회보장 번호 같은 건 아무것도 묻지 않았다.

섀도는 서쪽으로 차를 몰다가 남쪽으로 틀어 주간 고속도로를 피해 갔다. 주머니에는 550달러가 남아 있었다. 똥차에는 라디오가 있었으나 틀어도 아무 소리도 나오지 않았다. 표지판에 따르면 섀도는 위스콘신을 벗어나 이제 일리노이에 들어왔다. 희미한 한겨울 낮에 커다란 아크 등 불빛이 빛나는 노천 광맥 공사장을 지났다.

섀도는 오후 영업을 막 끝내고 문을 닫으려는 맘스 식당에서 점심 식사를 했다. 음식은 그럭저럭 먹을 만했다.

지나가는 마을마다 '우리 마을'에 진입하고 있음을 알리는 표지판 이외에 표지판이 또 하나 있었다. 그 표지판에는 마을의 14세 이하 팀이 주 대항 100야드 단거리 달리기 시합에서 3위를 했다거나, 혹은 마을에서 일리노이의 16세 이하 여자 레슬링 준결승전 출전 선수를 배출하였다고 쓰여 있었다.

섀도는 운전하면서 고개를 꾸벅거렸다. 시간이 지날수록 점점 더 진이 빠져 기진맥진 녹초가 되어갔다. 한 번은 빨간 불을 그냥 지나쳐 닷지를 모는 여자의 차를 옆에서 들이받을 뻔했다. 섀도는 시골길로 빠져 길가에 있는 빈 트랙터용 도로에 차를 멈춰 세웠다. 눈이 점점이 흩뿌려진 밭에는 그루터기만 잔뜩 남아 있었다. 살찐 검은 야생 칠면 조들이 조문객처럼 천천히 걸어 다녔다. 섀도는 엔진을 끄고 뒷자리에 드러누워 잠이 들었다.

어둠, 그리고 앨리스가 큰 구멍으로 떨어져 내리듯 낙하하는 기분. 섀도는 100년 동안 어둠 속으로 떨어지고 있었다. 암흑 속에서 얼굴들이 허우적거리며 지나갔고, 얼굴은 찢겨 만져 보기도 전에 저 멀리 사라졌다…….

불현듯, 중간 과정 없이 섀도는 떨어지지 않고 있었다. 이제 동굴 안에 있었는데 더 이상 혼자가 아니었다. 섀도는 익숙한 눈을 바라보고 있었다. 액체 같은 커다란 검은 눈. 그 눈이 깜박였다.

땅 밑. 그렇다. 섀도는 이곳을 기억했다. 젖은 암소 냄새. 동굴 벽에 불빛이 타오르면서 버펄로 머리와 벽돌 점토 색깔의 피부를 가진 남자의 몸을 비추고 있었다.

"당신들 날 좀 내버려 둘 수 없소? 좀 자고 싶소."

버펄로 맨이 천천히 고개를 끄덕였다. 그의 입술은 움직이지 않았으나, 머릿속에 목소리가 들렸다.

"어디 가는가, 섀도?"

"케이로요."

"왜?"

"그럼 어디로 가야 하오? 웬즈데이가 오라고 한 곳이 거기요. 난 그의 미드를 마셨소."

섀도의 꿈속에서는 꿈의 논리가 힘을 발휘하고 있었는데, 그 의무감은 논쟁의 여지가 없는 것처럼 느껴졌다. 웬즈데이의 미드를 3잔 마셨고, 협약을 체결했다. 달리 무엇을 선택하겠는가?

버펄로 머리의 남자는 불 속으로 손을 뻗어 부러진 나뭇가지들을 깜부기불에 뒤섞어 타오르게 했다.

"폭풍이 오고 있다."

버펄로 맨이 말했다. 그의 손에는 재가 남았고 그것을 털이 없는 가슴에 닦자 가슴에 숯검정 줄이 생겼다.

"당신들은 늘 나한테 일방적으로 말을 하지. 질문 하나 해도 되겠소?"

잠시 침묵이 흘렀다. 파리 한 마리가 털이 수북한 남자의 이마에 앉았다. 버펄로 맨이 파리를 쫓았다.

"묻게."

"이것이 진짜요? 그들이 진짜 신들이오? 이건 정말이지……."

섀도는 잠시 멈추었다가 말을 이었다.

"있을 수가 없는 일 아닙니까."

정확히 섀도가 의도한 말은 아니었으나, 할 수 있었던 최선이었다.

"신이 뭐지?"

"나도 몰라요."

둔탁하고 냉엄하게 두드리는 소리가 이어졌다. 섀도는 버펄로 맨이 무언가 더 말하기를, 신이 무엇인지 설명해 주기를, 자신의 삶이 되어 버린 이 뒤엉킨 악몽을 설명해 주기를 기다렸다. 추웠다. 불이 꺼져 있었다.

똑. 똑. 똑.

섀도는 눈을 뜨고 비틀거리며 일어나 앉았다. 몸이 어는 것 같았다. 차창 밖의 하늘은 깊은 발광 보라색으로 밤과 땅거미를 갈라 놓고 있었다.

똑. 똑. 누군가 "여보세요, 아저씨."라고 불렀다. 섀도는 고개를 돌렸다. 누군가가 차 옆에 서서, 어두워지는 하늘만큼이나 어두운 모습을 하고 있었다. 섀도는 손을 뻗어 창문을 조금 열었다. 그는 잠에서 깨어나는 소리를 내고는 "예."라고 말했다.

"괜찮으세요? 아프신 거 아녜요? 술 마셨어요?"

여자나 소년의 목소리처럼 고음이었다.

"괜찮아요. 잠깐만요."

섀도는 문을 열고 밖으로 나와 욱신거리는 사지와 목을 쭉 펼쳤다. 그런 다음 그는 두 손을 비비며 피가 돌아 따뜻해지길 바랐다.

"야, 아저씬 무척 크군요."

"그런 소리 많이 들어. 누구지?"

"전 샘이에요."

"남자 샘, 여자 샘?"

"여자 샘. 옛날엔 i가 들어 있는 '새미'였는데, 난 '미' 발음할 때 웃는 얼굴을 했고, 그러다가 모든 사람들이 똑같이 따라하는 바람에 그게 너무 지겨워서 '미'를 빼 버렸어요."

"알았어요, 아가씨 샘. 저기 가서 길 쪽을 좀 봐 줘요."

"왜요? 아저씨는 미치광이 킬러나 그런 사람이에요?"

"아니, 물 좀 빼야겠으니 프라이버시 좀 갖자는 말씀."

"오, 알았어요. 좋아요, 문제없어요. 나도 아저씨랑 똑같아요. 화장실 옆 칸에 누가 있기만 해도 오줌을 못 싸요. 대단한 부끄럼 방광 신드롬이죠."

"지금, 제발."

샘은 자동차 끝으로 갔고, 섀도는 들판 쪽으로 몇 발짝 다가가 청바지의 지퍼를 내리고서 울타리 말뚝에 대고 아주 오랫동안 소변을 봤다. 그리고 다시 자동차로 돌아왔다. 마지막 남은 땅거미가 밤으로 변했다.

"아직 거기 있어요?"

"예, 방광이 이리(Erie) 호수만큼 큰가 봐요. 아저씨 오줌 싸는 동안 왕국이 한 번 생기고 망했겠어요. 내내 소리가 들리더라고요."

"고마워. 뭐 할 말이라도 있어?"

"음, 그저 아저씨가 괜찮은지 알고 싶었을 뿐이에요. 아저씨가 죽었거나 무슨 사고라도 났으면 경찰을 부를 생각이었어요. 하지만 차창을 보니 김이 서려 있어서 '아, 죽은 건 아니구나.' 했죠."

"이 근방에 살아요?"

"아뇨, 매디슨에서 히치하이킹으로 왔어요."

"그건 위험한데."

"매년 5번씩 3년 동안 해 왔어요. 그런데 아직 살아 있잖아요. 어디로 가세요?"

"케이로."

"고마워요. 전 엘 파소 가요. 고모하고 휴일을 보내려고요."

"거기까진 태워 줄 수 없는데."

"텍사스 엘 파소 말고, 일리노이에 있는 도시요. 남쪽으로 몇 시간만 가면 돼요. 여기가 어딘지 아세요?"

"아니, 모르겠는데. 52번 고속도로 어디쯤 아닌가?"

"다음 도시가 페루예요. 페루에 있는 거 말고 일리노이에 있는 거요. 냄새 좀 맡아 볼게요. 몸 좀 숙여 보세요."

새도는 몸을 숙였고 여자는 킁킁대며 그의 얼굴 냄새를 맡았다.

"좋아요. 술 냄새는 안 나는군요. 운전해도 좋아요. 가죠."

"내가 언제 태워 준다고 했나?"

"난 어려움에 처한 숙녀잖아요. 그리고 아저씨는, 음, 진짜 더러운 차를 탄 기사(騎士)고요. 뒤창에 '누가 날 좀 씻어 줘!'라고 써 놓은 거 알아요?"

새도는 차에 올라 조수석 문을 열었다. 앞문을 열면 켜지는 등이 이 차에는 들어오지 않았다.

"아니, 못 봤는데."

샘이 올라탔다.

"내가 그랬어요. 내가 썼다고요. 어두워지기 전에."

섀도는 시동을 걸고 헤드라이트를 켜고 다시 도로로 진입했다.

"왼쪽."

샘이 도움을 주듯 말했다. 섀도는 좌회전해서 달렸다. 몇 분 지난 후 히터가 작동하기 시작했고, 고맙게도 온기가 차 안을 가득 채웠다.

"아직 한 마디도 안 했어요. 무슨 말이라도 해 봐요."

"아가씨 사람이야? 남자와 여자 사이에서 태어난 진짜 순수한, 살아 숨쉬는 인간 맞아?"

"물론이죠."

"좋아. 그냥 확인해 봤어. 그래, 내가 무슨 이야기를 했으면 좋겠어?"

"이 시점에서 무언가 절 안심시킬 만한 거요. 갑자기 '이런, 젠장. 미친놈 차에 잘못 올라탔군.' 그런 기분이 든다고요."

"그래, 나도 그런 기분 든 적 있어. 어떤 게 안심시킬 만한 말일까?"

"그냥 탈옥수라든가 연쇄 살인범이나, 뭐 그런 사람이 아니라고만 얘기해 줘요."

섀도는 한순간 생각했다.

"에이, 아니야."

"그런데 왜 그 말 하는 데 생각을 하세요?"

"감옥살이는 했어. 하지만 사람을 죽인 적은 없어."

"오."

그들은 가로등과 깜박이는 크리스마스 장식들로 빛나는 조그만 마을로 들어갔다. 섀도는 오른쪽을 살폈다. 여자의 검고 짧은 머리가 엉클어져 있었다. 얼굴은 매력적이면서도 동시에 남성적인 느낌이 들었다. 그녀의 모습은 돌로 조각한 것일지도 모른다. 샘이 섀도를 보았다.

"감옥엔 왜 갔어요?"

"진짜 나쁜 사람들 몇 명 손 좀 봐줬어. 진짜 화가 났거든."

"그럴 만한 사람들이었나요?"

섀도는 한순간 생각했다.

"그때는 그렇다고 생각했어."

"지금이라도 다시 그렇게 하겠어요?"

"젠장, 아냐. 빵에서 3년을 썩었는걸."

"음, 인디언 피가 섞였죠?"

"내가 아는 바로는 아닌데."

"그렇게 보여서요."

"실망시켜서 미안해."

"괜찮아요. 배고파요?"

섀도는 고개를 끄덕였다.

"먹을 수 있어."

"다음 신호등 지나면 좋은 데 있어요. 음식이 맛있어요. 게다가 싸고요."

섀도는 주차장에 차를 세웠다. 그들은 차에서 내렸다. 섀도는 문을 잠그지 않고 키를 주머니에 넣었다. 신문을 사려고 동전 몇 개를 꺼냈다.

"여기에서 먹을 돈은 있어?"

샘이 턱을 들어 올리며 말했다.

"제 건 제가 낼 수 있어요."

섀도가 고개를 끄덕였다.

"이러면 어때? 동전을 던져서 앞면이 나오면 아가씨가 사고, 뒷면이 나오면 내가 사지."

"동전부터 봐요."

샘이 의심스럽다는 듯 말했다.

"앞면만 있는 동전을 가지고 있던 삼촌이 있었거든요."

샘은 동전을 살펴 이상이 없다는 걸 확인하고 만족했다. 섀도는 엄지손가락 위에 앞면을 위로 한 채 올려놓고 동전을 던졌다. 그러고는 트릭을 써서 동전이 빙글빙글 도는 것처럼 보이게 했다. 그런 다음 왼손 등 위에 떨어뜨렸다. 오른손으로 동전을 펼쳐 그녀 앞에 내놓았다.

"뒷면. 아저씨가 사는 거예요."

"좋아, 언제나 이길 수야 없지."

섀도는 미트로프를 시켰고 샘은 라자냐를 시켰다. 섀도는 신문을 넘기며 화물 열차에서 죽은 사람들에 대한 기사가 있는지 살폈다. 그런 기사는 없었다. 흥미를 끌 만한 유일한 기사는 커버스토리였다. 기록적인 까마귀 떼가 도시를 점령했다는 소식이었다. 농부들이 죽은 까마귀들을 도시의 건물에 매달아 놓아 다른 까마귀들을 위협하려 했다. 조류학자들은 그 방법이 먹히지 않을 뿐더러, 살아 있는 까마귀들에게 먹이만 주는 것일 뿐이라고 말했지만, 지역민들을 설득할 수가 없었다.

"까마귀들이 제 죽은 동족들을 보면 우리가 자신들을 원하지 않는다는 것을 알게 될 것입니다."

지역 대변인의 말이었다.

음식은 맛있었다. 일 인분으로서는 누가 먹기에도 많은 양이 접시에 봉긋하게 담겨 나왔는데 김이 모락모락 나고 있었다.

"케이로엔 무슨 일로 가세요?"

샘이 입 안에 음식을 가득 넣고 말했다.

"나도 몰라. 우리 사장님이 오라고 해서 갈 뿐이야."

"무슨 일 하세요?"

"심부름꾼이야."

샘이 미소를 지었다.

"음, 마피아는 아니고. 저 똥차를 몰고 다니는 게 마피아처럼 보이지는 않아요. 그런데 아저씨 차에서 왜 바나나 냄새가 나죠?"

섀도는 어깨를 으쓱하고 계속 식사를 했다. 샘은 눈을 가늘게 떴다.

"어쩌면 바나나 밀수업자인가. 나한텐 뭐 하는지 안 물어봤어요."

"학교 다니는 거 아닌가?"

"매디슨 위스콘신 대학교 다녀요."

"거기서 분명 예술사나 여성학이나 어쩌면 청동 주물 뜨는 법을 배우거나 하겠지. 방세 내려고 커피숍에서 아르바이트를 할 거고."

샘은 포크를 내려놓고 코를 벌름거렸다. 눈은 튀어나올 듯 커졌다.

"젠장, 어떻게 안 거예요?"

"뭐가? 이제 아가씬, '아니요, 사실 난 로망스어와 조류학을 공부해요.'라고 말할 거야."

"그럼 운 좋게 맞힌 거라는 얘기예요?"

"뭐가?"

샘은 검은 눈으로 그를 응시했다.

"아저씬 정말 특이한 사람이군요, 미스터……, 이름을 모르네요."

"섀도라고 해."

샘은 무언가 싫어하는 것을 맛보기라도 한 것처럼 입을 일그러트렸다. 그녀는 말을 멈추고 고개를 숙인 후 라자냐 먹는 데만 열중했다.

"그곳을 왜 이집트라고 부르는지 알아?"

샘이 식사를 마쳤을 때 섀도가 물었다.

"케이로 말예요? 예, 오하이오와 미시시피 삼각주에 있잖아요. 마치 나일 강 삼각주에 있는 이집트 카이로처럼."

"그거 말 되네."

샘은 의자에 기대어 커피와 초콜릿 크림 파이를 주문하고, 한 손으로 검은 머리를 훑어 내렸다.

"미스터 섀도, 결혼하셨어요?"

질문을 받고 섀도가 망설이자, 샘이 다시 물었다.

"이런, 내가 또 괜한 것을 물었네요, 그렇죠?"

"목요일에 장례 치렀어."

섀도는 조심스레 말을 골라 대답했다.

"자동차 사고로 죽었지."

"오, 세상에. 안됐어요."

"음."

어색한 침묵이 흘렀다.

"이복 언니도 작년 말에 아들, 그러니까 나한테는 조카인 애를 잃었어요. 참 힘들었죠."

"뭐, 그렇지. 조카는 어떻게 죽었는데?"

샘은 커피를 마셨다.

"우리도 몰라요. 그 애가 죽었는지조차 몰라요. 그냥 사라졌어요. 겨우 13살이었어요. 작년 한겨울에. 우리 언니는 굉장히 상처받았어요."

"무언가 단서 같은 건 없었나? 범죄와 관련된 건 없었어?"

섀도는 마치 텔레비전 형사같이 물었다.

"사람들은 감옥에나 처박으면 좋을 인간 말종인 형부를 의심했어요. 그 인간은 아이를 훔치고도 남을 상놈이에요. 아마 그랬을 거예요. 하지만 거긴 노스 우드에 있는 작은 마을이에요. 아무도 문을 잠그지 않는 예쁘고 평화로운 작은 마을이라고요."

샘은 한숨을 쉬고 고개를 저었다. 그러곤 두 손으로 커피잔을 잡았다. 그녀는 섀도를 올려다보며 화제를 돌렸다.

"내가 청동 조각 하는 걸 어떻게 알았어요?"

"잘 찍은 거지. 뭐, 나오는 대로 한 말이랄까."

"인디언 피가 섞이지 않은 거 확실해요?"

"내가 아는 바로는 아니야. 가능할 수도 있지. 아버지를 만나 본 적이 없거든. 아버지가 미국 원주민이었으면 엄마가 나한테 말해 주셨을 텐데."

샘은 다시 입을 삐죽거렸다. 초콜릿 크림 파이를 반쯤 먹다가 말았다. 파이 조각은 샘 머리통의 반만 했다. 샘은 접시를 섀도 쪽으로 밀었다.

"먹을래요?"

섀도가 미소 지으며 말했다.

"좋지."

그러곤 그걸 다 먹어 치웠다.

웨이트리스가 계산서를 건네주었고, 섀도가 돈을 지불했다.

"고마워요."

샘이 말했다.

날씨가 추워지고 있었다. 자동차는 몇 번 덜컹거리고 나서야 시동이 걸렸다. 섀도는 다시 도로로 진입해 남쪽을 향해 달렸다.

"헤로도토스란 사람의 책을 읽어 본 적 있어?"

"세상에, 뭐라고요?"

"헤로도토스. 그 사람의 『역사』라는 책 읽어 본 적 있나?"

"있잖아요."

샘은 꿈을 꾸듯 말했다.

"정말 모르겠어요. 아저씨가 말하는 방식, 아저씨가 쓰는 단어들, 그런 거 전혀 모르겠어요. 어떨 때는 아저씬 덩치 크고 둔한 남자인데, 또 다음 순간 보면 빌어먹을, 내 마음을 읽고 있질 않나, 그리고 이젠 헤로도토스 이야기를 해요. 나 참. 아뇨, 헤로도토스는 읽지 않았어요. 들어는 봤죠. 아마 라디오에선가? 그 사람, 거짓말의 아버지라 불리는 사람 아네요?"

"악마의 아버지 아닌가."

"예, 그것도 맞아요. 하지만 헤로도토스 이야기를 하면 거대한 개미와 그리핀이 금광맥을 지킨 이야기와 그가 어떻게 그런 이야기들을 지어냈는지에 대한 얘기들을 하죠."

"난 그렇게 생각하지 않아. 그는 들은 이야기를 쓴 거야. 그건 역사를 쓰는 것과 마찬가지지. 그리고 대부분은 훌륭한 역사들이야. 이상하고 소소한 이야기들 한 꾸러미지. 가령 이런 이야기들. 이집트에서는 아주 예쁜 여자나 영주의 부인이나 아무튼 그런 사람이 죽으면, 사흘 동안은 미라 만드는 사람에게 보내지 않는다던데. 시신을 먼저 열기 속에서 썩게 만든대."

"왜요? 잠깐만. 알았어요. 왜 그런지 알 거 같아요. 으흐, 역겨워."

"싸움에 관한 이야기도 있어. 온갖 종류의 보통 전투. 그리고 신들의 이야기가 있어. 어떤 남자가 전투의 결과를 알리기 위해서 달려가는데, 달리고 달리다가 숲속에서 판을 만났어. 판이 이렇게 얘기했대. '여기에 나를 위해 신전을 세우라고 사람들에게 말하라.' 그는 알았다고 하고는 계속 달렸지. 그리고 전투 소식을 전하고 이렇게 말했어. '어, 그나저나 판이 자신을 위한 신전을 세우라고 하더군.' 이건 실제 이야기야, 알겠어?"

"이야기 중에는 신들이 나오는 이야기도 있군요? 요지가 뭐예요? 그 사람들이 환영을 보았다는 건가요?"

"아니, 그게 아냐."

샘은 손거스러미를 씹었다.

"두뇌에 대한 책을 몇 권 읽었어요. 내 룸메이트가 그런 책을 맨날 끼고 다녔어요. 뭐, 이런 거죠. 5000년 전에 두뇌의 엽(葉)들이 융합되었는데, 그전에는 두뇌의 우두엽이 무언가 말하면 그것이 명령을 내리는 신의 목소리라고 사람들이 믿었대요. 그저 두뇌 작용일 뿐인데."

"내 이론이 더 맘에 드는걸."

"아저씨 이론이 뭔데요?"

"그때에는 사람들이 이따금씩 신들과 조우했다는 거."

"아."

침묵.

차가 덜커덩거리는 소리, 엔진 소리, 머플러 으르렁대는 소리, 차의 성능이 떨어지는 소리가 들렸다. 샘이 물었다.

"신들이 아직도 거기 있다고 생각해요?"

"어디?"

"그리스, 이집트, 섬들. 그런 곳들. 그 사람들이 다니던 곳에 가면 그 신들을 볼 수 있을 거라 생각해요?"

"어쩌면 그럴지도 모르지. 하지만 난 사람들이 보고도 그 정체를 알지 못할 거라고 생각해."

"마치 외계인 같네. 요즘은 사람들이 외계인을 보잖아요. 옛날에는 사람들이 신을 보았고. 외계인은 우두엽에서 온 건지도 모르죠."

"난 신들이 직장(直腸) 검사를 했으리라고는 생각지 않는데. 게다가 신들은 직접 가축을 도살하지도 않았고. 신들에겐 그런 일을 대신해줄 사람들이 있었어."

샘은 껄껄 웃었다. 그들은 몇 분 동안 말없이 달렸다. 샘이 다시 말을 꺼냈다.

"아, 그 말 하니까 생각나는데, 내가 비교 종교학 시간에 들은 신에 대한 이야기가 있어요. 내가 좋아하는 이야기인데요, 들려줄까요?"

"좋지."

"좋아요. 이건 오딘에 관한 거예요. 북유럽 신, 알죠? 어떤 바이킹 배에 바이킹 왕이 있었는데, 물론 이건 바이킹 시대의 일이에요. 어느 날 바람이 멈추어 배가 나아갈 수가 없었대요. 그래서 그는 오딘이 그들에게 바람을 보내서 육지에 닿게 해 준다면 자기들 중 1명을 제물로 바치겠다고 말했어요. 바람이 불어와 그들은 육지에 닿을 수 있었어요. 그래서 육지에서 그들은 누가 희생될 것인지 제비를 뽑았죠. 결과는 왕 자신이었어요. 왕은 물론 기분이 안 좋았죠. 그래서 사람들이 실제 왕은 죽이지 않고 그의 형상을 만들어 매달기로 결정했어요. 그들은 송아지의 내장을 그의 목에 걸고 한쪽 끝을 가는 가지에 묶은 다음 갈대로 창을 삼아 찌르고는 말했어요. 좋아요, 당신은 오딘을 위해 '먹을 딴', 아니, '목을 맨'이라고 해야 되나? 어쨌든 '당신은 오딘을 위해 희생되었소.'라고 이야기했대요."

길이 굽어졌다. 또 다른 마을이 나왔다. 주 대항 12세 이하 스피드 스케이팅 챔피언십 입상자, 길 양편에 있는 2개의 거대한 장례식장, 인구가 300명밖에 되지 않는데 장례식장이 몇 개나 필요한 걸까. 섀도는 궁금했다…….

"그런데 그들이 오딘의 이름을 부르자마자 갈대는 창으로 변하더니 남자의 옆구리를 찔렀고, 소의 창자는 굵은 밧줄로 변했고, 가는 나뭇가지는 굵은 가지로 변했으며 나무는 뿌리째 들어 올려졌고 땅은 꺼져 왕은 옆구리에 상처를 입고 매달린 채 얼굴이 까맣게 변해 버렸어요. 끝. 백인들은 얼간이 같은 신들을 모시죠, 섀도 씨."

"맞아, 아가씬 백인이 아닌가?"

"전 체로키 족이에요."

"100퍼센트?"

"아뇨. 겨우 반만이요. 우리 엄마가 백인이에요. 아버지는 인디언 보호 구역 출신의 진짜 인디언이었고요. 아버지는 이 길로 나와서 결국 엄마와 결혼해 저를 낳고 나중에 이혼해서 오클라호마로 돌아갔어요."

"보호 구역으로 다시 돌아갔나?"

"아뇨, 돈을 빌려서 타코벨 짝퉁인 타코빌을 열었어요. 괜찮게 하고 있어요. 아버지는 절 싫어해요. 잡종이라고."

"안됐네."

"아버진 얼간이에요. 난 인디언 혈통이 자랑스러워요. 대학 등록금 내는 데 도움이 되었죠. 젠장, 내 청동 조각을 팔 수 없으면 언젠가 일자리를 구하는 데 도움이 되겠죠."

"그렇겠지, 뭐."

섀도는 엘 파소에서 차를 멈추고 샘을 내려 주었다. 마을 외곽에 있는 낡아빠진 집 앞이었다. 전등을 달아 반짝거리는, 철사로 만든 커다란 순록이 앞마당에 서 있었다.

"들어올래요? 고모가 커피 한 잔 줄 거예요."

"아냐, 난 계속 가야 해."

샘은 느닷없이, 그리고 처음으로 약한 표정을 보이며 섀도에게 미소를 지었다. 그녀는 섀도의 팔을 쓰다듬었다.

"아저씨는 엉망진창이에요. 하지만 멋져요."

"인간사란 게 그런 거지, 뭐. 덕분에 잘 왔어."

"뭘요. 케이로 가는 길에 신들을 보면 내 안부 꼭 전해 주세요."

샘은 차에서 내려 문으로 다가가 벨을 누르고 문간에 서 있었다. 뒤를 돌아보진 않았다. 섀도는 문이 열리고 샘이 안전하게 안으로 들어갈 때까지 기다리다가 가속 페달을 밟아 다시 고속도로로 향했다. 노멀, 블루밍턴, 론데일을 지나쳤다.

그날 밤 11시에 몸이 떨리기 시작했다. 막 미들타운으로 진입한 참이었다. 잠을 자야지, 더 이상 운전을 해선 안 되겠다고 생각했다. '나이트 인'이란 여관 앞에 차를 세우고 35달러를 현금으로 지불한 후 1층 방으로 들어가 욕실로 향했다. 타일 바닥에 바퀴벌레 1마리가 뒤집어진 채 서글프게 죽어 있었다. 섀도는 수건으로 안을 닦아 내고 나서 욕조에 물을 채웠다. 방에서 옷을 벗어 침대 위에 올려놓았다. 상체의 멍은 어두운 색깔로 선명하게 남아 있었다. 섀도는 욕조에 앉아 물의 색깔이 변하는 것을 바라보았다. 그러고 나서 발가벗은 채 양말과 속옷과 티셔츠를 빨고 비틀어 짜서 욕조 위에 걸린 빨랫줄에 널었다. 죽은 자에 대한 예의로 바퀴벌레를 원래 있던 자리에 두었다.

침대에 앉았다. 성인 영화를 볼까 잠깐 망설였다. 그러나 전화기 옆에 있는 유료 시청 장치는 신용 카드가 필요했다. 그건 위험한 짓이었다. 게다가 다른 사람들이 섹스를 하는 것을 본다고 기분이 좋아질 수 있을지도 확신이 서지 않았다. 텔레비전을 켜고 리모컨으로 타이머 버튼을 세 번 눌렀다. 그러면 45분 후에 자동으로 꺼질 것이고 그즈음이면 곯아떨어질 시간이 되리라 생각했다. 자정이 되기 15분 전이었다.

모텔에서 항상 그렇듯 화면은 지지직거렸고, 색깔들이 스크린에서 헤엄을 쳤다. 섀도는 텔레비전의 황무지에서 여기저기 채널을 돌렸지만 고정시킬 수가 없었다. 누군가 부엌에서 쓰는 기구 사용을 시연하고 있었고, 열댓 개의 부엌 기구들이 나왔다. 그중에 섀도가 가진 것은 아무것도 없었다. 똑딱. 정장을 입은 남자가 지금은 종말의 시대이며 자신에게 돈을 보내면 예수(남자는 이 단어를 음절로 나누어 발음했다.)가 사업을 번창시켜 줄 것이며, 성공하게 될 것이라고 설명했다. 똑딱. 「매쉬」 한 편이 끝나고 「딕 반 다이크 쇼」가 시작했다.

섀도는 몇 년 동안 「딕 반 다이크 쇼」를 보지 못했다. 허나 그 프로그램에서 그리는 1965년의 흑백 세계에는 마음을 편하게 만드는 구석이 있다. 섀도는 리모컨을 침대 옆에 두고 머리맡의 전등을 껐다. 그 프로그램을 보는 동안 무언가 이상하다는 느낌을 받으면서 스르르 눈을 감았다. 섀도는 「딕 반 다이크 쇼」를 많이 보지 않았다. 그래서 지금 나오는 에피소드를 기억하지 못하는 것이 놀랍진 않았다. 이상한 것은 어조였다.

단골들이 롭의 음주에 관하여 걱정을 했다. 롭은 며칠째 출근을 하지 않았다. 그들이 그의 집으로 갔다. 롭은 침실에 틀어박혀 있었다. 사람들은 롭을 끌어내리려고 설득했다. 롭은 취해서 비틀거렸으나, 여전히 웃겼다. 모리 암스테르담과 로즈 마리가 분한 롭의 친구들이 익살을 좀 떨다가 떠났다. 롭의 아내가 들어와 잔소리를 퍼붓자, 롭이 그녀의 얼굴을 세게 때렸다. 아내는 바닥에 앉아 울기 시작했다. 그러나 그 유명한 메리 타일러 모어식 울음이 아니라 조그맣고 무기력한 흐느낌이었다. 그러면서 이렇게 속삭였다.

"때리지 마, 제발. 뭐든지 할 테니 날 더이상 때리지 마."

"젠장, 이게 뭐야?"

섀도는 큰 소리로 말했다.

화면이 인광(燐光)성 점들로 변했다. 화면이 다시 돌아왔을 때 「딕 반 다이크 쇼」는 불가사의하게도 「아이 러브 루시」로 변해 있었다. 루시가 리키에게 낡은 아이스박스를 새 냉장고로 바꾸자고 설득하고 있었다. 리키가 떠나자 루시는 소파에 앉아서 다리를 꼬고 손을 무릎에 얹고는 흑백의 배경 속에서 세월을 건너 참을성 있게 섀도를 응시했다.

"섀도? 우리 얘기 좀 해."

루시가 말을 걸었다.

섀도는 아무 말도 하지 않았다. 루시는 지갑을 열고 담배를 꺼내 비싼 실버 라이터로 불을 붙이고 라이터를 치워 버렸다.

"너한테 말하는 거야, 음?"

"이건 말도 안 돼."

"네 삶의 나머지 부분은 말이 되고? 젠장, 정신 차려."

"어쨌거나. 루실 볼이 텔레비전에서 나한테 말을 걸다니. 이건 이제껏 일어난 그 어떤 일보다 몇 만 배나 더 정신 나간 짓이야."

"루실 볼이 아냐. 루시 리카르도지. 그리고 알잖아, 난 루시가 아니야. 사정상 그렇게 보이는 게 쉽지. 그뿐이야."

루시는 소파에서 불편하게 몸을 움직였다.

"당신 누구야?"

"좋아, 좋은 질문이야. 난 바보상자야. 텔레비전이지. 난 모든 걸 보는 눈이고, 음극선의 세계야. 난 얼간이 관이야. 난 가족들이 모여서 숭배하는 작은 성소야."

"당신이 텔레비전이라고? 아니면 텔레비전에 나오는 누구라고?"

"텔레비전은 제단(祭壇)이야. 나를 위해 사람들이 희생을 하지."

"뭘 희생한다는 거지?"

"대부분 그들의 시간이지. 때때로 서로를 희생시키기도 하지."

루시는 손가락 2개를 들어 올려 손가락 끝에서 나오는 가상의 연기를 입으로 불었다. 그런 후 윙크를 했다. 「아이 러브 루시」에 나오는 오래된 긴 윙크.

"당신은 신이오?"

루시는 능글맞게 웃고는 여자들이 하는 식으로 담배 연기를 내뿜었다.

"그렇다고 볼 수 있지."

"샘이 안부 전하랍디다."

"뭐라고? 샘이 누구야? 무슨 이야기를 하는 거야?"

섀도는 시계를 쳐다봤다. 12시 25분이었다.

"상관없어요. 그래, 텔레비전의 루시 씨. 무엇에 관해 이야기해야 하나? 요즘엔 사람들이 나한테 할 이야기가 많구먼. 보통은 누군가 날 때리는 걸로 끝나더라고."

카메라는 클로즈업으로 움직였다. 루시는 걱정하는 표정이었다. 그녀는 입을 꼭 다물었다.

"난 그런 거 싫어. 사람들이 널 다치게 하는 거 싫어, 섀도. 난 절대 그런 짓 안 해, 자기. 난 너한테 일자리를 주고 싶어."

"무슨 일이요?"

"날 위해 일하는 거. 정말 미안해. 그 스파이들이 너한테 무슨 짓을 했는지 들었어. 인상 깊게 대처했던데? 효과적이고 바보짓도 안 했고 효율적이고. 누가 네 안에 그런 힘이 있을 것이라고 생각했겠어? 걔네 진짜 열 받았어."

"진짜?"

"걔네가 널 얕잡아 봤어, 자기. 나는 실수 같은 거 안 해. 난 자기가 우리 진영으로 오길 원해."

루시는 자리에서 일어나 카메라 쪽으로 걸어갔다.

"이렇게 보면 돼, 섀도. 우리가 뜨는 쪽이야. 우린 쇼핑몰이야. 너의 친구들은 시시한 도로변 명소일 뿐이고. 젠장, 우리는 온라인 몰이야. 너의 친구들은 집에서 기른 농산물을 수레에 싣고 고속도로변에서 앉아 파는 놈들이고. 아니, 그들은 과일상도 못 돼. 자동차 안테나나 고래수염으로 만든 코르셋 교정기나 파는 상인이지. 우리는 현재와 미래야. 네 친구들은 더 이상 과거도 아니야."

이상하게도 익숙한 말이었다. 섀도가 물었다.

"리무진 타고 다니는 뚱뚱한 애 만난 적 있어?"

루시는 손을 뻗어 펼치고는 눈알을 우스꽝스럽게 굴렸다. 우스운 루시 리카르도가 사고뭉치의 손을 씻는 모습이었다.

"테크니컬 보이? 테크니컬 보이를 만났나? 음, 걘 좋은 애야. 우리들 중 하나지. 그 애는 자기가 모르는 사람들에게만 불친절하지. 네가 우릴 위해 일하게 되면 그 애가 얼마나 좋은 앤지 알 수 있을 거야."

"내가 당신을 위해 일하지 않는다면, 아이 러브 루시?"

그때 루시의 아파트 문을 두드리는 소리가 났다. 무대 밖에서 리키의 목소리가 들렸다. 리키가 도대체 '루우시'는 뭘 하느라 이렇게 꾸물대는지 묻고, 다음 장면을 위해 클럽에 가야 한다고 외치는 소리였다. 순간 짜증스러운 표정이 루시의 만화 같은 얼굴에 번졌다.

"우라질. 있지, 그 늙은이들이 너한테 얼마를 주든지 간에 난 그것의 배는 줄 수 있어. 3배. 100배. 그들이 너한테 뭘 주든지 간에 난 너에게 훨씬 많이 줄 수 있지."

루시는 딱 악당 같은 루시 리카르도의 미소를 지었다.

"말만 해, 자기. 뭐가 필요해?"

루시는 블라우스의 단추를 풀기 시작했다.

"이봐, 루시의 가슴을 보고 싶지 않아?"

스크린이 나갔다. 타이머가 작동해서 텔레비전이 꺼진 것이다. 섀도는 시계를 보았다. 12시 30분이었다.

"아니."

섀도는 침대에서 자세를 잡고 눈을 감았다. 갑자기 자신이 웬즈데이와 낸시와 나머지를 그들의 적수보다 더 좋아하는 이유가 명백해지는 것 같았다. 더럽고 싸구려에 음식은 똥 같을지 몰라도, 적어도 진부한 말은 하지 않는다.

아무리 싸구려에 비틀리고 서글픈 것이라 할지라도, 언제라도 쇼핑몰보다는 도로변 명소를 선택하겠다고 생각했다.

아침에 섀도는 다시 도로로 나가 부드럽게 굴곡진 겨울 풀밭과 낙엽 진 나무들의 갈색 풍경을 지나고 있었다. 마지막 남은 눈마저 사라지고 없었다. 주 대항 16세 이하 여자 300미터 경주 입선자의 고향인 마을에서 똥차에 기름을 채웠다. 그러곤 때를 벗겨 낸다고 차가 주저앉지 않기를 바라면서 주유소 자동 세차장으로 갔다. 세차를 하고 보니, 놀랍게도 자동차는 흰색이었고 녹도 거의 슬지 않았다. 다시 차를 몰았다.

하늘은 파란 물이 떨어질 것같이 푸르렀고, 굴뚝에서 피어오르는 공장의 하얀 연기만이 사진처럼 하늘에 얼어붙어 있었다. 독수리 1마리가 죽은 나무에서 날아올라 햇빛 속에 스톱 모션 사진 시리즈처럼 날개를 빛내면서 그를 향해 날아왔다.

어느 순간 섀도는 동부 세인트루이스를 향하고 있었다. 피하려고 했으나, 어쩌다 보니 산업 단지의 홍등가처럼 보이는 곳을 달리고 있었다. 트레일러와 거대한 트럭들이 임시 창고처럼 보이는 건물 밖에 주차되어 있었다. 건물에는 '24시간 나이트클럽', '이 도시 최고의 핍 쇼'라고 쓰여 있었다. 섀도는 고개를 젓고 계속 달렸다. 로라는 옷을 입든 벗든 춤추는 것을 좋아했고(몇 번은 주를 넘나들며 춤을 춘 것으로 기억한다.), 섀도는 그런 그녀를 바라보는 것을 좋아했다.

레드 버드라는 마을에서 샌드위치와 콜라를 점심으로 먹었다.

섀도는 노란 불도저와 트랙터, 캐터필러 수천 대의 폐차 더미로 가득 찬 언덕을 지났다. 불도저가 죽어서 가는 불도저의 무덤인 것 같았다.

캐러밴을 지났다. 체스터('뽀빠이의 고향')에 진입했다. 이곳은 집들이 전면에 둥근 기둥들을 뽐내고 있었다. 심지어 허물어져 가는 아주 낡고 작은 집조차 흰색 기둥이 있어, 누가 보더라도 이건 맨션입네 하고 자랑하는 집들 같았다. 섀도는 커다란 흙탕물 강을 지나며 '커다란 흙탕물 강'이라는 표지판을 보고 커다랗게 소리 내어 웃었다. 갈색의 칡넝쿨이 죽은 나무 3그루를 비틀어 감싸며 인간의 형상을 한 이상한 모습을 보았다. 나무들은 그의 운명을 밝힐 준비를 하고 있는 3명의 꼬부랑 마녀일지도 모른다.

미시시피를 따라 달렸다. 섀도는 나일 강을 본 적이 없지만, 너른 갈색 강에 내리쬐고 있는 눈부신 오후의 태양이 드넓은 흙탕물의 나일 강을 생각나게 했다. 지금의 나일 강이 아닌, 아주 오래전 파피루스 늪을 관통해 동맥같이 흘러가던 강, 코브라와 자칼과 야생 소의 고향이자…….

도로 표지판에 테베가 나왔다.

도로는 지표에서 약 3.5미터 위로 나 있었다. 늪 위를 달리고 있는 셈이었다. 새 떼들이 이리저리 먹이를 찾아 푸른 하늘에 검은 점을 이루어 일종의 브라운 운동*을 하며 필사적으로 날아다니고 있었다.

늦은 오후 태양이 지기 시작하면서 요정의 빛처럼 세상을 황금색으로 물들였다. 따뜻하고 두꺼운 커스터드의 빛깔은 세상을 다른 세상으로 느끼게끔 했으며, 진짜보다 더 진짜같이 보이게 했다. 섀도는 이 빛 속을 지나면서 '역사적인 케이로'에 진입한다는 이정표를 보았다. 다리 밑을 지나 조그마한 항구 도시에 다다랐다. 위압적인 케이로 법원 건물과 그보다 더욱 위압적인 세관 건물은 하루가 저물 무렵의 끈적끈적한 황금빛 햇빛 속에서 갓 구운 거대한 쿠키처럼 보였다.

길 한편에 차를 세우고 강둑으로 걸어갔다. 지금 보이는 강이 오하이오 강인지 미시시피 강인지 알 수 없었다. 조그만 갈색 고양이 1마리가 코를 킁킁대다가 건물 뒤쪽에 있는 쓰레기통으로 뛰어올랐다. 빛은 쓰레기조차도 마술적으로 보이게 만들었다.

1마리 갈매기가 날개를 퍼덕거리며 강변을 따라 낮게 비행했다.

섀도는 혼자가 아니라는 사실을 깨달았다. 낡은 테니스화를 신고 남성용 회색 울 스웨터를 입은 조그만 소녀가 3미터 정도 떨어진 보도에 서 있었다. 소녀는 6살 계집아이의 어둡고 진지한 태도로 섀도

---

* 유체 속 미립자의 운동.

를 바라보고 있었다. 머리는 검고 긴 생머리였고 피부는 강물처럼 갈색을 띠었다.

섀도는 아이를 향해 미소를 띠었다. 아이는 건방진 태도로 마주 보았다.

강가에서 깩깩거리는 소리와 구슬피 우는 소리가 동시에 들려왔고, 작은 갈색 고양이가 주둥이가 긴 검은 개에게 쫓겨 자빠진 쓰레기통에서 재빨리 도망쳐 나와 자동차 밑으로 들어가 버렸다.

"얘야, 너 투명 가루 본 적 있니?"

섀도가 아이에게 말했다. 아이가 망설이다가 고개를 저었다.

"좋아. 자, 이거 잘 봐."

섀도는 왼손에 동전 하나를 꺼내서 높이 들고 이쪽저쪽으로 기울이며 오른손 안으로 던지는 것 같은 모습을 하다가 아무것도 없는 손을 꾹 움켜쥐고 손을 앞으로 뻗었다.

"자, 내가 이제 주머니에서 투명 가루를 꺼낼 거야."

그러고는 왼손을 웃옷 주머니에 넣어 동전을 안으로 떨어뜨렸다.

"이제 가루를 동전이 있는 손에 뿌릴 거야."

섀도는 가루를 뿌리는 시늉을 했다.

"자, 봐! 동전이 안 보이지."

섀도는 텅 빈 오른손을 펼쳐 보인 다음, 놀란 표정으로 텅 빈 왼손도 함께 펼쳤다.

아이는 빤히 바라볼 뿐이었다.

섀도는 어깨를 으쓱하고 두 손을 주머니에 넣었다. 한 손에는 동전을 잡고 다른 한 손에는 5달러짜리 접은 지폐를 쥐었다. 그것을 허공에서 펼쳐 보이려 하다가, 5달러를 그냥 아이에게 주었다. 아이는 그 돈이 필요한 듯 보였다.

"어이, 관객이 있었네."

검은 개와 작은 갈색 고양이도 아이의 양편에 자리를 잡고 그를 뚫어져라 바라보고 있었다. 개의 커다란 두 귀가 쫑긋 서서 우스꽝스럽게 경계하는 표정을 지었다. 학처럼 꾸부정한, 금테 안경을 쓴 남자가 보도에서 무언가를 찾듯 이리저리 훑어보면서 그들을 향해 걸어오고 있었다. 섀도는 그가 개의 주인인가 하고 생각했다.

"어땠어?"

섀도가 아이의 기분을 풀어주기 위해서 개에게 물었다.

"멋있었니?"

검은 개가 긴 주둥이를 핥았다. 그러더니 깊고 마른 소리로 말했다.

"난 해리 후디니를 본 적이 있는데, 자네는 훨씬 못 미쳐."

아이는 동물들을 보고 섀도를 올려다본 다음, 도망치기 시작했다. 지옥의 온갖 악마들이 쫓아오기라도 하듯 보도에 힘껏 발을 내디뎠다. 두 짐승은 아이가 달리는 것을 바라보았다. 학 같은 남자가 개에게 다가왔다. 그러고 손을 뻗어 개의 뾰족하고 쫑긋한 귀를 긁어 주더니 개에게 말했다.

"자, 자. 그냥 동전 트릭이었어. 수중 탈출 같은 것을 한 것도 아닌데."

"아직 아니지. 하지만 나중에 할 거야."

개가 말했다. 황금빛 태양이 지고 잿빛 땅거미가 내리기 시작했다.

섀도는 동전과 접은 지폐를 다시 주머니에 넣었다.

"좋아요, 당신들 중에 누가 자칼이죠?"

"눈 됐다 뭐 하나."

긴 주둥이를 한 검은 개가 말했다.

"이쪽이야."

개는 금테 안경을 쓴 남자를 따라 걸어가기 시작했다. 섀도는 한순간 망설이다가 그들을 따라갔다. 고양이는 보이지 않았다. 그들은 판자로 창을 막은 집들이 일렬로 늘어선 동네의 어느 크고 낡은 건물에 다다랐다. 문 옆 간판에는 '아이비스와 자켈. 가족 회사. 장례식장. 1863년 설립'이라고 쓰여 있었다.

"난 아이비스일세. 자네한테 저녁 한 끼 사야 될 텐데 말이야. 여기 우리 친구가 할 일이 있어서."

금테 안경의 남자가 말했다.

살림은 뉴욕이 두렵다. 그래서 샘플 상자를 보호하듯 양손으로 가슴팍에 끌어안는다. 살림은 흑인들이, 노려보는 눈길이 두렵다. 또한 유대인들이 두렵다. 모자를 쓰고 턱수염과 구레나룻을 기르고 온통 검은 옷을 입어 눈에 띄는 유대인들이 두렵다. 또한 알아볼 수 없는 유대인들은 또 얼마나 많은가? 살림은 그 많은 사람이 두렵다. 몸집도 제각각이고 모습도 다른 그 많은 사람이 높디높은 더러운 건물에서 길거리로 쏟아져 나오는 것이 두렵다. 빵빵거리고 왁자지껄한 교통이 두렵다. 심지어 공기조차 두렵다. 공기는 더러운 동시에 달콤했으며, 오만의 공기와는 전혀 다르다.

살림은 미국 뉴욕에 일주일 머물렀다. 날마다 사무실 2~3곳을 방문하여, 샘플 상자를 열어 그 안에서 반짝이고 있는 청동으로 만든 각종 자질구레한 장신구며 반지, 병, 작은 손전등, 엠파이어 스테이트 빌딩 모형, 자유의 여신상 모형, 에펠 탑 모형들을 보여 준다. 그리고 매일 밤 고향 무스카트에 있는 매형 후아드에게 팩스를 보내, 아직 주문을 받지 못했다거나 어느 재수 좋은 날 주문을 몇 개 받았다고 알린다. 너무나 뼈아프게 알고 있는 사실이지만, 그건 항공료와 호텔비를 대기에도 부족한 액수이다.

살림은 도대체 이유를 알 수 없었지만, 매형의 동업자는 46번가에 있는 파라마운트 호텔에 그의 방을 예약해 놓았다. 그곳은 혼돈스럽고 밀실공포증을 유발했으며, 비싸고 낯설다.

후아드는 살림의 누이의 남편이다. 부자는 아니지만 청동으로 브로치며 반지, 팔찌나 작은 조각상 따위 장신구를 만드는 조그만 공장의 공동 대표이다. 모든 제품은 아랍 국가들과 유럽, 아메리카 수출용으로 만들어진다. 살림은 후아드 밑에서 6달 동안 일했다. 살림은 후아드가 무섭다. 후아드가 보내는 팩스의 말투가 점점 더 거칠어지고 있다. 저녁에 살림은 호텔 방에 앉아 코란을 읽으면서 이것도 지나갈 것이며, 이 이상한 세계에서 머무는 것도 한정되어 있고 금방 지나갈 것이라고 스스로 되뇐다.

매형은 여러 가지 자질구레한 여행 경비로 살림에게 1000달러를 주었다. 처음에는 엄청난 액수로 보였으나, 믿을 수 없을 정도로 빨리 증발해 버리고 있다. 처음 도착했을 때는 가난뱅이 아랍인으로 보이는 게 겁나서, 만나는 사람마다 지폐를 건네면서 팁을 엄청나게 주었다. 그러다가 살림은 자신이 이용당하고 있고, 사람들이 자신을 비웃을지도 모른다는 생각을 하고는 아예 팁을 주지 않았다.

딱 한 번, 결국 마지막이 되었지만, 전철을 탔을 때 길을 잃고 헤매다 약속을 놓쳤다. 이제는 꼭 타야만 할 경우 택시를 타고 그 외에는 걸어다닌다. 살림은 난방이 심하게 된 사무실로 비틀거리며 들어간다. 바깥의 추위로 볼은 마비되고 코트 속으로는 땀을 흘리며 구두는 눈으로 젖어 버린다. 바람이 길 아래쪽으로 불 때면 노출된 피부에 와 닿는 추위가 어찌나 심한지, 마치 두들겨 맞는 것 같다.(애비뉴는 북쪽에서 남으로, 스트리트는 서에서 동으로 지나고 있어, 살림은 메카가 어느 방향인지 언제나 쉽게 알 수 있다.)

살림은 한 번도 호텔에서 식사를 하지 않았다.(호텔비는 후아드의 동업자들이 대지만, 식사는 스스로 해결해야 한다.) 대신 팔라펠* 가게나 작은 음식 매장에서 음식을 사서 코트 안에 몰래 숨겨 호텔 방으로 가져왔다. 며칠이 지나서야 음식을 들고 오는 것을 아무도 상관하지 않는다는 것을 깨달았다. 그래도 여전히 희미하게 밝혀진 엘리베이터로(살림은 자신의 방이 있는 층의 버튼을 누를 때면, 언제나 몸을 구부리고 곁눈질을 해야 한다.), 그리고 자신이 머물고 있는 조그만 하얀 방으로 음식을 들고 오는 것이 어색하게 느껴진다.

살림은 화가 났다. 오늘 아침에 일어났을 때 그를 기다리고 있던 팩스는 통명스러운 데다, 잔소리와 꾸지람과 실망스러움이 섞여 있었다. 살림이 그들을 맥 빠지게 한다는 것이었다. 그의 누이, 후아드, 후아

---

* 중동의 야채 샌드위치.

드의 동업자들, 오만의 통치자들, 아랍 세계 전체를 실망시킨다는 것이었다. 살림이 주문을 받아내지 못하는 한, 후아드는 더 이상 그를 채용할 의무가 없다는 것이다. 그들은 살림에게 기대하고 있다. 호텔 숙박비는 너무나 비싸다. 자신들의 돈을 가지고 아메리카의 술탄처럼 살면서 도대체 무엇을 하고 있는가? 살림은 자신의 방에서 팩스를 읽고(그의 방은 언제나 너무 덥고 숨이 막힐 듯해서 어젯밤에는 창문을 열고 잤더니 이젠 너무 추웠다.) 한동안 그대로 앉아 있었다. 얼어 버린 얼굴은 비참했다.

살림은 마치 다이아몬드나 루비가 들어 있기라도 한 것처럼 샘플 상자를 끌어안고 시내로 걸어갔다. 추위 속에서 이 구역 저 구역 터벅터벅 걸어가다가 브로드웨이와 19번가가 만나는 지점까지 왔다. 살림은 세탁소 위에 불법 점유된 건물을 본다. 계단을 올라 4층으로 가 팬글로벌 임포트 사로 들어간다.

사무실은 거무죽죽하다. 그러나 팬글로벌 임포트 사는 극동 지역에서 미국으로 들어오는 장식 기념품의 절반가량을 다루고 있다. 팬글로벌 사에서 주문 하나만 받으면 살림의 여행 경비를 상환시켜 줄 수 있을 뿐 아니라 성공적인 출장이 될 것이다. 살림은 샘플 상자를 무릎 위에 얹어 놓고 불편한 나무 의자에 앉아, 데스크에 앉아 있는, 밝은 빨강으로 머리를 물들인 중년 여자를 바라보면서 기다린다. 여자는 크리넥스 화장지를 꺼내 코를 풀고 또 푼다. 코를 풀고 나서는 화장지로 다시 코를 잘 닦은 후 휴지통에 던져 넣는다.

살림은 약속 시간보다 30분 이른 10시 30분에 도착했다. 얼굴은 붉어진 채 떨면서 열이 나는 게 아닌가 생각하고 있다. 시간은 너무나 천천히 흘러가고 있다.

살림은 시계를 본다. 그리고 목을 가다듬는다. 데스크의 여자가 그를 응시한다.

"예?"

여자가 말한다. 그건 마치 "에."처럼 들린다.

"11시 35분인데요."

여자가 벽시계를 흘끗 보고 "에."라고 다시 말한다.

"그러에요."

"저 약속이 11시인데요."

살림은 궁색한 미소를 지으며 말한다.

"블랜딩 씨는 손님이 여기 계시는 줄 알고 있어요."

여자는 꾸짖듯 그렇게 말한다.("브래딩 씨느 손님이 여기 게시는 주 알오 있오.")

살림은 테이블에서 날짜가 지난 《뉴욕 포스트》를 집어 든다. 그의 영어 실력은 읽는 것보다 말하는 게 낫다. 낱말 퍼즐을 푸는 식으로 기사를 읽는다. 살림은 기다린다. 상처 받은 강아지의 눈을 닮은 이 통통한 젊은 남자는 손목시계를 보다 신문을 다시 흘끗 보고 다시 벽시계를 본다.

12시 30분, 안쪽 사무실에서 몇 명의 사람들이 밖으로 나온다. 그들은 큰 소리로 이야기하면서 서로에게 영어로 재잘거린다. 그중 덩치 크고 똥배가 나온 남자가 불붙이지 않은 시가를 입에 물고 있다. 나오면서 살림을 흘끗 쳐다본다. 남자는 데스크의 여자에게 자신의 누이가 아연과 비타민 C를 강력 추천한다면서, 레몬주스와 아연을 먹어

보라고 말한다. 여자는 그렇게 하겠다고 약속하고, 봉투 몇 개를 건넨다. 남자는 그것을 주머니에 넣고, 다른 남자들과 함께 복도로 나간다. 그들의 웃음소리가 계단 아래로 흩어져 버린다.

1시다. 데스크의 여자는 서랍을 열어 갈색 종이 가방을 꺼낸다. 샌드위치 몇 개와 사과 하나와 밀키웨이 하나를 꺼낸다. 갓 짠 오렌지 주스가 든 조그만 플라스틱 병도 꺼낸다.

"실례합니다. 블랜딩 씨에게 전화해서 제가 아직도 기다리고 있다고 전해 주실 수 있을까요?"

여자는 살림이 아직도 거기 있다는 사실이, 2시간 30분 동안 1.5미터를 사이에 두고 같이 앉아 있었다는 것이 놀라운 듯 그를 올려다본다.

"점심 식사 가셨어요."

여자가 말한다. '젓심 싯사 가서서요.'

살림은 가슴속 깊은 곳으로부터, 불붙이지 않은 담배를 물고 있던 남자가 블랜딩이라는 것을 알고 있다.

"언제 돌아오시죠?"

여자는 어깨를 으쓱하고 샌드위치를 한 입 베어 문다.

"나머지 시간은 다른 약속들로 바쁘신데요."

여자가 말한다. '나머지 시가는 다룻 약숏드로 바뻐시데요.'

"그럼, 돌아오실 때 절 보실 수 있을까요?"

여자는 어깨를 으쓱하고 코를 푼다. 살림은 점점 허기가 심해지고 절망스럽고 기운이 빠진다.

3시에 여자가 그를 보고 말한다.

"사장님 도라웃 안으 거이요."

"뭐라고요?"

"블래딘 사장님, 오늘 도라웃 안으 거라고요."

"내일로 다시 약속 잡을 수 있을까요?"

여자는 코를 닦는다.

"전화하시어 더요. 야속은 저나로만 더요."

"알겠습니다."

살림이 말한다. 그러고 나서 미소를 짓는다. 후아드는 살림이 무스카트를 떠나오기 전, 미국에선 영업사원은 미소를 짓지 않으면 발가벗은 것이나 마찬가지라고 몇 번이나 말했다.

"내일 전화하겠습니다."

살림은 샘플 상자를 들고 계단을 내려가 거리로 나온다. 거리엔 얼듯이 차가운 비가 진눈깨비로 바뀌고 있다. 살림은 46번가 호텔까지의 길고 추운 길과 샘플 상자의 무게를 생각해 보고는, 보도 끝에서 차도로 한 발 내디디고 택시 지붕에 불이 켜져 있건 꺼져 있건 다가오는 모든 노란 택시에 대고 손을 흔든다. 택시는 모두 그를 지나쳐 버린다.

그중 하나가 지나치면서 가속한다. 바퀴 하나가 물웅덩이에 빠져 얼고 있는 흙탕물을 살림의 바지와 코트에 뒤집어씌운다. 한순간 살림은 굉음을 내며 달리는 차에 몸을 내던질까 생각하다가, 매형이 자신보다는 샘플 상자의 운명을 더욱 염려할 것이며, 자신의 사랑하는 누이이자 후아드의 아내 외에 슬퍼할 사람이 아무도 없을 것이라는 사실을 깨닫는다. (살림은 아버지와 어머니에게 언제나 당황스러운 존재였고, 그의 연애는 언제나 필연적으로 짧았으며, 동시에 익명으로 이루어졌다.) 또한 달리는 이 차들이 실제로 그의 목숨을 끊을 수 있을 만큼 빨리 달리고 있는지 의심스럽다.

낡아빠진 노란 택시가 살림의 옆에 와서 섰고, 살림은 끝날 줄 모르고 이어지는 머릿속의 생각을 끊어 준 것에 감사하며 택시에 올라탄다.

뒷좌석엔 군데군데 회색 테이프가 붙어 있다. 반쯤 열린 플렉시 유리 칸막이엔 담배를 피우지 말라는 경고와 공항까지 가는 데 드는 요금이 씌어 있다. 이제까지 들어보지 못한 유명한 사람의 목소리로 녹음된 소리가 안전벨트를 매라고 말한다.

"파라마운트 호텔이요."

택시 기사가 투덜거리면서 보도 쪽으로부터 방향을 틀어 교통의 흐름에 합류한다. 기사는 면도를 하지 않았고, 먼지가 수북한 두꺼운 스웨터를 입었으며, 검은 플라스틱 선글라스를 썼다. 날씨는 흐리다. 밤이 내려앉고 있다. 살림은 기사의 눈에 문제가 있는지 궁금해 한다. 와이퍼가 창을 문질러 도로를 잿빛으로 만들고 불빛을 얼룩지게 만든다.

갑자기 어디선가 불쑥 트럭 한 대가 그들 앞으로 진입한다. 택시 기사는 무함마드의 수염에 대고 아랍어로 욕지거리를 내뱉는다.

살림은 계기반에 있는 이름을 보려 하나, 자신의 자리에서는 알아볼 수가 없다.

"택시 운전한 지 얼마나 됐습니까, 기사님?"

살림이 아랍어로 기사에게 물어본다.

"10년."

기사가 똑같은 언어로 말한다.

"어디 출신이오?"

"오만 무스카트요."

"오만 출신이군. 나도 오만에 가 본 적이 있소. 오래전이오. 우바르시라고 들어 본 적 있소?"

"그럼요. 잃어버린 탑의 시. 정확히 기억은 안 나지만, 5년인가, 10년인가 전에 사막에서 발견됐다죠. 발굴할 때 탐험대에 있었어요?"

"뭐, 그 비슷했지. 멋진 도시였소. 매일 밤 3000, 아마 4000명 정도가 그곳에서 야영했지. 모든 여행객이 우바르에서 쉬고 갔지. 음악이 연주되고 포도주가 물처럼 흐르고 물도 흘렀소. 물론 그래서 도시가 존재했죠."

"나도 그렇게 들었어요. 그리고 도시는 멸망했죠. 언제더라? 1000년 전인가? 2000년인가요?"

택시 기사는 아무 말도 하지 않는다. 그들은 빨간 불에 멈추어 선다. 신호가 녹색으로 바뀌어 뒤에서 즉각 경적을 빵빵거리며 울리는데도, 기사는 움직이지 않는다. 망설이다가 살림은 유리막의 구멍에 손을 넣어 기사의 어깨를 건드린다. 남자는 놀라서 고개를 세우고 액셀을 밟아 비틀비틀 교차로를 지난다.

"씨발, 니미럴, 젠장, 우라질."

기사가 영어로 욕을 한다.

"많이 피곤한가 봐요, 기사님."

"알라께서 잊으신 이 차를 30시간 동안 운전하고 있소. 너무하죠?

그 전엔 5시간 잤고, 또 그전엔 14시간 운전했소. 크리스마스 전에는 인력이 부족해요."

"돈이나 많이 버시면 좋을 텐데."

기사가 한숨을 쉰다.

"별로 많지 않아요. 오늘 아침에 한 남자를 태우고 51번가에서 뉴어크 공항까지 운전했죠. 도착하니까 남자가 도망을 쳤고, 난 그놈을 찾을 수가 없었어요. 요금 50달러는 날아가고, 혼자 돌아오는 길에 통행 요금만 냈소."

살림이 고개를 끄덕인다.

"나는 날 보려 하지 않는 사람을 만나려고 오늘 하루 온종일을 기다렸어요. 매형은 날 미워하죠. 미국에 온 지 일주일이 지났는데 돈만 잡아먹고 아무것도 못했거든요. 난 아무것도 못 팔아요."

"뭘 파는데요?"

"허섭스레기요. 쓸데없는 싸구려 관광객 기념품들. 끔찍하고 싸구려에 바보 같고 못난 허섭스레기들요."

택시 기사는 핸들을 비틀어 오른쪽으로 돌리고 무언가를 피해 앞으로 달린다. 살림은 기사가 비 내리는 밤에 어두운 선글라스를 쓰고 어떻게 앞을 보고 운전하는지 생각한다.

"허섭스레기를 판다고요?"

"예."

살림은 매형의 샘플에 관해서 진실을 말했다는 사실에 짜릿함과 두려움을 동시에 느끼면서 말한다.

"그리고 사람들은 사지 않고요?"

"예."

"이상하네. 이곳 가게들을 가 보면 알겠지만 온통 그런 것들 뿐인데."

살림은 초조하게 미소를 짓는다.

트럭 한 대가 앞을 막아선다. 앞에서 얼굴이 붉은 경찰 1명이 손을 흔들고 고함을 치며 가까운 도로로 빠지라고 손가락으로 가리킨다.

"8번가로 가서 쭈욱 올라갑시다."

택시 기사가 말한다. 그들은 그 길로 차를 돌리고, 차들은 이제 완전히 멈추어 섰다. 경적들이 불협화음을 이루며 빵빵대고 있으나, 차들은 움직이지 않는다.

기사가 자리에서 흔들린다. 그의 턱이 가슴 쪽으로 내려가기 시작한다. 한 번, 두 번, 세 번. 그런 후 조용히 코를 골기 시작한다. 살림은 그를 깨우려 손을 뻗으며, 자신이 옳은 일을 하는 것이기를 바란다. 어깨를 흔들자 기사가 움직이고, 살림의 손이 기사의 얼굴을 스치면서 쓰고 있던 선글라스를 쳐서 선글라스가 무릎 위로 떨어진다.

기사는 눈을 뜨고 손을 뻗어 선글라스를 집어 다시 썼으나 때는 이미 늦었다. 살림은 그의 눈을 보고 말았다.

택시는 빗속에서 앞으로 기어간다. 미터기가 올라간다.

"날 죽일 건가요?"

택시 기사는 입술을 꼭 다물고 있다. 살림은 뒷거울로 그의 얼굴을 본다.

"아니."

기사가 말한다.

택시가 다시 멈춘다. 빗방울이 차 지붕을 때린다.

278

살림이 말하기 시작한다.

"우리 할머니는 아프리트[20], 아니면 마리드를 어느 늦은 밤에 사막의 끝에서 보았다고 하셨어요. 우린 그저 모래 폭풍이나 작은 바람이라고 말했지만 할머니는 아니라고, 그 얼굴을 보았노라고, 그 눈이 당신의 눈과 같이 타오르는 불꽃이더라고 말했어요."

기사는 미소를 지었으나, 그의 눈은 검은 선글라스 안에 감추어져 있다. 살림은 저 미소가 진짜 웃음인지 아닌지 분간할 수 없다.

"할머니들도 여기로 왔지."

"뉴욕에 진들이 많이 있나요?"

"아니, 많지 않아."

"천사들이 있고, 알라신께서 진흙으로 만든 인간들이 있고, 불의 사람들인 진들이 있죠."

"여기선 사람들이 우리에 대해서 아무것도 몰라. 우리가 소원을 들어준다고 생각하지. 내가 소원을 들어줄 수 있다면 이따위 택시나 몰고 있겠어?"

"이해가 안 돼요."

택시 기사는 우울해 보인다. 살림은 거울을 통해 아프리트의 얼굴을 바라보며 가무잡잡한 입술을 응시한다.

"사람들은 우리가 소원을 들어준다고 믿어. 왜 그렇게 생각하지? 나는 브루클린의 냄새 나는 방에서 잠을 자. 승차할 돈이 있는 놈이면 냄새 나는 변태라도 태우고, 또 어떤 때는 돈이 없는 사람들도 태우고 이 택시를 몰지. 난 그들이 가야 할 곳에 태워다 주고, 이따금 팁을 받지."

아프리트의 아랫입술이 떨리기 시작했다. 초조해 보였다.

"한 사람이 언젠가 뒷자리에 똥을 쌌어. 택시를 다시 몰고 나오기 전에 그걸 치워야만 했어. 어떻게 그럴 수가 있지? 의자에 묻은 젖은 똥을 닦아 내야만 했어. 그게 말이나 돼?"

살림은 손을 뻗어 아프리트의 어깨를 토닥거린다. 울 스웨터 속 단단한 살을 느낄 수 있다. 아프리트는 운전대에서 한 손을 떼 살림의 손에 한동안 포개 놓는다.

살림은 그때 사막을 생각한다. 붉은 모래사막에 모래 폭풍이 일고, 잃어버린 도시 우바르를 둘러싼 선홍색 실크 천막들이 펄럭이며 굽이친다.

그들은 8번가를 따라 올라간다.

"옛날 사람들은 믿지. 그들은 구멍에 오줌을 싸지 않아. 왜냐하면 진들이 구멍에 산다고 무함마드가 말했기 때문이야. 그들은 또한 우리가 천사들의 대화를 엿들을라치면 천사들이 우리에게 불타는 별을 던진다고 믿고 있어. 하지만 나이 먹은 사람들조차 이 나라로 오면, 우리는 아주 아득히 멀어지고 말아. 고향에서는 난 택시 따윈 몰지 않아도 됐지."

"안됐네요."

"안 좋은 때야. 폭풍이 오고 있어. 그게 두려워. 도망칠 수 있다면 뭐든 할 거야."

둘은 더이상 호텔까지 가는 길에 아무 말도 하지 않는다.

살림은 택시에서 내릴 때 아프리트에게 20달러짜리 지폐를 주고 잔돈은 가지라고 말한다. 그런 후 갑작스레 용기가 솟아나 아프리트에게 자신의 방 번호를 알려 준다. 기사는 아무런 말도 하지 않는다. 젊은 여자가 뒷자리에 올라타고 택시는 추위와 빗속으로 다시 진입한다.

저녁 6시. 살림은 매형에게 아직 팩스를 보내지 않았다. 빗속으로 나가 오늘 저녁에 먹을 케밥과 감자튀김을 산다. 일주일밖에 되지 않았지만, 이 뉴욕이란 도시에서 점점 살이 찌고 둥글어지고 말랑말랑해진다고 느낀다.

살림이 호텔로 다시 돌아왔을 때, 택시 기사가 주머니에 두 손을 깊이 찔러 넣은 채 로비에 서 있는 것을 보고 놀란다. 그는 진열된 흑백 엽서들을 응시하고 있다. 살림을 보고 아프리트는 수줍게 웃음 짓는다.

"방으로 전화했는데, 응답이 없어서 기다려야겠다고 생각했어."

살림도 미소를 띠고 남자의 팔을 건드린다.

"여기 있어요."

그들은 희미한 녹색 불이 켜져 있는 엘리베이터에 올라 손을 잡고 5층으로 오른다. 아프리트는 욕실을 사용해도 될지 묻는다.

"나, 아주 더러운 것 같아."

아프리트가 말한다. 살림은 고개를 끄덕인다. 그리고 조그만 흰 방의 대부분을 차지하고 있는 침대에 앉아 샤워 소리를 듣는다.

택시 기사가 허리에 수건을 두르고 욕실에서 나온다. 그는 선글라스를 쓰지 않았고, 희미한 불빛 아래 눈은 선홍색 불꽃을 보이며 불타고 있다.

살림은 눈을 깜박거리며 눈물을 참는다.

"내가 볼 수 있는 것을 당신도 볼 수 있었으면 좋겠어요."

"난 소원을 들어주지 않아."

아프리트가 수건을 떨어뜨리며 부드럽게, 그러나 저항할 수 없게, 침대 위로 살림을 밀면서 말한다.

아프리트는 살림의 입에다 성기를 밀어 넣고 비비고 문지르다가 1시간이 지나서야 사정한다. 살림은 그동안 벌써 두 번이나 사정했다. 진의 정액은 맛이 이상하고 불같이 뜨거워 살림의 목구멍이 데었다.

살림은 욕실로 들어가 입을 씻어 낸다. 침대로 돌아오니 택시 기사는 이미 흰 침대에 평화롭게 코를 골며 잠들어 있다. 살림은 침대 위로 올라가 옆에 누워 그를 꼭 껴안고 피부에서 사막을 떠올린다.

잠들면서, 살림은 아직 후아드에게 팩스를 보내지 않았다는 사실을 깨닫고 죄책감을 느낀다. 마음 깊은 곳에서 공허감과 외로움을 느낀다. 손을 뻗어 아프리트의 부풀어 오른 성기를 만지며 편안하게 잠이 든다.

그들은 새벽녘 서로의 몸에 부딪치며 잠이 깨어 다시 한번 사랑을 나눈다. 한순간 살림은 자신이 울고 있다는 것을 깨닫고 아프리트는 뜨거운 입술로 눈물을 핥아 준다.

"이름이 뭐예요?"

살림이 택시 기사에게 묻는다.

"운전면허증에 이름이 있지만 그건 내 이름이 아냐."

아프리트가 대답한다.

나중에 살림은 어디서 섹스가 끝났고 어디서 꿈이 시작되었는지 기억할 수 없었다.

살림이 깨어났을 때, 차가운 태양이 흰 방으로 기어들고 있고 그는 혼자였다.

또한 샘플 상자가 사라진 것을 발견한다. 그 모든 병들과 반지와 기념품, 청동 손전등 모두가 없어져 버리고 자신의 가방, 지갑, 여권, 오만으로 가는 항공권마저 없어져 버렸다.

살림은 청바지와 티셔츠, 그리고 먼지로 얼룩진 울 스웨터가 바닥에 널브러져 있는 것을 본다. 그 밑에는 이브라힘 빈 이렘이라는 이름으로 된 운전면허증, 똑같은 이름으로 된 택시 면허증과 열쇠고리와 영어로 주소가 쓰여진 종이 한 장도 있다. 운전면허증과 택시 면허증의 사진들은 살림같이 보이지 않지만, 아프리트 같아 보이지도 않는다.

전화벨이 울린다. 살림이 이미 체크아웃을 했고, 게스트가 빨리 나가야 또 다른 손님을 맞기 위해 방을 청소할 수 있다고 프런트데스크에서 말한다.

"난 소원을 들어주지 않아."

살림은 입속에서 말들이 모양을 갖추어 가는 것을 맛보면서 말한다.

옷을 입으면서 이상하게 몽롱해지는 것을 느낀다.

뉴욕은 아주 단순하다. 애비뉴들은 북쪽에서 남쪽으로 나 있고, 스트리트들은 서에서 동으로 달린다. 어려울 게 무언가? 살림은 스스로에게 묻는다.

살림은 택시 열쇠를 공중으로 던졌다가 잡는다. 그런 후 주머니에 들어 있는 검은 플라스틱 선글라스를 쓰고 택시를 찾으러 호텔 방을 나선다.

제8장

그는 죽은 자가 영혼을 가지고 있다고 말했다. 그러나 나는 그에게 물었다,
어떻게 그럴 수 있느냐고. 나는 죽으면 영혼이 된다고 생각했다.
그때 그가 나의 도취를 깼다. 의심스럽지 않느냐?
죽은 자들이 무언가 간직하고 있다는 것이.
그렇다, 죽은 자가 간직한 무언가가 있다.
— 로버트 프로스트, 「두 마녀」

보통 장례식장은 크리스마스 일주일 전에는 조용하다는 것을, 섀도
는 저녁을 먹으면서 알게 되었다.

아이비스가 섀도에게 설명했다.

"죽을락말락 하는 자들은 마지막 크리스마스를 위해 끝까지 버티
는 거야. 아니면 설날까지 버티지. 반면에 또 다른 사람들은 자기들
때문에 다른 사람들의 즐거움이 너무 고통스러워질까 봐, '삶이란 건
멋진 거야.'라는 태도의 끝자락에 매달려 아직 버텨. 낙타가 아니라
순록의 허리를 부러뜨릴 마지막 지푸라기, 혹은 이렇게 말할까, 마지
막 서양호랑가시나무 가지를 만나지 못한 거지."*

아이비스는 이렇게 말하면서 작은 소음을 냈는데, 특별히 마음에

---

* 영국 작가 찰스 디킨스가 처음 사용한 표현으로, 짐을 가득 실은 낙타의 등에 마지막으로 지푸
라기 하나를 올려서 결국 낙타의 허리를 부러뜨렸다는 말이다. 즉, 참고 견디어 온 상황을 마지
막으로 무너뜨리는 결정적 계기나 사건을 일컫는다. 여기서는 크리스마스이기 때문에 낙타 대
신 '순록'을, 또한 지푸라기 대신 크리스마스트리로 쓰이는 '서양호랑가시나무 가지'를 표현에
이용한 것이다.

드는 어구를 잘 다듬었다는 것을 암시하는 듯 반쯤은 능글맞은 웃음 같고 반쯤은 콧방귀 같은 소리였다.

'아이비스와 자켈'은 가족 소유의 조그만 장례식장이었다. 진정한 의미에서 그 지역의 마지막 독립 장례식장 중 하나로, 아이비스가 유지하고 있었다.

"사람들은 기왕이면 전국에 지점이 있는 가게를 좋아해."

아이비스는 설명조로 말했다. 부드럽고 열정적인 강의식 어조로, 머슬팜에서 운동하던 한 대학 교수를 떠올리게 했다. 그는 대화가 아니라 설교하고 해설하고 설명만 하던 사람이었다. 섀도는 아이비스와 만난 지 몇 분 만에 아이비스가 자신에게 바라는 것은 최대한 말을 삼가라는 것임을 깨달았다. 그들은 아이비스와 자켈의 장례식장에서 두 블록 떨어진 조그만 식당에 앉아 있었다. 섀도의 식사는 종일 든든할 만큼 푸짐한 조식 메뉴였는데, 허시퍼피 옥수수 과자가 함께 나왔다. 미스터 아이비스는 커피 케이크 한 조각을 께적거리고 있었다.

"내 생각엔, 그건 사람들이 자신들이 뭘 갖게 될지 미리 알고 싶어 하기 때문이야. 그래서 맥도널드나 월마트, F. W. 울워스가 있는 거야. 나라 전역에서 볼 수 있는 매장 브랜드 말야. 어딜 가든, 소소한 지역적 차이만 날 뿐 똑같은 물건을 가질 수 있다는 거지. 그렇지만 장례식장 분야의 경우는 다를 수밖에 없어. 사람들은 그 직업에 소명 의식을 가진 사람이 행하는, 조그만 마을의 인간적인 서비스를 느끼고 싶어 해. 크나큰 슬픔의 시기에 자신과 망자에 대해 인간적인 관심을 보이길 원하는 거야. 또한 사람들은 애도할 일이 사는 지역에서 조용히 치러지길 바라지, 어딘지도 모를 먼 곳에서 온 자들이 맡는 걸 바라지 않아. 하지만 죽음이란 것도 하나의 산업이라네, 젊은 친구. 그것에 대해 똑바로 생각하게. 모든 산업 분야에서, 사람들은 대량으로 운영하고 대량으로 구매하고 또 운영을 중앙 집중화해서 돈을 버는 거야. 보기 좋은 모습은 아니지만 사실이라네. 문제는 자기네 망자가 냉동 밴에 실려 낡고 커다란 개조 창고 같은 곳에 옮겨져 20구나 50구 어쩌면 100구의 시체 더미에 섞이게 될 것을 좋아할 사람은 아무도 없다는 것이지. 아니올시다야. 사람들은 가족적 관심을 바라고, 길가에서 마주치면 모자를 벗고 예의를 갖추는 존중심을 가진 사람이 대접해 주기를 바란단 말이야."

아이비스는 모자를 썼다. 수수한 갈색 모자는 수수한 갈색 블레이저 상의와 갈색 얼굴에 잘 어울렸다. 조그만 금테 안경이 코에 걸려 있었다. 섀도의 기억 속에 아이비스는 키가 작은 남자였다. 그러나 그가 섀도 옆에 설 때마다 섀도는 아이비스가 키가 180센티미터 이상이고 학처럼 허리를 구부린다는 사실을 새로이 깨닫곤 했다.

"그래서 거대 회사들이 들어오면 업자들은 회사의 이름을 사고 장례식장 관리자에게 월급을 주어 머물게 하고는 겉으로는 다양성을 창출하지. 하지만 그건 단지 묘석의 끝자락일 뿐이야. 현실적으로 버거킹과 같은 차원이지. 우리는 우리만의 방식이 있기 때문에 진짜로 독립적이야. 우리는 모든 염습(殮襲)을 우리가 직접 해. 이 나라 전체에서 가장 좋은 것이지. 물론 아무도 모르고 우리만 알고 있어. 그래도 우리는 화장은 하지 않아. 화장터를 가지고 있다면 돈을 더 많이 벌 수 있겠지만, 우리의 전문 분야에 반대되는 거야. 우리 동업자가 주님께서 재주나 기술을 주시면 그것을 최대한 사용할 의무가 있다고 하더군. 안 그런가?"

"좋은 말 같네요."

"주님은 나의 동업자에게 망자를 주재할 수 있는 권한을 주셨고, 마찬가지로 나에게는 말재주를 주셨다네. 말이란 건 좋은 거야. 난 말이야, 이야기책을 쓴다네. 문학적인 것은 아니고 그냥 나 혼자 재미있는 것들, 인생 이야기 같은 것들이지."

아이비스는 말을 멈추었다. 섀도는 자신이 그중 하나를 읽어 봐도 좋을지 물어야 했는데, 기회를 놓치고 말았다는 것을 깨달았다.

"어쨌든 우리가 여기에서 사람들에게 주는 것은 영속성이야. 아이비스와 자켈은 이곳에서 거의 200년 동안 사업을 해 왔지. 그렇지만 항상 장례식 관리자들은 아니었어. 전엔 염습사였고, 또 그전엔 장의사였다네."

"그전에는요?"

"음."

아이비스는 조금 젠체하는 태도로 미소를 지었다.

"우린 역사가 아주 오래됐어. 물론 각 주들 간에 전쟁이 나고서야 이곳에 터전을 잡았지. 그때 우리는 이 근처에 유색 인종들을 위해 장례식장을 열었어. 그전에는 아무도 우리를 유색 인종이라고 생각하지 않았어. 어쩌면 외국인이어서 좀 이국적이고 그을렸다고 생각했을지 모르지만, 유색 인종이라고는 아무도 생각하지 못했지. 금방 전쟁이 끝나자, 우리가 흑인으로 보이지 않은 때를 아무도 기억하지 못하더군. 내 동업자는 항상 내 피부보다 더 까맣거든. 바꾸기는 아주 쉬워. 대부분 우리는 타인들이 생각하는 방식으로 자신을 보곤 하지.

사람들이 아프리카계 미국인에 대해 말할 때는 정말 이상해. 푼트, 오피르, 누비아 출신 사람들을 생각나게 하거든. 우린 한 번도 아프리카 사람이라고 생각해 본 적이 없어. 우리는 나일 강 사람이야."

"그럼 이집트인이겠군요."

아이비스는 아랫입술을 윗쪽으로 밀어 올리고, 스프링 저울 위에 머리를 올려 어느 쪽으로 기울어졌는지 재기 위해 관찰하듯 고개를 이쪽저쪽으로 까닥거렸다.

"음, 그렇다고도 할 수 있고, 아니라고도 할 수 있어. '이집트인'이라고 하면 지금 그곳에 살고 있는 사람들이 떠올라. 우리의 묘지와 궁전 위에 도시를 지은 사람들. 그들이 나처럼 생겼나?"

섀도는 어깨를 으쓱했다. 그는 아이비스처럼 생긴 흑인 남자들을 본 적이 있다. 또한 선탠을 해서 아이비스처럼 보이는 백인 남자들도 본 적이 있다.

"커피 케이크 어때요?"

웨이트리스가 커피를 따라 주면서 물었다.

"여태까지 먹어 본 중에 최고야. 어머니한테 안부 전해 줘."

"그럴게요."

웨이트리스는 자리를 떴다.

"장례식 관리자는 사람들의 건강에 대해 물으면 안 돼. 사업상 염탐하는 거라고 생각할 수 있어."

아이비스가 낮은 목소리로 말했다.

"자네 방이 준비되었는지 볼까?"

밤공기에 그들의 숨이 김이 되어 나왔다.

288

거리의 가게 창문 너머로 크리스마스 불빛이 반짝거렸다.

"절 댁에 묵게 해 주시다니, 친절하시군요. 감사합니다."

"우린 자네 고용주에게 많은 신세를 졌네. 주님이 아실 걸세. 우리에겐 방이 있고 말이야. 크고 오래된 집이야. 예전에는 식구들이 더 많았는데, 이제 우리 셋뿐이네. 폐가 될 건 하나도 없어."

"제가 여기 얼마나 오랫동안 있게 될지 혹시 아세요?"

아이비스는 고개를 저었다.

"그가 말을 안 했어. 하지만 우린 자네가 여기 있는 게 좋다네. 일거리도 마련해 줄 수 있어. 자네가 까다롭지만 않다면 말이야. 망자를 존중한다면 말이지."

"그럼, 아저씨 부족 사람들은 여기 케이로에서 무엇을 하세요? 그냥 이름뿐인 게 아니었나요?"

"아냐. 전혀 아닐세. 사실 이 지역은 우리에게서 이름을 땄지. 물론 사람들은 거의 알지 못하지만 말이야. 옛날에는 교역의 중심지였어."

"개척 시대요?"

"그렇게 부를 수도 있겠지. 안녕하세요, 시몬스 여사! 즐거운 크리스마스 되세요! 날 여기로 데리고 온 사람들은 오래전에 미시시피 강을 따라왔지."

섀도는 거리에 멈추어 서서 아이비스를 응시했다.

"5000년 전에 고대 이집트 사람들이 교역하러 이곳에 왔다고 말씀하시는 거예요?"

아이비스는 아무 말도 하지 않았으나 껄껄대며 웃었다.

"대략 3530년 전."

"좋아요. 믿을게요, 그러죠. 그럼 뭘 교역했죠?"

"별건 아니고, 동물 가죽이지. 식량도 조금. 지금 미시건의 반도 위쪽에 있던 광맥에서 나온 청동 따위도 말야. 모든 게 실망스러웠지. 노력할 가치가 없었어. 그들은 이곳에 오래 머물러서 우리를 믿고 우리를 위해 희생했다네. 그리고 일부 교역자들은 우리를 뒤로 하고 전염병으로 죽어서 이곳에 묻혔지."

아이비스는 길 중간에서 갑자기 얼어 버린듯 멈추어 서서 천천히 몸을 돌리며 팔을 뻗었다.

"이 나라는 1만여 년 동안 중앙역 역할을 해왔어. 콜럼버스에 대해 말해 달라고 나한테 물어봐 봐."

섀도가 예의 바르게 물었다.

"그 사람이 어땠는데요?"

"콜럼버스는 사람들이 수천 년 동안 해 오던 일을 했을 뿐이야. 아메리카에 오는 게 뭐 특별한 게 있겠어. 난 종종 그것에 관한 이야기를 써 왔다네."

그들은 다시 걷기 시작했다.

"실화 말인가요?"

"어느 시점까지는 그래. 자네가 원한다면 한두 편 읽게 해 줄게. 눈이 있는 사람이면 누구나 볼 수 있도록 준비되어 있어. 개인적으로 《사이언티픽 아메리칸》지의 구독자로서 말하건대, 전문가들이 또다시 아리송한 두개골, 즉 자신들이 아는 것과는 다르게 생긴 것을 볼 때마다, 또는 아리송한 조각이나 유물을 찾을 때마다 그들이 안됐다는 생각이 들어. 그들은 이상한 일에 대해서는 이야기하겠지만, 불가능한 일에 대해서는 이야기하지 않을 것이기 때문이야. 그들이 안타깝더군. 무언가가 이상한 것을 넘어 불가능한 것으로 판명되면, 진짜든 아니든 그것에 대한 믿음을 버리기 마련이지. 내 말은, 일본의 원주민인 아이누 족이 9000년 전에 아메리카에 있었다는 것을 보여주는 유골이 있어. 그리고 또 다른 유골은 거의 2000년 전에 캘리포니아에 폴리네시아인이 있었다는 것을 보여주고 있지. 과학자들은 누가 누구의 후손인지 논쟁하고 아리송해하면서 완전히 요점을 잃곤 해. 그들이 호피 족 출현 터널*을 실제로 찾는다면 무슨 일이 일어날지 아무도 몰라. 여러 가지 것들을 뒤집어 놓을 거야. 나중에 봐 봐.

　아일랜드인들이 중세에 아메리카에 왔느냐고 묻겠지? 물론 그랬어. 웨일스인들과 바이킹들도 왔어. 반면에 아프리카 서안 해변, 나중에 노예 해변이나 상아 해변이라 불리는 곳에서 온 아프리카인들은 남아메리카와 교역을 하고 있었고, 중국인들은 오리건에 몇 번 방문했지. 중국인들은 오리건을 푸 상이라고 불렀어. 바스크인들은 1200년 전에 신세계의 연안 앞바다에 성스러운 비밀 어장을 세웠어. 내 생각에 자네는 이렇게 말하겠지. '하지만 아이비스 씨, 이 사람들은 원시인들

---

* 미국 애리조나 주 북동부에 사는 푸에블로 인디언의 일족인 호피 족의 전설에 의하면, 그들은 '시파푸(sipapu)'라는 땅의 구멍에서 출현했다고 한다. 1909년 애리조나 주의 신문 《애리조나 가제트》는 그랜드 캐니언 내부에서 고대 문명인들의 지하 도시를 발견했다는 뉴스를 보도했다. 이 신문에 의하면, 스미소니언 박물관의 후원과 고고학자 킨케이드 박사의 주도로 그랜드 캐니언 내부에서 정체 불명의 지하 도시를 발견했고, 그 내부에서 이집트식 무덤, 동양의 유적, 불상 등을 발견했다고 전했다. 그것이 사실이라면 콜럼버스의 아메리카 발견보다 훨씬 이전에 동양인들이 이미 아메리카 대륙에 문명을 꽃피웠다는 사실이 된다. 이 보도 이후 다시는 신문과 학계에 이 일이 거론되지 않았고, 이 죽음의 도시 이야기는 현대 고고학의 20세기 최초 미스터리로 남게 되었으며, 이 사건은 '고고학계의 은폐냐, 《피닉스 가제트》의 사기극이냐'라는 미제로 남게 되었다.

이고 무선 통제 시설과 비타민 알약과 제트 비행기들이 없었잖아요.' 라고."

섀도는 아무런 말도 하지 않았고, 무슨 말을 할 의향도 없었지만 뭐라도 말해야 할 것 같았다.

"그래요, 그랬군요."

마지막 남은 떨어진 가을 나뭇잎들이 발밑에서 바스락거렸다.

"콜럼버스 이전에 사람들이 배를 타고 원거리를 여행할 수 없었다는 것은 오해야. 뉴질랜드와 타이티와 태평양의 수많은 섬들은 배를 타고 온 사람들이 정착한 땅들이야. 그들의 항법 기술은 콜럼버스가 스스로를 부끄러워할 정도였을 거야. 아프리카의 부유함은 교역 덕택이었어. 물론 대부분은 동쪽, 인도, 중국과 교역하긴 했지만. 우리 동족인 나일 족들은 진작부터 인내심과 달콤한 물만 충분히 있으면 갈대로 만든 배로 세계를 일주할 수 있다는 걸 알아냈다네. 옛날 아메리카 이주의 가장 큰 문제점은 여기에 별것이 없고, 아무도 교역을 원하지 않았으며, 너무 멀다는 것이었지."

그들은 소위 앤 여왕 스타일로 지은 큰 집에 도착했다. 섀도는 앤 여왕이 누구인지, 왜 그녀가 「아담스 패밀리」에 나오는 것 같은 스타일의 집들을 좋아했는지 궁금했다. 그 집은 그 동네에서 널빤지로 창을 막지 않은 유일한 건물이었다. 그들은 정문을 지나 건물의 뒤쪽으로 걸어갔다.

아이비스는 열쇠 하나를 꺼내 커다란 이중문을 열고 안으로 들어갔다. 난방이 되지 않은 큰 방에 두 사람이 있었다. 한 명은 검은 피부에 키 큰 남자로 커다란 외과용 금속 메스를 들고 있었고, 다른 한 명은 테이블 같기도 하고 싱크대 같기도 한 기다란 자기로 된 판 위에 누운 10대 후반의 죽은 소녀였다.

시체의 위쪽 벽에는 죽은 소녀의 사진 몇 장이 코르크판에 핀으로 꽂혀 있었다. 하나는 고등학교 시절의 웃고 있는 얼굴 사진이었다. 또 다른 사진에는 소녀가 3명의 소녀들과 함께 나란히 서 있었다. 프롬 파티용 드레스 같아 보이는 옷을 입고 검은 머리는 복잡한 매듭 장식으로 올려 묶었다.

자기로 된 테이블 위에 소녀의 머리칼이 어깨 아래로 차갑게 늘어져 있었다. 머리칼에는 마른 피가 엉겨 붙어 있었다.

"이 사람은 나의 동업자인 자켈이야."

"우린 이미 만났지. 악수 못 하는 걸 양해하게."

섀도는 테이블 위의 소녀를 내려다보았다.

"얜 어떻게 된 거예요?"

"어울리는 남자애들이 질이 좀 안 좋았어."

자켈이 대답했다.

"항상 이렇게 안 좋게 끝나지는 않는데."

미스터 아이비스는 한숨을 쉬며 말했다.

"이번에는 그랬어. 남자가 취했고 칼을 갖고 있었는데, 여자애가 임신한 것 같다고 말했지. 남자애는 자기 아이라고 믿지 않았어."

"소녀는 칼에 다섯 차례 찔렸다."

자켈이 그 말을 하고 숫자를 셌다. 발로 누르는 스위치를 밟자, 똑하는 소리가 나면서 근처 테이블 위의 조그만 구술 녹음기가 켜졌다.

"좌측 전방 가슴에 칼로 찔린 상처가 세 군데 있다. 첫 번째 것은 가슴 왼쪽의 내측 경계에 있는 4번과 5번 늑간 사이 공간에 있으며 길이는 2.2센티미터이다. 두 번째와 세 번째 것은 왼쪽 유방 중심부에서 아래쪽으로 관통해 6번 늑간을 침투해서 서로 겹쳤으며, 길이가 3센티미터에 달한다. 가슴 좌측 상부 2번 늑간에 2센티미터의 상처가 있다. 나머지 하나는 좌측 삼각근 정면 중앙부에 길이 5센티미터, 최대 깊이 1.6센티미터에 달하는 것이다. 모든 흉부 상처들은 깊게 침투한 상처들이다. 이 이상 겉으로 드러난 상처는 없다."

자켈은 발 스위치를 놓았다. 조그마한 마이크가 염습 테이블 위에 줄로 매달려 있는 것이 보였다.

"검시관도 하시나요?"

섀도가 물었다.

"이곳에서 검시관은 관청에서 임명하는 직위라네. 이 친구의 일은 시체를 걷어차 보는 거야. 시체가 되받아 차지 않으면 이 친구가 사망 확인증에 사인을 하지. 자켈은 해부자야. 시 당국 의학 검시관 밑에서 일하지. 부검을 하고, 분석을 위해 조직 샘플을 떼어 내는 일을 해. 벌써 상처 사진을 찍었네."

자켈은 아랑곳않고 일을 계속했다. 그는 큰 메스를 들고 쇄골에서 시작해 흉골까지 큰 V자를 그리면서 깊게 절개했고, 다시 흉골에서 치골로 절개를 계속해서 V자를 Y자로 만들었다. 그러고는 끝에 매달 크기의 둥근 톱날이 달린 조그맣고 육중한 크롬 드릴 같은 것을 작동시켜 소녀의 흉골 양쪽으로 늑골을 따라 절개했다.

소녀가 지갑처럼 열렸다.

섀도는 희미하지만 불쾌할 만큼 침투성이 강하고 코를 찌르는 살덩

어리의 냄새를 맡을 수 있었다.

"이보다 더 고약한 냄샌 줄 알았어요."

"이 애는 꽤 신선한 편이야. 내장도 찔리지 않아서 아주 고약한 냄새는 나지 않아."

새도는 고개를 돌렸다. 그러나 역겨워서 그런 것이 아니고, 소녀의 프라이버시를 지켜 주고 싶은 이상한 생각 때문이었다.

자켈은 그녀의 배 안 위장 바로 위쪽과 골반 깊은 곳에 뱀처럼 똬리를 튼 채 반짝반짝 빛나고 있는 내장들을 묶었다. 그 안에 손가락을 집어넣고 여기저기 쑤셔 본 뒤 마이크에 대고 '정상'이라고 묘사한 다음 바닥에 있는 양동이에 집어넣었다. 진공 펌프를 가슴에 대고 피를 모두 빨아들여 그 양을 쟀다. 그런 후 가슴 안쪽을 점검했다. 자켈은 마이크에 대고 말했다.

"심낭에 열상이 셋 있는데, 엉긴 피, 용해된 피로 가득 차 있다."

자켈은 여자의 심장을 움켜쥐고 위로부터 잘라 내서 손 안에 놓고 살펴보았다.

"심근(心筋)에 열상이 둘 있다. 하나는 우심실에 5센티미터짜리이고, 또 하나는 좌심실에 침투한 8센티미터짜리이다."

자켈은 양쪽 허파를 꺼냈다. 왼쪽은 칼에 찔려 반쯤은 푹 꺼져 있었다. 두 허파의 무게를 잰 다음 심장의 무게를 재고 상처들을 사진으로 찍었다. 각 허파에서 조그만 조직을 떼어 내 단지에 집어넣었다.

"포름알데히드야."

아이비스가 속삭였다.

자켈은 간, 위장, 비장, 췌장, 신장 2개, 자궁과 난소를 떼어 내며 마이크에 대고 말하면서, 자신이 하는 일과 보는 것을 묘사했다.

자켈은 각 기관의 무게를 재고, 정상 또는 상처받지 않음이라고 보고했다. 그 뒤에는 각 기관에서 조그만 조각을 떼어 내 포름알데히드 단지에 집어넣었다.

자켈은 심장과 간, 신장 하나에서 조각을 하나씩 더 떼어 냈다. 이 조각들을 일을 하는 내내 천천히 씹다가 삼켰다.

어쩐 일인지 섀도에게는 그 모습이 역겨워 보이지 않았고, 오히려 존중심에서 나오는 좋은 일이라는 생각이 들었다.

"그래, 자네 우리랑 함께 지내고 싶은가?"

자켈이 소녀의 심장 조각을 씹으면서 말했다.

"허락하신다면요."

"물론이지. 거절할 이유가 없을뿐더러 허락할 이유는 아주 많네. 자네가 여기 있는 동안은 우리의 보호하에 있을 거야."

아이비스가 말했다.

"자네가 죽은 자와 같은 지붕 아래 잠드는 것을 꺼려 하지 않길 바라네."

자켈이 덧붙였다.

섀도는 씁쓰름하고 차갑던 로라의 입술을 떠올렸다.

"아니, 괜찮아요. 시체들이 깨어나지만 않는다면."

자켈은 몸을 돌려, 사막 개의 눈처럼 미심쩍어하는 차가운 갈색 눈으로 섀도를 바라보았다.

"여기선 깨어나지 않아."

"제가 보기에도 그런 것 같네요. 죽은 사람들이 쉽사리 깨어나 돌아오는 것 같기에요."

"아냐, 좀비들조차 살아 있는 생명체로부터 만들어 낸다고. 가루 조금 뿌리고, 주문 조금 외고, 힘을 조금 쓰면 좀비가 나오지. 그들은 살아 있지만, 자신들이 죽었다고 믿어. 하지만 죽은 사람을 진정으로 되살리려면 능력이 필요하지."

아이비스는 잠시 망설이더니 다시 말했다.

"옛 시절 옛 땅에서는 더 쉬웠는데."

자켈이 말했다.

"사람의 '카'*를 몸에 5000년 동안 묶어 놓을 수 있었어. 묶어 놓든 풀어지든. 그건 아주 오래전 이야기야."

자켈은 떼어 낸 모든 신체 기관들을 들어, 존중하는 마음으로 빈 몸에 다시 넣었다. 그는 내장과 흉골을 다시 넣고는 피부를 잡아당겼다. 굵은 바늘과 실을 들고, 빠른 솜씨로 보기 좋게, 야구공을 꿰매는 것처럼 피부를 꿰맸다. 시체는 고깃덩어리에서 소녀로 거듭나고 있었다.

"맥주가 필요해."

자켈은 고무장갑을 벗어 통에 던져 넣었고, 어두운 갈색 작업복은 빨래 바구니에 넣었다. 그런 후 빨강, 갈색, 보라색의 작은 장기 조각들이 담긴 단지들을 얹은 마분지 쟁반을 들었다.

"같이 갈까?"

그들은 뒤쪽 계단을 올라 부엌으로 갔다. 부엌은 갈색과 흰색으로 칠해졌으며, 수수하면서도 훌륭했다. 섀도가 보기엔 1920년대에 마지막으로 치장된 듯했다. 한쪽 벽에는 덜컹거리는 커다란 켈비네이터

---

* ka, 고대 이집트인이 믿었던 사후의 부활을 위한 영적 부분.

냉장고가 있었다. 자켈은 냉장고 문을 열고 비장, 신장, 간, 심장 조각들이 들어 있는 플라스틱 단지들을 안에 집어넣었다. 그리고 갈색 병을 3개 꺼냈다. 아이비스는 유리장 찬장을 열고 긴 잔을 꺼냈다. 그런 후 섀도에게 부엌 테이블로 와서 앉으라고 했다.

아이비스가 맥주를 따라 섀도에게 한 잔, 자켈에게 한 잔 건넸다. 쓰고 진한 고급 맥주였다.

"맥주가 맛있네요."

섀도가 말했다.

"직접 주조한 것일세. 옛날에는 여자들이 술을 빚었지. 그들이 우리보다 실력이 좋았어. 하지만 지금은 여기엔 우리 셋뿐이야. 나와 이 친구와 저 애."

아이비스는 방 한구석에 고양이 바구니에서 깊이 잠들어 있는 조그만 갈색 고양이를 가리켰다.

"처음에는 더 있었어. 하지만 세트가 탐험을 하러 떠났지. 얼마더라, 200년 전이던가? 아마 그럴 거야. 1905년과 1906년엔 그가 샌프란시스코에서 보낸 엽서를 받았지. 그 후 소식이 없어. 불쌍한 호루스*는……."

아이비스는 한숨을 쉬며 말끝을 흐리고 고개를 저었다.

"아직도 때때로 그를 본다네. 시체 거두러 가는 길에 말일세."

자켈이 맥주를 홀짝거렸다.

"제 밥벌이는 할게요. 여기 있는 동안에요. 저한테 일을 시키세요.

---

* Horus, 이집트의 신으로 이마에 두 개의 눈을 가지고 있다. 그 두 눈은 태양과 달을 의미한다. 맹인의 신이다. 호루스는 송골매나 송골매 머리를 한 인간의 모습으로 묘사된다.

아무거나 할게요."

"자네를 위한 일을 찾아보겠네."

자켈이 동의했다.

조그만 갈색 고양이가 눈을 뜨고 네 다리를 쭉 폈다. 그러더니 천천히 부엌 바닥을 가로질러 와서 머리로 섀도의 부츠를 밀었다. 섀도는 왼손으로 고양이의 이마와 귀 뒤쪽과 목덜미를 쓰다듬어 주었다. 고양이는 황홀한 듯 몸을 활처럼 구부리더니 무릎으로 뛰어올라 가슴에 파고들고는 차가운 코를 섀도의 코에 부볐다. 고양이는 무릎 위에서 몸을 웅크려 다시 잠이 들었다. 섀도는 고양이를 쓰다듬었다. 털은 부드러웠다. 섀도의 무릎에 앉은 고양이는 따뜻하고 기분 좋았다. 고양이는 세상에서 가장 안전한 곳에 있다는 듯 행동했다.

맥주가 섀도의 머릿속에 기분 좋은 느낌을 남겼다.

"자네 방은 계단 꼭대기 욕실 옆에 있네. 작업복은 옷장에 있을 거야. 나중에 봐. 먼저 씻고 면도나 하는 게 좋겠어."

자켈이 말했다.

섀도는 그 말대로 했다. 철제 욕조에 서서 샤워를 하고, 자켈이 빌려준 면도칼로 아주 조심스럽게 면도했다. 면도칼은 꺼림칙하리만치 날카로웠고, 진주모(眞珠母) 손잡이가 달려 있었다. 섀도는 이 면도칼이 죽은 자에게 마지막 면도를 해 주기 위해 쓰이는 것이 아닌지 의심스러웠다. 섀도는 한 번도 면도칼을 사용해 본 적이 없었다. 그러나 베이진 않았다. 면도 크림을 씻어 내고, 파리똥으로 얼룩이 진 욕실 거울을 발가벗은 채 쳐다보았다. 멍이 들어 있었다. 가슴과 팔에 든 새로운 멍들이, 매드 스위니가 남긴 사라져 가는 멍들에 겹쳐 있었다.

그는 자신의 젖은 검은 머리와 짙은 회색 눈을 바라보았다. 그 눈은 거울 속에서 불신에 찬 눈빛으로 그 자신을 쏘아보고 있었다. 그러고 나서 그는 커피색 피부에 난 멍 자국들을 바라보았다.

그때 마치 누군가 섀도의 팔을 붙잡고 있기라도 한 것처럼 그는 면도칼을 들어 날을 세우고 자신의 목에 댔다.

탈출구가 될 거라고 생각했다. 아주 쉬운 탈출구. 우연히 들어와 보고 난장판을 치우고 정리를 할 사람들은, 아래층 부엌 테이블에 앉아 맥주를 마시고 있는 두 남자들이 될 것이다. 더이상 걱정거리는 없다. 더이상 로라도 없다. 더이상 미스터리와 음모 따위도 없다. 더이상 악몽도 없다. 평화와 고요와 휴식이 영원히 지속될 것이었다. 한쪽 귀에서 다른 쪽 귀까지 단번에 깨끗이 베면 되는 것이다. 그러면 끝이었다.

섀도는 목에다 면도날을 대고 서 있었다. 면도날이 피부에 닿은 곳에서 작은 핏방울이 스며 나왔다. 베였다는 것조차 알아차리지 못했다. 섀도는 스스로 말했다. 그 목소리가 그의 귀에 속삭이는 것을 들을 수 있을 것 같았다. 아프지 않아. 너무 날카로워서 상처를 주지 않아. 의식하기도 전에 사라질 거야.

그때 욕실 문이 휙 열렸다. 수십 센티미터 정도 열렸는데, 작은 갈색 고양이가 문틈에 머리를 들이밀고 섀도를 향해 호기심에 어린 듯 '콩' 소리를 냈다.

"야, 내가 문 잠근 것 같은데."

섀도는 고양이에게 말했다.

그는 날카로운 면도칼을 접어 세면대 한쪽에 놓고, 베인 상처를 솜으로 두들겼다. 수건으로 허리를 감싸고 침실로 들어갔다.

부엌과 마찬가지로 침실도 1920년대쯤에 장식한 것 같아 보였다. 거울이 있는 서랍장 옆에 세면대와 물 주전자가 있었다. 자주 환기를 시키지 않은 듯 희미하게 퀴퀴한 냄새가 났고 침대보는 만져보니 약간 눅눅했다.

누군가 벌써 침대 위에 옷을 가져다 두었다. 검은 정장 한 벌, 흰 셔츠, 검은 타이, 흰 러닝셔츠와 팬티, 검은 양말. 검은 구두는 침대 옆 닳아빠진 페르시안 카펫 위에 놓여 있었다.

옷을 입었다. 새것은 하나도 없었으나 고급이었다. 옷이 누구의 것인지 궁금했다. 죽은 사람의 양말을 신고 있는 것일까? 죽은 자의 구두에 발을 넣고 있는 것은 아닐까? 그는 옷을 입고 거울을 보았다. 딱 맞았다. 혹시 품이 꽉 끼거나 소매가 짧거나 하지 않을까 생각했는데 전혀 그렇지 않았다. 거울을 보고 타이를 맸다. 거울 속에 반사된 섀도의 모습이 냉소를 보내고 있는 것 같았다. 그는 콧방울을 긁어보면서 거울에 비친 자신의 모습이 똑같은 행동을 하는 것을 보고 진심으로 안도감을 느꼈다.

섀도는 스스로 목을 벨 생각을 했다는 것이 당치도 않게 생각되었다. 거울에 비친 그의 모습은 타이를 매는 내내 웃고 있었다. 섀도가 거울에 대고 말했다.

"이봐. 넌 내가 알지 못하는 무언가를 알고 있지?"

그렇게 말하자마자 멍청한 기분이 들었다.

문이 끽끽거리면서 열렸고 고양이가 문설주와 문 사이에서 미끄러지듯 넘어와 어슬렁거리면서 방을 가로질러 창턱으로 올라갔다.

"어이, 난 저 문을 잠갔어. 확실하단 말야."

고양이는 재미있다는 듯 섀도를 바라보았다. 고양이의 눈은 호박색이었다. 고양이는 창턱에서 침대로 뛰어 내려와 커버 위에서 몸을 둥글게 말고 잠을 청했다.

섀도는 고양이가 나갈 수 있고, 또 공기가 통하도록 침실 문을 열어 놓고 아래층으로 내려갔다. 계단은 밟을 때마다 삐걱거리면서 마치 가만히 놔두었으면 좋겠다는 듯 몸무게에 저항했다.

"이런 제길, 자네 아주 멋있어 보이네."

자켈이 계단 아래에서 기다리고 있었는데, 섀도와 비슷한 검은 정장을 입은 모습이었다.

"영구차 몰아 본 적 있나?"

"아뇨."

"그럼 모든 게 처음이겠군. 저 앞에 주차되어 있네."

자켈이 말했다.

늙은 여인 하나가 죽었다. 이름은 릴라 굿차일드였다. 자켈의 지시에 따라, 섀도는 알루미늄 들것을 좁은 계단을 통해 침실로 가지고 올라가서 침대 옆에 펼쳤다. 반투명한 플라스틱 보디백을 꺼내 침대 위의 죽은 여인 옆에 놓고 지퍼를 열었다. 굿차일드 부인은 분홍색 나이트가운과 퀼트 가운을 입고 있었다. 섀도는 무게가 많이 나가지 않는 연약한 몸을 담요로 감싸서 보디백 위에 올린 후 지퍼를 단단히 닫고 들것 위에 올렸다. 섀도가 일을 하는 동안 자켈은 릴라 굿차일드의 남편인 늙은 남자와 이야기를 하고 있었다. 아니, 자켈은 남자의 이야기를 듣는 편이었다. 섀도가 보디백의 지퍼를 올리고 있을 때, 노

인은 자식들이 얼마나 배은망덕한지, 손주들 또한 얼마나 도긴개긴인
지, 그러나 손주들이 그러는 것은 그들의 잘못이 아니라 그들 부모의
잘못이라는 것을, 사과는 사과나무에서 멀리 떨어지지 않는다고 설명
하고 있었다. 노인은 차라리 자신이 그 애들을 더 잘 길렀을 것이라고
생각한다고 말했다.

샤도와 자켈은 바퀴 달린 들것을 좁은 계단을 통해 밀고 갔다. 노
인이 여전히 이야기를 늘어놓으며 그들을 따라왔다. 노인은 돈과 탐
욕, 배은망덕에 대해 이야기하고 있었다. 그는 침실 슬리퍼를 신고 있
었다. 샤도는 들것의 무거운 쪽을 잡고 계단을 내려가 길가로 나왔다.
얼어붙은 보도에서 들것을 밀고 영구차로 갔다. 자켈이 영구차의 뒷
문을 열었다. 샤도는 망설였다. 자켈이 말했다

"그냥 안으로 밀어 넣어. 지지대는 저절로 접혀."

샤도가 들것을 밀자 지지대가 접히고 바퀴가 회전해, 영구차 바닥
에 딱 맞게 굴러갔다. 자켈이 들것을 안전하게 매는 법을 가르쳐 주었
다. 샤도가 영구차를 닫는 동안 자켈은 릴라 굿차일드의 남편의 이야
기를 듣고 있었다. 노인은 추위는 아랑곳하지 않고 한겨울의 보도에
서 슬리퍼와 목욕 가운만 걸친 채 자식들은 매나 마찬가지, 아니 하
늘을 나는 매보다도 못한 인간들이어서 그나마 자신과 릴라가 어렵
사리 모은 재산마저 빼앗아 갈 궁리만 한다고 이야기하고 있었다. 자
식들 중 둘은 세인트루이스로, 멤피스로, 마이애미로 내빼다가 결국
케이로로 낙향했고, 그와 릴라가 양로원에서 죽지 않아 얼마나 다행
인지, 그럴까 봐 얼마나 겁이 났는지 털어두었다.

그들은 노인을 다시 집 안으로 모시고 가서 계단을 올라 방까지 갔

다. 부부의 침대 한구석에서 조그만 텔레비전이 윙윙거리고 있었다. 섀도는 텔레비전 옆을 지날 때 뉴스 앵커가 그를 향해 씩 웃으며 윙 크를 보내는 것을 알아차렸다. 아무도 섀도를 보고 있지 않은 것을 확인하고 텔레비전을 향해 가운뎃손가락을 세웠다.

"저 양반들은 돈이 없어."

그들이 영구차로 돌아왔을 때 자켈이 말했다.

"내일 아이비스를 보러 올 거야. 가장 싼 장례식을 고르겠지. 아마 도 릴라의 친구들이, 떠나는 사람을 좋게 보내야 한다고 그를 설득할 거야. 하지만 노인은 투덜대겠지. 돈이 없어. 요즘 이곳엔 아무도 돈이 없어. 어쨌든 저 노인도 6개월이면 죽을 거야. 잘해야 1년이야."

헤드라이트 앞에서 눈송이들이 펑펑 떨어져 내리며 흩날렸다. 눈은 남쪽에서 내려오고 있었다. 섀도가 물었다.

"노인이 아픈가요?"

"그런 게 아냐. 여자들이 남자들보다 보통 오래 살지. 남자들은 여 자들이 먼저 가면 오래 버티지 못해. 두고 봐. 저 노인은 헤매기 시작 할 거야. 익숙한 모든 것들이 그녀와 함께 사라지거든. 그러면 지치고 시들어 가지. 그러다가 포기하고 그러다가 가는 거야. 어쩌면 폐렴이 올 수도 있고, 암이 될 수도 있고, 심장이 멎게 되겠지. 나이도 많고, 기력이 모두 안에서 빠져나가는 거지. 그러면 죽는 거야."

"자켈 씨?"

"음."

"영혼을 믿으세요?"

딱히 하려 했던 질문은 아니었다. 섀도는 그 말이 자신의 입에서 나오는 것을 들으며 스스로 놀랐다. 그렇게 노골적이 아니라 에둘러 말하려 했다. 그러나 그 이상 돌려 말할 재간이 없었다.

"경우에 따라서. 예전에 전성기 때는 모든 게 다 짜여 있었어. 죽으면 말이야, 줄을 서서 기다리다가 잘한 일과 못한 일을 고해바치는 거야. 그래서 악한 일이 착한 일보다 깃털 하나만큼이라도 더 많으면 영혼과 심장을, 영혼을 먹는 암미트에게 바치는 거야."

"엄청 많은 사람들을 잡아먹었겠네요."

"자네가 생각하는 만큼 많이는 아냐. 그 깃털은 사실 매우 무거워. 아주 특별하게 만들었거든. 저울이 그쪽으로 기울게 하려면 대단히 사악해야 해. 여기 주유소에 세워. 기름 좀 넣어야겠어."

거리는 첫눈이 내리는 때처럼 조용했다.

"화이트 크리스마스가 될 거예요."

섀도가 주유를 하면서 말했다.

"그래, 우라질. 그 아인 운수 좋아."

"예수요?"

"아주 운이 좋은 애라고. 구정물 구덩이에 빠지고도 장미 향기를 내면서 일어날 수 있어. 젠장, 크리스마스는 그자의 생일도 아니라고, 알아? 크리스마스는 미트라* 때문에 생긴 거야. 미트라 봤지? 붉은 모자. 좋은 애야."

"아뇨, 못 본 것 같은데."

---

* Mithras, 페르시아의 빛, 진리의 신. 조로아스터(Zoroaster)에 의한 페르시아 아버지 신전 개혁 때까지 부족 사회를 지켜 주던 신이었다. 미트라 숭배는 페르시아뿐만 아니라 인도, 중국, 로마, 영국, 이탈리아, 독일 등 전세계적으로 뻗어 갔다.

"이 근방에선 나도 미트라를 본 적이 없어. 그 앤 군인이야. 아마 중동으로 돌아가 쉬고 있을지도 모르겠네. 하지만 내 생각엔 이미 죽었을 거야. 그런 거지, 뭐. 어느 날은 제국의 모든 병사가 너의 희생 소의 피*로 몸을 씻지. 그러곤 다음 날 네 생일조차 기억 못하는 거야."

와이퍼가 앞창을 쓸고 지나가며 눈을 한쪽으로 밀면서 눈송이들을 뭉쳐 투명한 얼음 소용돌이로 만들었다.

신호등이 노란색에서 빨간색으로 바뀌었고, 섀도는 브레이크를 밟았다. 영구차의 뒷부분이 좌우로 미끄러지면서 텅 빈 도로에서 한 바퀴 돌고는 멈추어 섰다.

신호가 녹색으로 바뀌었다. 섀도는 미끄러운 도로에 적당하게 시속 16킬로미터로 속도를 늦추었다. 2단 기어로 가는 완벽한 주행이었다. 길이 막혔을 때나 이 속도로 몰았을 것이라고 섀도는 생각했다.

"좋아. 예수는 이곳에서 잘 지내. 하지만 어떤 사람이 아프가니스탄 도로에서 히치하이킹을 하고 있는 예수를 본 적 있는데, 아무도 그를 태워 주지 않았다고 하더군. 알겠어? 어디에 있느냐가 중요한 거지."

"진짜 폭풍이 오고 있는 것 같아요."

섀도는 날씨에 대해 말한 것이었다.

마침내 자켈이 대답했을 때는 날씨에 관한 것이 아니었다.

"나와 아이비스를 보게. 우리는 몇 년 후면 일을 못 하게 될 거야. 어려운 때를 대비해 저금을 해 두었지. 하지만 이곳에서 오랫동안 어려웠다네. 그리고 매년 더 어려워지고 있어. 호루스는 미쳤어. 진짜 지랄같이 돌아 버렸다고. 항상 독수리로 지내며 차에 치여 죽은 짐승

---

* 구약성서 레위기에 나오는 속죄 의식에 쓰이는 소를 비유하는 말이다.

을 먹고 있어. 도대체 그게 무슨 개똥 같은 삶이야? 바스트[21] 보았지? 우리는 다른 사람들보다는 나아. 적어도 참고 견딜 조그마한 믿음이라도 가지고 있어. 대부분 멍청이들은 그게 없어. 장례 사업과 마찬가지야. 자네가 내키건 말건 큰 놈들이 어느 날 자네를 사들여. 왜냐하면 그네들이 더 크고 효율적인 데다 그야말로 일을 하기 때문이지. 젠장, 싸움은 아무것도 바꾸어 놓을 수 없어. 우리가 이 초록의 땅에 100년, 아니 1000년, 아니 1만 년 전에 왔을 때 특별한 전쟁에서 졌기 때문이야. 아메리카는 우리가 온 것 따위는 신경도 안 썼어. 그래서 우리는 떠밀려 나오거나 길을 재촉하고, 아니면 길을 떠나지. 그래, 맞아. 자네가 옳아. 폭풍이 오고 있어."

섀도는 한 집만 빼고 모두 창이 닫히고 널빤지로 막힌 채 죽어 있는 집들이 죽 늘어서 있는 거리로 차를 돌렸다.

"뒷골목으로 가."

섀도는 영구차가 집 뒤쪽의 이중 문에 거의 닿을 때까지 후진시켰다. 아이비스가 영구차와 영안실 문을 열었고, 섀도는 들것의 쬠쇠를 풀어 밖으로 끄집어냈다. 바퀴 달린 지지대가 회전하면서 범퍼를 벗어나며 떨어졌다. 들것을 밀어 염습 테이블로 옮기고 릴라 굿차일드를 들어올렸다. 섀도는 자고 있는 아이를 안듯 불투명한 백 속에 있는 그녀를 안고, 깨울까 봐 저어하는 듯 차가운 영안실 테이블에 조심스럽게 올려놓았다.

"옮길 때 쓰는 보드가 있어. 자네가 옮길 필요 없어."

"괜찮아요. 아무것도 아네요."

섀도는 자켈과 같은 어투로 말을 하기 시작했다.

"난 큰 놈이에요. 어렵지 않아요."

어렸을 때 섀도는 나이에 비해 무척 작은 땅꼬마였다. 섀도의 어린 시절 사진 중에 로라가 너무나 좋아해서 액자에 넣은 것이 있다. 헝클어진 머리에 검은 눈을 한 진지한 아이가 케이크와 쿠키들로 가득한 테이블 옆에 서 있는 사진이었다. 섀도는 대사관 크리스마스 파티 때 찍은 것이 아닌가 생각했다. 왜냐하면 누가 마치 인형에게 옷을 입힌 듯 그는 나비넥타이를 하고 가장 좋은 옷을 입고 있었기 때문이었다. 꼬마 섀도는 자신을 둘러싼 성인들 세계를 근엄한 표정으로 바라보고 있었다.

그들은 자주 이사를 했다. 어머니와 섀도는 이 대사관에서 저 대사관으로 떠돌면서 유럽을 돌았다. 어머니는 외무부의 커뮤니케이터로서 기밀 전보들을 작성해 전 세계로 전송하는 일을 했다. 그러다가 섀도가 8살 때 미국으로 들어왔는데, 어머니가 너무 자주 아파서 꾸준히 일을 할 수가 없었다. 1년 내내 이 도시 저 도시 쉴 새 없이 이사를 다녔고, 괜찮을 때는 임시직으로 일하면서 살았다. 한곳에서 꾸준히 산 적이 없어서 섀도는 친구를 사귄다거나 고향 같은 기분을 느낀다거나 쉴 수가 없었다. 그리고 섀도는 조그만 아이였다…….

섀도는 아주 빨리 자랐다. 13살 되던 해 봄, 동네 아이들이 그를 괴롭히고 부추겨서 이길 수 없을 것이 뻔한 싸움을 하게 했다. 화가 났고, 울면서 남자 화장실로 도망을 쳐 누가 보기 전에 얼굴에 묻은 진흙이나 피를 씻어 내곤 했다. 그 후 길고 마법 같은 13번째 여름이 왔다. 섀도는 덩치 큰 아이들을 피해 다녔고, 수영장에서 수영을 하고 그 옆에 있는 도서관에서 책을 빌려 읽으면서 시간을 보냈다. 여름이 시작될 무렵만 해도 수영을 거의 하지 못했으나, 8월 말쯤이 되자 자유형으로 오래 헤엄치고 높은 보드에서 다이빙을 할 수 있게 되었다. 섀도는 햇빛과 물로 인해 깊은 갈색으로 익어 갔다. 9월에 학교로 돌아왔을 때, 그동안 그를 비참하게 만들었던 아이들은 더이상 자신을 괴롭힐 수 없는 작고 여린 아이들이 되어 있었다. 섀도를 괴롭히려 했던 두 아이는 빠르고 고통스럽게 예의범절을 배우게 되었다. 섀도는 자신을 다시 규정하게 되었다. 그는 더이상 뒷전에 물러나 눈에 띄지 않기 위해 최선을 다하는 조용한 아이가 아니었다. 그러기엔 누가 봐도 너무 컸다. 연말쯤에 섀도는 수영부와 역도 팀에 들었고, 코치가 3종 경기 팀에 그를 끌어들이려고 꼬드기고 있었다. 섀도는 크고 강한 것이 좋았다. 그것이 그에게 정체성을 부여했다. 그는 수줍고 조용하고 책이나 읽는 그런 아이였고, 그 사실은 고통스러웠다. 이제 그는 크고 둔한 놈이다. 아무도 그에게, 혼자서 소파를 번쩍 들어 옆방으로 옮기는 일 이외의 다른 것을 기대하지 않는 그런 아이가 되었다.

로라가 나타나기 전까지는 아무도.

아이비스가 저녁을 준비했다. 그는 자신과 자켈을 위해 쌀밥과 삶은 야채를 준비했다.

"난 육식을 하지 않아. 자켈은 일하는 동안에 필요한 고기를 먹고."

섀도의 자리에는 KFC 치킨과 맥주 한 병이 놓여 있었다.

혼자 먹기엔 치킨이 많아서 고양이와 함께 먹었다. 껍질과 바삭바삭한 튀김옷을 벗기고 닭을 손가락으로 가늘게 찢어서 고양이에게 주었다.

"감옥에 잭슨이라는 남자가 있었어요. 그자는 감옥 도서관에서 일을 했는데, 그가 말하길, 켄터키 프라이드 치킨이 KFC로 바뀐 이유는 더이상 진짜 치킨을 팔지 않기 때문이라고 하더군요. 닭이 머리가 없고, 다리와 가슴과 날개들만 연속적으로 달린 거대한 지네같이 유전적으로 변종된 돌연변이가 된 거예요. 그것들에겐 영양 튜브를 통해 음식이 공급된대요. 정부에서 그 회사에 치킨이라는 단어를 사용하지 못하게 했다고 하더라고요."

아이비스가 눈썹을 치켜 올렸다.

"진짜라고 생각하나?"

"아뇨. 그런데 옛날 감방 동료 로 키는 '프라이드'란 말이 나쁜 말이 되어서 그 이름을 바꾸었다고 하더라고요. 아마도 치킨이 저절로 요리 된다고 사람들이 믿기를 바랐던 모양입니다."

자켈은 저녁 식사를 마치고서 영안실로 갔다. 아이비스는 글을 쓰기 위해 서재로 갔다. 섀도는 잠깐 더 부엌에 앉아 치킨 조각을 고양이에게 먹이면서 맥주를 마셨다. 맥주와 치킨을 다 먹고 나서 접시와 식기를 닦아 물기를 빼기 위해 설거지대에 걸고 위층으로 올라갔다.

그는 발 달린 이동욕조에서 목욕을 하고 일회용 칫솔, 치약으로 양치를 했다. 내일은 새 칫솔을 살 것이다.

침실로 돌아왔을 때 작은 갈색 고양이는 침대 끝에서 몸을 동그랗게 말고 잠들어 있었다. 중간 서랍에 줄무늬 면 파자마가 몇 벌 있었다. 몇 년은 되어 보였는데 신선한 냄새가 났다. 섀도는 검은 정장처럼 자신을 위해 맞춘 듯 꼭 맞는 한 벌을 골라 입었다.

침대 옆 작은 테이블 위에는《리더스 다이제스트》몇 권이 쌓여 있었는데, 1960년 3월 이후의 것은 하나도 없었다. 켄터키 프라이드 변종 치킨 이야기의 진실과 정부가 한밤중에 화물 열차에 정치범들을 태우고 북부 캘리포니아 수용소로 끌고 간다는 이야기를 해 주었던 잭슨은 CIA가 전 세계 지점을 위해《리더스 다이제스트》를 표면상의 위장 사업으로 이용했다고 말했다. 즉, 모든 나라의《리더스 다이제스트》사무실이 실제로는 CIA라고 말했다.

"농담이야."

섀도의 기억 속에서 고인이 된 우드가 말했다.

"케네디 암살 사건에 CIA가 연루되지 않았다는 걸 어떻게 확신할 수 있겠나?"

섀도가 창문을 밀자 끼익 소리가 났다. 신선한 공기가 들어올 수 있을 만큼, 고양이가 바깥 발코니로 나갈 수 있을 정도로 창을 열었다.

섀도는 머리맡의 등을 켜고 침대에 올라가 머리를 식히기 위해, 머릿속에서 지난 며칠을 지우기 위해 가장 재미없어 보이는《리더스 다이제스트》중에서 가장 재미없어 보이는 기사들을 골라 읽었다. '나는 존의 췌장이다'를 반쯤 읽고 있으니 잠이 들었다. 머리맡의 등을 끌 시간도 없이, 머리가 베개에 닿기도 전에 눈을 감고 잠에 빠졌다.

나중에 섀도는 그 꿈의 순서와 세세한 내용을 기억할 수 없었다. 꿈을 기억하려 할수록 어두운 이미지들이 뒤엉켜 버리기만 했다. 마음 속 암실에서 노출 부족으로 인해 어두워진 이미지들이었다. 여자가 있었다. 어딘가에서 만난 적이 있는 여자였다. 그들은 다리를 가로질러 걷고 있었다. 어떤 마을의 중간에 있는 조그만 호수에 있는 다리였다. 바람이 불어 호수 표면이 일렁였고 파도가 굽이쳤다. 조그만 손들이 그를 향해 손을 뻗치는 듯 했다.

"저 아래."

여자가 말했다. 그녀는 표범 무늬 치마를 입고 있었는데 치맛자락이 바람에 나부끼고 펄럭이면서 스타킹 끝과 치마 사이로 크림 빛의 부드러운 맨살이 드러났다. 꿈속 다리 위에서, 신과 세상 이전의 시간에 섀도는 그녀 앞에 무릎을 꿇고 그녀의 가랑이 사이에 머리를 묻은 채 취할 것 같은 정글 속 여자의 향기를 마시고 있었다. 섀도는 꿈속에서, 실제로 자신의 성기가 발기되는 것을 의식했다. 뻣뻣하게 서서 광포하게 두근거리는 괴물 같은 것, 격렬하게 사춘기로 진입하는 소년 시절 경험했던 딱딱하고 고통스러운 발기, 의도하지 않은 강직 상태가 무엇을 뜻하는지 전혀 알 수 없고 그저 그게 겁났던 사춘기 시절의 발기……

섀도는 머리를 빼고 위를 바라보았다. 그래도 얼굴을 볼 수 없었다. 그러나 섀도의 입은 그녀의 입을 찾고 있었고, 그의 입술에 닿은 그녀의 입술은 부드러웠다. 두 손은 젖가슴을 감싸쥐었고, 그녀의 허리에 둘러져 있던 모피 속으로 들어가 모피를 열면서 새틴같이 매끈매끈한 그녀의 피부를 어루만졌다. 그의 손이 그녀의 멋진 음부로 미끄러져 들어갔다. 음부는 따뜻하게 젖었고, 그를 위해 마치 한 송이 꽃처럼 벌어졌다.

여자는 그를 향해 희열에 찬 소리로 가르랑거렸다. 그녀의 손이 아래로 내려와 단단한 성기를 꽉 움켜쥐었다. 섀도는 침대 시트를 치우고 그녀 위로 미끄러지듯 올라갔다. 그의 손은 그녀의 허벅지를 벌리고, 그녀의 손은 다리 사이에서 섀도를 이끌었다. 그곳에서 한 번은 파고들고 한 번은 마법에 걸린 듯 밀었다가…….

이제 섀도는 그녀와 함께 예전 감옥에 다시 들어와 있었다. 그는 그녀에게 깊게 키스했다. 그녀가 팔을 꼭 두르고, 자신의 다리로 그의 다리를 꼭 죄어 섀도의 몸을 움켜잡았기에 빠져나가고 싶어도 그럴 수가 없었다.

섀도는 그렇게 부드러운 입술에 키스해 본 적이 없었다. 이 세상에 그렇게 부드러운 입술이 있는지조차 알지 못했다. 그럼에도 그녀의 혀는 사포처럼 까칠까칠했다.

"당신은 누구요?"

섀도가 물었다.

그녀는 답을 하지 않았고, 섀도가 바닥에 등을 대도록 밀더니 유연한 움직임 한 번으로 두 다리를 벌려 그에게 걸터앉았다. 아니, 앉은 것이 아니라 반복될 때마다 점점 강렬해지는 비단처럼 부드러운 파도로 그에게 스며들었다. 리듬에 맞춰 출렁이고 파닥거리며 고동치는 그녀의 온몸이 호수의 바람과 파도가 호숫가에 부딪히듯, 섀도의 몸과 마음에 부딪히며 무너져 내렸다. 바늘처럼 날카로운 손톱이 섀도의 옆구리를 긁어 내렸다. 그러나 그는 고통을 전혀 느끼지 않았다. 오직 쾌락뿐이었다. 모든 것이 일종의 연금술에 의해 완전한 쾌락의 순간들로 변화되었다.

섀도는 자신을 되찾고, 말을 하려 애썼다. 그의 머리는 모래 언덕과 사막의 바람으로 가득 찼다.

"당신은 누구요?"

섀도가 헐떡대며 가까스로 다시 한 번 물었다.

그녀는 어두운 호박색 눈으로 섀도를 응시하더니 몸을 숙여 입을 낮추고 열정적으로 키스했다. 키스는 너무나 완벽하고 깊어서 그곳, 호수 다리 위에서, 그의 감방에서, 케이로 장례식장 침대에서, 거의 사정할 뻔했다. 섀도는 허리케인을 타는 연 같은 기분을 느꼈다. 그것이 꼭대기에 닿지 않기를, 폭발하지 않기를, 결코 끝나지 않기를 바랐다. 섀도는 그 연을 잡아당겨 통제했다. 그는 경고해야만 했다.

"내 아내인 로라가 당신을 죽일 거요."

"난 안 죽어."

얼토당토않은 생각 하나가 섀도의 머리에 떠올랐다. 중세에는 성교할 때 여자가 남자의 위에 올라타면 주교가 될 아이를 임신한다고 믿었다. 사람들은 그렇게 주장하곤 했다. 주교를 낳기 위해……

섀도는 그녀의 이름을 알고 싶었으나 감히 세 번이나 물어볼 수가 없었다. 그녀가 자신의 가슴을 그의 가슴에 대고 밀자 딱딱한 젖꼭지를 느낄 수 있었다. 그녀는 저 아래 깊숙한 내부에서 섀도를 쥐어짰고, 그러자 이번에는 그가 타거나 서핑을 할 수 없었다. 대신 들어올려져 빙빙 휘둘려졌다. 섀도는 활처럼 구부러져 상상할 수 없을 만큼 깊숙이 그녀 안으로 밀려 들어갔다. 마치 그들이 한 생명체의 일부인 것처럼 맛보고 마시고 붙잡고 원하면서……

"해."

그녀의 목소리는 목구멍 안쪽에서 고양이같이 가르랑거렸다.

"나에게 줘. 해."

섀도는 경련을 하며 녹아 내렸다. 그의 마음 자체가 녹아 내리다가 천천히 한 단계에서 다음 단계로 승화하면서 사정했다.

모든 것이 끝나 가면서 섀도는 숨을 몰아쉬었다. 한 줄기 깨끗한 공기가 허파 깊숙이 들어가는 것을 느낄 수 있었고, 자신이 너무 오랫동안 숨을 참고 있었다는 것을 깨달았다. 적어도 3년. 아마도 그 이상.

"이제 쉬어."

그녀가 섀도의 눈꺼풀에 부드럽게 입을 맞추었다.

"놓아 버려. 모두 놓아 버려."

그 후에 찾아든 잠은 꿈도 없이 깊고 편안했다. 섀도는 깊이 침잠해 그 잠을 끌어안았다.

빛이 이상했다. 섀도는 시계를 보았다. 오전 6시 45분. 밖은 여전히 어두웠다. 그러나 방은 창백하고 희미한 푸른색으로 가득 차 있었다. 침대에서 빠져나왔다. 분명 잠이 들 때 파자마를 입었는데 지금은 발가벗고 있었으며, 피부에 닿는 공기는 차가웠다. 섀도는 창문을 닫았다.

밤에 폭설이 내렸다. 15센티미터, 혹은 그보다 많이 내렸다. 창으로 내다보이는, 쓰러질 듯 황폐하고 더러운 마을의 풍경이 깨끗하고 다른 것으로 바뀌어 있었다. 집들은 버려지거나 잊힌 것이 아니라, 우아하게 얼어 있었다. 거리는 흰 눈밭 밑으로 완전히 사라져 버렸다.

섀도의 감각 가장자리에 생각 하나가 매달렸다. 무언가 '무상'한 것이. 그것은 깜빡거리다 사라졌다.

섀도는 마치 대낮인 것처럼 잘 볼 수 있었다.

거울을 보다 섀도는 이상한 점을 발견했다. 가까이 다가가 들여다보고는 의아해 했다. 모든 멍이 사라져 있었다. 손가락 끝으로 옆구리를 힘껏 눌러 보았다. 스톤과 우드를 만났다는 증거인 깊은 상처와 매드 스위니가 남긴 퍼래지고 있는 멍을 찾아 이리저리 만졌지만, 아무것도 찾을 수 없었다. 그의 얼굴은 깨끗했고 아무런 흔적이 없었다. 그러나 몸을 틀어 허리를 보니 옆구리와 허리에는 손톱의 흔적같이 긁힌 상처가 있었다.

그렇다면 꿈을 꾼 것이 아니다. 절대 아니다.

섀도는 서랍을 열어, 아무 옷이나 잡히는 대로 입었다. 오래된 푸른색 리바이스 진과 두꺼운 푸른 스웨터를 입고 방의 뒤쪽 옷장에 걸려 있는 검은 장의사 코트를 입었다. 그는 또다시 이 옷이 누구 옷인지 궁금한 마음이 들었다. 그리고 그가 가지고 온 낡은 구두를 신었다.

집은 아직 잠들어 있었다. 섀도는 바닥이 삐거덕거리지 않길 바라면서 조심스럽게 밖으로 나왔다.(오늘 아침은 굳이 그러지 않아도 되는 날이기 때문에 다른 날과 달리 영안실을 관통하지 않고 앞문을 통해 나왔다.) 그러곤 아직 아무도 밟지 않은 새하얀 눈밭 위에 깊은 발자국을 남기면서 걸음을 옮겼다. 발자국을 내디딜 때마다 인도에 쌓인 눈이 뽀드득거렸다. 밖에 나와서 보니 집 안에서 보는 것보다 더 밝았다. 눈이 빛을 반사하고 있었다.

15분쯤 걸어서 다리에 도착했다. 다리 한쪽에 큰 표지판이 역사적인 케이로에 진입하고 있음을 알렸다. 한 남자가 다리 아래에 서 있었다. 키가 크고 호리호리한 남자가 담배를 빨면서 계속 떨고 있었다. 섀도는 본 적이 있는 사람이라고 생각했다. 그러나 눈밭에서 반사된 빛으로 시야가 아른거렸기 때문에 섀도는 확인을 해보려 점점 더 가까이 다가갔다. 남자는 천을 덧댄 청재킷을 입고 야구모자를 쓰고 있었다.

섀도는 다리 아래 겨울의 어둠 속에서 남자에게 가까이 다가가 그의 눈 주변에 있는 보라색 멍을 보았다.

"잘 있었나, 매드 스위니."

세상은 아주 조용했다. 자동차들조차도 눈으로 덮인 고요를 방해하지 않았다.

"어이, 자네."

매드 스위니가 말했다. 그는 올려다보지 않았다. 담배는 손으로 말은 것이었다. 섀도는 스위니가 마리화나를 피우고 있는 게 아닌지 싶었다. 그러나 냄새를 맡아보니 담배였다.

"매드 스위니, 다리 아래서 어슬렁거리면 사람들이 자넬 트롤*이라고 생각할 거야."

이번엔 매드 스위니가 고개를 들어 위를 올려다보았다. 섀도는 그의 홍채 주변에 흰자를 볼 수 있었다. 매드 스위니는 겁에 질려 있었다.

"자네를 찾고 있었어. 나 좀 도와주게. 큰 실수를 했어."

매드 스위니는 손으로 말은 담배를 빨고 입에서 뱉어냈다. 담배 종이가 그의 아랫입술에 붙었고 담배는 찢어져서 내용물이 적갈색 턱수염과 더러운 티셔츠로 떨어졌다. 매드 스위니는 그게 위험한 곤충이라도 되는 듯 검은 손으로 발작적으로 떨어냈다.

"내가 가지고 있는 것은 다 써 버렸어, 매드 스위니. 그런데 자네가 필요한 게 뭔지 말을 해 보지 그러나. 커피 한 잔 줄까?"

---

* 북유럽 신화에 등장하는 장난꾸러기 난쟁이 혹은 거인을 뜻한다. 주로 동굴이나 야산에 살았다.

매드 스위니는 고개를 저었다. 그는 청 재킷 주머니에서 담배 주머니와 종이들을 꺼내 담배를 말기 시작했다. 담배를 말면서 수염이 뻣뻣해졌고 입이 움직였다. 그러나 말이 되어 나온 건 하나도 없었다. 담배 종이의 접착 부분을 혀로 핥고 손가락 사이에서 말았다. 그것은 담배 같아 보이지 않았다.

"나 트롤 아냐. 제길, 그 개새끼들은 지독하게 비열해."

"자네 트롤 아닌 거 알아, 스위니." 섀도는 자기 말이 혹시나 매드 스위니에게 하대하는 것처럼 들릴까 봐 조심하며 부드럽게 말했다. "내가 어떻게 도와줄까?"

매드 스위니가 지포 라이터를 켰고, 담배 끄트머리는 불이 붙다가 재로 사그라졌다.

"내가 자네한테 동전 트릭 보여 준 거 생각나? 기억나?"

"그래."

섀도가 말했다. 기억 속에서 황금 동전이 나타나 로라의 관 위로 떨어지는 것이 떠올랐고, 그녀의 목에서 반짝이던 것이 떠올랐다.

"기억해."

"이봐, 자네가 동전을 잘못 가져갔어."

차 한 대가 어둠 속으로 다가오자 그들은 눈이 부셨다. 차는 그들을 지나치면서 속도를 늦추다가 멈추어 서면서 창문을 내렸다.

"괜찮으세요?"

"예, 다 좋습니다. 고맙습니다. 아침 산책을 하는 중이었습니다."

섀도가 대답했다.

"알겠습니다."

경찰이 말했다. 별일 없다는 말을 믿지 않는 듯했다. 경찰은 가지 않고 기다렸다. 섀도는 매드 스위니의 어깨에 손을 올리고 그를 앞세워 경찰차에서 떨어져 마을 밖으로 걷게 했다. 창이 닫히는 소리가 들렸으나, 자동차는 그 자리에 그대로 남아 있었다.

섀도는 걸었다. 매드 스위니도 걸음을 옮겼고 때때로 비틀거렸다. 그들은 '미래도시'라고 쓰인 표지판을 지나쳤다. 섀도는 그걸 보자 첨탑들이 뻗은 도시, 온통 원색으로 반짝반짝 빛나는 프랭크 폴 타워들이 줄지어 서 있는 도시, 투명 돔 지붕의 에어 카들이 반짝이는 꿀벌처럼 타워들 사이에서 획획 날아다니는 도시를 상상했다. 섀도에게는 그런 것이 바로 '미래도시'였고 그런 도시가 케이로에 건설되리라고는 생각하지 않았다.

경찰차가 천천히 그들을 지나쳐 돌아서 다시 도시를 향해 눈이 쌓인 도로를 따라 속력을 내어 달렸다.

"자, 문제가 뭔지 나한테 말을 해 봐."

"난 그가 말한 대로 했어. 전부 그가 말한 그대로 했다고. 그런데 자네한테 동전을 잘못 주었어. 그 동전이 아니었는데. 그건 왕을 위한 거야. 알아? 애초에 내 손에 들어와서도 안 되는 건데. 자네가 받은 건 아메리카의 왕에게 줄 동전이야. 자네나 나처럼 하찮은 자식한테 줄 게 아니라고. 그래서 내가 지금 아주 곤란하다네. 그 동전 다시 줘, 친구. 그럼 다시는 자네 앞에 나타나지 않을게. 젠장맞을 하늘에 맹세하지, 알겠나? 내가 엿 같은 나무에서 보낸 세월에 대고 맹세하네."

"누구 말대로 했다는 거야, 매드 스위니?"

"그림니르. 자네가 웬즈데이라고 부르는 그 작자. 그가 누군지 자네

아나? 진짜로 그가 누군지?"

"그래, 알 것 같은데."

아일랜드 남자의 광포한 푸른 눈에는 공포에 질린 표정이 서렸다.

"뭐, 그게 별건 아니었어. 어쩔 수 없는 거잖아. 별건 아냐. 그가 나한테 그 술집으로 가서 자네한테 싸움을 걸라고만 했어. 그는 자네가 어떤 사람인지 알고 싶다고 했을 뿐이야."

"자네한테 뭐 다른 거 시킨 건 없나?"

매드 스위니는 떨면서 씰룩거렸다. 섀도는 한순간 감기라고 생각했으나 이내 그렇게 부르르 떠는 것을 전에 어디서 보았는지 기억했다. 감옥에서 본 약쟁이의 경련이 그랬다. 매드 스위니는 금단 증상을 보이고 있었고, 섀도는 그게 헤로인이라고 장담할 수 있었다. 약쟁이 요정? 매드 스위니는 타고 있는 담배 끝을 튀겨 바닥으로 떨어뜨리고 나서, 노래진 나머지 부분을 주머니에 넣었다. 그리고 까맣게 때가 묻은 손가락들을 문지르고 입김을 불어 온기를 느끼려 했다. 그의 목소리는 이제 칭얼거림이 되었다.

"이봐, 그 젠장할 동전이나 줘. 네가 그게 뭐에 필요해? 안 그래? 그거 말고도 다른 동전들 엄청 많아. 내가 똑같이 좋은 거 다른 거로 줄게. 제길, 내가 한 무더기 줄게."

매드 스위니는 지저분한 야구 모자를 벗었다. 그리고 오른손으로 허공을 쳐서 커다란 황금 동전을 만들어 냈다. 그러고는 동전을 모자에 넣었다. 한 줄기 입김으로부터 동전을 또 하나 꺼내고 또 꺼냈다. 고요한 아침 공기에서 동전들을 꺼내 야구 모자가 동전으로 차서, 모자를 두 손으로 들어야만 할 때까지 동전을 모았다.

매드 스위니는 황금 동전으로 가득 찬 모자를 섀도에게 내밀었다.

"여기. 이거 가져. 내가 줬던 동전만 돌려줘."

섀도는 모자를 들여다보면서 내용물이 얼마나 가치 있을지 생각했다.

"이 동전들을 어디에서 쓸 수 있나, 매드 스위니? 자네의 황금 동전을 현금으로 바꿀 수 있는 곳이 많이 있나?"

섀도는 순간 아일랜드 사내가 자신을 한 대 칠 것이라고 생각했으나, 매드 스위니는 그저 올리버 트위스트처럼 양손으로 금이 가득 찬 모자를 쥐고 팔을 뻗은 채 가만히 서 있을 뿐이었다. 그러더니 눈에서 눈물이 솟아올라 뺨을 타고 흘러내리기 시작했다. 매드 스위니는 이제 아무것도 들어 있지 않은 모자를 성글어지는 머리에 다시 썼다.

"꼭 돌려줘야 해. 내가 하는 방법을 가르쳐 줬잖아? 저장된 곳에서 동전을 꺼내는 방법을 보여 줬다고. 그 저장된 곳이 어딘지도 보여 줬잖아. 태양의 보물 말이야. 내가 줬던 그 첫 번째 동전을 돌려줘. 내 것이 아니란 말이야."

"이젠 나한테도 없어."

매드 스위니는 눈물을 멈추었다. 뺨이 붉으락푸르락했다.

"너, 너 이 개자식……."

매드 스위니가 입을 열었으나 말은 더이상 나오지 않았고, 입만 말없이 벌어지고 말없이 닫혔다.

"진짜야, 미안해. 가지고 있다면 돌려주지. 하지만 줘 버렸어."

매드 스위니는 더러운 손으로 섀도의 어깨를 꽉 움켜잡았고 창백한 푸른 눈으로 섀도의 눈을 응시했다. 흘린 눈물로 매드 스위니의 얼굴에 땟국물 줄무늬가 가 있었다.

"제길."

섀도는 담배와 김빠진 맥주와 위스키 땀 냄새를 맡을 수 있었다.

"정말이군, 개자식. 네 멋대로 그걸 줘 버리다니. 네 거무튀튀한 눈깔도 재수 없어. 그걸 네놈 맘대로 날렸다니."

"미안해."

섀도는 로라의 관으로 떨어질 때 속삭이듯 통 소리를 내던 동전의 소리가 기억났다.

"미안하나마나, 난 이제 끝장이야."

그는 다시 흐느꼈다. 코에선 맑은 콧물이 흘렀다. 그의 말은 음절 하나하나 풀어헤쳐져 단어로 뭉쳐지지 않았다.

"브브브브, 머머머머."

매드 스위니가 코와 눈을 소매로 닦자 얼굴이 이상한 무늬로 얼룩져 버렸다. 콧물은 턱수염, 콧수염 할 거 없이 사방에 얼룩졌다.

섀도는 매드 스위니의 위팔을 어정쩡한 자세로 꼭 움켜잡았다. '자, 내게 기대.'라는 뜻이었다.

"나 같은 놈은 태어나지 말았어야 하는데."

마침내 매드 스위니가 입을 뗐다. 그는 위를 올려다보았다.

"동전을 주었다는 그 친구 말야. 그가 다시 돌려줄까?"

"여자야. 그리고 난 그녀가 어디 있는지 몰라. 하지만 돌려주지 않을 거란 생각이 드는군."

매드 스위니는 애처롭게 한숨을 지었다.

"어렸을 때 별빛 아래서 어떤 여자를 만난 적이 있어. 그녀는 내가 자기 젖가슴을 만지고 놀게 했어. 그녀가 내 운명을 봐 주었어. 그녀는 내가 해가 지는 서쪽에서 영락하고 버려질 것이라고 했지. 그리고 죽은 여자의 물건이 나의 운명을 가름하게 될 거라고 했어. 난 웃음을 터뜨리고 발리와인을 더 따라 마시며 젖통을 만지작거리다가, 그녀의 예쁜 입술에 진하게 키스를 했어. 좋은 때였어. 첫 잿빛 수도사들도 우리의 땅에 아직 오지 않았고, 또한 그들이 녹색 바다를 타고 서쪽을 향해 가지도 않았어. 그리고 지금."

매드 스위니는 중간에 말을 멈추고 머리를 돌려 섀도를 응시했다.

"그를 믿으면 안 돼."

매드 스위니가 꾸중하듯 말했다.

"누구 말이야?"

"웬즈데이. 그자를 믿으면 안 돼."

"난 그를 믿을 필요는 없어. 그를 위해 일하면 돼."

"어떻게 하는지 기억해?"

"뭘?"

섀도는 대여섯 명하고 대화를 나누는 기분이었다. 요정이 입심 좋게 떠들어 대며 페르소나에서 페르소나를 넘나들고 주제와 주제를 뛰어다녔다. 마치 남아 있는 두뇌 세포들이 발화하고 불꽃을 일으키며 그러고 나서 영원히 꺼져 버리는 느낌이 들었다.

"동전 말야. 동전들. 내가 자네한테 보여 줬지 않나, 기억나?"

매드 스위니는 자신의 얼굴로 손가락 2개를 들어올려 입 안에서 황금 동전을 꺼냈다. 그는 그것을 섀도에게 던졌고 섀도는 손을 뻗어 잡으려 했으나 아무것도 잡히지 않았다.

"난 그때 취했어. 기억나지 않아."

매드 스위니는 비틀거리며 걸었다. 날이 밝아 오면서 세상은 희끄무레해졌다. 섀도가 뒤를 따랐다. 스위니는 큰 걸음으로 금방이라도 넘어질 듯 넘어지지 않으면서 경중경중 걸어갔다. 다리에 도착했을 때 매드 스위니는 한 손으로 벽돌을 붙잡고 몸을 돌려 말했다.

"돈 좀 있나? 많이는 필요 없어. 여기를 빠져나갈 표를 살 정도만 있으면 돼. 20달러면 될 것 같네. 20달러 있지? 알량한 20달러 좀?"

"20달러짜리 표로 어딜 가려고 그러나?"

"여긴 빠져나갈 수 있겠지. 폭풍이 몰아치기 전에 도망칠 수 있을 거야. 아편이 대중의 종교가 된 세상에서 도망칠 수 있을 거라고. 아주 멀리."

매드 스위니는 걸음을 멈추고 한 손으로 코를 닦은 후 다시 소매에 문질렀다.

섀도는 청바지에 손을 넣어 20달러를 꺼내 스위니에게 건넸다.

"여기."

매드 스위니는 지폐를 꼬깃꼬깃 접어 기름때에 찌든 청재킷 주머니에 깊숙이 찔러 넣었다. 옷 주머니 위에는 바느질로 붙인 헝겊 조각이 있었는데, 거기에는 독수리 2마리가 죽은 나뭇가지에 앉아 있었고, 그 밑에는 거의 안 보일 정도로 희미하게 '참아라, 개자식! 난 무언가를 죽일 것이다!'라고 씌어 있었다.

매드 스위니는 고개를 끄덕였다.

"이거면 내가 가야 할 곳에 갈 수 있어."

매드 스위니는 벽돌에 기댄 채 주머니를 뒤적거리고는 아까 피우다

만 담배를 꺼내 손가락이나 수염을 태우지 않으려 조심스럽게 불을 붙였다.

"말해 줄 게 있는데."

매드 스위니는 마치 이제껏 아무런 이야기도 하지 않은 것처럼 말을 꺼냈다.

"자네는 교수대 위를 걷고 있어. 자네 목에는 교수형 밧줄이 걸려 있고, 양어깨 위에서 까마귀가 자네의 눈알들을 기다리고 있네. 교수대 나무는 뿌리가 깊어. 천국과 지옥에까지 뻗칠 수 있지. 우리의 세상은 밧줄이 매달려 흔들리고 있는 나무의 가지 하나에 불과하네."

매드 스위니는 말을 멈추었다.

"난 이곳에서 잠시 쉬겠네."

매드 스위니는 검은 벽돌에 등을 기대고 웅크리고 앉았다.

"행운을 비네."

"제길, 난 맛이 갔어. 될 대로 되라지. 고맙네."

섀도는 마을로 걸어 돌아왔다. 오전 8시였고, 케이로는 지친 짐승처럼 잠에서 깨어나고 있었다. 섀도는 다리를 흘끗 돌아보았고, 눈물과 먼지로 얼룩진 매드 스위니의 창백한 얼굴을 보았다. 그리고 그가 떠나는 것을 보았다.

그게 섀도가 살아 있는 매드 스위니를 본 마지막 순간이었다.

크리스마스까지의 해가 짧은 겨울날들은 겨울의 어둠 사이에 잠깐 찾아오는 빛의 순간 같았다. 그 빛은 망자의 집에서는 더욱 빨리 흘러갔다.

12월 23일이었다. 자켈과 아이비스는 릴라 굿차일드의 경야를 치렀다. 여자들이 부산스럽게 왔다 갔다 하며 물통과 냄비와 프라이팬과 타파웨어들로 부엌을 가득 채웠으며, 망자는 장례식장 거실에서 온실의 꽃들로 주변을 장식한 관에 누워 있었다. 방의 다른 쪽에는 테이블이 놓여 있었는데, 그 위에는 다진 양배추 샐러드와 콩과 맷돌에 간 옥수수 허시퍼피와 치킨과 갈빗살과 검은눈콩이 있었다. 오후가 되자, 울고 웃고 목사와 악수를 나누는 사람들로 꽉 들어찼다. 점잖게 정장을 차려 입은 자켈과 아이비스 씨가 모든 일을 조용히 관장했다. 매장은 다음 날 아침이었다.

홀에 있는 전화(상표는 베이크라이트에 검정빛이고, 앞에 진짜 회전 다이얼이 달려 있었다.)가 울리자 아이비스가 전화를 받았다. 그는 섀도를 한쪽으로 데리고 갔다.

"경찰이야. 운전 좀 할 수 있겠나?"

"그럼요."

"조심하게. 여기."

아이비스는 종이 쪽지에 주소를 써서 섀도에게 건네주었다. 섀도는 완벽한 동판 인쇄 같은 필체로 쓴 주소를 읽고서 주머니에 접어 넣었다.

"가면 경찰차가 있을 거야."

섀도는 밖으로 나가 영구차를 탔다. 자켈과 아이비스는 각자 섀도에게 이전에 단단히 주지시킨 적이 있었다. 영구차는 장례식에만 쓰고 시신을 거둘 때 쓰는 밴은 따로 있는데, 지금 밴이 3주째 수리 중이어서 영구차를 쓸 때 매우 조심해야 한다는 것이었다. 섀도는 조심스럽게 차를 몰고 도로로 나갔다. 지금쯤 제설차가 도로를 깨끗이 치워 놓았겠지만, 천천히 운전하는 것이 편했다. 영구차를 몰 때는 천천히 가는 것이 옳은 것 같았다. 물론 거리에서 영구차를 본 적이 언제였는지 기억도 없지만 말이다. 미국의 거리에서 죽음은 사라져 버렸다. 지금은 병원과 구급차에만 죽음이 있다. 살아 있는 자들을 놀라게 하면 안 된다. 아이비스는 일부 병원에서 망자를 옮길 때 겉으로는 비어 보이는 들것 아랫단에 사체를 넣고 덮개를 덮어 이동한다고 말한 적이 있었다. 망자는 망자의 방식대로 덮개를 쓰고 망자만의 길로 다닌다는 것이었다.

짙푸른 경찰차가 옆길에 주차되어 있었다. 섀도는 그 뒤에 영구차를 댔다. 순찰차에서는 경찰 2명이 보온병 뚜껑에 커피를 마시고 있었다. 보온을 위해 엔진은 켜 두고 있었다. 섀도는 차창을 두드렸다.

"예?"

"장례식장에서 왔습니다."

"검시관을 기다리고 있습니다."

경찰이 말했다. 섀도는 이 사람이 다리 밑에서 그에게 말을 건 그 사람인지 궁금했다. 경찰은 흑인이었는데, 동료를 운전석에 두고 차에서 내렸다. 그리고 섀도를 대형 쓰레기통 옆으로 데리고 갔다. 매드 스위니가 쓰레기통 옆 눈더미에 앉아 있었다. 무릎에는 빈 녹색 병이 놓여 있었고 얼굴과 야구 모자와 어깨에는 눈과 얼음이 쌓여 있었다. 눈도 깜박이지 않았다.

"술 처마시다 죽었군."

경찰이 말했다.

"그래 보이는군요."

"아직 아무것도 만지면 안 돼요. 검시관이 곧 올 거예요. 물어보면 알겠죠. 이 사람은 정신 나갈 때까지 술 마시고 얼어 죽은 거라고."

"예, 분명 그래 보이는군요."

섀도는 웅크려 앉아 매드 스위니의 무릎에 놓인 병을 보았다. 제임슨 아이리시 위스키가 이곳을 떠날 20달러짜리 티켓이었다. 조그만 녹색 닛산 자동차가 멈추어 서고, 옅은 갈색 머리와 갈색 콧수염을 기른 지친 인상의 중년 남자가 내려 이쪽으로 걸어왔다. 남자가 시체의 목을 만졌다. '그는 시체를 걷어차는 거야. 그리고 시체가 되받아 차지 않으면……'

검시관이 말했다.

"죽었소. 신분증 있소?"

"신원 불명입니다."

경찰이 대답했다. 의학 검시관은 섀도를 보았다.

"자켈과 아이비스 밑에서 일하시오?"

"예."

"자켈더러 신분 확인을 위해 치아와 지문을 채취하고 사진도 찍으라고 말하시오. 검시는 필요 없소. 독극물 검사를 위해 혈액은 채취해야 하오. 알았어요? 글로 써 줄까요?"

"아뇨, 괜찮습니다. 기억할 수 있습니다."

남자가 잠깐 인상을 찌푸렸다. 그런 다음 지갑에서 명함을 꺼내 뭐라고 끄적거리더니 섀도에게 주면서 "자켈에게 주시오."라고 말했다. 검시관은 모두에게 "메리 크리스마스."라고 인사말하고 떠났다. 경찰들이 빈 병을 집어들었다.

섀도는 신원 불명의 그를 위해 사인을 하고 들것에 올렸다. 몸이 뻣뻣해서 시체를 눕힐 수가 없었다. 섀도는 들것을 만지작거리다가 한쪽 끝을 일으켜 세울 수 있다는 것을 알았다. 시체를 앉아 있는 자세로 들것에 묶고 영구차에 앞쪽을 향하게 실었다. '잘 태워 줘야지.' 섀도는 뒤에 있는 커튼을 내리고 장례식장으로 향했다.

영구차가 신호등(그가 몰던 차가 며칠 전 밤에 미끄러져 뱅글뱅글 돌았던 신호등)에 멈추어 섰을 때 섀도는 음산한 목소리를 들었다.

"좋은 경야를 바라네. 모든 것을 훌륭하게 갖추고 말이야. 아름다운 여인들이 눈물을 흘리고 비탄에 빠져 옷을 벗고, 용맹스러운 남자들은 탄식하며 전성기의 나에 대한 멋진 이야기를 주고받아야 해."

"자넨 죽었어, 매드 스위니. 죽으면 그냥 주는 대로 받아야 해."

"이런, 그럴 거야."

영구차 뒤에 앉은 죽은 남자가 한숨을 쉬었다. 이제는 그의 목소리에서 약쟁이의 칭얼거림이 사라졌고 포기한 자의 무심함이 묻어 있었다. 말소리가 아주 멀게 들려서 죽은 주파수를 타고 방송이라도 되는 것 같았다.

신호가 녹색으로 바뀌고 섀도는 가속 페달을 가볍게 밟았다.

"하지만 그래도 오늘 밤 경야를 해 줘. 날 테이블에 모셔놓고, 고약하게 취할 수 있는 경야를 해 달라고. 섀도, 자네가 날 죽였어. 그 정도는 해 줄 수 있겠지."

"난 자넬 죽인 적 없어, 매드 스위니."

섀도가 말했다. '20달러 때문이야. 여길 떠날 티켓을 사기 위한 20달러.'

"술과 추위가 자넬 죽인 거야, 내가 아냐."

대답은 없었다. 도착할 때까지 차에는 침묵만이 흘렀다. 뒷마당에 주차를 하고 나서 섀도는 영구차에서 들것을 내려 영안실로 옮겼다. 고깃덩어리라도 되는 듯 매드 스위니를 직접 들어 염습 테이블로 옮겨 놓았다.

섀도는 시체를 시트로 덮고 옆에 서류를 놓았다. 뒷계단을 통해 위로 올라갔을 때, 섀도는 나직하고 짓눌린 목소리를 들은 것 같다고 생각했다. 먼 방에 라디오가 틀어져 있어서, "술과 추위가 어떻게 피의 요정을 죽일 수 있겠나? 아냐, 날 죽인 건 작은 황금 태양을 잃어버린 너야. 비 내리면 젖고 해는 동쪽에서 뜨고 믿었던 친구가 널 실망시키는 것처럼 분명히."라고 말하고 있었다.

섀도는 매드 스위니에게 억하심정이라고 지적해 주고 싶었으나, 그를 그렇게 만든 것은 죽음 때문이 아닐까 생각했다.

위층으로 올라가 본채로 갔다. 중년 여자 여럿이서 캐서롤 접시에 랩을 씌우고, 식은 감자튀김과 마카로니와 치즈를 넣은 플라스틱 그릇에 마개를 덮고 있었다.

망자의 남편 굿차일드 씨는 아이비스와 벽 쪽에 서서, 자식 중 누구도 어머니에게 조의를 표하러 오지 않을 것이라고 말하고 있었다. 그는 사과는 사과나무에서 멀리 떨어지지 않는다고 누구든 들어 줄 만한 사람을 붙잡고 이야기했다. 사과는 사과나무에서 멀리 떨어지지 않는다.

그날 저녁 섀도는 테이블에 한 자리를 더 놓았다. 자리마다 잔을 놓고 따지 않은 제임슨 골드 병을 중앙에 놓았다. 주류 매장에서 파는 아이리시 위스키 중에 가장 비싼 것이었다. 식사(중년여성들이 먹다가 그들을 위해 남긴 큰 접시에 담긴 음식)를 하고 난 후, 섀도는 넉넉하게 한 잔씩 따랐다. 자신의 잔, 아이비스, 자켈 그리고 매드 스위니의 잔.

"지하실 들것에 그가 앉아 있다면 어쩌죠? 빈민의 무덤으로 가는 길에 말이죠."

섀도가 술을 따르면서 말했다.

"오늘 밤 그를 위해 건배하죠. 그리고 그가 원하는 경야를 베풀죠."

섀도는 테이블의 빈자리를 향해 잔을 들어올렸다.

"난 매드 스위니가 살아 있을 때 2번 만났어요. 처음 봤을 때는 그가 악마에 씌운 국제적 얼간이라고 생각했어요. 두 번째는 약쟁이라고 생각했고, 그가 자살할 수 있도록 돈을 주었죠. 매드 스위니는 나에게 동전 트릭을 가르쳐 주었는데 난 기억조차 못해요. 그는 내게 명을 몇 개 남기고 자신이 레프리콘이라고 주장했어요. 매드 스위니, 고이 잠드소서!"

섀도는 입 안에서 훈연의 맛이 휘발하도록 위스키를 홀짝거렸다. 다른 두 사람도 그와 함께 빈 의자에 대고 건배를 하며 술을 마셨다.

아이비스는 안주머니에 손을 넣고 공책을 꺼내 페이지를 넘기다가 필요한 페이지를 찾아 매드 스위니의 삶을 요약한 내용을 큰 소리로 읽었다.

아이비스에 따르면, 매드 스위니는 3000년 전에 아일랜드의 조그마한 숲에 있던 신성한 돌을 지키는 수호자로 삶을 시작했다. 매드 스위니의 사랑과 그의 원한 관계, 그에게 능력("그 시의 성스런 본질과 고색(古色)은 오래전에 잊혔지만, 그 이야기의 훗날 버전은 아직도 전해진다.")을 주었던 광기, 고향에서의 숭배와 경배(그것은 서서히 조심스러운 존경으로 변했고, 그러다가 재미있어졌다.)에 대해서도 말해 주었다. 아이비스는 신세계로 건너왔던 밴트리 출신 소녀의 이야기를 했다. 소녀는 요정 매드 스위니에 대한 믿음을 함께 가지고 왔는데, 그도 그럴 것이 어느 날 밤에 웅덩이 근처에서 그를 보지 않았는가? 게다가 그가 소녀를 보고 미소 짓고 소녀의 이름을 불러 주지 않았는가? 소녀는 난민이 되어 사람들로 꽉 찬 배의 짐칸에서, 바닥의 감자가 검은 진창으로 변해 가는 것을 보았고, 친구들과 연인들이 기아로 죽어 가는 것을 보았으며, 배불리 먹을 수 있는 땅을 꿈꾸어 왔다. 밴트리 출신의 소녀는 특히, 여자도 돈을 벌어 가족을 신세계로 데려올 수 있는 도시를 꿈꾸었다. 아메리카로 오는 많은 아일랜드 사람들은 자신들을 가톨릭교도라고 생각했다. 교리 문답에 대해서는 아무것도 몰랐지만 말이다. 그들이 종교에 대해 아는 것이라고는 죽음이 닥친 집의 벽에서 통곡을 하는 반시와 한때 브리지드였던 두 자매인 세인트 브라이드[22](셋은 각각 브리지드였고, 같은 여자였다.)와 핀의 이야기, 외신의 이야기, 코난 더 볼드의 이야기뿐이었긴 하지만 말이다. 게다가 난쟁이 요정들(그건 정말 아일랜드에서 가장 웃긴 농담이 아닌가. 그 당시 요정들은 언덕 사람들 중에 가장 큰 사람들이었기 때문이다.)의 이야기만을 알고 있었다……

　이 모든 이야기와 그 외 많은 것들을 아이비스는 그날 밤 부엌에서 이야기했다. 벽에 비친 그의 그림자는 쭉 뻗어 새 같은 모습을 하고 있었고, 위스키가 넘어갈수록 섀도는 그것이 길게 구부러진 부리를 가진 커다란 물새 머리 같다는 생각이 들었다. 두 번째 잔 중간쯤에 매드 스위니 자신이 직접 상세한 이야기들과 아이비스 이야기의 잘못된 점("……그녀는 그런 여자였어. 주근깨로 뒤덮인 크림색 가슴에다가 젖꼭지는 정오 전에 비가 엄청나게 오고 저녁 무렵에 찬란하게 활짝 갠 어느 날 일출처럼 풍성하게 불그스름한 핑크색이었고…….")을 말하기 시작했다. 그러다가 매드 스위니가 두 손을 저어 가며 아일랜드 신들의 역사를 설명하기 시작했다. 신들은 골 지방과 스페인과 모든 저주받은 곳에서 물결처럼 쏟아져 들어왔다. 신들의 물결은 이전 신들을 트롤과 요정, 모든 저주받은 생명체로 변모시켰고, 그러다가 성모가 친히 왕림하여 아일랜드의 모든 신들은 제멋대로 요정이나 성자 혹은 죽은 왕이 되었다…….

아이비스는 금테 안경을 닦고, 평소보다 더욱 명확하고 정확하게 설명을 했다. 섀도는 그가 취했다는 것을 알 수 있었다.(그의 말투와 이 추운 집에서 이마에 방울방울 맺히는 땀이 확실한 증거였다.) 아이비스는 집게손가락을 흔들면서 자신은 예술가이며, 그의 이야기는 문학적 구조물이 아니라 진짜보다 더 진짜 같은 상상의 재창작으로 보아야 한다고 설명했고, 매드 스위니는 "내가 상상의 재창작을 보여 주지. 우선 당신의 재수 없는 얼굴을 내 주먹을 이용해 풍부한 상상력으로 재창조해 주지."라고 말했다. 자켈은 매드 스위니에게 이를 내보이며 으르렁거렸다. 그것은 싸움을 좋아하지는 않아도 목덜미를 물어뜯어 한 번에 끝장낼 수 있는 커다란 개의 으르렁거림 같은 것이었다. 매드 스위니는 그의 의도를 알아차리고 자리에 앉아 위스키를 더 따라 마셨다.

"내가 동전 트릭을 어떻게 했는지 기억해?"

매드 스위니가 미소를 띠며 섀도에게 물었다.

"아니."

"내가 어떻게 했는지 맞혀 봐. 자네가 근접하는지 어떤지 내가 말해 줄 테니."

입술은 보랏빛으로 변하고, 푸른 눈은 흐려진 매드 스위니가 말했다.

"손바닥 안에 감추는 건 아니지, 그렇지?"

"아냐."

"어떤 장치를 이용한 건가? 소매나 뭐, 그런 곳에 동전을 감춰두었다가 던져서 잡는 건가, 아니면 와이어에 동전을 걸어서 손 앞뒤로 흔드는 건가?"

"그것도 아냐. 위스키 더 마실 사람?"

"전에 손바닥에 피부색과 똑같은 라텍스 주머니를 만들어 동전을 감추는 방법에 대해 책에서 읽은 적이 있어."

"새처럼 아일랜드 전역을 가로질러 날아다니고 광기 속에 물냉이를 먹었던 위대한 스위니를 위한 서글픈 경야구먼. 새 1마리와 개 1마리와 멍청이 한 놈만 빼고 아무도 애도하지 않는 죽음이라니. 아니, 그건 주머니가 아냐."

"이론상으로 그게 가능하지 않을까 생각해 본 거야. 자넨 허공에서 동전을 꺼내는 거잖아."

비아냥거리려는 의도였지만 순간 섀도는 매드 스위니의 얼굴에서 어떤 낌새를 알아차렸다.

"그런 거구나. 허공 중에서 꺼내는 거야."

"음, 정확히 말해 허공 중에서는 아냐. 하지만 이제 자네가 무언가 깨닫는구먼. 쌓아 둔 저장소에서 꺼내는 거야."

"저장소라."

섀도가 기억을 더듬으며 말했다.

"마음속에 지니고 있기만 하면 돼. 거기서 꺼내는 거야. 태양의 보물. 그 순간 바로 그곳에서 세상이 무지개를 만들어. 일식의 순간이자 폭풍의 순간이야."

그는 섀도에게 어떻게 하는 건지 보여 주었다.

이번에는 섀도가 깨달았다.

머리가 쿵쾅거리며 아파왔고, 혀는 끈끈이 종이 같은 맛과 느낌이 났다. 실눈을 뜨고 반짝이는 햇빛을 보았다. 머리를 부엌 테이블에 처박고 잠이 들었다. 잠들 때는 옷을 전부 입고 있었는데, 검은 타이는 어느새 풀어 버린 모양이었다.

섀도는 아래층 영안실로 내려갔고, 시체가 아직 염습 테이블에 누워 있는 것을 보고 안도했지만 놀라지는 않았다. 섀도는 시체의 경직된 손가락에서 제임슨 골드 빈 병을 끄집어내 던져 버렸다. 누군가 위층에서 움직이는 소리가 들렸다.

섀도가 위층으로 올라갔을 때 웬즈데이가 부엌 테이블에 앉아 있었다. 웬즈데이는 타파웨어 용기에 남아 있던 감자 샐러드를 플라스틱 스푼으로 떠먹고 있었고, 어두운 회색 정장과 흰 셔츠에 진한 회색 타이를 매고 있었다. 아침 태양이 나무 모양의 은 넥타이핀 위에서 반짝거렸다. 그는 섀도를 보며 웃었다.

"아, 섀도, 우리 꼬맹이. 반가워. 난 자네가 영원히 잠든 줄 알았네."

"매드 스위니가 죽었어요."

"들었네. 정말 안됐어. 우리 모두 결국엔 죽고 말지."

웬즈데이는 귀 근처에 가상의 밧줄을 잡아당겨 목을 한쪽으로 젖히고 혀는 앞으로 쑥 내밀고 눈은 툭 튀어나오게 했다. 팬터마임이 끝났고, 불쾌한 느낌이 들었다. 그는 밧줄을 놓고 낯익은 웃음을 웃었다.

"감자 샐러드 좀 줄까?"

"아뇨."

섀도는 부엌과 홀 쪽을 둘러보았다.

"아이비스와 자켈 씨 어디 있는지 아세요?"

"알다마다. 릴라 굿차일드 여사를 매장하고 있어. 자네가 도와주길 바랐겠지만, 내가 자네를 깨우지 말라고 부탁했어. 자네는 이제 운전을 좀 오래 해야 해."

"우리 떠나요?"

"한 시간 내에."

"작별 인사는 해야죠."

"작별 인사는 필요 없어. 다시 보게 될 걸세. 내 장담하지. 이 일이 다 끝나기 전에."

첫날 밤 이래 처음으로 섀도는 그 조그만 갈색 고양이가 고양이 바구니에 웅크리고 앉아 있는 것을 보았다. 고양이는 무심한 호박색 눈을 뜨고 섀도가 가는 것을 바라보았다.

그렇게 섀도는 망자의 집을 떠났다. 겨울의 어두운 관목들과 나무들을 얼음이 뒤덮고 있었다. 그것들은 세상과 절연된 채 존재하는 마치 꿈 속의 모습 같았다. 길은 미끄러웠다.

웬즈데이가 길가에 주차된 섀도의 흰 세비 노바로 길을 안내했다. 차는 최근에 세차를 해서 깨끗했으며, 미네소타 번호판으로 바뀌어 있었다. 웬즈데이의 짐이 뒷좌석에 이미 실려 있었다. 웬즈데이는 섀도가 주머니에 가지고 있던 열쇠의 복사 키를 가지고 문을 열었다.

"내가 운전하겠네. 자넨 적어도 1시간은 지나야 뭘 해도 할 것 같네."

그들은 잿빛 하늘 아래 드넓은 은빛 물줄기인 미시시피를 왼쪽에 두고 북쪽으로 향했다. 섀도는 길 옆 나뭇잎이 떨어진 회색 나무 위에 앉아 있는 갈색과 흰색이 섞인 커다란 독수리를 보았다. 독수리는 그들이 자신을 향해 달려오자 미친 눈으로 그들을 응시했다. 그러더니 날개를 펼쳐 힘차게 원을 그리면서 서서히 하늘로 날아올랐다. 독수리는 금세 시야에서 사라졌다. 섀도는 망자의 집에서 보낸 시간이 잠정적인 유예와 같은 것이었다는 사실을 깨달았다. 이미 아주 오래전 다른 사람한테 일어났던 일처럼 느껴지기 시작했다.

제2부

나의 아인셀

제9장

깨진 기와 조각에 있는 신화적 생명체는 말할 것도 없다…….
— 웬디 코프, 『경찰관의 운명』

그날 밤 늦게 일리노이를 빠져나가며 섀도는 처음으로 웬즈데이에게 질문을 했다. 섀도는 '위스콘신에 오신 것을 환영합니다'라고 쓰인 표지판을 보고 말했다.

"주차장에서 날 잡았던 놈들이 누구죠? 미스터 우드와 스톤인가요? 그들이 누구죠?"

자동차 불빛이 겨울 풍경을 비추었다. 웬즈데이는 고속도로가 누구의 손아귀에 있는지 모르기 때문에 고속도로는 타지 않을 것이라고 말했다. 계속해서 국도로 갔다. 섀도는 신경 쓰지 않았다. 웬즈데이가 미쳤는지 확신도 서지 않았다.

웬즈데이가 투덜거렸다.

"그냥 스파이들이야. 반대편 놈들. 악당들."

"내 생각엔 자기들이 착한 사람들이라고 생각하는 것 같던데요."

"물론 그래. 진정한 전쟁은 자기들이 옳다고 확신하는 두 세력 사이에서 일어나는 거야. 진짜로 위험한 세력은 무엇을 하든 틀림없이 옳은 일을 한다고 믿는 법이지. 그래서 위험한 거야."

"당신은요? 당신은 왜 이 일을 하는 거죠?"

"내가 원하기 때문이지."

웬즈데이는 씩 웃음을 지었다.

"그러니 괜찮아."

"모두 어떻게들 빠져나간 거예요? 아니, 전부 도망은 쳤어요?"

"그랬어. 거의 붙잡힐 뻔했지만. 저들이 자넬 잡는 걸 포기했다면 우
릴 잡았을 거야. 덕분에 울타리에 앉아 있던 사람들이 내가 완전히
미친 건 아니라고 생각하게 되었어."

"그래, 어떻게 빠져나왔어요?"

웬즈데이는 고개를 저었다.

"질문하라고 자네한테 월급 주는 거 아냐. 이미 말했잖아."

섀도는 어깨를 으쓱했다.

그들은 라 크로스 남쪽에 있는 슈퍼 8 모텔에서 밤을 보냈다.

크리스마스 날은 북동쪽으로 운전을 하면서 보냈다. 농경지는 소나
무 숲으로 바뀌었다. 마을 사이의 거리가 점점 더 멀어지는 것 같았다.

그들은 위스콘신 중북부에 있는, 강당같이 생긴 패밀리 레스토랑
에서 오후 늦게 크리스마스 점심을 먹었다. 섀도는 푸석푸석한 칠면
조 고기와 잼 같은 크랜베리 소스 덩어리와 나뭇가지같이 질긴 구운
감자와 아주 진한 녹색의 깡통 완두콩을 심드렁하게 집었다. 웬즈데
이가 입맛을 쩝쩝 다시면서 먹는 모양을 보니, 음식을 아주 맛있게
즐기는 것 같았다. 식사가 계속되면서 웬즈데이는 아주 활발해졌다.
떠들고 농담하면서 고등학교를 졸업했을까 싶은 어리고 날씬한 금발

의 웨이트리스가 다가올 때마다 농담을 건넸다.

"실례해요, 아가씨. 아가씨가 갖다주는 그 맛있는 핫 초콜릿을 한 잔 더 마실 수 있을까? 그리고 아가씨의 그 드레스가 정말 매혹적이고 잘 어울린다고 말해도 나더러 무례하다고 욕하진 않겠죠? 축제 분위기면서도 우아해요."

끝단에 반짝이는 실버 장식이 달린 밝은 빨강과 녹색의 스커트를 입은 웨이트리스는 키득거리며 얼굴을 붉히고 기분 좋은 듯 미소를 지으며 웬즈데이에게 핫 초콜릿을 한 잔 더 가져다주기 위해 돌아갔다.

"매혹적이야."

웬즈데이는 웨이트리스가 가는 것을 보면서 사색하듯 말했다.

"황홀해."

섀도는 웬즈데이가 드레스에 대해 이야기하는 것이 아니라고 생각했다. 웬즈데이는 마지막 칠면조 조각을 입으로 밀어 넣고 냅킨으로 수염을 닦은 후 접시를 앞으로 밀었다.

"아아, 좋다."

웬즈데이는 패밀리 레스토랑에서 주변을 살펴보았다. 배경 음악으로 크리스마스 노래가 테이프에서 흘러나오고 있었다. 「북 치는 소년」이 '파룸빠빰 라빰빰파 파람빠빠' 서툴게 울리고 있었다.

"어떤 것들은 변할 수도 있어."

불현듯 웬즈데이가 말했다.

"하지만 사람들, 사람들은 변하지 않아. 몇 가지 사기는 영원히 지속돼. 나머지는 시간과 세상이 금방 삼켜 버리지. 내가 가장 좋아하는 사기는 더이상 쓸모가 없어. 그래도 놀랍도록 많은 사기들은 시간을 초월한다네. 스패니시 프리즈너, 피전 드롭, 포니 리그 ("이것도 피전 드롭인데 지갑 대신 금반지로 하는 거야.") 깡깡이 게임……"

"깡깡이 게임은 처음 듣는데요. 나머지 것들은 들어 본 것 같아요. 옛날 감방 동료가 스패니시 프리즈너를 해 본 적이 있다고 했어요. 야바위꾼이었어요."

웬즈데이의 왼쪽 눈이 반짝였다.

"아, 깡깡이 게임은 멋진 사기야. 정식으로 하자면 두 사람이 필요해. 다른 모든 야바위가 그렇듯 탐욕과 욕심을 이용하는 거야. 정직한 사람도 언제라도 사기 쳐 먹을 수 있지만, 더 큰 노력이 필요해. 그렇지. 예를 들어, 우리가 호텔이나 여관 혹은 좋은 레스토랑에서 식사를 한다고 치자. 어떤 남자를 발견하는데 그 남자는 남루하지만 신사적이야. 원래 가난한 게 아니라 운이 나빠서 남루해진 거란 말이야. 그 사람이 에이브러햄이라고 치자고. 계산할 때가 오면, 뭐 그리 큰돈은 아니지만, 예를 들어 50불, 75불이라고 쳐. 그걸 보고 당황한 거야! 지갑이 어디 있지? 세상에, 친구 집에다 놓고 온 것 같아. 먼 곳은 아니고 말이야. 즉시 가서 지갑을 찾아가지고 오겠지! 하지만 이 사람 에이브러햄은 담보로 자신의 오래된 바이올린을 맡겨 놓는 거야. 바이올린은 오래된 것이지만, 이 사람은 그걸로 먹고살지."

웨이트리스가 다가오자 웬즈데이는 마치 포식자처럼 아주 커다란 미소를 지었다.

"아, 핫 초콜릿! 크리스마스 천사가 나한테 갖다주네! 예쁜 아가씨, 시간 있으면 당신네 그 맛있는 빵을 좀 더 가져다주실 수 있소?"

'도대체 얼마나 어린 거야. 열여섯, 열일곱?' 웨이트리스는 바닥을 내려다보았고 뺨은 빨갛게 달아올랐다. 그녀는 떨리는 손으로 핫 초콜릿을 내려놓고 진열해 놓은 파이들이 천천히 돌고 있는 진열장으로 물러가 웬즈데이를 응시했다. 그런 후 그녀는 웬즈데이의 빵을 가져오기 위해 주방으로 들어갔다.

"그래서 의심할 여지 없이 오래되고 아마 좀 낡은 바이올린은 케이스에 담긴 채 한쪽에 놓이고, 일시적으로 무일푼인 우리의 에이브러햄은 지갑을 찾으러 나가지. 하지만 잘 차려입은 신사가 막 식사를 마치다가 이 장면을 보았어. 그는 주인한테 다가가지. '혹시 정직한 에이브러햄이 맡기고 간 바이올린을 볼 수 있을까요?'

'물론 볼 수 있죠.' 우리의 주인은 그걸 건네주고, 잘 차려입은 남자, 배링턴이라고 치자, 그 사람이 입을 쩍 벌리고 기억을 되살려. 바이올린을 가까이 가져와 경의에 차서 그것을 살펴보지. 마치 예언자의 뼈를 살펴보는 성소에라도 들어간 사람처럼 말이야. '이런! 이건, 이건 분명! 아니, 그럴 수 없어. 하지만 맞아. 이게 여기에! 세상에! 이건 정말 믿을 수가 없어!' 그러고는 바이올린 안에 들어 있는 누렇게 변색된 종이에 싸여 있는 메이커를 가리키지. 하지만 그게 없더라도, 분명 유약의 색깔과 스크롤 장식 부분, 그 모양만 보더라도 알아볼 수 있는 바이올린인 거야.

이제 배링턴은 안주머니에 손을 넣어 명함을 꺼내 보이며 자기는 값진 골동품 악기를 거래하는 명망 있는 딜러라고 얘기하지. '그럼 이 바이올린이 아주 귀한 거란 말씀입니까?' 우리의 주인이 이렇게 물어. '그렇다마다요.' 배링턴은 여전히 경외심에 빠져 말을 하지. '게다가 내 예상이 틀리지만 않는다면 10만 달러를 훨씬 넘을 겁니다. 이런 물건을 다루는 딜러들조차도 현금으로 5만, 아니 7만 달러는 주어야 이런 명품을 얻을 수 있겠지요. 웨스트 코스트 지역에 한 사람이 있는데, 그 사람은 보지 않고 전보만 쳐도 내일 당장 살 겁니다. 내가 암만 비싸게 불러도 다 지불할 거예요.' 그런 다음 그는 시계를 보고 고개를 떨구는 거야. '아, 기차 시간. 기차 시간 늦겠네! 사장님, 이 귀중한 악기의 주인이 오시면, 제 명함 좀 건네주실 수 있습니까? 제가 지금 바로 가 봐야 해서 말이죠.' 그렇게 말하고 시간과 기차는 사람을 기다려 주지 않는다는 것을 아는 배링턴은 식당을 떠나지.

우리의 주인은 탐욕이 가득한 호기심으로 바이올린을 살피고, 머릿속에 한 가지 계획이 떠올라. 하지만 시간은 지나고 에이브러햄은 나타나지 않아. 그리고 늦게서야 문지방을 넘어 남루하지만 자긍심이 있는 우리의 에이브러햄, 우리의 바이올린 연주자가 손에 지갑을 쥐고 나타나. 좋았던 시절을 맛보았으나 좋았던 시절에도 100달러 이상 든 적이 없던 지갑. 그는 그 지갑에서 돈을 꺼내 식사비를 지불하고 바이올린을 돌려 달라고 요구하지.

우리의 주인은 카운터에서 바이올린을 케이스에 담고 에이브러햄은 아이를 보듬는 엄마처럼 그것을 받지. '저 말이죠.' (주인은 활활 타고 있는 현금 5만 불을 지불할 남자의 명함을 안주머니에 넣고 말해.) '이런 바이올린은 값이 얼마나 나가죠? 우리 조카가 바이올린을 연주하고 싶어 안달이 났는데, 일주일 후면 그 아이의 생일이거든요.'

'이 깡깡이를 팔라고요?' 에이브러햄이 말하지. '결코 팔 수 없습니다. 20년 동안 제가 품에 끼고 전국을 돌며 연주한 악기요. 500달러를 주고 샀지요.'

우리의 주인은 입가에 미소를 띠지. '500달러요? 지금 당장 1000달러 주면 어때요?'

바이올린 연주자는 잠시 기뻐 보이지만 금세 풀이 죽어 말하지. '하지만 난 바이올린 연주자예요, 사장님. 내가 할 줄 아는 거라고는 그것밖에 없어요. 이 바이올린은 나를 알고 날 좋아하고 나의 손가락 또한 이 악기를 잘 알고 있어서 어둠 속에서도 연주를 할 수 있지요. 이렇게 좋은 소리를 내는 악기를 내가 또 어디서 구할 수 있겠습니까? 1000달러면 많은 돈이지만, 이건 나의 생명줄입니다. 5000달러라도 안 되겠소.'

우리의 주인은 자신의 이익이 줄어드는 것을 보지만 어디까지나 이건 비즈니스잖아. 돈을 벌려면 돈을 들여야지. '8000달러. 그 정도 가치는 없지만 특별히 이 악기가 맘에 들어서 그래요. 게다가 사랑하는 조카에게 좋은 걸 주고 싶어요.'

에이브러햄은 사랑하는 깡깡이를 잃는다는 생각에 거의 눈물을 흘릴 정도지만, 어떻게 8000달러를 사양할 수 있겠어? 우리의 주인이 벽 금고에 가서 깔끔하게 끈으로 묶은 돈, 깡깡이 연주자의 너덜너덜해진 지갑 속으로 쑥 미끄러져 들어올, 8000달러가 아니라 9000달러를 꺼내는데 말이야. '당신은 좋은 분이군요.' 에이브러햄은 주인에게 말하지. '당신은 성자예요! 하지만 제 사랑하는 악기를 잘 보살피겠다고 맹세해 주세요!' 그러고는 아까운 듯 바이올린을 건네지."

"하지만 만약 우리의 주인이 배렁턴의 명함을 건네며 에이브러햄에게 운수 대통하게 되었다고 말하면 어떡해요?"

"그러면 밥값만 날리는 거지."

웬즈데이는 접시에 남은 고기 국물을 빵 조각으로 훑어 내고는 쩝쩝 입맛을 다시며 먹었다.

"제가 잘 파악했는지 보세요. 그래서 에이브러햄은 9000달러를 벌어 나와서 기차역 주차장에서 배링턴과 만나는 거죠. 그들은 그 돈을 나누고 배링턴의 모델 A 포드를 타고 다른 도시로 떠나죠. 그 차 트렁크 안에는 100달러짜리 바이올린들이 가득 찬 상자가 있을 거고요."

"난 개인적으로 악기에 5달러 이상 쓰지 않는 것을 영광스러운 규칙으로 삼고 있지."

웬즈데이가 말했다. 그는 얼쩡거리는 웨이트리스에게 몸을 돌렸다.

"자, 아가씨, 주님의 생신날에 우리가 먹을 수 있는 호사스러운 디저트를 멋지게 설명해 주실 수 있을까?"

웬즈데이는 여자를 응시했다. 거의 추파에 가까웠다. 마치 그녀가 웬즈데이에게 줄 수 있는 그 어느 것도 그녀만큼 매력적인 것은 없다는 듯이. 섀도는 심히 불편해졌다. 지금 도망가지 않으면, 결국엔 먼 숲속 까마귀들에게 쪼일 뼈다귀 신세가 되고 말리라는 것을 알지도 못할 만큼 어린 새끼사슴을 늙은 늑대가 뒤에서 몰래 살피는 것 같았다.

여자는 다시 얼굴을 붉히고 디저트는 애플파이 알라모드라고 말했다.

"바닐라 아이스크림이랑 같이 나와요."

여자는 크리스마스 알라모드 아니면 붉은색과 녹색의 휘핑 푸딩이 있다고 덧붙였다. 웬즈데이는 그녀의 눈을 응시하고 크리스마스 알라모드를 먹겠다고 말했다. 섀도는 사양했다.

"음, 야바위가 그렇듯 깡깡이 게임은 300년 이상 거슬러 올라가지.

먹잇감만 제대로 고르면 지금도 아메리카 어디서든 할 수 있어."

"당신이 좋아하는 야바위는 이제는 쓸모가 없다고 하셨잖아요."

"그랬지. 하지만 이건 내가 좋아하는 게 아니야. 괜찮은 사기이긴 하지, 재미도 있고. 그렇지만 내가 제일 좋아하는 건 아니야. 내가 좋아하는 야바위는 주교 놀이라고 부르는 거야. 그건 모든 걸 다 포함하고 있어. 흥분, 속임수, 이동성, 놀람. 내 생각엔 약간 변형은 있겠지만 이따금……."

웬즈데이는 한순간 생각에 잠겼으나, 고개를 저었다.

"아니, 그건 유행이 지났어. 가만 있자, 1920년이라 치자고. 중소 도시나 대도시 말이야. 예를 들어, 시카고나 뉴욕이나 필라델피아라고 해 봐. 우리는 보석상에 있어. 성직자 옷을 입은 남자, 그냥 일반 성직자가 아니라, 보라색 옷을 입은 주교가 보석상에 들어와서 목걸이 하나를 골랐어. 다이아몬드와 진주가 멋지게 박힌 것으로 말이야. 주교는 12장의 빳빳한 100달러 지폐로 값을 지불하지.

맨 위에 있던 지폐에는 녹색 잉크 얼룩이 있는데, 가게 주인은 미안해하면서도 단호한 태도로 그 지폐 다발을 은행으로 가져가 점검을 하게 했지. 곧 점원이 지폐를 들고 돌아왔어. 은행에서는 위폐는 하나도 없다고 했어. 주인은 다시 사과를 하지. 고상한 주교님은 문제를 아주 잘 이해하시지 않냐면서. 세상에는 법을 무시하는 사악한 무리들이 있고 부도덕과 음탕함이 널리 퍼져 있으며, 수치심을 모르는 여자들도 많이 늘었고, 암흑세계가 빈민굴을 넘어서 멀리 세력을 뻗쳐 영상 궁전의 스크린에 살게 되었는데, 더이상 무엇을 기대할 수 있겠느냐고. 그러고 목걸이는 케이스에 들어가고 가게 주인은 주교가 왜

1200달러짜리 다이아몬드 목걸이를 사려는지도, 왜 그가 현금을 지불하는지도 궁금해하지 않으려 애쓰지.

주교는 그에게 따뜻한 작별 인사를 건네고 거리로 나가. 그리고 거리에서 누가 그의 어깨에 커다란 손을 얹지. '소피, 이 망나니, 또 네놈이 옛 수작을 부리는 거냐?' 관할구역이 넓은 정직한 아일랜드인 경찰이 주교를 끌고 다시 보석 가게로 들어간다네. '실례합니다만, 이자가 금방 이 가게에서 물건을 사지 않았습니까?' 경찰이 묻지. '아닙니다. 아니라고 말해 줘요.' 주교가 사정하지. '샀습니다.' 보석상이 대답해. '이 사람이 진주와 다이아몬드로 된 목걸이를 샀어요. 지불은 현금으로 했습니다.' '그 지폐 가지고 계세요?' 경찰이 묻지.

그래서 보석상은 계산대에서 지폐 1200달러를 꺼내 경찰에게 주고, 경찰은 불빛에 비추어 보고 놀란 듯 고개를 젓는 거야. '오, 소피, 소피. 이건 네가 만든 것 중에 가장 잘 만들었군! 정말 장인이라고 해야겠구먼, 대단해!'

스스로 만족하는 미소가 주교의 얼굴에 번진다네. '증명하지 못할걸요. 그리고 은행에서도 그게 진짜라고 말했어요. 이건 진짜 배춧잎이라고.' '그랬겠지.' 담당 경찰이 맞장구를 치는 거야. '하지만 소피 실베스터가 이곳에 떴다는 소식이나, 그가 덴버와 세인트루이스에서 유통시킨 100달러 지폐들의 품질에 대해 은행에서 소식을 들었다고는 생각하지 않는데.' 그러고는 주교의 주머니에 손을 넣어 목걸이를 꺼내. '50센트어치 종이와 잉크를 1200달러짜리 다이아몬드와 진주로 교환해?' 마음속은 분명 철학자인 경찰이 말하지. '게다가 주교 행세를 하다니. 창피한 줄 알아.' 그는 그렇게 말하고, 분명 주교가 아닌 주교에게 수갑을 채워서는 그를 데리고 가 버리지만, 보석상에게 목걸이와 1200달러의 위폐에 대해 영수증을 받는 건 잊지 않아. 결국 증거잖아."

"그게 진짜 위조 지폐예요?"

"아니지! 은행에서 가져온 갓 찍어 낸 은행권이야. 거기다 엄지손가락 지문을 찍고 두세 장에 녹색 잉크 얼룩을 좀 칠하고 하면 더 재미있어지는 거지."

새도는 커피를 홀짝댔다. 감옥 커피보다도 맛없었다.

"그럼 경찰도 진짜 경찰이 아니겠네요. 그리고 목걸이는?"

"증거물."

웬즈데이는 소금 용기의 뚜껑을 열어 테이블에 소금을 조금 쏟아 놓았다.

"하지만 보석상은 영수증을 받고, 소피가 재판을 받자마자 곧바로 목걸이를 되돌려 받을 것이라고 확언을 받지. 그는 훌륭한 시민이 된 것을 축하받고 우쭐해져서 벌써부터 내일 저녁 조합원 모임에서 떠벌릴 거리를 생각하면서, 경찰이 주교로 위장한 남자를 끌고 나가는 것을 바라보지. 경찰은 한 주머니에 1200달러를 넣고 다른 주머니에는 1200달러짜리 다이아몬드 목걸이를 넣고 가게를 나가. 경찰서로 향하듯 발걸음을 옮기는데, 경찰서에서는 그 둘 다 코빼기도 보지 못하는 거야."

웨이트리스가 테이블을 치우러 돌아왔다. 웬즈데이가 물었다.

"아가씨, 결혼했는지 말해 줄래요?"

그녀는 고개를 저었다.

"이렇게 사랑스러운 젊은 숙녀가 아직 임자가 없다니 놀랍군요."

웬즈데이는 손가락을 이용해 쏟아 놓은 소금에다 뭉뚝한 룬 문자 같은 모양을 만들며 낙서를 했다. 웨이트리스는 그의 옆에 가만히 서 있었다. 그 모습은 트레일러 트럭의 헤드라이트에 붙잡혀 공포로 떨며 어찌할 바를 모르는 새끼사슴이나 토끼 같았다.

웬즈데이는 목소리를 낮추어 테이블 맞은편에 앉은 섀도에게도 잘 들리지 않을 정도로 조용히 물었다.

"몇 시에 끝나요?"

"9시요."

웨이트리스는 대답을 하고 숨을 삼켰다.

"늦어도 9시 30분."

"이곳에서 제일 좋은 모텔이 어디예요?"

"모텔 6이 있어요. 아주 좋지는 않아요."

웬즈데이는 손가락 끝으로 그녀의 손등을 스치듯 만져서 소금을 묻혔다. 그녀는 소금을 닦아 내려 하지 않았다.

웬즈데이의 목소리는 거의 들리지 않는 웅얼거림이었다.

"우리에겐, 거긴 쾌락의 궁전이 될 거요."

웨이트리스가 웬즈데이를 보았다. 그녀는 얇은 입술을 깨물고 망설이다가 고개를 끄덕이고 부엌으로 가 버렸다.

"세상에! 이제 막 성인이 된 것 같은데요."

"난 합법성에 대해 지나치게 염려한 적은 한 번도 없어. 내가 원하는 것을 얻을 수 있다면야. 어떨 땐 밤이 길고 춥다네. 게다가 난 저 여자애가 필요해. 여자 자체가 목적이 아니고, 날 좀 깨우기 위해서야.

다윗 왕도 늙은 몸에 따뜻한 피가 흐르도록 하는 쉬운 처방이 있다는 것을 알았어. '처녀 하나를 취해라.' 아침이면 느낌이 다르지."

섀도는 이글 포인트의 호텔에서 밤 근무를 하던 그 여자가 처녀였는지 궁금해 하고 있었다.

"병에 걸리지 않을까 걱정 안 하세요? 그러다 임신이라도 시키면요? 여자가 오빠라도 있으면요?"

"아니, 질병에 대해서는 걱정 안 해. 난 병에 걸리지 않아. 나 같은 사람들은 질병을 피한단 말이지. 불행히도 나 같은 사람들은 대부분 섹스를 해도 임신을 시키지 않아. 이종 교배는 그리 흔하지 않아. 옛날에는 일어나기도 했어. 요즘도 가능하긴 하지만 거의 일어나지 않아서 상상도 하지 않는 정도야. 그래서 그런 걱정은 없어. 그리고 많은 여자들이 남자 형제나 아버지가 있지. 또 개중에 일부는 남편 있는 여자들도 있고. 하지만 내 문제는 아냐. 십중팔구 난 이미 그 마을을 뜨고 없는 상태거든."

"그럼 우린 오늘 밤만 여기 머무는 거예요?"

웬즈데이는 턱을 쓰다듬었다.

"난 모텔 6에 머물 거야."

웬즈데이는 코트 주머니에 손을 넣어 청동색 프론트 도어 키를 꺼냈다. 키에는 '502 노스리지 로드, 아파트 3호'라는 주소가 쓰여진 카드 태그가 붙어 있었다.

"여기서 먼 도시에 자넬 기다리는 아파트가 있네."

웬즈데이는 잠시 눈을 감았다가 떴다. 두 눈은 잿빛으로 빛나고 있었다. 깨진 조각처럼 짝눈이었다.

"20분 후에 그레이하운드 버스가 마을을 지나갈 걸세. 주유소에서 선다네. 여기 표 받게."

웬즈데이는 접은 버스표를 꺼내 테이블을 가로질러 섀도에게 건넸다. 섀도는 표를 들어 들여다보았다.

"마이크 아인셀(Mike Ainsel)이 누구예요?"

섀도가 물었다. 티켓에 쓰인 이름이었다.

"자네야. 해피 크리스마스."

"그럼 레이크사이드는 어디예요?"

"몇 달 동안 머물 자네의 행복한 집이야. 그리고 좋은 일들은 3가지가 함께 일어나니……."

웬즈데이는 주머니에서 선물 포장을 한 작은 꾸러미를 꺼내 테이블 위에 내밀었다. 그것은 주둥이에 말라 버린 검은 케첩 얼룩이 묻은 케첩 병 옆에 멈추어 섰다. 섀도는 집으려 하지 않았다.

"자?"

섀도는 마지못해 붉은 포장지를 뜯어내, 세월에 따라 반짝반짝 빛나게 된 새끼사슴의 색깔을 한 송아지 가죽 지갑을 보았다. 분명 누군가의 지갑이었다. 지갑 안에는 운전면허증이 있었고, 면허증에는 섀도의 사진이 붙어 있었다. 이름은 마이크 아인셀로 되어 있었고, 주소는 밀워키 주소였으며, 마스터 카드가 하나 있었고, 빳빳한 50달러 지폐가 20장 들어 있었다. 섀도는 지갑을 닫아 안주머니에 집어넣었다.

"고마워요."

"크리스마스 보너스라고 생각해. 자, 내가 버스를 타는 곳까지 자네랑 같이 가 주겠네. 자네가 북쪽으로 출발하면 내가 손을 흔들어 줘야지."

그들은 레스토랑 밖으로 걸어 나갔다. 겨우 몇 시간이 지났을 뿐인데 그동안 추워진 날씨가 믿기지 않을 정도였다. 너무 추워서 눈도 오지 않을 것 같았다. 추위는 가공할 만했다. 정말 지독한 겨울이었다.

"저, 웬즈데이 씨. 당신이 말했던 야바위 모두 다요, 바이올린 사기랑 주교와 경찰 사기 말이에요."

섀도는 생각을 가다듬고 그것에 집중하려 애쓰며 망설였다.

"그거 뭐?"

그때 섀도는 할 말을 생각해 냈다.

"둘 다 두 사람이 하는 사기잖아요. 한쪽에 1명씩 있어야 하는. 파트너 있었어요?"

섀도의 입김이 구름이 되어 나왔다. 레이크사이드에 도착하면 크리스마스 보너스로 살 수 있는 가장 따뜻하고 두터운 겨울 코트를 장만하리라 다짐했다.

"그래, 그래. 파트너 있었지. 주니어 파트너. 하지만 그 시절은 다 지나갔어. 저기 주유소가 있군. 내가 잘못 본 게 아니라면 버스가 오는군."

버스는 벌써 주차장으로 들어오기 위해 깜박이를 켰다.

"자네 주소는 키에 있네. 누가 물어보면, 난 자네의 삼촌이네. 그리고 난 에머슨 보르슨이라는 같잖은 이름으로 충분하네. 레이크사이드에 정착하게나, 아인셀 조카. 일주일 내에 가겠네. 우린 같이 여행할 거야. 방문해야 할 사람들을 찾아갈 거라고. 그러는 동안 자중하고 문제는 일으키지 말게."

"내 차는요?"

"그건 내가 잘 돌보겠네. 레이크사이드에서 좋은 시간 보내게."

웬즈데이는 손을 꺼내 섀도와 악수했다. 웬즈데이의 손은 시체보다 더 차가웠다.

"세상에! 너무 차가워요."

"그렇다면 레스토랑의 그 이쁜이 아가씨하고 모텔 6 방에서 등만 2개인 괴물을 빨리 만들수록 좋겠군."

그러고 다른 쪽 손을 뻗어 섀도의 어깨를 짚었다.

섀도는 어지러운 복시(複視)의 순간을 맛보았다. 희끗희끗한 남자가 자신을 마주 보며 어깨를 누르는 것을 보았으나, 무언가 다른 것도 보였다. 아주 많은 겨울, 수백 수천의 겨울, 그리고 챙이 넓은 모자를 쓴 회색의 남자가 지팡이에 기대 이 마을 저 마을 걸으면서 창을 통해서 자신이 결코 만질 수 없고 느낄 수도 없는 기쁨에 찬 화롯불과 불타는 삶을 들여다보고 있는 모습이었다.

"가게."

웬즈데이의 목소리는 안심시키는 듯 크게 울려 나왔다.

"모든 게 다 괜찮아. 전부 다 좋아. 그리고 다 좋을 거야."

섀도는 버스기사에게 표를 보여 주었다.

"여행하기에는 참 뭣 같은 날이죠."

운전사가 말했다. 그러더니 그녀는 음울한 만족을 드러내며 말했다.

"메리 크리스마스."

버스는 거의 비어 있었다.

"레이크사이드엔 언제 도착하죠?"

"2시간 걸려요. 조금 더 걸릴 수도 있고요. 갑자기 추위가 몰려올 거라고 하더군요."

운전사는 스위치를 당겼고 문이 쉭, 턱 하는 소리를 내며 닫혔다.

섀도는 중간까지 들어가 의자를 최대한 뒤로 젖히고는 생각하기 시작했다. 버스의 움직임과 따뜻한 온기가 그를 어르기 시작했고, 졸린다고 생각하자마자 잠이 들었다.

땅 위, 그리고 땅 아래. 벽에 있는 자국은 붉은색 젖은 찰흙이었다. 손으로 찍은 것, 손도장, 그리고 여기저기 짐승과 인간과 새들을 그린 조악한 그림이었다.

여전히 불이 타오르고 버펄로 맨은 불 건너편에 앉아 그 큰 눈으로 섀도를 응시하고 있었다. 어두운 진흙 웅덩이 같은 눈. 입가에 갈색 털이 엉겨 붙어 있는 버펄로의 입술은 목소리가 나오는 동안에도 움직이지 않았다.

"자, 섀도? 이제는 믿는가?"

"모르겠소."

섀도 자신의 입도 마찬가지로 움직이지 않는다는 것을 알았다. 둘 사이에 어떤 말이 오가든 간에 섀도가 이해하는 말의 방식은 아니었다.

"당신은 진짜인가요?"

"믿어라."

"당신은……."

섀도는 망설이다가 물었다.

"당신도 신인가요?"

버펄로 맨은 한 손을 뻗어 불길 속에 집어넣더니 타고 있는 나뭇가지를 꺼냈다. 그는 나뭇가지의 한가운데를 집었다. 퍼렇고 노란 화염이 붉은 손을 핥았지만 타지는 않았다.

"여긴 신들을 위한 땅이 아니다."

버펄로 맨이 말했다. 그러나 말을 하는 것은 더이상 버펄로 맨이 아니라는 것을 섀도는 꿈속에서 알 수 있었다. 불이었다. 딱딱거리며 타고 있는 화염 자체가 땅속 어두운 곳에서 섀도에게 말하고 있었다.

"이 땅은 잠수부가 바다 깊숙한 곳으로부터 끌어올린 땅이다. 이 땅은 거미가 자신의 물질로 자아 만든 것이다. 까마귀의 똥으로 만들어진 것이다. 이건 쓰러진 아버지의 몸이며 그 뼈가 산이 되고 눈이 호수가 된 것이다. 여기는 꿈과 불의 땅이다."

화염이 말했다. 버펄로 맨은 불타는 나뭇가지를 불 속에 다시 집어넣었다.

"그런 걸 왜 나한테 말하는 거요? 난 별것 아닌 사람이오. 아무것도 아니란 말이오. 그저그런 운동 트레이너에다가 진짜 얼치기 삼류 야바위꾼이고, 스스로 생각했던 만큼 좋은 남편도 아니었소……."

섀도의 목소리는 잦아들었다.

"로라를 내가 어떻게 도울 수 있소? 그녀는 다시 살고 싶어 하오. 내가 도와주겠다고 말했소. 그녀를 도와야 하오."

버펄로 맨은 아무 말도 하지 않았다. 그는 검댕으로 검어진 손바닥을 섀도 쪽으로 뻗더니 집게손가락으로 동굴 지붕을 가리켰다. 섀도의 눈이 손끝을 따라갔다. 멀리 위에 있는 아주 작은 구멍에서 가느다란 겨울 빛이 들어오고 있었다.

"저 위?"

섀도가 그의 질문 중 하나에라도 대답이 오기를 바라면서 물었다.

"내가 저길 올라가야 한다고?"

그때 꿈이 그곳으로 섀도를 들어올렸다. 생각이 사물로 변하고, 섀도는 바위와 흙으로 내동댕이쳐졌다. 그는 마치 두더지처럼 땅속을 파고 있었고 오소리처럼 땅을 파 위로 올라가고 있었으며 마못처럼 흙을 밀어내고 밖으로 나오고 있었고 곰처럼 밀고 있었으나, 땅은 너무 단단하고 너무 밀도가 높고 숨은 턱에 찼다. 섀도는 조만간 더이상 나아갈 수가 없을 것이고, 땅을 파고 위로 올라갈 수가 없을 것이며, 세상 밑 깊은 곳 어딘가에서 죽을 것이라고 생각했다.

자신만의 힘으로는 충분치 않았다. 힘이 점점 빠졌다. 섀도는 자신의 몸이 추운 숲 속을 가로지르는 더운 버스 안에 있다는 것과 그가 이곳 세상의 밑에서 숨을 멈추면 버스 안에서도 마찬가지로 숨을 멎게 된다는 것을 알았다. 지금도 자신의 호흡이 얕은 헐떡거림이 되어 나오고 있다는 것을 의식했다.

섀도는 애를 쓰며 밀었다. 점점 더 약하게, 움직일 때마다 귀중한 공기를 쓰면서. 그리고 갇혔다. 더이상 나아갈 수도 온 길을 되돌아갈 수도 없었다.

"자, 거래를 하자."

섀도의 마음속 목소리가 말했다. 그 소리는 자신의 목소리였을지도 모른다. 분간을 할 수 없었다.

"무얼 가지고 거래해야 하지? 내겐 아무것도 없어."

섀도는 입 안에서 모래가 섞인 진득한 진흙 맛을 보았다. 자신을 둘러싼 바위들에서 나오는 톡 쏘는 광물질 맛이 느껴졌다.

"나 자신을 제외하고는 아무것도 없어. 나는 나 자신이 있잖아, 그렇지 않은가?"

모든 것이 숨을 참고 있는 것 같았다. 단지 섀도만이 아니었다. 땅 밑의 모든 세계가, 모든 벌레, 모든 틈, 모든 동굴이 숨을 멎는 것 같았다.

"난 나 자신을 걸겠어."

반응은 즉각적이었다. 둘러싸고 있던 바위와 흙이 섀도를 내리누르기 시작했다. 그를 아주 세게 눌러 폐 속의 마지막 공기 한 방울마저 쥐어짰다. 압박은 고통으로 변했고 사면에서 그를 에워쌌다. 양치식물이 석탄이 되어가듯 몸이 으깨졌다. 섀도는 고통의 극단을 맛보았다. 정점에 다다르며 자신이 더이상은 참아낼 수 없다는 것을 알았다. 그 누구도 이보다 더한 고통은 견딜 수 없으리라. 그 순간 경련이 잦아들면서 섀도는 다시 숨을 쉴 수 있었다. 그의 위쪽에 있던 빛이 더 커졌다.

섀도는 표면 위로 들어 올려지고 있었다.

다시 한 번 땅에 경련이 일자, 섀도는 그것을 타려고 시도했다. 이번에는 위로 밀려 오르는 것을 느꼈다. 땅의 압력이 그의 몸을 밖으로 밀어 올려 빛 가까이로 향하게 했다. 그러고 나서 숨을 몰아쉴 수 있는 순간이 왔다.

경련이 그를 사로잡더니 몸을 흔들었다. 각각의 경련은 점점 더 거세지고 더 고통스러워졌다.

섀도는 땅속에서 몸을 구르고 비틀었다. 이제 열린 틈으로 얼굴이 밀어 올려졌다. 그의 손 너비보다도 크지 않은 틈새였다. 그 틈으로 한 줄기 숨죽인 회색빛이 들어왔고, 이윽고 공기, 소중한 공기가 밀려 들어왔다.

마지막의 지독한 압박의 고통은 믿을 수 없을 정도였다. 섀도는 단단한 바위틈에서 자신이 쥐어 짜이고, 부서지고 밀리면서 뼈가 산산이 부서지고, 살이 모양을 잃고 흡사 뱀처럼 되어가다가 입과 망가진 머리가 구멍에서 빠져나오기 시작하는 것을 느꼈다. 그는 공포와 고통 속에서 고함을 쳤다.

소리를 지르면서 현실의 세계에서도 마찬가지로 자신이 고함을 지르고 있을지 궁금했다. 어두운 버스 안에서 소리를 지르고 있을까.

마지막 경련이 끝나면서 섀도는 땅 위에 올라와 있었고, 손가락은 붉은 흙을 움켜쥐고 있었다. 고통이 끝이 났고 다시 폐부 깊이 따뜻한 저녁 공기를 들이쉴 수 있다는 사실에 감사할 뿐이었다.

섀도는 일어나 앉아 손으로 얼굴의 흙을 닦아 내고 하늘을 올려다보았다. 보랏빛을 띤 긴 땅거미가 지고 별들이 하나씩 떠오르고 있었다. 별들은 이제까지 보거나 상상했던 어떤 별보다 아주 밝고 생생했다.

섀도의 뒤에서 딱딱거리는 화염의 목소리가 울렸다.

"머지않아 그들은 쓰러질 것이다. 곧 그들이 쓰러지고 별 사람들이 지구 사람들을 만날 것이다. 그들 중에는 영웅이 있을 것이며 괴물을 죽이고 지식을 가져올 사람이 있을 것이나, 그들 중 어느 누구도 신은 아니다. 이곳은 신들에게는 아주 좋지 않다."

놀랍도록 차가운 공기가 섀도의 얼굴에 닿았다. 마치 얼음물을 끼얹는 것 같았다. 그는 버스기사의 목소리를 들을 수 있었다. 이제 파인우드에 도착했으며, 담배를 피울 사람이나 팔다리 스트레칭이 필요한 사람들을 위해 10분간 쉬었다 가겠다고 말하는 소리였다.

새도는 비틀거리며 버스에서 내렸다. 버스는 떠나왔던 주유소와 거의 똑같은 어느 시골 주유소 앞에 주차했다. 운전사는 10대 소녀 2명이 버스에 올라타는 것을 돕고 그들의 가방을 수화물 칸에 싣고 있었다.

"이보세요. 당신은 레이크사이드에 내리죠, 맞죠?"

운전사가 새도를 보고는 말했다.

새도가 졸린 듯한 태도로 그렇다고 했다.

"야, 거기 좋은 마을이에요. 난 모든 걸 정리하게 되면 레이크사이드로 가서 살고 싶어요. 내가 여태까지 본 중에 제일 예쁜 마을이에요. 거기서 오래 살았어요?"

"처음 가보는데요."

"마벨에서 패스티를 먹어 봐요."

새도는 짚고 넘어가기로 결심했다.

"저, 내가 잠꼬대하던가요?"

"그랬어도 난 못 들었을 거예요."

운전사는 손목시계를 보았다.

"버스 타세요. 레이크사이드에 도착하면 알려 드릴게요."

둘 다 14살이나 넘었을까 싶은 두 여자애는 파인우드에서 타서 지금은 그의 앞자리에 앉아 있었다. 새도의 의지와는 상관없이 들려오는 말을 듣건대, 그들은 자매가 아니고 친구 사이였다. 그들 중 하나는 섹스에 대해서는 거의 아는 것이 없었고 대신 동물에 관해서는 많이 알고 있었다. 동물 구호소 같은 데서 일을 돕거나, 어쨌든 그곳에서 많은 시간을 보내는 것 같았다. 반면에 다른 여자애는 동물에는 관심이 없었고 인터넷과 주간 방송 텔레비전에서 주워들은 수많은 이야기들로 무장한 채, 성에 대해서 아주 많이 알고 있다고 자부하고 있었다. 섀도는 세상사에 밝다고 생각하는 여자애가 알카셀처 알약을 이용해 오럴 섹스를 강화하는 정확한 기술을 상세하게 묘사하는 것을 들으니, 우습기도 하고 기가 막혔다.

섀도는 두 여자애의 이야기를 들었다. 동물을 좋아하는 여자애와 알카셀처를 먹으면 본전 뽑고도 남을 만큼 오럴 섹스할 때 짜릿함을 느낄 수 있으며, 알토이즈보다 훨씬 효과가 좋다고 말하는 아이의 대화들이 이어졌다. 여자애들은 또한 올해의 미스 레이크사이드에 대해 뒷담화도 늘어놓았다. 다들 알다시피 심사위원들에게 더럽게 알랑방귀를 뀌어서 왕관과 우승 띠를 받지 않았느냐는 이야기였다.

섀도는 도로의 소음을 제외한 모든 것을 무시하면서, 그 둘의 대화를 듣지 않으려고 했다. 조각조각 잘린 대화가 이따금 귀에 들어왔다.

"골디는, 있지, 아주 멋진 개야. 게다가 순종 리트리버인데, 우리 아빠가 허락만 하면 얼마나 좋을까. 날 볼 때마다 꼬리를 흔들어."

"크리스마슨데, 아빠가 스노모빌을 타게 허락해줘야 하는데."

"물건 옆에 혀로 이름도 쓸 수 있어."

"샌디가 보고 싶어."

"그래, 나도 샌디가 보고 싶다."

"오늘 밤 눈이 15센티미터 온다고 하던데, 아마 지어낸 이야기일 거야. 사람들은 날씨를 꾸며 대고, 아무도 거기에 대해 뭐라고 안 하니까……."

그때 버스 브레이크가 힝힝거렸고 운전사가 "레이크사이드!"라고
소리 지르고는 덜컹 문을 열었다. 섀도는 소녀들을 따라 그레이하운
드 정거장으로 쓰이는 듯한 비디오 대여점과 선탠 살롱의 투광 조명
을 받은 주차장에 내렸다. 공기는 무섭도록 차가웠으나 아주 신선했
다. 공기가 섀도를 깨웠다. 그는 남쪽과 서쪽으로 마을의 불빛을 응시
했고, 동쪽에 드넓게 퍼져 있는 얼어 버린 창백한 호수를 바라보았다.
　소녀들은 주차장에 서서 마치 연극을 하듯 발을 동동 구르고 손을
호호 불고 있었다. 그중 어린 소녀가 섀도를 흘끔 쳐다보더니 자신이
쳐다보는 것을 섀도가 눈치 챈 것을 알고는 어색하게 웃음을 지었다.
　"메리 크리스마스."
　섀도가 인사를 건넸다. 딱 건네기 무난한 말 같았다.
　"예."
　어린 소녀보다 한두 살 정도 나이 들어 보이는 다른 소녀가 말했다.
　"아저씨도 메리 크리스마스."
　소녀는 붉은 머리를 하고 있었고 수많은 주근깨가 들창코를 뒤덮
고 있었다.
　"너네 마을 정말 좋구나."
　"우리도 좋아해요."
　나이 어린 아이가 말했다. 동물을 좋아하는 아이였다. 소녀가 섀도
에게 수줍은 미소를 보냈는데, 앞니에 푸른 고무 밴드로 된 교정기를
끼고 있었다.
　"아저씨, 누구 닮은 거 같아요."
　아이가 진지하게 그에게 말했다.

"아저씨 누구 형이냐, 누구 아들이냐, 뭐, 그렇지 않아요?"

"앨리슨, 이 바보야. 누구나 누군가의 아들이나 형이나, 그런 거지."

"그게 아니고."

한순간 헤드라이트 빛이 그들 모두를 사로잡았다. 헤드라이트 뒤에 스테이션왜건이 한 대 있었는데, 그 안에 한 아이의 어머니가 타고 있었다. 차는 아이들과 가방을 싣고 떠났고, 섀도는 주차장에 홀로 남게 되었다.

"젊은이? 뭐 도와줄까?"

노인 한 명이 비디오 대여점의 문을 닫고는 키를 주머니에 넣었다.

"크리스마스에는 가게를 안 연다네."

그는 섀도에게 즐거운 표정으로 말했다.

"하지만 난 버스를 보기 위해 오곤 하지. 별일이 없는지 점검하는 거라네. 크리스마스에 혹시라도 불쌍한 영혼이 오도 가도 못하게 되면 나 혼자 어찌 잘살 수 있겠소."

노인은 얼굴을 볼 수 있을 만큼 가까이 다가왔다. 늙었으나 온화한 인상이었고, 삶의 낙은 아주 좋은 위스키인 것 같은 얼굴을 하고 있었다.

"그럼, 이 지역 택시 회사의 전화번호 좀 알려 주시겠습니까?"

"그러지. 허나 톰은 이 시간이면 잠자리에 들었을 테고, 깨우더라도 별 소용 없을 거야. 오늘 저녁 이른 시간에 벅 스탑스 히어에서 그를 보았는데 아주 즐거운 표정이더라고. 정말 아주 신나 있었어. 어디 가나?"

섀도는 키에 달린 주소 태그를 보여 주었다.

"음, 여긴 다리 건너 걸어서 가면 10분, 아니면 20분쯤 걸릴 거리구먼. 하지만 이렇게 추울 때는 걷는 게 안 좋지. 게다가 초행길이어서 잘 모를 때는 더 멀어 보이는 법이고. 그렇지 않나? 첫 번째는 영원처럼 길고 그 다음부터는 한순간이지?"

"예, 그렇게 생각해 본 적은 없군요. 하지만 그 말씀이 맞는 거 같아요."

노인은 고개를 끄덕였다. 그의 얼굴이 구겨지면서 씩 웃음을 지었다.

"빌어먹을 크리스마스. 내가 테시로 자네를 데려다 주지."

"테시요?" 섀도가 묻고는 "아니, 그게, 감사합니다."라고 말했다.

"천만의 말씀."

섀도는 노인을 따라 도로로 나갔다. 커다랗고 낡은 스포츠카가 세워져 있었다. 광란의 1920년대에 갱들이 자긍심을 가지고 즐겨 탔을 법한 차처럼 보였다. 실제로 그 옛날 차에 달려 있던 발판도 있었다. 원래는 붉은색이나 녹색이었을 것 같은데, 나트륨 등 아래에서 어두운 색으로 보였다.

"이게 테시라네. 예쁘지 않나?"

노인은 애지중지하는 태도로 차를 쓰다듬었다. 보닛이 곡선을 이루어 올라가면서 앞 좌측 운전대 위에서 아치를 이루었다.

"어디 거예요?"

"웬트 피닉스. 웬트는 31년에 넘어갔다네. 크라이슬러가 이름을 샀는데 더 이상 웬트 차는 만들어 내지 않았지. 회사를 차린 하비 웬트는 지방 사람이었어. 캘리포니아로 진출했고 1941년인가, 42년인가에 자살했어. 대단한 비극이었지."

자동차에선 가죽 냄새와 찌든 담배 냄새가 났다. 오랜 세월 많은 사람들이 차 안에서 담배와 시가를 피워서 담배 태우는 냄새가 자동차의 일부처럼 되어 버린 그런 냄새였다. 노인이 키를 돌리자 테시에 시동이 걸렸다.

"이 차는 내일 차고로 들어간다네. 시트를 덮어서 봄까지 거기 있을 거야. 문제는 내가 바닥에 눈이 쌓인 지금 이 차를 더 이상 운전해서는 안 된다는 거지."

"눈에서 잘 달리지 않습니까?"

"잘 달리지. 사람들이 눈 녹으라고 도로에 소금을 뿌리는 게 문제야. 그게 우리가 생각하는 것보다 차를 더 빨리 녹슬게 하거든. 주택가 앞으로 지나갈 텐가, 달빛 내리는 마을 투어를 하면서 갈 텐가?"

"폐를 끼치고 싶지 않……"

"폐는 무슨. 내 나이가 되면 아주 조금만 자도 그걸로도 고맙지. 요즘 난 하루에 5시간 자고 아침에 일어나서 머리가 다시 잘 돌아가면 운 좋은 거야. 이런, 소개도 안 했구려. 내 이름은 힌젤만이라네. 그냥 리처라고 부르게. 하지만 이곳에선 나를 아는 사람들은 날 힌젤만이라고 불러. 악수를 하고 싶은데, 운전하려면 두 손이 다 필요하다우. 집중을 하지 않으면 이 애가 그걸 알아차려."

"마이크 아인셀입니다. 만나서 반갑습니다, 힌젤만 씨."

"그럼 우리 호수를 돌아서 가세. 그랜드 투어라네."

그들이 지나가고 있는 중심가는 밤에 보아도 예쁜 거리였다. 좋은 의미로 구식으로 보이는 거리였으며, 100년 동안 사람들이 그 거리를 돌보아 왔고 사람들이 좋아하는 것을 잃지 않기 위해서 서두르지 않는 것처럼 보였다.

힌젤만은 마을을 지나면서 식당 2군데를 가리켰다. 독일 식당도 되고 그리스 식당도 되고 노르웨이 식당도 되는, 이것저것 짬뽕인 식당으로 모든 메뉴에 머핀 빵을 제공하는 식당이라고 했다. 그리고 빵집과 서점도 알려주었다.

"서점이 없는 마을은 마을이 아니지. 마을이라고 부를 수는 있겠지만, 서점이 있지 않고서는 어느 한 사람의 영혼도 흔들어 놓을 수 없단 말이야."

힌젤만은 도서관 앞을 지날 때 테시를 천천히 몰아 섀도가 잘 볼수 있도록 했다. 고풍스러운 가스등 불빛이 문간에서 깜박였다. 힌젤만은 자랑스러운 듯 섀도에게 알려 주었다.

"1870년대에 지역 목재 유지인 존 헤닝이 지었다네. 그는 이것을 헤닝 기념 도서관이라고 부르길 원했는데, 그가 죽고 나자 사람들이 레이크사이드 도서관이라고 부르기 시작했지. 내 생각엔 이건 영원히 레이크사이드 도서관으로 남을 거야. 꿈같지 않나?"

자신이 그 도서관을 지었더라도 그보다는 자랑스러워하지 못할 듯했다. 섀도는 건물이 성 같아 보인다고 말했다.

"그렇지. 작은 탑들하며 온갖 것들을 봐. 헤닝은 외부에서 보면 저렇게 보이기를 바랐지. 안에는 소나무로 멋지게 선반을 얹어 놓았어. 미리엄 슐츠가 안을 다 들어내고 현대화하려고 했지만, 이 도서관은 역사적 유물로 등록되어 있어서 어쩌지 못하고 있지."

그들은 호수의 남쪽을 돌아 달렸다. 마을은 호수를 에워싸며 형성되어 있었고, 호수는 도로면에서 약 9미터 밑에 있었다. 여기저기 밝게 빛나는 물이 마을의 불빛들을 반사하고 흰 얼음 덩어리들이 호수

표면을 흐릿하게 만들었다.

"얼고 있는 것 같네요."

"언 지 한 달 정도 됐어. 희미한 부분은 눈이 내린 곳이고 빛나는 부분은 얼음이지. 추수감사절 지나고 어느 추운 밤에 유리처럼 매끈하게 얼어 버렸다네. 아인셀 군, 얼음 낚시 좋아하나?"

"한 번도 해 본 적 없습니다."

"남자가 할 수 있는 가장 좋은 일이라네. 잡는 고기가 아니라 낚시를 끝내고 집으로 돌아올 때 느끼는 마음의 평화가 그렇다는 거야."

"명심하겠습니다."

섀도는 테시의 창을 통해 곁눈질로 호수를 보았다.

"그럼 지금 호수 위를 걸을 수 있나요?"

"걸을 수 있어. 차 타고 갈 수도 있지. 하지만 아직은 그 정도 모험은 하지 않겠어. 6주째 추위가 계속되고 있지만 여기 북 위스콘신에서는 대부분 다른 곳보다 더 빨리, 단단히 얼어붙지. 한번은 내가 사냥을 나갔는데, 사슴 사냥이었거든, 그건 30, 40년 전이고. 그때 내가 수사슴 1마리를 쐈는데 놓쳐서 그게 숲으로 도망을 쳤지. 호수 북쪽 끝 저 너머인데 자네가 가는 곳 근처라네, 마이크. 그건 내가 여태까지 본 중 제일 멋진 수사슴이었는데 조그만 말만큼 컸어. 뿔 가지가 20개는 되었을 거야. 그때는 내가 지금보다 더 젊고 성말랐지. 비록 그해 핼러윈 날 전에 눈이 오기 시작했지만, 그때는 추수감사절이었고 땅에는 신선하고 아주 깨끗한 눈이 쌓여 있었어. 그래서 난 수사슴의 발자국을 선명하게 볼 수 있었어. 내가 보기엔 그 큰 녀석이 공포에 질려 호수로 향한 것처럼 보이더구먼. 음, 바보 같은 인간만 수사슴을 쫓아가는데, 난 바보 같은 인간이어서 쫓아갔지. 그랬더니 그 사슴이 호수의 20, 25센티미터가 되는 물속에 서 있는 거야. 그게 날 쳐다보더라고. 바로 그 순간 태양이 구름 뒤에 숨었고 추위가 닥쳤지. 온도가 10분 만에 30도는 떨어졌어. 진짜라네. 그 늙은 수사슴은 도망치려 했는데 움직일 수가 없었어. 얼음 속에 얼어붙었던 거지. 난 천천히 그 짐승한테 다가갔어. 그놈은 도망치고 싶었는데 물속에 얼어붙어서 그럴 수가 없었지. 하지만 난 도망칠 수 없는 상황에 빠진 무방비의 동물을 쏠 수가 없었어. 그런 상황에서 쏜다면 내가 도대체 어떤 인간이겠냐, 응? 그래서 총을 꺼내 공중을 향해 한 발 쏘아 버렸지.

그러니까 그 소음과 충격 때문에 그놈이 펄쩍 뛰었어. 자기 발이 얼어붙은 것을 보고는 그냥 내달리더라고. 사슴은 가죽과 뿔을 얼음 위에 남긴 채 갓 태어난 쥐처럼 빨간 속살을 드러내고 숲으로 후다닥 뛰었지. 그리고 발작하듯 떨더니 쓰러져 버렸어.

그 녀석이 어찌나 불쌍하던지 난 레이크사이드 여성 뜨개질 협회에 말해서 그놈에게 겨울 동안 입을 따뜻한 옷을 떠 주게 했어. 협회에서 통자로 된 털옷을 떴고, 덕분에 녀석은 얼어 죽지 않았지. 그러다가 웃긴 관습이 생겨났어. 사람들이 녀석에게 밝은 주황색 옷을 떠 준 바람에 그 다음부터 사냥꾼들이 그 사슴을 쏘지 않게 되었거든. 이 지역 사냥꾼들은 사냥 시즌에는 주황색 옷을 입어."

힌젤만은 해설하듯 덧붙였다.

"이 말에 거짓이 한 마디라도 있다고 생각하면, 내가 그걸 증명해 줄 수 있네. 지금까지도 사랑방에 그 뿔을 가지고 있어."

섀도가 웃었다. 노인도 명장(名匠)다운 만족스러운 웃음을 띠었다.

그들은 커다란 데크가 있는 벽돌 건물 밖에 차를 댔다. 데크에는 황금빛 크리스마스 불빛들이 사람들을 초대하는 것처럼 반짝반짝 빛나고 있었다.

"저게 502번지라네. 3호 아파트는 다른 쪽으로 돌아 호수를 내다보는 꼭대기 층에 있어. 자, 다 왔네, 마이크."

"고맙습니다, 힌젤만 씨. 기름값으로 뭐라도 드릴 수 있을까요?"

"됐네. 나한테 한 푼도 빚지지 않았어. 나와 테시의 인사라네. 메리 크리스마스."

"정말 아무것도 받지 않으시겠어요?"

노인이 턱을 긁었다.

"한 가지 부탁하지. 다음 주쯤에 내가 들러 표를 몇 장 팔 거야. 자선 복권이야. 젊은 친구, 빨리 들어가 잠자리에 들어요."

섀도는 미소를 지었다.

"메리 크리스마스, 힌젤만 씨."

노인은 손마디가 붉은 손으로 섀도와 악수했다. 참나무 가지처럼 단단하고 굳은살이 박힌 손이었다.

"올라갈 때 길 조심해, 미끄러울 거야. 여기서 자네 방문이 보이는군. 저기 옆에 보이지? 차에서 자네가 안전하게 들어갈 때까지 기다릴게. 무사히 안으로 들어가면 엄지를 치켜올려 표시해 주게. 그럼 갈 테니."

힌젤만은 섀도가 안전하게 나무 계단을 올라 문을 열 때까지 엔진을 켜 놓은 채 그대로 있었다. 아파트의 문이 휙 열렸다. 섀도는 엄지를 들어올려 표시했고, 노인은 차에 올랐다. 테시라. 섀도는 이름을 가진 자동차를 생각하니 다시 웃음이 나왔다. 힌젤만과 테시는 돌아서 다리를 가로질러 제 갈 길을 갔다.

섀도는 문을 닫았다. 문은 얼어붙고 있었다. 문에서는 다른 삶을 살기 위해 떠난 사람들의 냄새가 났고, 그들이 먹고 꿈꿔 왔던 모든 것의 냄새가 났다. 섀도는 자동 온도 조절 장치를 발견하고 온도를 올렸다. 그 뒤 조그마한 부엌으로 들어가 서랍을 살펴보았다. 아보카도 색 냉장고를 열었으나 텅 비어 있었다. 놀랄 만한 것은 없었다. 적어도 냉장고 안은 깨끗했고 곰팡내는 나지 않았다.

부엌 옆에는 빈 매트리스가 있는 조그만 침실이 있었다. 그 옆에 샤워 부스만 있는 아주 작은 욕실이 있었다. 변기에는 오래된 담배꽁초가 떠 있었고 물이 갈색으로 물들어 있었다. 섀도는 물을 내렸다.

옷장에서 시트와 이불을 꺼내 잠자리를 마련했다. 신발과 재킷을 벗고 시계를 풀고는 옷을 입은 채로 따뜻해지려면 얼마나 더 기다려야 하나 생각하면서 침대로 올라갔다.

불을 껐다. 냉장고 돌아가는 소리와 건물 어딘가에서 들리는 라디오 소리 외에 아무것도 들리지 않는 침묵이 찾아왔다. 섀도는 어둠 속에 누워 그레이하운드 버스에서 오늘 잘 잠을 다 잔 건지, 배고픔과 추위와 새로운 침대와 지난 몇 주간의 광기가 그를 잠 못 들게 만드는 건지 생각하고 있었다.

고요함 속에서 덜컹 하는 소리가 들렸다. 나뭇가지나 얼음인 것 같았다. 밖은 얼어붙고 있었다.

웬즈데이가 오기까지 얼마나 더 기다려야 하는지 생각했다. 하루? 일주일? 얼마나 오래 걸리든지 그동안 무언가에 집중해야 할 것 같았다. 섀도는 다시 운동을 시작하기로 결정했다. 또 완벽해질 때까지 동전 트릭과 손바닥 기술을 연습할 것이다.('너의 모든 트릭을 연습하라.' 자신의 목소리가 아닌 다른 목소리가 머릿속에서 속삭였다. '온갖 종류의 트릭들을 연습하라. 그 가여운 죽은 매드 스위니가 보여 준 것만 제외하고. 저체온, 추위로 죽은, 사람들이 잊고 필요로 하지도 않아서 죽은 매드 스위니가 가르쳐 준 그 트릭 말고. 오, 그건 안 돼.')

하지만 여긴 좋은 마을이었다. 느낄 수 있었다.

섀도는 자신이 꾸었던 꿈을 생각했다. 케이로에서의 첫날 밤 꾸었던, 그게 꿈이었다면 그 꿈을. 그는 조르야를 생각했다. 젠장, 그녀의 이름이 뭐였지? 한밤중 자매가 누구였지?

그때 로라가 생각났다.

그녀를 생각하니 마음속에 창이 열리는 것 같았다. 섀도는 로라를 볼 수 있었다.

로라는 이글 포인트에 있는 그녀의 어머니의 커다란 집 뒷마당에 있었다.

로라는 더 이상 느끼지 못하는 추위 속에, 아니 어쩌면 언제나 느끼는 추위 속에 서 있었다. 로라는 1989년 아버지 하비 맥케이브가 무리하게 캔 뚜껑을 따다가 심장마비를 일으켜 사망한 후 그녀의 어머니가 받은 보험금으로 산 집 바깥에 있었다. 차가운 손을 유리창에 대고 있었는데, 입김이 닿아도 유리에 김이 서리는 일은 없었다. 그런 자세로 로라는 어머니와 크리스마스를 보내러 텍사스에서 온 언니, 언니의 아이들, 언니의 남편을 쳐다보고 있었다. 어둠 속 밖에서 안을 들여다보지 않으려야 않을 수 없는 로라가 그곳에 서 있었다.

섀도의 눈에 눈물이 고이고 있었다. 그는 침대에서 몸을 굴렸다.

'웬즈데이……' 그가 생각을 하자마자 창문이 열렸고 그는 모텔 6의 방 한구석에 서서 실내를 바라볼 수 있었다. 희미한 어둠 속에서 두 명이 엉켜 뒹굴고 붙당기는 모습이 보였다.

섀도는 자신이 '엿보는 톰'*처럼 느껴져서, 정신을 차리고 생각을 다른 곳으로 돌리려 했다. 그는 어둠 속에서 거대한 검은 날개가 펄럭이며 그를 향해 날아오는 것을 상상할 수 있었다. 섀도는 아래로 펼쳐진 호수를 볼 수 있었다. 북극으로부터 내려온 바람은 시체보다 100배는 더 차가운, 동상 걸린 제 손가락들을 들이밀며 육지에 냉기를 불어넣고 있었다. 그리하여 남아 있는 모든 액체를 고체로 얼려버리고 있었다.

숨이 얕게 터져 나왔다. 이제 그는 더이상 춥지 않았다.

밖에서 바람 한 줄기가 위로 오르는 소리를 들을 수 있었다. 바람은 집 주변을 돌며 날카로운 비명이 되었다. 한순간 바람이 전하는 말을 들을 수 있다고 생각했다.

어딘가로 가야 한다면 이곳이 좋겠다고 생각했고, 그런 다음 잠이 들었다.

한편. 대화.

딩동.

---

* Peeping Tom, 영국 코번트리(Coventry)에 살았던 전설상의 양복 재단사로, 알몸으로 말을 타는 고디바(Godiva) 부인의 알몸을 엿보다가 눈이 멀었다.

"크로 양?"

"예."

"사만다 블랙 크로 양?"

"예."

"실례가 안 된다면, 몇 가지 질문을 좀 해도 되겠습니까?"

"네, 실례돼요."

"그렇게 말씀하실 필요는 없으실 텐데요, 부인."

"경찰이에요? 댁들 뭔데요?"

"제 이름은 타운입니다. 여기 우리 동료는 미스터 로드입니다. 저희는 사라진 저희 동료 둘 때문에 수사를 하고 있습니다."

"그 사람들 이름이 뭐죠?"

"뭐라고요?"

"이름을 알려 주세요. 뭐라고 부르는지 알아야 될 거 아녜요. 당신 동료들요. 이름을 말하세요. 그럼 도와 드릴 수도 있겠죠."

"……좋아요. 그들 이름은 미스터 스톤과 우드입니다. 자, 이제 질문을 해도 되겠죠?"

"당신들은 물건을 보고 그냥 이름을 선택하나 보죠? '오, 당신은 미스터 길바닥이고, 저 사람은 미스터 카펫이고, 자, 미스터 비행기한테 인사를 하시죠?'"

"재미있군요, 젊은 숙녀 분. 우선 묻겠습니다. 이 사람을 보셨는지 알아야만 합니다. 여기요. 이 사진 받으시죠."

"와. 범인식별용 사진이라니, 밑에 번호도 있고……. 게다가 엄청 크군요. 그래도 귀엽네. 이 사람이 무슨 잘못을 했죠?"

"몇 년 전쯤에 조그만 마을의 은행 강도 사건에 연루되었죠. 그 사람의 두 동료는 약탈품을 자기들끼리 갖기로 결정했고, 이자를 따돌렸죠. 그래서 이 사람이 화가 났어요. 동료들을 거의 죽일 뻔했죠. 당국에서 그가 상처 입힌 두 사람하고 거래를 했고요. 그들은 증언을 해서 집행유예를 받고 대신 섀도는 6년을 먹었어요. 그리고 3년을 살았죠. 아시죠? 이런 남잔 가두어 놓고 열쇠를 버려야 해요."

"나는 현실에서 그런 말을 하는 사람을 본 적이 없어요, 아시겠지만. 그렇게 드러내 놓고는요."

"뭘 말이죠, 크로 양?"

"약탈품. 그런 말은 사람들이 쓰는 말이 아닌데. 아마 영화에서는 그런 말을 하겠죠. 실제로는 안 해요."

"이건 영화가 아닙니다, 크로 양."

"블랙 크로예요. 블랙 크로라고요. 친구들은 샘이라고 부르죠."

"알겠어요, 샘. 자 그럼, 이 남자……."

"하지만 당신들은 내 친구가 아니에요. 블랙 크로 양이라고 부르세요."

"이것 봐, 이런 코흘리개 꼬마……."

"됐어, 미스터 로드. 샘, 미안해요, 아가씨. 블랙 크로 양이 우릴 도와주실 거야. 이분은 법을 준수하는 시민이라고."

"아가씨, 우린 당신이 섀도를 도왔다는 것을 알고 있어요. 그 사람하고 같이 흰 세비 노바를 타고 있는 것을 보았고요. 그자가 차를 태워 주었죠. 저녁 식사도 샀고요. 우리 수사에 도움이 될 만한 거 없습니까? 우리 쪽 사람 중에 최고로 유능한 2명이 사라졌어요."

"난 그 사람을 본 적이 없어요."

"만났잖아요. 우릴 멍청이라고 생각하는 모양인데, 실수입니다. 우리는 어리석지 않아요."

"난 많은 사람들을 만나요. 아마 만난 적이 있는데 벌써 잊어버렸나 보죠."

"아가씨, 우리에게 협조를 하는 게 신상에 좋을 겁니다."

"그렇지 않으면, 당신들이 날 당신의 친구인 미스터 엄지으깨기나 미스터 자백제한테 인사시키겠네요?"

"아가씨, 이러면 아가씨한테도 안 좋은데요."

"이런, 죄송해요. 자, 뭐 다른 거 있어요? 이제 '안녕히 가십쇼'라고 말하고 문을 닫아야겠네요. 당신들은 가서 미스터 자동차를 타고 떠나겠죠."

"당신이 협조하지 않았다는 사실을 기억했습니다."

"안녕히 가세요."

딸깍.

제10장

내가 네게 나의 모든 비밀을 말해 줄게
하지만 난 나의 과거에 대해서 거짓말을 해
그러니 날 영원히 침대로 보내 줘
— 톰 웨이츠, 「그들이 지칠 때까지 탱고를」

더러움에 둘러싸인 어둠 속의 일생, 그것이 레이크사이드의 첫날 밤에 섀도가 꿈꾼 것이었다. 오래전 바다 건너 먼 곳 어떤 땅, 태양이 떠올랐던 땅에서의 한 아이의 삶이었다. 하지만 이곳의 삶은 일출이 없으며 오로지 희미한 낮과 눈먼 밤만이 있었다.

아무도 아이에게 말을 걸지 않았다. 밖에서 나는 인간의 목소리를 들었으나, 올빼미의 울음소리나 컹컹 짖는 개의 소리보다도 그 소리를 더 이해할 수가 없었다.

아이는 기억했다. 아니, 기억한다고 생각했다. 어느 밤, 반평생 전에, 큰 사람들 중 한 여자가 조용히 들어와서 그를 때리거나 밥을 주는 게 아니고, 대신 자신의 가슴으로 들어 올려 그를 안아 주었다. 여자에게서 좋은 향기가 났다. 여자는 부드럽게 콧노래를 불렀다. 따뜻한 물방울이 아이의 얼굴로 떨어졌다. 아이는 무서웠고 공포에 떨며 크게 울부짖었다.

여자는 급히 밀짚에 아이를 다시 내려놓고 문을 잠그고 움막을 떠났다.

아이는 그 순간을 기억했고 소중히 간직했다. 마치 배춧속의 달콤함, 자두의 신맛, 사과의 아삭거림, 구운 생선의 매끈한 맛을 기억하듯 소중히.

그리고 이제 불빛 속에서 얼굴들을 보았다. 그 모든 얼굴들은 아이가 처음이자 유일하게 움막 안에서 이끌려 나오는 것을 바라보고 있었다. 바로 그것이 사람들의 모습이 되었다. 어둠 속에 길러져서 아이는 한 번도 얼굴을 본 적이 없었다. 모든 것이 너무나 새로웠다. 너무나 낯설었다. 횃불이 눈을 아프게 했다. 그들은 아이의 목에 둘러쳐진 밧줄을 끌고 그 남자가 기다리고 있는 두 모닥불 사이의 공간으로 데려갔다.

그가 불빛 속에 첫 번째 칼날을 들어 올렸을 때 군중 속에서 환호가 일었다. 어둠의 아이는 그들과 함께 기쁨과 자유 속에서 웃고 또 웃기 시작했다.

칼날이 내려왔다.

섀도는 눈을 떴다. 그리고 자신이 유리창에 성에가 낀 아파트 안에 있고 배가 고프고 춥다는 것을 깨달았다. 숨이 얼어붙었다고 생각했다. 섀도는 옷을 입지 않아도 된다는 사실에 만족하며 침대에서 나왔다. 창을 지나치면서 손톱으로 긁어 보았다. 손톱 밑에 얼음이 끼었고 녹아서 물이 되었다.

섀도는 꿈꾼 것을 기억하려 했으나, 비참함과 어둠만이 떠올랐다.

신발을 신었다. 마을 중심가로 걸어가리라 생각했다. 마을의 지리만 정확히 파악한다면, 호수의 북쪽 끝을 가로질러 다리를 건너갈 수 있을 터였다. 섀도는 얇은 외투를 걸치고는 따뜻한 겨울 코트를 사 입겠다고 한 다짐을 기억하고, 아파트 문을 열고서 나무 데크에 발을 내딛었다. 추위가 숨을 낚아챘다. 숨을 쉬자 콧구멍 속의 콧털이 빳빳하게 얼어 버리는 것이 느껴졌다. 데크에서 보니 호수가 멋진 풍경을 드러냈다. 하얗게 펼쳐진 풍경에 둘러싸인 군데군데 잿빛 무늬들.

그는 추위가 얼마나 심한지 궁금했다. 한파의 계절이 찾아왔다. 그건 명백했다. 기온이 0도 위를 향할 리는 없고 상쾌한 산책이 될 리 없었으나, 큰 어려움 없이 마을까지 갈 수 있으리라 확신했다. 지난밤 힌젤만이 뭐라고 했더라? 걸어서 10분 거리? 게다가 섀도는 건장한 남자가 아닌가. 걸음을 재촉해서 몸을 따뜻하게 할 수 있을 것이다.

섀도는 남쪽을 향해 다리 쪽으로 출발했다.

곧 혹독하게 추운 공기가 폐에 닿자 밭은기침이 나오기 시작했다. 귀와 얼굴과 입술이 아프기 시작했고 발이 아파 왔다. 장갑을 끼지 않은 맨손을 코트 주머니에 깊이 찔러 넣고는 온기를 느끼기 위해 손가락을 서로 꽉 움켜쥐었다. 그는 로 키 라이스미스가 과장을 섞어 들려준 미네소타의 겨울 이야기가 떠올랐다. 특히 곰을 피해 나무 위로 올라간 사냥꾼 이야기. 사냥꾼은 꽁꽁 어는 추운 날에 성기를 내놓고 아치를 그리며 누런 오줌을 쌌는데, 김이 모락모락 나는 오줌발이 땅에 닿기도 전에 그대로 얼어 버렸고, 그런 다음 돌처럼 단단해진 오줌 기둥을 깨뜨려 버렸다고 한다.

그 기억에 비틀린 웃음이 새어 나왔고, 마르고 고통스러운 기침이 이어졌다.

한 발, 또 한 발, 또 한 발. 섀도는 흘끗 뒤를 돌아보았다. 아파트 건물은 생각했던 것보다 멀지 않았다.

괜히 나왔다고 생각했다. 하지만 이미 아파트에서 몇 분 걸어왔고 호수 위 다리가 눈에 들어왔다. 뒤돌아 집으로 돌아가는 것보다 계속 나아가는 것이 훨씬 그럴듯해.(돌아가면 뭐 해? 죽어 버린 전화로 콜택시를 불러? 봄이 올 때까지 기다려? 아파트엔 먹을 것도 없어.)

섀도는 계속해서 걸었고, 걸어가면서 예측 온도를 점점 낮추기 시작했다. 영하 10도? 영하 20도? 영하 40도. 온도계에서 그 지점은 섭씨와 화씨가 똑같아지는 이상한 지점이다. 아마 그렇게 추운 건 아닐 것이다. 하지만 얼듯이 살갗에 닿는 바람은 계속해서 거세게 불고 있었다. 북극에서부터 캐나다를 가로질러 호수 위로.

섀도는 검은 기차에서 로라가 놈들의 수중에서 꺼내 건네주었던 손난로가 떠올랐고 그것이 너무나 그리웠다. 지금 있었으면 하는 바람이 간절했다.

아마 10분은 넘게 걸었다. 다리는 가까워지는 것 같지도 않았다. 너무 추워서 떨리지도 않았다. 눈이 아팠다. 이건 단순한 추위가 아니었다. 완전 SF였다. 수성(水星)에 어두운 곳이 있다고 사람들이 믿었던 시기에 그 어두운 곳이 배경인 스토리였다. 여긴 바위투성이의 명왕성 어딘가이다. 그곳에서 태양은 어둠 속에서 조금 더 밝게 빛나는 또 하나의 별일 뿐이다. 이곳은 공기가 양동이째 내려와 맥주처럼 쏟아지는 곳에서 종잇장 하나 떨어진 곳이다.

큰 소리를 내며 지나가는, 이따금씩 보이는 차들이 현실 같지 않았다. 자기보다 더 따뜻하게 옷을 입은 사람들이 들어 있는 냉동 건조한 작은 금속과 유리로 된 우주선 같았다. 어머니가 좋아하던 노래

「이상한 겨울 나라를 걸으며」가 머릿속에서 맴돌기 시작했고, 섀도는 입을 다문 채 흥얼거리며 페이스를 유지했다.

발은 이미 모든 감각을 상실했다. 섀도는 검은 가죽 신발과 얇은 면 양말을 내려다보고 심각하게 동상을 걱정하기 시작했다.

이건 농담이 아니다. 어리석음을 넘은 짓이다. 도를 넘어서 순도 100퍼센트인 대실수를 저지른 것이다. 섀도의 옷은 망사나 레이스와 마찬가지였다. 바람이 그대로 안으로 침투해 뼈와 골수와 속눈썹을 얼려 버렸으며, 고환 밑의 따뜻한 곳까지 얼려 버리면서 고환은 골반 강으로 쑥 쪼그라들었다.

"계속 걸어."

섀도가 스스로에게 말했다.

"계속 걸어. 집에 돌아가면 공기나 한 양동이 마시게 될 거야."

비틀즈 노래 하나가 머릿속에 울리기 시작했고 섀도는 노래에 보조를 맞추기 시작했다. 코러스에 다다랐을 때 자신이 「Help!(도와줘)」를 콧노래로 흥얼거린다는 사실을 깨달았다.

다리에 거의 다다랐다. 섀도는 다리를 건너야 했고 호수의 서쪽에 있는 가게까지 10분은 더 가야 했다. 조금 더 걸릴지도…….

검은 자동차 한 대가 섀도를 지나쳐 멈추고는 연소된 연기를 안개 구름처럼 만들며 후진해서 옆에 와 섰다. 창이 내려가고 연기와 합해진 창의 안개와 더운 공기가 용의 숨결처럼 차를 둘러쌌다.

"괜찮습니까?"

안에 있는 경찰이 말했다.

섀도의 자동적이고 즉각적인 첫 본능은 "예이, 모든 게 아주 좋아요. 경관님, 감사합니다. 아무 일도 없습니다. 그냥 가시죠. 뭐, 아무 일 없습니다."였다. 그러나 그러기엔 너무 늦었다. 그 순간 "얼어 버릴 것 같아요. 음식과 옷을 사려고 레이크사이드로 걸어가려고 했는데, 거기까지의 거리를 얕잡아 본 것 같군요."라고 말하려 하고 있었다. 머릿속에서 말이 거기까지 왔을 때 입에서 나온 말이라고는 그저 "어, 얼 것 같아요." 한마디와 딱딱 이 맞부딪치는 소리뿐이라는 것을 깨닫고는 이렇게 말했다.

"죄, 죄송해요. 추워요. 죄송해요."

경찰은 뒷문을 열고 말했다.

"빨리 안으로 들어와 몸을 데우세요. 괜찮아요?"

섀도는 감사의 말을 건네며 차에 올라타 뒷자리에 앉아 손을 비볐다. 동상에 걸린 발가락에는 신경 쓰지 않으려 했다. 경찰은 운전석으로 돌아갔다. 섀도는 쇠창살을 통해 그를 응시했다. 섀도는 마지막으로 경찰차의 뒷자리에 앉아 있던 때를 생각하거나 뒷자리에는 문손잡이가 없다는 사실에 신경 쓰지 않으려 했고, 대신 손을 비벼 생명을 다시 돌려놓는 데 집중하기로 했다. 얼굴과 손가락이 아팠고 따뜻한 곳으로 들어오니 발가락도 다시 아파오기 시작했다. '좋은 징조야.' 섀도는 생각했다.

경찰은 차를 몰기 시작했다.

"있잖아요, 산책하신 건……."

섀도에게 몸을 돌리지 않은 채, 좀 더 큰 소리로 말했다.

"이렇게 말하는 게 실례가 아니라면, 정말 어리석은 짓이었어요. 일기예보도 못 들었어요? 영하 30도예요. 그 체감 온도가 어느 정도인지는 신만이 알 거라고요. 영하 60도나 영하 70도일걸요. 영하 30도까지 가면 체감 온도 따윈 따질 필요도 없겠지만 말이죠."

"고마워요. 차를 세워 주셔서 고맙습니다. 정말 감사해요."

"라인랜더에 사는 여자가 오늘 아침 새 먹이통을 채우러 헐거운 겉옷 차림에 카펫 슬리퍼를 신고 밖에 나갔다가 얼어 버렸죠. 말 그대로 보도에서 얼어 버렸어요. 지금 중환자실에 있어요. 오늘 아침 라디오에 났어요. 이 마을에 새로 오신 분이네요."

그건 거의 질문이었다. 그러나 남자는 이미 답을 알고 있었다.

"지난밤에 그레이하운드를 타고 왔어요. 오늘 따뜻한 옷하고 음식하고 차를 한 대 사려고요. 이렇게 추울 줄 몰랐어요."

"예, 나도 놀랐어요. 지구 온난화에 대해 걱정하는 것만도 정신없었거든요. 내 이름은 채드 멀리건입니다. 레이크사이드 경찰서장이고요."

"마이크 아인셀입니다."

"반갑습니다. 어때요, 좀 나은가요?"

"조금요, 예."

"그럼 어디로 모실까요?"

섀도는 히터 바람에 손을 댔다가 손가락이 아파서 치워 버렸다. 서서히 덥혀지게 내버려 두자.

"시내에 그냥 내려 주세요."

"그러지 마세요. 은행 강도질을 하러 운전해 달라는 게 아닌 이상, 어디든 필요한 데까지 기꺼이 태워 드리리다. 이 마을의 환영식으로 생각하세요."

"먼저 어디로 가는 게 좋을까요?"

"어젯밤에 처음 오신 거죠?"

"맞습니다."

"아침은 드셨나요?"

"아직요."

"그럼, 우선 아침을 드시러 가는 게 좋을 것 같군요."

멀리건이 말했다.

그들은 다리를 건너 마을의 북서쪽으로 진입하고 있었다.

"여기가 중심 거리입니다. 그리고 이건 마을 광장입니다."

멀리건이 중심 거리를 가로질러 우회전하면서 말했다.

겨울인데도 마을 광장은 인상적이었으나, 섀도는 이곳이 여름에 좋은 곳이라는 것을 알 수 있었다. 다양한 색채를 뿜내며 양귀비며 붓꽃 등 갖가지 꽃들이 만발할 것이고 자작나무 덤불이 나무 그늘이 되어 줄 그런 곳이었다. 지금은 무채색의 공간으로 뼈만 앙상한 식이지만 그런대로 멋이 있다. 야외 음악당은 비어 있고, 분수는 겨울 내내 꺼져 있으며, 적갈색 사암 건축물 시청은 흰 눈에 덮여 있었다.

"그리고 여긴…… 마벨입니다."

채드 멀리건이 광장의 서쪽에 전면이 높은 유리로 된 낡은 건물 밖에 차를 세우면서 말했다.

멀리건은 차에서 내려 섀도를 위해 문을 열었다. 두 남자는 추위와 바람에 고개를 숙이고 발걸음을 서둘러, 갓 구운 빵과 파이와 수프와 베이컨 냄새가 향긋한 따뜻한 실내로 들어섰다.

실내는 비어 있었다. 멀리건은 테이블에서 섀도를 마주 보고 앉았다. 섀도는 멀리건이 마을에 새로 온 낯선 사람의 정체를 살피기 위해서 이러는 것이 아닌가 의심했다.

그렇지만 경찰서장은 보이는 그대로일 수도 있을 것이다. 친절하고 인자하고 착한 남자.

여자가 서둘러 그들의 테이블로 왔다. 뚱뚱하지는 않지만 덩치 큰 여자였다. 60대의 여자로 머리카락은 병 색깔의 청동빛이었다.

"안녕, 채드. 음식 고를 동안 핫 초콜릿 한 잔 해요."

여자는 그들에게 코팅된 메뉴판 둘을 건넸다.

"크림은 얹지 마세요. 마벨은 날 너무 잘 안단 말이에요. 당신은 뭘로 하시겠어요?"

"핫 초콜릿 좋은데요. 전 휘핑 크림을 얹으면 좋겠어요."

"좋아요, 덩치 큰 양반. 채드, 이분을 저한테 좀 소개시켜 줘요. 이 젊은 양반은 새로 오신 경찰이신가?"

"아직 아니에요."

채드 멀리건이 흰 이를 드러내며 말했다.

"이분은 마이크 아인셀이에요. 지난밤에 레이크사이드로 이사 오셨어요. 자, 실례합니다."

멀리건은 자리에서 일어나 홀의 뒤쪽으로 가서 포인터스라 쓰인 문으로 들어갔다. 그 옆에는 세터스*라 쓰인 문이 있었다.

"노스리지 가의 아파트에 새로 오신 분인가 봐요? 그 낡은 필센 집. 오, 그렇죠."

여자가 기분 좋은 듯 말을 걸었다.

"당신이 누군지 알겠어요. 힌젤만이 오늘 아침 식사를 하러 와서 당

---

* 포인터스(pointers)는 남성을, 세터스(setters)는 여성을 의미한다.

신에 대해 말하더군요. 그냥 핫 초콜릿만 하시겠어요, 아니면 아침 메뉴를 보여 드릴까요?"

"아침 먹을 거예요. 뭐가 좋죠?"

"다 좋아요. 내가 만들어요. 하지만 여긴 패스티를 먹을 수 있는 유피의 남쪽 끝이고, 특별히 맛있어요. 따끈따끈하고 배도 부르죠. 내 전문이에요."

섀도는 패스티가 무엇인지 알 수 없었으나 좋다고 말했다. 얼마 후 마벨은 접은 파이같이 생긴 것을 담은 접시를 들고 돌아왔다. 밑쪽 반은 종이 냅킨에 싸여 있었다. 섀도는 그것을 들고 한 입 썹었다. 음식은 따뜻했고, 고기, 감자, 당근, 양파가 함께 들어 있었다.

"처음 먹어 보네요. 정말 맛있어요."

"이건 유피에서나 먹을 수 있는 거예요. 이걸 먹으려면 적어도 아이언우드까지는 올라가야 해요. 철광맥에서 일하기 위해 넘어온 콘월 지방 사람들이 함께 가져온 거죠."

"유피는 뭐예요?"

"북반도(Upper Peninsula)요. 유피라고 해요. 미시간 북부사람들(유퍼)이 사는 곳이요. 미시간의 일부로 북동쪽에 있어요."

경찰서장이 돌아왔다. 그는 핫 초콜릿을 마시면서 말했다.

"마벨, 이 착한 젊은이한테 당신네 패스티를 먹으라고 강요하고 있나요?"

"정말 맛있는데요."

섀도가 말했다. 뜨거운 패스트리에 싸인 맛있는 음식이었다.

"그건 바로 배로 갑니다."

채드 멀리건이 자신의 배를 쓰다듬으며 말했다.

"난 경고했습니다. 좋아요. 그래, 차가 필요해요?"

멀리건은 파카를 벗고 호리호리한 몸매에 둥근 사과같이 생긴 배를 드러냈다. 그는 풍파를 겪은 유능한 사람으로 보였고, 경찰이라기보다는 엔지니어같았다.

섀도가 입 안을 가득 채운 채 고개를 끄덕였다.

"좋아요. 내가 몇 군데 전화해봤어요. 저스틴 리보위츠가 지프차를 4000달러에 팔고 싶어 하는데, 협상하면 3000달러로 할 수 있을 거예요. 건터 씨네에서 도요타 4 러너를 내놓은 지 여덟 달이 넘었는데 그 못난 똥차가 나가지 않고 있으니까 지금쯤은 아마 치우는 것만도 감지덕지해서 돈을 내고라도 줄 거예요. 못난 거 상관 안 한다면 괜찮은 거래죠. 화장실에서 전화해서 레이크사이드 부동산에 있는 건터 부인 앞으로 메시지를 남겼어요. 자리에 없더라고요. 아마 쉴라 미장원에서 머리하고 있을 겁니다."

패스티는 먹을수록 맛있었다. 그리고 엄청나게 든든했다. 그의 어머니가 말한 대로 '늑골에 달라붙는 음식'이었다. '옆구리에 달라붙는 음식.'

경찰서장 채드 멀리건이 입술 주변에 묻은 핫 초콜릿 거품을 닦으며 말했다.

"헤닝스 마트에 들러 진짜 겨울옷을 사고 데이브 식료품점에 가서 냉장고 채울 음식을 산 다음 레이크사이드 부동산에 내려 드리죠. 일시불로 1000달러 내면 만족할 거예요. 그게 여의치 않으면 한 달에 500달러씩 넉 달 동안 내도 괜찮을 거예요. 내가 말한 대로 똥차지만, 그 차를 보라색으로 도색하지만 않았어도 아마 1만 달러는 했을, 꽤 괜찮은 차예요. 게다가 여기서 겨울을 나려면 그런 차가 반드시 필요하죠."

"이렇게 신경 써 주셔서 정말 감사한데요. 절 도와주는 것도 도와주는 거지만, 범죄자를 잡아야 하지 않으세요? 불평을 하는 게 아니라, 그렇잖아요."

마벨이 낄낄거렸다.

"우리 모두 이분에게 그렇게 말한다우."

멀리건이 어깨를 으쓱했다.

"여긴 좋은 마을이에요. 별로 문제가 없어요. 도로에는 항상 제한속도를 넘는 사람들이 있게 마련인데, 그거야 나한테는 좋은 거죠. 과속 딱지가 내 월급을 주는 셈이니까요. 금요일 밤하고 토요일 밤에는 취해서 배우자를 때리는 얼간이들이 있게 마련이고요. 그런데 그건 양쪽이 다 그러죠. 사실이에요. 남자 여자 둘 다 그럴 수 있어요. 내가 그린베이 경찰국에 근무할 때 진즉 깨달은 게 있는데, 대도시의 가정폭력 사건에 휘말리느니 차라리 은행 강도 사건을 맡는 게 낫다는 거예요. 하지만 이곳은 달라요. 조용하죠. 내가 불려 가는 때는 누군가 차에 열쇠를 놓고 내린 경우나 개가 짖는 경우, 뭐 그런 경우예요. 매년 뒷골목에서 담배 피우다 걸리는 고등학생 애들이 한둘 있고요. 5년 동안 경찰이 출동한 가장 큰 사건이 댄 슈왈츠가 술에 취해 자기 트레일러에 총질을 하고 나서 자기 휠체어를 타고 중심 거리를 내달리며 바락바락 소리를 지르며 빌어먹을 권총을 휘휘 휘두르던 사건이었죠. 그는 누구든 자기를 가로막는 놈은 다 쏴 버릴 거라고 하면서 고속도로로 가는 걸 막지 말라고 소리를 질렀죠. 대통령을 쏘러 워싱턴으로 가는 줄 알았어요. 댄이 휠체어 뒤에 스티커를 붙이고 고속도로를 향해 내달리던 것을 생각만 하면 웃음이 나요. '나의 비행 소년이 당신의 우등생을 망치고 있다'라고 씌어 있었죠. 기억나요, 마벨?"

마벨은 입술을 다물고 고개를 끄덕였다. 그녀는 멀리건만큼 그 일을 우습게 생각하는 것 같지 않았다.

"어떻게 됐어요?"

섀도가 물었다.

"내가 설득을 했죠. 여차여차해서 총을 건네받았고, 감방에 잠깐 구류시켰어요. 나쁜 사람은 아닌데, 술에 취해서 이성을 잃었던 거죠."

섀도는 자기 식사 값과 채드 멀리건이 예의상 보이는 만류를 꺾고 핫 초콜릿 값을 치렀다.

헤닝스 마트는 타운의 남쪽에 있는 창고 크기 건물로, 트랙터부터 장난감까지 모든 것을 다 팔았다.(장난감과 크리스마스 장식물은 벌써 세일에 들어갔다.) 매장은 크리스마스 이후 쇼핑객들로 붐비고 있었다. 섀도는 버스에서 앞에 앉았던 여자애 둘 중 어린 아이를 보았다. 여자애는 부모 뒤를 졸졸 따라다니고 있었다. 섀도는 아이를 향해 손을 흔들었고, 아이는 망설이다가 푸른 고무 밴드 교정기를 드러내며 미소 지었다. 섀도는 10년이 지나면 아이가 어떤 모습을 하고 있을지 궁금했다.

아마 물건들을 딸깍거리는 스캐너로 찍고 있는 헤닝스 마트의 카운터 아가씨만큼 예쁘게 변할 것이다. 이 아가씨라면 트랙터를 올려놔도 거뜬히 스캔해 버릴 수 있을 것 같았다.

"긴 속옷 10벌이요? 쟁여 놓으실 건가 봐요, 그렇죠?"

아가씨는 영화배우 같았다.

섀도는 다시 14살이 되어 혀가 굳은 바보가 된 기분이었다. 그는 여자가 보온 부츠, 장갑, 스웨터, 거위털 코트를 찍는 동안 아무런 말도 하지 않았다.

섀도는 경찰서장 채드 멀리건이 도움을 주듯 옆에 서 있는 상태에서 웬즈데이가 준 신용 카드를 쓸 마음이 없어 모든 것을 현금으로 지불했다. 그런 후 꾸러미를 들고 화장실로 들어가 구매한 옷을 입고 나왔다.

"멋져 보이는군요, 덩치 아저씨."

멀리건이 말했다.

"적어도 따뜻하긴 하네요."

주차장에서 바람이 얼굴을 차갑게 때렸지만 다른 부분은 충분히 따뜻했다. 멀리건의 권고로 섀도는 쇼핑백을 경찰차의 뒷좌석에 놓고 앞쪽 조수석에 앉았다.

"그래, 아인셀 씨, 무얼 하시나요? 당신같이 덩치 큰 사람은 직업이 뭘까나? 레이크사이드에서 일할 건가요?"

섀도는 심장이 뛰기 시작했으나, 목소리는 평온했다.

"삼촌 밑에서 일하고 있어요. 전국에서 여러 가지 물건들을 사고팔고 하는데, 전 그저 무거운 것들 나르는 일을 합니다."

"월급은 많이 주나요?"

"가족인데요, 뭘. 삼촌은 내가 자기를 뜯어먹지 않을 걸 알고, 저는 일을 배우는 중입니다. 내가 진짜 좋아하는 일이 뭔지 알 때까지요."

그 말은 섀도의 입에서 마치 뱀처럼 매끈하게 나왔고 확신에 차 있었다. 그 순간 마이크 아인셀에 대해 모든 것을 알고 있었고, 마이크 아인셀이 좋았다. 마이크 아인셀은 섀도가 가지고 있던 문제를 아무것도 가지고 있지 않았다. 아인셀은 결혼도 한 적이 없다. 미스터 우드와 스톤에게 화물 열차에서 심문당한 적도 없다. 텔레비전이 마이크 아인셀에게 말을 걸지도 않았다.("루시의 젖꼭지 보고 싶지 않아?" 머릿속에서 어떤 목소리가 물었다.) 악몽도 꾸지 않았고, 폭풍이 다가오고 있다고 믿지도 않았다.

데이브 식료품점에서, 주유소 상점에 들렀을 때 으레 구매하는 정도로 우유와 달걀, 빵, 사과, 치즈, 쿠키를 쇼핑백 가득 샀다. 진짜 쇼핑은 나중에 할 것이다. 섀도가 일을 보는 동안 채드 멀리건은 사람들에게 인사를 건네고 섀도를 그들에게 소개했다.

"이분은 마이크 아인셀입니다. 낡은 필센 집 빈 아파트로 이사 왔어요. 저기 돌아서 저쪽이요."

섀도는 이름을 외우는 것은 포기했다. 그는 사람들과 악수를 나누고 미소를 지으며 껴입은 옷 때문에 가게 안에서 땀을 조금 흘렸다.

채드 멀리건은 섀도를 태우고 길을 건너 레이크사이드 부동산에 데리고 갔다. 머리를 갓 해서 스프레이를 뿌린 건터 부인에게는 소개가 필요 없었다. 부인은 마이크 아인셀이 누군지 정확히 알고 있었다. 어떻게 된고 하니, 멋진 남자인 댁의 삼촌 보르슨 에머슨 씨가, 그렇게 좋은 분이, 얼마더라, 6주인가 8주 전에 들러서 낡은 필센 집에 아파트를 임대했는데, 그곳의 멋진 경치는 그만한 값어치가 있는 게 아니겠어요? 음, 총각, 봄이 올 때까지 기다려 보세요. 아주 운 좋게도 이

지역 근방에 있는 많은 호수들이 여름에는 녹초(綠草)로 온통 초록이 되는데, 음, 그거 보면, 우웩! 속이 미식거릴 거랍니다. 그런데 우리 마을 호수는 7월 4일이 되면 실제로 그 물을 마실 수도 있어요. 임대료는 보르슨 씨께서 선불로 1년 치를 냈지 뭐예요. 건터 부인은 채드 멀리건이 아직도 도요타 4 러너를 잊지 않고 기억하고 있었다는 사실을 믿을 수가 없었으며, 그래, 정말 그녀는 그놈의 차를 치우는 것만 해도 너무 기뻤다. 사실 거의 포기한 상태여서 세금 탕감을 받고 올해의 클렁커*로 힌젤만에게 그 차를 줘 버리려 했다. 그 차가 진짜 고물이어서는 아니다. 그건 절대 아니고, 그녀의 아들이 그린 베이에 있는 학교로 떠나기 전에 타던 차이기 때문이라는 것이었다. 그 아이가 어느 날 그 차를 보라색으로 도색했다. 하하, 그녀는 마이크 아인셀이 보라색을 좋아하기를 바랐다. 자, 이제 그녀는 할 말은 다 했으며, 보라색을 좋아하지 않더라도 그를 비난할 생각은 없다고…….**

경찰서장 멀리건은 이 일장연설의 중간에 실례를 구했다.

"경찰서에 가 봐야겠어요. 만나서 반가웠어요, 마이크."

멀리건은 섀도의 쇼핑백을 건터 부인의 스테이션왜건에 옮겨 놓았다.

건터 부인은 섀도를 그녀의 집으로 태우고 갔다. 섀도는 차 안에서 낡은 다목적 밴을 보았다. 눈이 쌓여 차가 반쯤 흰색으로 보였고 나머지는 촌스러운 보라색으로 도색되어, 아주 취하지 않는 한 그 차를 예쁘게 보기는 힘들 것 같았다.

---

* Klunker, 미국 속어로 털털이 기계나 자동차를 가리킨다.
** 원문에서 화자의 화법이 겹치고 있다. 즉, 화자의 화술과 건터 부인의 화술이 뒤섞였다.

그래도 자동차는 한 번 만에 시동이 걸렸고 히터도 작동했다. 물론 히터를 켠 채 엔진을 거의 10분이나 돌리고 나서야 차 안이 견딜 수 없이 추운 데서 좀 쌀쌀한 정도로 바뀌었을 뿐이었다. 건터 부인은 섀도를 부엌으로 데리고 가서 집이 지저분한 것에 용서를 구했다.

"아이들이 크리스마스가 지나고 사방에 널린 장난감들을 치우지 않았어요. 난 치울 마음이 나지 않았고요. 저녁으로 먹은 칠면조 요리가 남았는데, 드실래요? 작년엔 거위 고기를 했는데 올핸 커다란 칠면조네요. 음, 그럼 커피를 하시죠. 1잔 뽑는 데 오래 걸리지 않아요."

섀도는 창가 자리에서 빨간 장난감 차를 집어들고 앉았다. 건터 부인은 그가 이웃을 만났는지 물어보았고 섀도는 아직 보지 못했다고 말했다.

커피를 내리는 동안, 그의 아파트에 다른 세입자가 4명이 있다는 사실을 들었다. 필센의 집이었을 당시 필센네가 아래층에 살았고 위층의 두 채는 세를 주었으며, 지금은 필센네가 살았던 집엔 젊은 남자 2명인 홀츠와 나이먼이 살고 있는데, 그들은 사실 연인이라는 것이었다. 그 얘길 할 때 그녀는 "아인셀 씨, 참 이 세상에는 별의별 사람들이 다 있어요."라며 숲에는 한 가지 종류의 나무만 있는 것이 아니라고, 물론 대부분 그런 사람들은 결국 매디슨이나 트윈 시티로 가고 말지만, 사실을 말하자면 여기서는 아무도 그걸 대단하게 여기지 않는다고 말했다. 그들은 겨울을 나기 위해 키웨스트에 갔는데 4월에 다시 돌아올 것이고, 그때 보게 될 것이라 말했다. 레이크사이드에서 중요한 점은 좋은 마을이라는 것이다. 아인셀의 옆집에는 마게리트 올센과 어린 아들이 사는데, 그녀는 정말 착한 여자이지만 참 힘든 삶을 살고 있다, 그래도 마음이 비단같이 착하고 《레이크사이드 뉴스》에서 일하고 있다고 말했다. 세상에서 제일 흥미진진한 신문은 아니지만 그래도 건터 부인은 이곳 사람들이 그렇게 믿고 있다고 생각한단다.

건터 부인은 섀도에게 커피를 따르고, 여름이나 늦봄에 마을을 보았으면 좋겠다고 말했다. 그때는 라일락과 사과와 벚꽃들이 만발하며 아름답기로 치자면 그만한 게 없다고, 이 세상 어디에도 없다고 생각한다고 했다.

섀도는 부인에게 보증금 500달러를 주었고, 자동차에 올라 후진해서 앞마당을 거쳐 도로로 나왔다.

건터 부인이 차 앞창을 두드렸다.

"이거 받으세요. 잊어버릴 뻔했어요."

건터 부인은 섀도에게 황갈색 봉투를 주었다.

"뭐, 재미로 만든 거예요. 몇 년 전에 마을에서 발행한 거예요. 지금 보지 않아도 돼요."

섀도는 감사를 표하고 조심스럽게 운전해 마을로 다시 들어왔다. 호수를 도는 길을 택했다. 마을을 봄이나 여름에, 아니면 가을에 볼 수 있기를 바랐다. 정말 아름다울 것이다.

10분 후에 섀도는 집으로 돌아왔다.

거리에 차를 주차하고 밖에 있는 계단으로 올라 추운 아파트로 들어갔다. 쇼핑백을 풀고, 음식을 찬장과 냉장고에 집어넣고 나서 건터 부인이 건네준 봉투를 열었다.

신분증 수첩이 하나 들어 있었다. 푸른색으로 코팅된 표지가 있었고, 그 안에 건터 부인이 친히 또박또박 이름을 써넣은 '마이클 아인셀'은 레이크사이드의 시민이라고 되어 있었다. 다음 페이지에는 마을 지도가 있었다. 나머지는 그 지역 여러 가게들의 할인 쿠폰이 있었다.

"여기가 좋아질 것 같네."

섀도가 큰 소리로 말했다. 그는 얼어붙은 창 너머 언 호수를 바라보았다.

"좀 따뜻해진다면 말이야."

오후 2시경에 누군가 문을 두드렸다. 섀도는 동전을 한 손에서 다른 손으로 알아보지 못하게 던지면서 동전 트릭을 연습하고 있었다. 손이 너무나 차갑고 둔해서 계속 동전을 테이블 위로 떨어뜨리고 있었다. 그리고 그 노크 때문에 동전을 또 떨어뜨리고 말았다.

문을 열었다.

한순간 공포심에 사로잡혔다. 문간에 서 있는 사람은 검은 복면을 써서 얼굴 아래쪽 반을 덮고 있었다. 텔레비전에 나오는 은행 강도가 쓰는 복면, 아니면 삼류 영화에 나오는 연쇄 살인범이 피해자를 놀래 주기 위해 쓰는 그런 복면이었다. 머리에는 검은 니트 모자를 쓰고 있었다.

그래도 남자는 섀도보다 작았고 왜소했다. 무장을 한 것 같지도 않았다. 남자는 연쇄 살인범이 보통 피할 법한 밝은 체크무늬 코트를 입고 있었다.

"히제마이야."

"예?"

남자가 마스크를 밑으로 내리자 힌젤만의 밝은 얼굴이 드러났다.

"힌젤만이라고. 있잖아, 난 이런 마스크가 없었던 때는 어떻게 지냈는지 알 수가 없어. 아니, 어땠는지 기억은 하네. 얼굴 전체를 뒤덮는 두꺼운 니트 모자가 있었고 스카프가 있었고, 다른 것은 몰라도 돼. 요즘 사람들이 만들어 낸 것들은 기적이야. 난 늙은이일지는 모르지만, 진보에 대해 투덜대는 사람은 아니야. 그럼, 아니지."

힌젤만은 섀도에게 그 지방의 치즈, 여러 개의 병과 단지들, 사슴고기 여름 소시지라 표시되어 있는 조그만 살라미 소시지 등이 담긴 바구니를 하나 내밀면서 안으로 들어왔다.

"메리 크리스마스 다음 날."

힌젤만의 코와 귀와 뺨은 마스크를 쓰나 안 쓰나 딸기처럼 빨갰다.

"벌써 마벨에서 패스티 하나를 전부 다 해치웠다는 소식을 들었어. 몇 가지 가져왔다네."

"친절하기도 하시지."

"친절하긴, 아무것도 아니야. 다음 주 추첨에서 자네를 믿겠네. 상무부에서 주관하는데, 내가 상무부를 운영한다네. 작년에 우리는 레이크사이드 아동 병동을 위해 거의 1만 7000달러를 모금했어."

"그럼, 지금 티켓 1장 주시지 그러세요?"

"클렁커를 얼음 위에 가져다놓는 날에야 시작한다네."

힌젤만이 창문 너머 호수 쪽을 내다보았다.

"밖엔 춥지. 지난밤엔 분명 50도 정도로 떨어졌을 거야."

"정말 순식간에 그렇게 되더라고요."

"옛날에 우리는 이런 추위가 오길 기도하곤 했어. 우리 아버지가 말씀해 주셨지. 최초 정착민이 이곳으로 들어왔을 때, 농사짓는 사람들,

목재업 사람들 말이지, 광부들이 몰려들기 훨씬 전 일이야. 물론 광업
은 이 지역에서 제대로 이루어진 적은 없었어, 했어도 충분했을 텐데
말이야, 왜냐면 저기 철광석이 많이 나는 데가……."

"이런 날이 오기를 빌었다고요?"

섀도가 힌젤만의 말을 끊고 물었다.

"그럼, 그때는 그래야만 정착민들이 살아남을 수 있었어. 모든 사람
들이 먹을 수 있을 만큼 음식이 충분치 못했고, 데이브 식료품점에
가서 쇼핑 카트를 채우는 게 불가능했지. 그래서 우리 할배가 생각을
하다가 이렇게 진짜 추운 날이 오면 우리 할매하고 아이들, 우리 삼
촌, 고모, 우리 아버지, 우리 아버지가 막내였어, 일하는 여자아이와
고용한 남자를 데리고 함께 시냇가로 내려가서 럼주와 허브를 조금
씩 주었지. 할배가 고국에서 가지고 온 처방이야. 그런 다음 식구들에
게 시냇물을 부었지. 식구들은 당연히 얼음과자처럼 한순간에 뻣뻣하
고 창백하게 얼어 버리는 거야. 미리 파서 짚 더미를 채운 참호로 끌
고 가서 한 명씩 차곡차곡 쌓아 놓는 거지. 마치 장작 더미처럼 말야.
그러곤 주변을 짚으로 덮고 짐승들이 다가오지 못하게 참호 위를 가
로 세로 5×10센티미터의 재목으로 덮었어. 그 당시에는 지금은 이 근
방에서 볼 수 없는 늑대, 곰 등 온갖 종류의 야생 짐승들이 있었지.
물론 호대그*는 없었어. 호대그에 대한 이야기는 있지만, 내가 그 이야
기들을 자네한테 들려주어서 신뢰를 잃지는 않겠어. 암, 그럼. 재목으

---

* hodag, 위스콘신 주의 전설적인 동물이다. 몇 가지 종류가 있는데 종류에 따라 그 생김새도 다
  르다. 그중의 하나인 블랙 호대그는 황소의 머리, 거인의 씩 웃는 얼굴, 거대한 발톱이 달린 굵
  고 짧은 다리, 공룡의 등, 끝에 창이 달린 긴 꼬리가 있다고 한다.

로 참호를 덮는 거야. 눈이 한번 오면 그걸 완전히 뒤덮는다네. 참호
가 어디 있는지 알기 위해서 꽂아 놓은 깃발만 빼고.

우리 할아버지는 안락하게 겨울을 지낼 수 있지. 음식이나 연료가
떨어지는 걸 걱정할 필요가 없어. 그리고 진짜 봄이 오는 걸 보았을
때는 깃발이 있는 곳을 찾아가 눈을 헤치고 땅을 파서 나무를 치우
고 식구들을 1명씩 꺼내어 불 앞에 놓고 해동을 시켰어. 고용인 1명
빼고는 다들 개의치 않았어. 그 남자는 우리 할아버지가 구덩이를 잘
덮어두지 않는 바람에 생쥐 가족이 야금야금 파먹어서 귀 절반을 잃
었거든. 그 땐 우린 진짜 겨울을 났어. 요즘의 이런 겨울은 춥다고도
할 수 없는 거야."

"안 춥다고요?"

섀도가 물었다. 그는 순진한 사람 역할을 무척이나 즐기고 있었다.

"1949년 겨울 이후부터는 아니야. 그때 자네는 너무 어려서 기억 못
할 거야. 그때가 겨울이었지. 음, 차를 한 대 샀나 보군."

"그래요. 어떻습니까?"

"사실을 말하자면 난 건터 녀석을 좋아하지 않았어. 옛날에 숲속
냇물에 송어를 한 마리 길렀어. 뭐, 거긴 마을 땅이지만 내가 강에다
돌을 둘러쌓아 놓고 조그만 웅덩이를 만들어 그 안에 송어가 놀게
만들었지. 그러곤 몇 마리 더 넣었어. 한 놈은 족히 80센티미터는 되
는 놈이었어. 그런데 그 조그만 건터 뭐시기 그놈이 웅덩이를 다 무너
뜨리고 날 자연 자원 보호청에 신고하겠다고 협박을 하더라고. 지금
은 그린 베이에 있는데, 곧 다시 돌아올 거야. 세상에 정의가 있다면
그놈이 '겨울 도망자'처럼 어딘가로 달아났겠지만, 허나 아니올시다,

끈끈이에 파리 붙듯 찰싹 달라붙어 있다네."

힌젤만은 '섀도 환영 바구니'의 내용물을 조리대 위에 꺼내 정리하기 시작했다.

"이건 캐서린 파우더메이커의 야생 능금 젤리라네. 그녀는 자네가 태어나기 훨씬 전부터 나에게 크리스마스 때마다 꼭꼭 한 단지씩 주고 있어. 하지만 슬픈 사실은 난 그중에 하나도 따지 않았다는 거야. 우리집 지하실에 있는데 40, 50개쯤 되려나. 뭐, 하나 열어서 내가 그걸 좋아하는지를 알아볼 수도 있겠지. 아무튼 여기 하나 가지게. 아마 자네는 좋아할지도 모르지."

섀도는 힌젤만이 가져온 단지와 다른 선물들을 냉장고 안에 넣었다.

"이건 뭐예요?"

섀도는 푸릇푸릇한 버터같이 생긴 것이 들어있는 딱지 붙지 않은 병을 들고 물었다.

"올리브 오일이야. 기온이 이 정도 떨어지면 색깔이 그렇게 변해. 헌데 걱정 마. 맛은 안 변해."

"네. 그런데 겨울 도망자가 뭐예요?"

"음."

노인은 털모자를 밀어 올리고, 관자놀이를 분홍빛 집게손가락으로 문질렀다.

"음, 그건 레이크사이드에 어울리는 건 아니야. 우리 마을이 좋은 마을이고, 다른 마을보다 괜찮긴 하지만 완벽한 건 아니지. 때때로 겨울에 아이 하나가 좀 돌아 버려서, 밖에 나가지도 못할 정도로 추운 날에, 눈이 너무 건조해서 눈을 뭉쳐도 다 부서져 버리는 그런 날에⋯⋯.”

“도망친다고요?”

노인은 무겁게 고개를 끄덕였다.

“난 그게 아이들이 가질 수 없는 걸 보여 주는 텔레비전 탓이라고
봐. 「댈러스」니 「다이너스티」니, 또 「베벌리힐스」니 「하와이 파이브 오」
따위 하는 말도 안 되는 드라마 말이야. 난 83년 가을 이래로 텔레비
전을 없앴어. 중요한 시합이 있는데 다른 마을에서 사람들이 방문했
을 때 그 사람들한테 보여 주려고 벽장에다 흑백 텔레비전 하나 보관
한 거 빼고.”

“뭐라도 드릴까요, 힌젤만 씨?”

“커피는 말고. 커피 마시면 가슴이 답답해. 그냥 물이나 1잔 주게나.”

힌젤만은 고개를 저었다.

“이 땅에서 제일 큰 문제는 빈곤이야. 대공황 때 있었던 그런 거 말
고, 뭔가 더⋯⋯ 그 뭐더라, 보이지 않는 곳에서 기어 다닌다는 뜻, 그
게 뭐지? 마치 바퀴벌레같은 거?”

“잠행성?”

“응. 잠행성이라는 거지. 벌목은 죽었어. 채광도 죽었지. 관광객들은
델스 너머 북쪽으로는 가지 않아. 사냥꾼 몇 명하고 애들 몇몇이 호수
에다 캠프를 칠 뿐이야. 그네들은 마을에서 돈을 쓰지 않아.”

“그래도 레이크사이드는 좀 부유해 보이는데요.”

노인은 파란 눈을 깜박거렸다.

“내 말을 믿게나. 그렇게 만드는 데는 노고가 많이 들지. 힘든 일이
야. 하지만 이 마을은 좋은 마을이야. 여기 사람들이 하는 일은 가치

가 있는 일이고. 우리 식구가 어렸을 때 가난하지 않았다는 말은 아니야. 우리가 어렸을 때 얼마나 가난했는지 아나?"

섀도는 순진한 청년의 얼굴로 물었다.

"어렸을 때 얼마나 가난하셨어요, 힌젤만 씨?"

"그냥 힌젤만이라 부르게, 마이크. 우리는 너무나 가난해서 화로도 살 수 없었다네. 설날 전날에 우리 아버지는 박하를 태웠어. 우리 같은 애들은 손을 쭉 뻗고 둘러서서 그 불빛을 쬐곤 했지."

섀도는 드럼의 가장자리를 내리쳤을 때처럼 톤이 높은 소리로 반응했다. 힌젤만은 스키 마스크를 쓰고 커다란 체크무늬 코트를 입더니, 주머니에서 자동차 키를 꺼내고 나서 마지막으로 큰 장갑을 꼈다.

"지루하거든 가게로 와서 날 찾게. 그럼 내가 탈부착 제물낚시 수집품을 보여 줄 테니. 그거 보다 보면 너무 지겨워서 여기로 다시 돌아오는 게 안심이 될 정도일 거야."

힌젤만의 목소리는 얼굴을 감싼 것들 때문에 먹먹하게 나왔으나 알아들을 수는 있었다.

섀도가 미소를 지으며 대답했다.

"그럴게요. 테시는 어때요?"

"동면에 들어갔다네. 봄이나 되면 다시 나올 게야. 자, 잘 있으시게, 아인셀 군."

힌젤만은 돌아갔다.

아파트는 점점 추워지고 있었다.

섀도는 코트를 입고 장갑을 꼈다. 그러고 나서 부츠를 신었다. 성에가 끼어서 창밖을 내다볼 수도 없었다. 호수의 풍경은 추상적인 이미지가 되었다.

입김이 공중에서 구름을 만들고 있었다.

섀도는 아파트를 나가 데크를 내딛고 옆집 문을 두드렸다. 여자가 누구한테인가 제발이지 입 닥치고 텔레비전 소리 좀 줄이라고 소리 지르는 것이 들렸다. '아이한테겠지. 어른한테 저런 식으로, 저런 목소리로 소리 지르지는 않는 법이니까.' 문이 열리고 아주 검고 긴 머리를 한 지친 표정의 여자가 경계하는 눈초리로 그를 바라보았다.

"예?"

"처음 뵙겠습니다, 부인. 저는 마이크 아인셀이라고 합니다. 옆집에 이사 온 사람이에요."

여자의 표정은 조금도 바뀌지 않았다.

"그래서요?"

"부인, 제 아파트가 얼 것처럼 춥군요. 벽난로에 열기가 조금 있긴 하지만 집을 덥히지는 못하네요, 전혀요."

여자는 섀도를 위아래로 훑어보더니 입가에 보일락 말락 한 미소를 띠었다.

"들어오세요, 그럼. 안 그러면 여기도 추워질 거예요."

섀도는 안으로 들어섰다. 다양한 색깔의 플라스틱 장난감들이 바닥 여기저기에 널렸고 벽 옆에 찢어진 크리스마스 포장지가 조그맣게 쌓여 있었다. 조그만 사내아이가 텔레비전 앞에 꼭 붙어 앉아 있었다. 디즈니 만화영화인 「헤라클레스」가 나오고 있었는데, 애니메이션이 된 사티로스가 쿵쾅쿵쾅 화면 속을 내달리면서 소리를 질러댔다. 섀도는 텔레비전에 등을 돌리고 섰다.

"좋아요. 어떻게 하는지 가르쳐 드릴게요. 우선 창문을 봉하세요. 헤닝스에 가면 물건들을 살 수 있어요. 랩 같은 걸로 창문을 봉하세요. 창에다 테이프를 이용해서 붙이면 돼요. 예쁘게 잘 붙게 하려면 드라이어로 바람을 쐬세요. 그러면 겨우내 떨어지지 않아요. 창문으로 열기가 빠져나가지 못하죠. 난로도 1~2개 사세요. 건물의 난방 시스템이 낡아서 진짜 추위는 감당을 못해요. 최근에는 겨울이 춥지 않았죠. 그나마 감사해야 해요."

여자는 손을 내밀었다.

"마게리트 올센이에요."

"반갑습니다."

섀도는 장갑을 벗고 악수를 나누었다.

"부인, 전 올센 성씨의 사람들은 금발에 가까울 거라고 줄곧 생각했답니다."

"전남편은 원래 금발이었어요. 분홍빛 피부와 금발. 아무리 해도 살을 태울 수가 없었죠."

"건터 부인이 부인께서 지역 신문 기자로 일한다고 말씀하시더군요."

"건터 부인은 아무한테나 뭐든지 지껄이죠. 건터 부인 같은 사람들한테 지역 신문이 왜 필요한지 모르겠어요."

마게리트는 고개를 끄덕였다.

"그래요. 여기저기 기사를 쓰러 다니죠. 하지만 우리 편집장이 기사를 다 써요. 난 자연 칼럼, 정원 화훼 칼럼, 매주 일요일에 오피니언 칼럼을 쓰고 커뮤니티 칼럼의 뉴스를 쓰는데, 25킬로미터 이내의 사람들 중에 누가 누구가 저녁을 먹었는지 아주 지긋지긋할 정도로 상세하게 소개를 하는 거예요. 아니, '누구랑'이라고 해야 하나?"

이런 질문엔 대답을 자제해야겠다는 생각이 들기도 전에 말부터 나왔다.

"누구랑. 조사가 틀렸네요."

마게리트는 검은 눈으로 그를 보았고 섀도는 한순간 데자뷔 현상을 경험했다. '난 여기 온 적이 있다.'라고 생각했다.

아니, 그녀는 누군가를 연상시킨다.

"어쨌든 그렇게 해야 아파트를 덥힐 수 있어요."

"감사합니다. 따뜻해지면 아이랑 같이 놀러 오세요."

"애 이름은 레온이에요. 반가웠어요, 미스터…… 미안해요, 잊었네요."

"아인셀, 마이크 아인셀입니다."

"아인셀이 도대체 어떤 종류의 이름이죠?"

섀도는 무슨 말인지 알 수 없었다.

"제 이름이죠. 가족사에는 한 번도 관심을 가져 본 적이 없어서요."

"노르웨이 쪽인가요?"

"뭐, 가족들이 그런 것에 별로 신경을 안 써서……."

그러고 나서 그는 에머슨 보르슨 삼촌을 생각하고 덧붙였다.

"아무튼, 그쪽이에요."

웬즈데이가 도착했을 즈음, 섀도는 모든 창문을 비닐로 밀봉했고 거실과 뒤쪽에 있는 침실에다 난로를 하나씩 놓았다. 이제 아늑해졌다.

"젠장, 자네가 운전하는 저 보라색 똥차는 도대체 뭔가?"

웬즈데이가 인사 대신 물었다.

"글쎄요, 당신이 내 흰색 똥차를 가져갔잖아요. 그나저나 그건 어디 있어요?"

"덜루스에서 팔았네. 조심할수록 좋지. 걱정 말게. 모든 일이 끝나 · 면 자네 몫을 줄 걸세."

"전 여기서 뭐 하는 거죠? 레이크사이드에서요. 그러니까 바깥세상이 아니잖아요."

웬즈데이는 그만의 전형적인 미소를 지었는데, 섀도로 하여금 한 대 치고 싶게 만드는 그런 웃음이었다.

"저들이 자네를 여기서 찾을 생각은 미처 못 하지 않겠나. 여기 있으면 감시에서 벗어날 수 있다고."

"저들이라는 게 그 검은 모자를 의미하는 건가요?"

"맞아. 하우스 온 더 록은 이젠 출입 금지 구역이 되었어. 조금 어렵지만, 우리는 대처해 나갈 걸세. 행동을 개시할 때까지는 그저 발을 구르고 깃발을 흔들며 배회하는 거야. 우리가 예상했던 것보다 좀 더 늦게까지. 봄까지는 그런 상태일 거야. 그때까지는 큰일은 일어날 수가 없어."

"도대체 왜요?"

"왜냐하면 저들이 마이크로 밀리세컨드니 가상 세계니 패러다임 변화니 그딴 소릴 지껄이지만, 여전히 이 땅에서 살고 있고, 1년 주기에 여전히 묶여 있기 때문이야. 지금 이 시기는 죽은 달들이라네. 이때 거둔 승리는 죽은 승리야."

"도대체 무슨 이야기인지 모르겠어요."

섀도가 말했다. 완전히 사실은 아니었다. 모호하지만 생각이 떠오르긴 했다. 그리고 그것이 틀렸기를 바랐다.

"혹독한 겨울이 될 거야. 자네와 나는 시간을 최대한 잘 활용해야 해. 우리 편을 규합하고 전장을 골라야 해."

"알았어요."

섀도는 웬즈데이가 그에게 진실 혹은 진실의 일부를 말하고 있다는 것을 알 수 있었다. 전쟁이 오고 있었다. 아니, 그게 아니다. 전쟁은 이미 시작되었다. 전투가 다가오는 것이다.

"매드 스위니는 나랑 처음 만났던 그날 밤에 당신을 위해 일하고 있다고 말했어요. 죽기 전에 그렇게 말했다고요."

"그럼, 내가 그 술집에서 그 같잖은 싸움도 감당 못 할 놈을 고용했어야 한단 말이야? 하지만 두려워 말게. 자네는 내가 신임할 수 있는 자라는 걸 충분히 증명했으니. 라스베이거스에 가 본 적 있나?"

"네바다 주에 있는 라스베이거스요?"

"그래."

"아뇨."

"오늘 밤 늦게 매디슨에서 어떤 신사의 야간 비행기를 타고 거기로 갈 걸세. 큰 도박꾼들을 위한 전세 비행기라네. 우리도 갈 거라고 그들한테 말해 놨어."

"거짓말하는 거 지긋지긋하지도 않으세요?"

섀도는 궁금해 하며 부드럽게 말을 건넸다.

"털끝만큼도. 어쨌건, 그건 정말이야. 우린 최대로 판돈을 걸고 도박을 할 거야. 매디슨까지 가는 데 몇 시간 걸리지 않을 거야. 도로가 깨끗해. 그러니 문을 닫고 난로를 끄게. 자네 없을 때 집을 모조리 태워 먹으면 끔찍한 일이 아니겠나."

"라스베이거스에서 누굴 만날 건데요?"

웬즈데이가 그에게 대답해 주었다.

섀도는 난로를 끄고 가방에 옷가지를 꾸리고는 웬즈데이에게 돌아서며 말했다.

"저기요, 제가 좀 멍청하다는 생각이 들어요. 방금 우리가 누굴 만날 거라고 들었는데도 모르겠어요. 내 머리가 어떻게 됐는지, 이상해요. 그냥 사라져요. 누구라고 했죠?"

웬즈데이가 다시 한 번 말해 주었다.

이번에는 거의 알아들었다. 이름이 입속에서 맴돌았다. 섀도는 웬즈데이가 말할 때 좀 더 귀를 기울일걸 하는 생각이 들었다. 섀도는 그냥 포기하고 말았다.

"운전은 누가 해요?"

"자네가."

그들은 집 밖으로 나와 나무 계단을 내려가 얼어붙은 보도로 나왔다. 검은 링컨 타운 카가 주차되어 있었다.

섀도가 운전했다.

카지노로 들어서면 곳곳에 유혹이 에워싸고 있다. 돌로 된 인간, 심장이 없고 마음도 없고 신기하게도 탐욕이 결여된 사람만이 유혹을 거절할 수 있다. 들어 보라. 은 동전이 기관총처럼 슬롯머신에서 덜컹거리며 좌르륵 소리를 내며 떨어져 모노그램 깔개 위로 넘쳐난다. 그

408

소리를 덮는 또 다른 소리, 슬롯머신의 땡그랑거리는 신호음이 들린다. 쨍그랑 소리, 삑 소리는 거대한 방이 삼킨다. 웅얼거리고 재잘거리는 편안한 소리에 슬롯머신 소리가 먹힌다. 멀리 들리는 그 소리들은 카드 테이블에 닿아 도박꾼의 혈관에 아드레날린을 샘솟게 한다.

카지노에는 비밀이 있다. 카지노가 지키고 소중히 간직하는 비밀, 카지노의 미스터리 중 가장 신성한 것이 있다. 결국 대부분의 사람들은 돈을 따기 위해서 도박을 하는 것이 아니다. 물론 돈을 딴다는 점을 선전하고 팔고, 주장하고 꿈꾸긴 하지만 말이다. 그러나 그건 단지 도박꾼들이 스스로를 속일 때 하는 거짓말로서, 항상 열려 있는 거대한 환영의 문으로 사람들을 들여보내기 위한 거짓말에 불과하다.

그 비밀은 이런 것이다. 사람들은 돈을 잃기 위해 도박을 한다. 그들은 자신들이 살아 있다고 느끼는 순간 카지노에 와서 돌아가는 도박판을 타고 카드와 함께 돌아가며 슬롯에 동전을 넣으면서 스스로를 잃는다. 그들은 자신들이 중요하다는 사실을 알고 싶어 한다. 어쩌면 돈을 딴 밤에 대해, 카지노에서 딴 돈에 대해 자랑을 늘어놓을 수도 있으나, 은연중에 그들이 잃은 시간을 소중히 생각한다. 그건 일종의 희생이다.

카지노에서 돈은 물 흐르듯 흐른다. 녹색에서 은색으로, 손에서 손으로, 도박꾼에서 도박대 책임자로, 다시 계산원으로, 다시 운영부로, 보안부로, 마침내 신성한 것 중의 가장 신성한 것, 가장 내부에 있는 성소(聖所)인 정산소로 흘러 들어간다. 바로 여기에서, 이 카지노의 회계실에서 당신은 쉬게 된다. 배춧잎들이 분류되고 차곡차곡 쌓이고 색인 찍히는 이곳에서, 카지노를 통해 흘러 들어와 점점 불어나면서 정산되는 돈이 온·오프의 전기적 배열이 되고 전화선을 타고 흐르는 배열이 되면서 실체를 잃고 가상의 것이 되어 쌓이는 이 공간에서.

정산소에서 당신은 세 남자를 본다. 그들은 돈을 세고 있는데, 그들의 머리 위에는 그들이 볼 수 있는 카메라가 그들을 응시하고 또한 그들이 볼 수 없는 곳에 또 다른 카메라들이 곤충처럼 사방을 속속들이 들여다본다. 근무 1번에 사람들은 그들이 평생 동안 받게 될 월급을 합한 것보다 더 많은 돈을 세게 된다. 남자들은 제각각 잠을 잘 때 돈을 세는 것을 꿈꾸는데, 돈더미와 종이 밴드와 숫자가 아나나 다를까 점점 늘어나다가 분류되고 사라진다. 세 사람은 저마다 일주일에 1번 이상, 어떻게 하면 카지노의 보안 시스템을 피해 가능한 많은 돈을 들고 도망칠 수 있을지 멍청하게 생각해 본다. 그러다가 그들은 불가능하다는 것을 깨닫고는, 내키지는 않지만 꾸준히 나오는 월급에 만족하며 어리석은 선택이 불러왔을 감옥과 비석도 없는 무덤이라는 쌍둥이 망령을 피한다.

그리고 여기 성소에 돈을 세는 세 남자가 있고 돈을 가져오고 나르는 요원들이 있다. 거기엔 또 다른 남자가 1명 더 있다. 숯 같은 잿빛 정장에는 티 하나 없고 머리는 검었으며 면도도 말끔하게 했다. 얼굴과 행동거지는 어느 모로 보나 쉽게 잊힐 법했다. 그곳에 있는 사람 중에 누구도 그가 거기에 있다는 사실을 알아차리지 못했다. 설혹 그를 알아보았다 하더라도 금세 잊는다.

근무가 끝나면 문이 열리고 잿빛 정장의 남자가 방을 나가 요원들과 함께 통로를 걸어간다. 발은 모노그램 깔개 위에서 소리를 내지 않는다. 튼튼한 상자에 담긴 돈은 내부 적재 구획으로 실려 들어가 무장한 자동차에 실린다. 램프*의 문이 열리면, 무장한 차가 그 문을 통과해 라스베이거스의 이른 아침의 거리로 나오고, 잿빛 정장을 입은 남자는 남들 눈에 띄지 않게 램프 위를 걸어서 인도로 나온다. 그는 왼쪽에 있는 뉴욕의 모형을 보려고 흘끗거리지도 않는다.

라스베이거스는 아이들의 그림책 속 꿈의 도시가 되었다. 여기엔 이야기책 성이 있고, 저기엔 스핑크스로 둘러싸인 검은 피라미드가 UFO 착륙 유도 전파로 어둠 속에 흰빛을 뿜고, 사방에서 네온 신탁소와 춤추는 화면들이 행복과 운수대통을 예언하고, 곧 내방할 가수와 코미디언과 마술사들을 선전하며, 불빛들은 항상 빛나고 손짓하고 부른다. 매시간 1번씩 화산이 빛과 화염을 내뿜으며 분출한다. 매시간 1번씩 해적선이 군함 한 대를 침몰시킨다.

잿빛 정장을 입은 남자는 보도를 따라 편안하게 활보하며 도시를 통해 흐르는 돈의 흐름을 느낀다. 여름에는 거리가 찜통처럼 달아오른다. 지나치는 상점의 문마다 겨울같이 찬 에어컨 바람이 찌는 듯 열기 가득한 바깥으로 훅 밀려 나와 얼굴의 땀을 식힌다. 사막의 겨울에는 건조한 추위가 찾아오는데, 그는 그것에 감사한다. 그의 마음속에서 돈의 움직임은 멋진 격자무늬, 빛과 운동으로 만들어지는 3차원의 실뜨기를 형성한다. 이 사막 도시에서 매력적인 것은 움직임의 속도, 돈이 이곳에서 저곳으로, 손에서 손으로 움직이는 방식이다. 그것은 황홀한 쾌감이며 마치 중독처럼 그를 거리로 이끈다.

택시가 거리를 유지하며 천천히 그를 따른다. 그는 알아차리지 못한다. 알아차려야 한다는 생각이 들지 않는다. 그는 거의 눈에 띄지

---

* 건물 내, 혹은 건물과 건물 사이에 높이 차가 있는 곳을 연결하는 계단 대신 만든 경사로.

않기 때문에 누군가 그를 쫓는 것은 생각도 못할 일이다.

새벽 4시였고, 그는 30년이나 유행에 뒤떨어진 호텔 카지노로 들어간다. 그곳은 여전히 내일이나 아니면 6개월 후까지 운영될 것이고, 그러다가 마침내 폭파되어 그 자리에는 쾌락의 성전이 지어질 것이며, 지금의 모습은 잊히게 될 것이다. 아무도 그를 모르고 기억하지 못한다. 로비에 있는 바는 초라하고 조용하며 공기는 찌든 담배연기로 푸르스름하고, 위층 개인실에서는 누군가 포커 게임에 몇 백만 달러를 걸려고 한다. 잿빛 정장의 남자는 게임이 벌어지고 있는 곳에서 몇 층 아래 바에 들어가 앉았으나, 웨이트리스는 그를 보지 못한다. 무작*으로 「그가 당신일 순 없을까?」가 거의 들리지 않을 만큼 조용히 흘러나오고 있다. 각각 다른 색깔의 점프 수트를 입은 5명의 앨비스 프레슬리 분장자들이 바에 있는 텔레비전으로 심야 풋볼 게임 재방송을 보고 있다.

밝은 회색 정장을 입은 덩치 큰 남자가 숯 같은 잿빛 정장을 입은 남자의 테이블에 와서 앉는다. 웨이트리스는 잿빛 정장을 입은 남자는 보지 못하지만 새로 온 남자를 보고는 곧장 와서 미소를 짓는다. 웨이트리스는 너무 말라 예쁘지 않고, 섭식 장애를 가졌다는 게 노골적으로 드러나는 외모라 룩소나 트로피카나에서 일하지 못하며, 일이 끝날 때까지 시간을 세고 있는 여자이다. 회색 정장의 남자는 그녀에게 입을 크게 벌리고 씩 웃는다.

"오, 이 가여운 늙은이의 눈을 호강시키는 멋진 아가씨, 이건 완전 횡재구료."

---

* 식당, 대합실 등에 제공되는 녹음 배경 음악의 상표명.

그가 말하자 여자는 쏠쏠한 팁을 냄새 맡고 남자를 향해 크게 웃는다. 밝은 회색 정장을 입은 남자가 자기에겐 잭 대니얼 한 잔과 옆에 앉아 있는 잿빛 정장을 입은 남자에게는 라프로에이그와 물을 시킨다.

밝은 회색 정장을 입은 남자가 술이 나왔을 때 말한다.

"이놈의 망할 나라에서 역사상 가장 아름다운 시는 베이톤 루즈에서 캐나다 빌 존스가 1853년에 지었지. 바로 그자가 파로 게임에서 꾼들에게 발가벗겨졌을 때 말이야. 캐나다 빌 자신도 마찬가지지만, 어수룩한 봉한테 사기 치는 걸 그다지 혐오하지 않는 사람인 조지 데볼이 빌 옆으로 다가가서 게임이 조작된 것을 모르겠냐고 물었다네. 그랬더니 캐나다 빌은 한숨을 쉬고 어깨를 으쓱하면서 이렇게 말했지. '알아요. 하지만 이게 마을에서 벌어지는 유일한 게임이잖아요.' 그는 계속 게임을 했어."

어두운 시선이 밝은 회색 정장을 입은 남자를 의심스럽게 응시한다. 잿빛 정장을 입은 남자가 뭐라고 대답한다. 잿빛으로 세고 있는 불그스레한 턱수염을 한 밝은 정장을 입은 남자가 고개를 젓는다.

"이봐. 위스콘신에서 벌어진 일에 대해선 유감이야. 하지만 너희들 모두 안전하게 건져 냈잖아, 안 그래? 아무도 다치지 않았어."

어두운 정장을 입은 남자는 라프로에이그와 물을 마신다. 그것은 늪에서 우연히 발견한 시체의 냄새가 난다. 그가 무언가를 묻는다.

"몰라. 모든 것이 내 예상보다 더 빨리 움직이고 있어. 모두들 내가 심부름을 시키려고 고용한 녀석에게 눈독을 들이고 있어. 지금 밖에 있는 택시에서 기다리게 했다네. 자네, 계속 함께하는 거지?"

잿빛 정장을 입은 남자가 대꾸한다. 턱수염의 남자가 고개를 젓는다.

"그녀는 지난 200년 동안 보이지 않았어. 죽지 않았다면 다른 곳으로 떠난 거겠지."

잿빛 정장의 남자는 무언가 다른 말도 한다.

"이봐."

턱수염을 기른 남자가 잭 대니얼을 꿀꺽꿀꺽 마시면서 말한다.

"합류하게. 그래서 우리가 필요할 때 오라고. 그럼 내가 자넬 돌보겠어. 원하는 게 뭐야? 소마? 그럼 내가 1병 줄 수 있어. 진짜로."

어두운 정장의 남자가 응시한다. 그런 후 그는 망설이듯 고개를 끄덕이고 한마디한다.

"물론 그래."

수염 난 남자가 칼날 같은 미소를 지으면서 말한다.

"뭘 기대해? 하지만 이렇게 보면 어떤가. 이게 마을의 유일한 게임이라고."

수염 난 남자는 짐승의 발 같은 손을 내밀어 상대 남자의 손질 잘된 손과 악수한다. 그런 후 밖으로 나간다.

마른 웨이트리스가 와서 어리둥절해 한다. 구석의 탁자에는 이제 잿빛 정장을 말쑥하게 차려입은 검은 머리 한 사람만 남았다.

"뭐, 필요하신 건 없으세요? 친구 분은 다시 돌아오시나요?"

검은 머리 남자는 한숨을 쉬고 자기 친구는 돌아오지 않으니 당신의 시간과 수고에 대해 돈을 받지 못할 것이라고 설명한다. 그런 후 그녀의 눈에서 상처를 보고 그녀를 불쌍하게 여겨, 그의 마음속에 있는 황금 실을 점검하고 매트리스를 살펴 노드*를 발견할 때까지 돈을

따라가서는, 그녀가 일을 끝내고 30분 후 오전 6시에 트레저 아일랜드 밖으로 가면 덴버에서 온 종양학자를 만날 수 있을 것이며, 그 사람이 크랩 도박에서 4만 달러를 따게 될 것인데 비행기를 타고 집으로 가기 전 48시간 동안 그 돈을 처치하기 위해 도움을 줄 정신적 지원자, 즉 파트너가 필요할 것이라고 말해 준다. ス

그 말이 웨이트리스의 머리에서 증발하지만, 그녀를 행복하게는 해 주었다. 그녀는 한숨을 쉬고 코너에 있는 남자들이 도망쳤으며, 팁조차 주지 않았다는 것을 깨닫는다. 갑자기 근무가 끝나고 곧장 집으로 가는 대신 트레저 아일랜드로 가야겠다는 생각이 든다. 그러나 누군가 왜냐고 묻는다면, 대답하지 못할 것이다.

"그래, 당신이 만난 사람은 누군가요?"

라스베이거스 중앙 가로를 걸어 내려가면서 섀도가 물었다. 공항에는 슬롯머신이 있었다. 아침 시간에도 사람들은 슬롯머신 앞에 서서 동전을 집어넣고 있었다. 섀도는 공항을 떠나지 않는 사람들도 있는지, 비행기에서 내려 이동식 탑승교를 따라 공항 건물로 진입하여 거기 멈춰 서서, 돌아가는 이미지와 번쩍이는 조명에 사로잡힌 채 마지막 한 닢의 동전까지 슬롯머신에 집어넣고 노름을 하다가 한 푼도 남지 않으면 몸을 돌려 다시 비행기를 타고 집으로 돌아가는 사람들이 있는지 궁금했다.

분명 그런 일이 벌어졌을 것이다. 이제껏 라스베이거스에서 일어나지 않은 일은 거의 없을 성싶었다. 미국이란 곳은 젠장맞게도 너무나

---

* 네트워크의 분기점이나 단말 장치의 접속점.

커서 언제고 항상 그런 짓을 할 인간들이 있을 법도 했다.

그때 웬즈데이는 그들이 택시로 쫓았던 어두운 정장의 남자가 누구인지 말했고, 섀도는 들은 것을 곧바로 잊어버리고 말았다.

"그래, 그가 합류했어. 그래서 소마 1병이 필요해."

"소마가 뭔데요?"

"음료야."

그들은 전세 비행기로 돌아왔다. 비행기에는 그들과 다음 날 출근 시간까지 시카고로 돌아가야 하는 기업인 큰손 셋만 있을 뿐 아무도 없었다.

웬즈데이는 편안하게 자리를 잡고 잭 대니얼 한 잔을 시켰다.

"나 같은 존재들이 자네 같은 사람들을 본다면……."

웬즈데이는 주저했다.

"그건 마치 벌과 꿀 같은 거야. 벌 한 마리는 아주 작은 한 방울의 꿀을 만들지. 아침 식탁에 오르는 꿀단지를 만들려면 수천 마리, 아니 수백만 마리가 필요해. 예를 들어, 자네가 꿀 이외에 아무것도 먹을 수 없다고 생각해 봐. 그게 바로 나 같은 존재들이 겪는 일이야……. 우리는 믿음과 기도와 사랑을 먹고살아. 아주 조금이라도 믿는 사람들이 아주 많이 있어야 우리가 버틸 수 있어. 우리가 필요한 건 식량이 아니라 바로 그런 믿음이야."

"그럼 소마는……?"

"비유를 하자면, 그건 꿀 발효주야. 미드처럼."

웬즈데이는 껄껄거렸다.

"음료지. 기도와 믿음이 증류되어 강력한 술이 되는 거지."

네브래스카 상공을 날아가면서 맛없는 기내식 아침 식사를 하는 중에 섀도가 말했다.

"제 아내 말인데요."

"죽은 사람이지."

"로라요. 죽는 게 싫대요. 기차에서 그놈들로부터 날 구해 준 다음에 말하더라고요."

"훌륭한 아내가 할 만한 행동이야. 비참한 감금 상태에서 자넬 구해 주고 자네에게 해를 끼친 놈들을 살해하고 말이야. 자네는 그녀를 소중히 해야 하네, 아인셀 조카."

"로라는 정말로 살기를 원해요. 좀비나 뭐 그런 존재 말고, 진짜로 살고 싶어 해요. 그렇게 할 수 있나요? 가능한가요?"

웬즈데이가 오랫동안 아무 말도 하지 않아 섀도는 그가 질문을 듣기나 했는지 궁금했다. 아니, 들었다면 눈을 뜨고 잠이 든 건 아닌지 궁금했다. 그때 웬즈데이가 앞을 응시하면서 말을 했다.

"나는 고통과 병을 치유하고 슬퍼하는 자의 가슴에서 슬픔을 들어낼 수 있는 주문을 안다.

난 손길로 치유하는 주문을 알고 있다.

난 적의 무기를 버리게 하는 주문을 알고 있다.

난 나에게서 모든 구속과 굴레가 벗겨지게 하는 또 다른 주문을 알고 있다.

다섯 번째 주문, 나는 날아가는 총알을 잡을 수 있고 그러면서 아무런 상처도 입지 않을 수 있다."

그 말은 조용하면서도 위급한 느낌을 주었다. 사람을 못살게 구는 말투가 사라졌고 씩 웃는 웃음도 사라졌다. 웬즈데이는 마치 종교 의식의 전문을 낭송하듯, 무언가 어둡고 고통스러운 것에 대해 이야기하는 것처럼 말을 했다.

"여섯 번째, 나에게 저주를 건 자는 되돌려 받게 된다.

일곱 번째, 단지 쳐다보기만 해도 불을 끌 수 있다.

여덟 번째, 누가 날 증오하면 난 그 사람과 친구가 될 수 있다.

아홉 번째, 나는 배가 해안에 닿을 때까지 폭풍을 잠재우고 진정시킬 바람을 노래로 부를 수 있다.

이것들이 내가 처음으로 배운 아홉 주문이다. 나는 아흐레 밤을 옆구리에 창이 찔린 채 벌거벗은 나무 위에 매달려 있었다. 추운 바람과 더운 바람에 흔들리고 나부꼈으며, 먹을 것도, 물도 없이 나를 위한 희생을 스스로 치르자 내게 세상이 열렸다.

열 번째 주문은, 마녀를 쫓아 그들을 하늘에서 뱅뱅 돌려 다시는 그들의 집으로 돌아오지 못하게 하는 것이다.

열한 번째, 전투가 한창일 때 내가 주문을 외면 혼란 속에서 병사들이 다치지 않고 무탈하게 따뜻한 가정으로 돌아오게 할 수 있다.

내가 아는 열두 번째 주문, 목매달린 자를 본다면 나는 그를 교수대에서 끌어내려 그가 기억하는 모든 것을 우리에게 속삭이게 할 수 있다.

열세 번째, 내가 아이의 머리에 물을 뿌리면 그 아이는 전투에서 쓰러지지 않는다.

열네 번째, 나는 모든 신들의 이름을 안다. 모든 저주받은 신들을.

열다섯 번째, 나는 권능과 영광, 지혜에 대한 꿈을 가지고 있고 사람들이 나의 꿈을 믿도록 만들 수 있다."

웬즈데이의 목소리가 너무 낮아져서 섀도는 비행기 엔진 소음 너머로 알아듣기 위해 잔뜩 긴장하지 않을 수 없었다.

"내가 아는 열여섯 번째 주문, 나는 사랑이 필요하면 어떤 여자든 그 마음과 가슴을 돌릴 수 있다.

열일곱 번째, 내가 원하는 모든 여자들은 다른 사람을 더이상 필요로 하지 않는다.

나는 열여덟 번째 주문을 알아. 가장 위대한 것이지만 아무한테도 말할 수 없는 것이다. 왜냐하면 본인만 빼고 아무도 모르는 비밀이 비밀로서는 가장 강력하기 때문이다."

웬즈데이는 한숨을 쉬며 말을 멈추었다.

섀도는 피부에 소름이 돋는 것을 느낄 수 있었다. 방금 다른 세계로 통하는 문을 본 것 같은 느낌이었다, 아주 먼 세계, 모든 교차로마다 목 매달린 사람들이 바람에 나부끼고, 밤이면 마녀들이 머리 위에서 비명을 지르는 세계.

"로라."

웬즈데이는 고개를 돌려 섀도의 창백한 회색 눈을 응시했다.

"난 그녀를 다시 살릴 수 없네. 그녀가 마땅히 죽어 있어야 할 상태에서 왜 죽지 않은지조차 알지 못해."

"저 때문인 것 같아요. 제 잘못이에요."

웬즈데이가 숱이 많은 눈썹을 추켜세웠다.

"매드 스위니가 동전 트릭을 저한테 가르쳐 준 날, 황금 동전 하나를 줬어요. 그런데 저한테 다른 동전을 준 거예요. 원래 주려던 것보다 훨씬 강력한 것을. 제가 그걸 로라에게 주었어요."

웬즈데이는 못마땅하다는 듯 헛기침 소리를 내며 턱을 가슴 쪽으로 당긴 후 인상을 찌푸렸다. 그런 후 다시 편히 앉았다.

"그렇다면 그럴 수 있지. 그리고 난 자네를 도울 수 없어. 물론 자네 시간에 자네가 하는 것은 자네 자신의 일이야."

"도대체 무슨 뜻이에요?"

"자네가 독수리돌이나 천둥새 사냥하는 걸 내가 막을 수 없단 말이야. 하지만 난 자네가 레이크사이드에 틀어박혀 누구의 눈에도 띄지 않은 채 조용하게 자네의 날들을 보내기를, 또 바라건대 다른 사람의 마음에서 잊힌 채 보내기를 무진장 바란다네. 상황이 곤란해지면 우린 일손을 총동원해야 하네."

그렇게 말하는 웬즈데이는 매우 늙고 지쳐 보였으며 피부는 거의 투명했고 그 아래는 회색으로 보였다.

섀도는 손을 뻗어 웬즈데이의 잿빛 손에 자신의 손을 얹고 싶었다. 정말로 그러고 싶었다. 그에게 모든 게 다 괜찮을 거라고 말하고 싶었다. 그렇게 느껴지는 않았으나 그렇게 말해야만 할 것 같았다. 밖에는 검은 기차를 탄 남자들이 있다. 리무진을 탄 뚱뚱한 아이도 있고, 그들에게 호의를 갖지 않은 텔레비전 속 사람들도 있다.

섀도는 웬즈데이를 건드리지 않았다. 그는 아무 말도 하지 않았다.

후에 섀도는 자신이 상황을 바꾸어 놓을 수 있었을지, 그 몸짓이 효과가 있기나 했을지, 그게 다가올 해악 중 어느 것이라도 피하게 할 수 있었을지 생각해 보곤 했다. 그는 스스로에게 아니라고 말했다. 아니라는 것을 알았다. 그래도 집으로 돌아오는 그 비행기 안에서 웬즈데이의 손을 잡아줄걸 그랬다고 나중에 후회했다.

웬즈데이가 섀도를 아파트 앞에 내려 주었을 때 짧은 겨울 해가 벌써 저물고 있었다. 섀도가 차 문을 열었을 때 느낀 차가운 기온은 라스베이거스에 비한다면 가히 SF소설에나 나올 법한 수준이었다.

"문제 일으키지 마. 머리를 낮추라고. 풍파를 일으키지 마."

"동시에 다 하라고요?"

"나랑 말장난은 마라, 아가. 레이크사이드에 있으면 숨을 수 있어. 나는 자네를 이곳에 안전하게 두기 위해 큰 신세를 졌어. 자네가 도시에 있으면 저들은 곧장 자네 냄새를 맡을 거야."

"잠자코 말썽 일으키지 않고 있을게요."

섀도는 진심을 담아 말했다. 이제껏 살아오는 동안 내내 곤란을 겪었고, 앞으로는 영원히 조용히 살 준비가 되어 있었다.

"언제 다시 돌아오세요?"

"곧."

웬즈데이는 링컨에 시동을 걸고 창을 올리고는 혹독한 밤 속으로 떠났다.

〈하권에서 계속〉

신들의 이름 해설

1) **웬즈데이**Wednesday 게르만 신화의 주신(主神) 오딘(Odin)은 고대에 보딘(Woden)이라고도 불렸다. 수요일, 즉 웬즈데이(Wednesday)는 '보딘의 날'이라는 뜻이다. 화요일(Tuesday)은 '티르(Tyr, 고대어로는 TiW, 전쟁의 신)의 날', 목요일(Thursday)은 '토르(Thor, 뇌신)의 날', 금요일(Friday)은 '프리그(Frigg, 오딘의 아내)의 날'이다.

2) **빌키스**Bilquis 유대교와 이슬람교 전승에 따르면, 기원전 10세기경에 아라비아 남서부에 있던 시바(Sheba) 왕국의 여왕이다. 코란에는 『성경』에 나오는 '솔로몬과 시바의 여왕' 이야기가 '술라야만과 빌키스'의 이야기로 전해진다. 예멘 마리브에 있는 시바 여왕들의 사원은 '마흐람 빌키스'라고 하는데, 별칭은 '달 신의 사원'이다. Bilqis, Balkis라고도 하는 그녀는 반인반요라고 알려져 있다.

3) **매드 스위니**Mad Sweeney '레프리콘'이라는 아일랜드의 요정이다. 흔히 레프리콘은 '작은 사람들'이라고 불리고 체격이 작은 것으로 묘사되나, 종종 그 반대로 나타나기도 한다. 아일랜드의 '작은 사람들'은

투아타 드 다난 족의 후손들이다. 밀레토스 인들이 처음 아일랜드로 왔을 때 그들은 투아타 드 다난 족을 정벌하고 강제로 지하에 살게 만들었다. 그리고 기독교도들이 들어온 후 그 종족을 중요하지 않은 '작은 사람들'이라고 매도했다. 그리하여 이 종족은 두 종류로 나뉘게 된다. 일부는 기독교에 융화하여 '브리지드'와 같은 성자가 되었고 나머지는 '작은 사람들'로 비하되었다. 레프리콘은 이 후자에서 내려온 것이다. 레프리콘은 술을 좋아하고 황금을 가지고 있는 것으로 묘사된다.

4) 게르만 신화에서 오딘은 현자 미미르의 샘물을 마시고 지혜를 얻기 위해 한쪽 눈을 바친다.

5) **후부르**Hubur 바빌로니아의 혼돈의 여신 티아마트(Tiamat)의 다른 이름. 암룡의 모습을 하고 있다. 에누마 엘리시에 의하면 세계가 만들어지기 이전에 담수의 심연인 '아브주'와 염수인 바다 '티아마트'가 있고 그 위를 흐르는 안개 '뭄무'만이 있었다. 최초의 신(神)인 '라무'와 '라하무'를 낳은 아브주와 티아마트는 젊은 신들이 태어나 소동을 일으키자 그들을 멸망시키려 했다. 이에 그들의 손자인 에아는 아브주를 죽였고 티아마트의 두 번째 남편 킹구와 결합하여 용과 뱀들로 대표되는 괴물을 낳아 '괴물들의 어머니'라는 뜻의 이름 '뭄무 후부르'라는 칭호를 얻었다. 그리고 에아의 아들 마르두크가 젊은 신들의 대표가 되어 티아마트에 맞섰다. 마르두크는 티아마트를 둘로 찢어 하늘과 땅을 만들고 킹구의 피로 인간을 창조했다.

6) **헤르셰프**Hershef 그리스 신화에서는 하르사페스(Harsaphes)라고 하는 상 이집트의 신으로, 본래는 나일 강 서부의 이집트 중부 지역

에서 숭배하던 물과 풍요의 신이었다. 그의 이름은 '자신의 호수 위에 있는 자'라는 뜻이며, 신전은 그가 생겨났다고 하는 원시의 수원을 상징하는 성스러운 호수로 되어 있다.

7) **이미르**Ymir 게르만 신화에 따르면 서리 거인의 조상인 이미르는 긴눙가가프에서 생긴 얼음 속에서 나타났으며, 같은 얼음에서 신들의 조상인 부리(Buri)가 나왔다. 게르만의 주신 오딘은 부리의 아들인 보르의 아들이며, 그의 어머니는 거인족인 베스틀라이다.

8) **오딘**Odin 북방 만신전(萬神殿)의 으뜸가는 신. 고대의 문헌 속에서 그는 오틴(Othinn), 보딘(Woden), 보단(Wodan), 보탄(Wotan)이라고도 불린다. 모든 신의 아버지로서 알파두르(Alfadur=All father)라고도 한다. 오딘은 전쟁과 죽음의 신이며 또한 시와 지혜의 신이기도 하다. 세계수(世界樹)인 이그드라실에 자신의 창에 찔려 아흐레 동안 매달려 있었다. 그리하여 그때 아홉 곡의 노래와 열여덟 개의 룬 문자들을 배운다. 오딘의 전당은 발라스칼프(Valaskjálf)이며 그곳에 그의 옥좌가 있다. 그는 자신의 옥좌에 앉아 아홉 세상에서 벌어지는 모든 일을 지켜본다. 그에게는 후긴(Huginn)과 무닌(Muninn)이라는 까마귀 두 마리가 있어서 세상에서 벌어진 일들을 알려 준다.

9) **티르**Tyr 전쟁의 신이자 정의의 수호신. 바이킹 시대에 티르는 오딘에게 자리를 내주게 되고, 오딘이 전쟁의 신이 된다. 그때 티르는 오딘의 아들로 여겨졌다. 티르는 전쟁에서 용기를 고취시키는 가장 용감한 신이다. 거인 늑대 펜리르에게 오른팔을 물어뜯겨 외팔이가 되었으며, 창을 들고 다닌다. 티르는 정의와 무기의 상징이다.

10) **조르야**Zorya 슬라브의 신화에서 조르야는 오로라로 알려진 세

명의 수호 여신이다. 그들은 최후의 심판일에 작은곰자리를 먹어치우려는 사냥개를 지킨다. 사냥개의 목줄이 풀리는 순간 세상은 끝난다고 한다. 아침 별, 저녁 별, 자정 별의 오로라는 각각 즈웨즈다 드니에카(Zwezda Dnieca), 즈웨즈다 비조니아이아(Zwezda Wieczoniaia), 즈웨즈다 폴노카(Zwezda Polnoca)로 묘사된다. 즈웨즈다 드니에카는 아침 별의 오로라로서 매일 아침 태양이 떠오를 수 있도록 천상의 문을 연다. 그녀는 완전 무장한 여전사 신으로 용감한 성품을 지녔다. 그녀는 말, 보호, 액막이의 수호신이다. 즈웨즈다 비조니아이아는 저녁 별의 오로라이며, 조르야의 어머니이다. 그녀는 매일 저녁 늙은 태양의 신이 하늘을 가로질러 돌아오면 천상의 문을 닫는다. 그녀 또한 보호와 액막이의 수호신이다. 즈웨즈다 폴노카는 자정 별의 오로라이며, 태양의 신이 그녀의 품 안에서 죽음을 맞이하고 또다시 아침에 부활한다. 그녀는 죽음, 부활, 마법, 지혜의 수호신이다.

11) **체르노보그**Czernobog 슬라브 신화에서 체르노보그는 밤과 어둠의 신으로, 그의 쌍둥이 형제 빌레보그(Belobog)와 대치된다. 체르노보그는 혼돈의 신이며 사자(死者)의 신으로 어두운 잿빛의 수염과 머리를 지닌 늙은 노인으로 묘사되며, 반면 빌레보그는 똑같이 늙었지만 흰옷을 입고 흰 수염을 길게 길렀으며 지팡이를 들고 있는 인자한 빛의 신이다. 둘은 한 해에 두 번 그 해를 장악하기 위해 싸우는데, 빌레보그는 뜨는 해를, 체르노보그는 저무는 해를 장악한다. 체르노보그는 나브(Nav)의 통치자이다. 슬라브 옛 종교에서 세상은 세 가지로 나뉘는데 야브(Yav), 프라브(Prav), 나브(Nav)이다. 야브는 우리가 현재 살고 있는 물질 세계를 일컫는데, 야브는 나브 내에 존재한다. 나

브는 비물질 세계이자 죽음의 세계이다. 프라브는 야브와 나브를 지배하는 스바로그(Svarog, 슬라브의 신이자 불의 정령)의 법칙이다.

12) **우르드**Urd 우르드는 게르만 신화에서 운명을 주관하며 세계수 밑에서 운명의 천을 짜는 세 여신인 노른 중 가장 맏이로서, 과거를 지배하며 주술적 묘약을 만드는 데 능하다.

13) **아낭시**Anansi 이 책에선 미스터 낸시로 나온다. 서아프리카의 민속에서 가장 중요한 인물의 하나로 트릭스터(Trickster)이자 문화 영웅이다. 신은 아니지만 아버지인 하늘의 신 니아므(Nyame)의 중개자 역할을 한다. 아낭시는 거미이며 교활하고 잔꾀가 많지만 도움을 주는 존재이다. 해와 달의 창조주로 간주되기도 한다. 신화와 종교학에서 트릭스터란 신이나 정령 혹은 인간으로서, 신들의 규칙이나 자연의 법칙을 어기는 인물을 말한다. 트릭스터는 교활하거나 어리석은 인물로 묘사되기도 하고 때로 두 모습을 동시에 지닌 것으로 묘사되기도 한다. 문화 영웅이라는 것은 발명이나 발견을 통해 세상을 바꾼 역사적, 신화적 영웅을 말한다. 예컨대 불을 발견한 자, 특정한 전통을 세운 자 등을 들 수 있으며, 보통 민족의 전설상의 인물로 대표된다.

14) **로키**Loki 북구의 트릭스터이자 불의 신이다. 로키는 현명한 신으로 묘사되며, 상황에 따라서 다른 신들의 친구가 될 수도 있고 동시에 적이 되기도 한다. 로키는 빛의 신 발더(Balder)를 죽인 벌로 땅속 동굴에 갇힌다.

15) **토르**Thor 게르만 신화와 북방 신화에서 토르는 천둥과 번개의 신으로 빨간 머리와 수염을 길렀다. 토르는 오딘의 아들로, 오딘이 강하고 귀족적인데 토르는 평범한 인간에 가까운 신으로 다른 신들보

다 인간들의 편을 들어 준다. 토르는 싸울 때 쓰는 쇠망치를 가지고 있는데, 그것을 휘두르면 천둥이 친다. 영어 'thunder(천둥)'의 어원이 토르이며 'thursday(목요일)' 또한 토르에서 유래했다.

16) **코볼트**Kobold 독일 민속에서 코볼트는 장난을 좋아하는 정령이다. 몸집은 작고 털이 많고 사악한 외모를 지녔으며 인간에게 해를 끼치곤 한다. 광산에서 살며 마음이 동할 때는 도움을 주기도 하나 보통은 그렇지 않다.

17) **반시**Banshee 아일랜드 신화에 나오는 반시는 '혼의 여자'란 뜻을 지닌 게일어 '빈 사이드히(bean sidhe)'에서 유래했다. 가족 중 한 명이 죽게 되면 그 가정을 방문해 통곡을 해서 알리는데, 그러다가 잡히면 죽을 자의 이름을 밝혀야 한다. 항상 울기 때문에 눈이 새빨갛다. 흰옷을 입고 있으며 긴 금발을 은빗으로 빗는다고 한다.

18) **프라우 홀레**Frau Holle 북유럽 신화에서 홀레는 처녀, 어머니, 노파의 모습을 지닌 3중 여신이다. 그녀는 겨울의 왕인 홀러(Holler)와 결혼해 겨울의 여왕으로서 눈을 내리게 한다.

19) **아슈타로트**Ashtaroth 아슈타로트는 다산의 여신 아슈토레트의 복수이다. 아슈타로트는 다산, 성, 전쟁에 관여하고 사자, 말, 스핑크스, 비둘기, 금성으로 상징된다. 그리스인들은 아프로디테란 이름으로 아슈타로트를 받아들였다.

20) **아프리트**afrit 이슬람교의 다섯 계층의 진(정령)들 중 두 번째로 강한 정령. 거대한 몸집을 자랑하고 악의적이며 엄청난 공포를 자아낸다.

21) **바스트**Bast 생명을 불어넣는 태양의 힘을 상징하는 태양신으로,

고양이 머리 혹은 사자 머리를 한 이집트의 여신이다. 출산을 관장하며 임신한 여자들의 수호자이다. 헬레니즘 문명의 시기 이후에 그리스인들은 바스트를 아르테미스와 연관시켜 바스트는 달의 신이 되었다. 바스트는 이시스(Isis) 여신과 오시리스(Osiris, 명부의 왕)의 딸로 간주된다.

22) 세인트 브라이드 Saint Bride   세인트 브라이드는 고대의 신 브리지드(Brigid)를 일컫는다. 브리지드는 유럽 부족들의 여왕신으로서 '숭고한 자'라는 뜻을 가지고 있다. 브리지드는 Bridget, Brighid, Brighde, Brig, Bride 등의 다양한 이름으로도 불린다. 브리지드에게는 두 자매가 있다. 하나는 의사 브리지드이고 나머지 하나는 대장장이 브리지드이다. 그러나 세 자매 모두 하나의 신의 다른 모습(시, 치유, 대장공)일 뿐이다.

옮긴이 | 장용준

전문번역가, 역서로는 『신들의 전쟁』, 『비트 더 리퍼』, 『리포맨』 등이 있다.

환상문학전집 ● **25**

신들의 전쟁(상) **10주년 전면 개정판**

1판 1쇄 펴냄 2008년 11월 14일
1판 4쇄 펴냄 2018년 6월 14일
개정판 1쇄 찍음 2021년 3월 19일
개정판 1쇄 펴냄 2021년 3월 26일

지은이 | 닐 게이먼
옮긴이 | 장용준
발행인 | 박근섭
편집인 | 김준혁
펴낸곳 | 황금가지

출판등록 | 2009. 10. 8 (제2009-000273호)
주소 | 06027 서울 강남구 도산대로 1길 62 강남출판문화센터 5층
전화 | **영업부** 515-2000 **편집부** 3446-8774 **팩시밀리** 515-2007
홈페이지 | www.goldenbough.co.kr

도서 파본 등의 이유로 반송이 필요할 경우에는 구매처에서 교환하시고
출판사 교환이 필요할 경우에는 아래 주소로 반송 사유를 적어 도서와 함께 보내주세요.
06027 서울 강남구 도산대로 1길 62 강남출판문화센터 6층 민음인 마케팅부

한국어판 ⓒ ㈜민음인, 2021. Printed in Seoul, Korea

ISBN 979-11-5888-566-3 04840
ISBN 979-11-5888-565-6(세트)

㈜민음인은 민음사 출판 그룹의 자회사입니다.
황금가지는 ㈜민음인의 픽션 전문 출간 브랜드입니다.